姥姥与奶奶的战争

王老墨 ◎ 著

图书在版编目（CIP）数据

姥姥与奶奶的战争 / 王老墨著 . —重庆：重庆出版社，2014.8
ISBN 978-7-229-07973-4

Ⅰ . ①姥… Ⅱ . ①王… Ⅲ . ①长篇小说—中国—当代
Ⅳ . ① I247.5

中国版本图书馆 CIP 数据核字（2014）第 093672 号

姥姥与奶奶的战争
LAOLAO YU NAINAI DE ZHANZHENG
王老墨　著

出 版 人：罗小卫
策划编辑：欧阳秀娟
责任编辑：陶志宏　汪晨霜
责任校对：刘　艳
装帧设计：艺海晴空

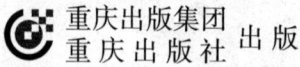
重庆出版集团
重庆出版社　出版

重庆长江二路 205 号　邮政编码：400016　http://www.cqph.com
北京宏泰恒信文化传播有限公司制版
北京天宇万达印刷有限公司印刷
重庆出版集团图书发行有限公司发行
E-MAIL:fxchu@cqph.com　邮购电话:023-68809452

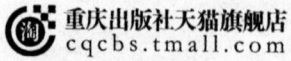
重庆出版社天猫旗舰店
cqcbs.tmall.com

全国新华书店经销

开本：700mm×1000mm　1/16　印张：20　字数：280 千字
2014 年 8 月第 1 版　2014 年 8 月第 1 版第 1 次印刷
ISBN 978-7-229-07973-4
定价：29.80 元

如有印装质量问题，请向本集团图书发行有限公司调换：023-68706683
版权所有，侵权必究

目 录

第一章　婆婆和岳母／001
第二章　儿子牛牛／018
第三章　月嫂王姐／034
第四章　起名风波／057
第五章　太姥反悔／081
第六章　牛牛失踪／106
第七章　夜半惊梦／123
第八章　复杂问题／145
第九章　百日庆宴／168
第十章　视频遥控／186
第十一章　仨育儿嫂／204
第十二章　玉米奶奶／229
第十三章　假戏真唱／255
第十四章　忙中出错／279
第十五章　欢喜过年／296

第一章 婆婆和岳母

1

苏微：

我的预产期就要到了，在妈和婆婆强制勒令下，我提前休假，在家静候那最幸福的一刻。

哎，孕晚期的女人心理神秘而复杂，既有就要见到宝宝的那份喜悦，又夹杂些许紧张和忐忑，不知那一刻会是什么样子，自己的表现又将会如何？

我本想一个人静静地待在家中，听听音乐，或者呼呼大睡，养精蓄锐，可妈和婆婆都在我家，不时过来嘘寒问暖，叫人心烦。我肚子里的那小家伙也不安生，不是用小拳头捣我的肚皮，就是用脚来踹我，搅得我心神不宁，不时地惊叫一声。没有办法，我只得听从妈和婆婆劝说，出去走一走。

初春的阳光真好，洒在身上暖洋洋的。漫步在街心公园之中，心情为之一爽，惬意极了。我后悔没有早些听从婆婆与妈的劝说，早出来走走。

可没走多远，我就奇怪地发觉，公园里不少人都在好奇地瞅着我，匆匆的路人停下脚步，目不转睛地盯着我，叫我不由面红耳赤。

经过漫长的近9个多月锤炼，我已经习以为常，不就是一个大腹便便的孕妇，走路像个笨鸭子、企鹅吗？有哪一个肚子里怀孩子的女人不是这样？我与她们有何不同，有什么好看？

可我很快明白了，他们不是在看我，而是在看我身边的两个保镖——妈和婆婆。

妈和婆婆身高与我相仿，右边是妈，稍胖，左边是婆婆，偏瘦。她俩与我并肩而行，寸步不离，我夹在中间，俨然像一位大将军，绝对是公园

姥姥与奶奶的战争

里的一道亮丽的风景线。不知旁观者是在赞叹我好福气，散步还有两个妈妈相陪，还是在嘲笑我太过于娇气？

我对妈和婆婆道："妈，您们别这么跟着我，让别人笑话。"

我妈一本正经道："笑话什么？他们那是羡慕，让他们嫉妒去吧。"

婆婆柔声道："微微，这个时候可千万不能大意，还是小心为好。我和你妈的任务就是为你保驾护航，寸步不离。"

我妈道："你婆婆说得对，你现在是大熊猫、国家一级保护动物。不跟着你能放心吗？"

我忽然停下脚步，撅嘴道："那你们就把我关在笼子里，叫我傻吃酣睡，当猪养。明天不出来了。"

我妈生气道："你爱出来不出来，对于你，我们就得严看死守。你这丫头怎么这么不懂事？"

婆婆怕我真的动气，对身子和胎儿不好，对我妈道："李花朵，咱俩后退一步，别离微微这么近。"

婆婆主动停下脚步，与我拉开距离，我妈却没听她的话，继续与我并肩而行。她常不以婆婆的话为然。

这时，有人喊我婆婆的名字："杨小叶。"

婆婆回头，见叫她的人是原来单位一起的姐妹，转身对我妈说："我去说句话。"便上前与那人打招呼。

我暗自窃笑，少了一个保镖，瞅我的人少了，心中坦然些。

妈拉着我的手继续跟我漫步前行，回头瞅我婆婆一眼，撅嘴道："你婆婆这人就是耳朵根子太软，让你一说就没有主意。这回我一个人跟你行了吧？"

没走几步，又有人叫我妈的名字："李花朵。"

妈回头看，原来是她原来单位的同事徐姨，手牵着她的小外孙女。

妈原来就与徐姨很要好，便松开我的手，与徐姨拉上手，两人热情地聊起来。那小女孩子跑进路旁草坪，一个人玩起来。

这回我更高兴了，剩下一个保镖也甩掉了，我终于自由了。

此时，天气刚刚见暖，树已抽绿，花还没有盛开，公园里多是休闲的老人和玩耍、晒太阳的孩子。尤其是在家中窝了一冬天的孩子们，回归到大自然，忘情地玩耍，格外开心。

因为就要当妈妈的缘故，我现在非常喜欢小孩子，特别愿意看那些怀抱中的婴儿和牙牙学语、摇晃走路的孩子。看着他们，我在猜想，我肚子里的宝宝会是什么样子？更像他们中的哪一个？

徐姨的小外孙女一个人蹲在刚刚抽绿的草地上，玩手中的一个小彩球。柔嫩的小手将球放在草坪上，轻轻拨动过来，又拨动过去，默不作声。以我的观察，这孩子大概两岁，身上穿得五颜六色，很漂亮，在刚刚泛绿的草地中是朵鲜艳夺目的花朵。

我见那孩子一个人很孤单，便想和她一起玩。我冲她拍手："宝宝，来，阿姨跟你一起玩。"

那孩子抬头，恐惧地瞅我一眼，起身跑开，在离我远些的地方又蹲下，继续玩她的小彩球。

我心想：这孩子还有些认生。假如她是我的宝宝，难道我就没有办法把她叫过来？我还真不信。

我又拍拍手，笑道："来，宝宝，阿姨跟你一起唱歌：如果感到幸福你就拍拍手，如果感到幸福你就拍拍手，如果感到幸福就快快拍拍手呀，看那大家一起拍拍手。"

那孩子站起身来，好奇地看着我，忽然跺了一下脚。我暗喜，意识到这孩子会唱这首歌。

我又向她招手。她想过来，又有些犹豫不决。我继续唱："如果感到幸福你就跺跺脚，如果感到幸福你就跺跺脚……"

那小女孩子忽然张开两只小手向我跑来。我开心地笑了，当妈妈的人对孩子总是有办法。

忽然，咚的一声，那孩子在离我两米远的地方跌倒在地，手中的彩球飞了出去。

我的心吓得也咚的一下提起来。都是我惹的祸，不知孩子摔得怎样，见那小家伙却很坚强，一声没哭，趴在地上瞪着明亮的大眼睛看我，却不爬起来。

我鼓励她道："宝宝真勇敢，不哭，自己起来。"

小孩子还是不动，看样子她非让我扶起来不可。

我向前走两步去扶孩子。此时,我已经蹲不下身子,只能弯腰伸手去拉孩子,那孩子仍然不动。

我又把腰弯得更低些,忽然没有站住,身子一歪,哎哟一声,倒在草坪中。

2

苏微:

这时,我婆婆如从天而降,跑到我面前,失声叫道:"微微,你怎么了?"

其实,我并没有怎么样,我一弯腰就觉得腿发软,身子一歪,轻轻地倒下,并没有觉得疼。可我确实吓得够呛,不知这一倒,惊着肚子里的宝宝没有?顾不得回答婆婆的话。

婆婆见我不吱声,抬头见我妈还在那里跟人聊个没完没了,尖声叫道:"李花朵,你个没心没肺的东西,你看微微怎么了?"

妈听到婆婆叫她,回头见我躺在地上,大惊失色,慌忙跑过来,道:"微微,你怎么了?"伸手就要拉我。

婆婆一把将我妈的手打开,道:"别动手。微微,你觉得怎么样?试着活动一下,要是不能动,可千万不能硬来。"

几个园中休闲的人围上来,七嘴八舌说开:

"哎哟,是不是要生了?可别生在公园里。"

"快打'120'叫急救车呀。"

我妈一听这话,抬头见同事徐姨还在,对她说:"你快帮我打个电话。"

他们这样一说,我心里没有底了,更不敢乱动。

草地没有干透,感觉出湿润来,我心中顿时充满恐惧,不知那湿乎乎的,是不是身上有血流出来。

婆婆道:"微微,你感觉怎么样?我来扶你,试着坐起来。"

我没有说话,不知自己行不行,点点头,那就试试吧。

妈和婆婆在我身子两侧,一边一个人,轻轻地将我扶坐起来。

妈见我没有什么大碍,便要把我拉起来,被我婆婆制止了,道:"不行,微微你先别动,坐在这儿观察一会儿。"

妈瞪婆婆一眼,道:"杨小叶,你就叫微微坐在这湿地上?"

婆婆也不还嘴,顺手将自己外衣脱下来,叠成一个垫子,放在我屁股旁,对我说:"微微,你坐在这衣服上,缓口气,然后再起来。"

婆婆和妈两人扶着我,我欠起身子,屁股一挪,坐在婆婆的外衣上,婆婆则一屁股坐在我身后,让我靠着她的身子。悄声问我:"微微,怎么样,没事吧?"

我没有摇头,没有点头,围上来的人将我吓蒙了,我不知道有事没事。

我听到有人议论:"你看哪个是婆婆,哪个是妈?"

有人道:"那还用问,姑娘身后那个是妈呗。"

他们真笨,恰恰猜错了。

正当我妈和婆婆手足无措之时,救护车到了我身边。从车上跳下医生、护士,将我慢慢抬上车,驶往医院。

3

赵方明:

我妈给我打电话时,我正要参加公司一个重要会议。妈说苏微在公园里跌倒,可能要提前生,叫我回家去取一个蓝色的包袱,里面是生孩子要用的东西。

我吓得魂飞胆破,急忙跑回家,抓起那蓝包,火速赶到医院。

此时,苏微正在里面做检查,我妈和我岳母两人站在走廊,像两只老母鸡,脸红脖子粗地斗起架来。

我妈道:"李花朵,你的心也太大,怎么能把微微一个人丢下,跑到一边聊天?"

我岳母反问我妈:"杨小叶,你别光说我,你不在微微身边,干什么去了?"

我妈道:"你没听到有同事叫我?有你在身边,我才去跟人家打个招呼,你要是不在,谁能叫动我?"

我岳母毫不相让,还嘴道:"你打个招呼就回来吧,谁知道你这么没心没肺,我们单位的小徐叫我,我能不打招呼?"

我妈道:"你强词夺理,你应该等我回来后再去聊天。今天这事就是你的责任,微微要是跌个好歹,我跟你没完。"

我岳母道:"杨小叶,你别威胁我,说好是咱们两人陪微微,是你挑头去聊天,今天就是你的责任。是你说的,别跟微微这么近,你是什么意思?你是不耐烦了?"

"你胡说八道。"

"你胡说八道。"

两人越吵声音越大,这时从里面出来一位护士,严肃道:"患者家属不要大声喧哗,这是医院。"

我妈和我岳母这才停了下来。现在该轮到我说话了。我劝早了她们谁也不会听我的话,只能是等着挨骂。

我耐心劝道:"妈,妈,您二位息怒,息怒。有什么事咱们回去解决,微微不会有事,您们放心吧。"

我妈声音低下来,心疼道:"你是不知道,微微跌得有多重。对了,你把蓝包给我,我看看还差什么东西。"

我妈打开包袱,可里面除了一个布娃娃,什么东西也没有。

我们三人顿时都惊呆了。

我岳母手指着我,愤怒道:"赵方明,你怎么跟你妈一样没心没肺。微微生孩子,你不拿宝宝穿的小衣服、盖的被、包的单子,拿个布娃娃干什么?"

我妈嗔怪我道:"瞧你这孩子,叫你把那个蓝布包袱拿来,拿个布娃娃干什么?"

我委屈道:"妈,您看,这不是蓝包袱吗?"

我妈再看包袱,确实是蓝的。奇怪道:"怎么有两个蓝包袱?"

我岳母瞪我妈一眼,道:"娘俩一对没心没肺,话都说不明白。"

我妈白我岳母一眼,欲言又止,把包袱扔在长椅上。

我挠头道:"都怨我急着来医院,没打开看一看。妈,我现在就回去取。"

我妈焦急道:"微微进去半天了,现在不知什么情况,你这一走……"

我岳母站起身，怒道："你这个傻爸，叫孩子光身子等你取包袱？你娘俩快下楼，去超市买。"

我妈起身要跟我去楼下超市。

我岳母道："站住，你俩一走，微微这边有点情况我找谁？"

我妈气得手指我岳母："瞧你这人颠三倒四，到底让我怎么样？"

我急忙打圆场道："妈，妈，我看这样，我给爸打电话，他有我们家钥匙，让他给送过来。"

我见她俩没有反对，急忙掏出手机打电话。

我这边打手机，她俩仍在相互指责。

我岳母埋怨道："杨小叶，我说过你多少遍，准备工作一定要细，没想到关键时刻你竟犯这样低级错误。"

我妈还击："你别长个嘴就知道说别人。我想起来了，这布娃娃是你买的，为什么要用蓝包袱包？"

我岳母说："布娃娃是我买的，难道国家有规定不让用蓝包袱来包？微微说她喜欢布娃娃，我看着这娃娃好看，就买了一个。那包装太脏，我给擦干净，用蓝布包起来，这有什么错？怨就怨你们娘俩没心没肺。"

我妈说："就你有心有肺，把女儿一个人扔下去闲聊。微微要是摔个好歹，我跟你没个完。"

我打完电话，见她们还是没完没了地吵嘴，只得耐心劝道："妈，妈，您二位息怒，息怒。有什么事咱们回去解决。当前，大家都要冷静下来，仔细考虑一下我们目前准备工作还差些什么。"

我岳母说："东西一样没拿来，你说还差什么？"

检查室的门开了，苏微抿着嘴，笑眯眯、摇摇摆摆地出来了，后面跟着一位女医生。我妈和岳母急切地问："怎么样？"

没等苏微说话，女医生道："没事，她摔得并不重，主要是自己太紧张，周围人一多，思想有压力，各方面情况就不太好。现在放松下来，都正常了。不过，还是要多加小心，有些动作不能做，都什么时候了还去扶孩子。你们回去吧，有情况及时过来。"说完就匆匆走了。

谢天谢地，一切平安。我搀扶着苏微上了我车，拉上二位妈妈一起回家。

车上，我岳母不停地在数落着苏微："你这丫头，就是没心没肺，去扶什么孩子？你没听你徐姨说，那孩子皮实着呢，摔得再重她也不会哭。你要是摔个好歹，我还不得被你婆婆吃了。"

苏微只是嘻嘻笑，不说话。趁等信号灯时我回头，见我妈只穿个薄毛衫，没有穿外衣，问："妈，怎么穿这么少？"

苏微接话道："妈把外衣垫在我屁股下，弄湿了，没有办法穿。"

我妈道："不碍事，不冷，不冷。"

我岳母哼了一声，道："一件外衣，管什么用，我说把微微扶起来，就是不干。"

我妈道："哼什么？一件外衣不管用，你不还穿着一件，也脱下来呀。医生说了，我们不让微微动弹是正确的，一旦有情况我们哪里知道怎么处理。"

我岳母道："就你是亲婆婆，我不是亲妈。"

4

苏微：

妈与婆婆的战争，从我怀孕开始拉开序幕，之后越演越烈，以至发展到白热化程度。

我妈和我婆婆原本是形影不离的初中同班同学，下乡一个知青点睡一铺大炕的身贴身好友，用现在话说就是人见人羡慕、人见人嫉妒的闺密。后来，知青点选拔优秀知青上大学，我婆婆暗中煽风点火，串联发动同学投我妈的票，我妈被选为工农兵学员走了，两人这才分开。再后来，我妈进入机关，当上一名机关干部，嫁给我爸，当了图书馆馆长太太；我婆婆回城后进工厂当工人，两人仍来往密切。连我婆婆与我公公搞对象，都是我妈穿针引线做的大媒。你们说她俩是多少年的友情，铁不铁？

我妈叫李花朵，我婆婆叫杨小叶，妈与婆婆在一起，如同她们的名字，是红花与绿叶。绿叶因红花而生动，红花因绿叶而丰满，彼此相得益彰。我妈处于主导地位，我婆婆围着她转，凡事都是我妈说了算，从念书时起就一直是这样。打个比方，我婆婆从别人那儿借来一本小说，我妈瞥了一眼，不屑道："什么破书，多没意思，快别看了。"我婆婆连翻都没翻一页，就把书还给人家。更有甚者，有一次婆婆家一个老邻居给我婆婆介绍一个对象，那人家里条件不错，人很斯文，还是一个机关干部，我婆婆动心了，去请示我妈。我妈乐颠颠地替我婆婆去相亲，回来告诉我婆婆，这个小白脸哪像个男子汉，说话酸倒牙，还是一副娘们腔。这人不行，拉倒吧。我婆婆连看都不看，就拉倒了。这么多年，我妈就像大小姐，我婆婆像个小丫鬟，丫鬟依赖小姐，小姐指挥丫鬟，她们彼此都习惯了。

5

赵方明：

我与苏微谈恋爱，并非是我妈和我丈母娘的意思。我丈母娘和我妈虽是好友，两家相处如亲戚一般，苏家却压根没想把女儿嫁给我。苏微妈妈李花朵是机关干部，苏微爸爸苏国学是图书馆馆长，一肚子学问，写一手好书法，我爸、我妈都是工厂普通工人，两家条件无法相提并论，不在一个层面上，门不当户不对。苏微是只金凤凰、美丽的天鹅，理应攀高枝，嫁个白马王子。所以，我们一家人颇有自知之明，从没做过癞蛤蟆吃天鹅肉的美梦。

我们完全是背着父母自由恋爱。读大学时，有一次，我放暑假坐火车回家，在车上意外遇到苏微，让我眼前一亮。几年不见，原来那个淌鼻涕，不带她玩就哭哭啼啼的小丫头片子，竟出落成面目姣美、亭亭玉立的大姑娘。我俩一聊，竟在同一座城市读书，我在轻工大学，她在医学院。知道这些信息，有什么好玩、好吃、好看的，就互相叫上，谁有烦心事、闹心事、纠结事，也找对方倾诉，日久天长，接触一多，就偷偷谈起恋爱。到了如胶似漆的程度，便向两家公开。我爸妈如拾个金元宝似的，乐得合不上嘴，无话可说。他们都喜欢苏微，我妈还认她当干女儿。可苏微妈知道此事如晴天霹雳，目瞪口呆，一句话说不出来。一个人在床上躺了两天，大病一场，最后在苏微爸爸耐心细致的思想工作下，才勉强接纳我。

我和苏微的恋情公开后，我妈像做错事的小丫鬟，在苏微妈面前总是低眉顺眼，处处巴结讨好，让人看了很不舒服。因为这事我与妈谈过两次，我说："妈，您总这样，我在苏家更抬不起头来。"我妈淡然一笑，道："儿子，你不懂，等你有儿子、女儿就好了。"我让妈说糊涂了，想不明白这话是何逻辑，简直是歪理邪说。

果然如此，自从苏微有了身孕，我妈发生了明显的变化，腰板直了，对我丈母娘的指手画脚敢于置若罔闻，并且常常予以有力的反抗，越来越不服她管，这让岳母大人非常恼火，两人激烈地吵过几次，虽然事后和好，却并非如初。

6

苏微：

回到家，我懒懒地歪靠在沙发上，我妈坐在我身边，继续训我。

"你这孩子，就是气人，你说今天有多危险，这要是有个什么闪失……"

我知道妈这话一说开，就如滚滚长江水，没完没了，忙打断她的话："我饿了，我饿了。不光是我饿了，还有我肚子里您的外孙子、外孙女饿了，你管不管呀？妈，今天中午您给大家做炸酱面吧。"

妈气呼呼地瞅婆婆一眼，道："我不会做，你不是说我做的饭难咽吗，谁做得好吃找谁去。我就是要批评你，叫你长点记性。"

我哎哟一声，忙捂肚子。

大家惊问："怎么了？"

我说："肚子里的小坏蛋踢了我一脚。"

赵方明说："我扶你进卧室歇一会儿。"

我妈说："就你这么能折腾，宝宝那是高兴，踢你一脚是轻的。"

婆婆说："微微快进屋歇会儿，我去厨房下面，你妈做的面就是不好吃。"说着往厨房走去。

我和方明回到卧室，我侧身斜躺在床上，方明坐在我身旁，一手搭在我的腹部，问我："小坏蛋真又踹你了？"

我嘿嘿憨笑，向房门看了一眼，道："哪是小坏蛋踹我，是两妈把我磨唧烦了。哎，这一个妈，一个婆婆，一个劲儿地说。我真受不了。"

赵方明笑道:"看你那样子就是装出来的。我跑到医院两人正掐架,围着一群人观战。我吓了一跳,不知发生什么事情,以为你有什么情况。"

我说:"还说呢,她们吵架,产检室里听得真切,医生胎心都听不清楚。医生问外边出什么事,那护士怪异地瞅着我说,一个婆婆一个妈,掐架呢。我听了脸都发烧。方明,你说,我妈和你妈那么好,怎么发展成这个样子?"

赵方明摇头:"是呀,我也纳闷儿,这确实是个奇怪现象。我发现,你的肚子渐大,我妈脾气渐长。"

我说:"那你是说,我生完孩子,肚子瘪回去,你妈脾气就没了?"

赵方明点头:"我想应该如此。你瘪肚子(犊子),我妈就没脾气了。"

我听出赵方明这坏蛋在巧骂我,我把他放在我腹部的手打掉,扯赵方明的耳朵:"好小子,你骂我,你才是瘪犊子,你是瘪犊子!"

赵方明龇牙咧嘴:"哎哟,饶命,饶命,小心我儿子踹你。"

此时,赵方明的手机唱起歌来。

赵方明对我说:"是你堂妹苏乔的丈夫候玉奇电话。"

7

赵方明:

候玉奇与我都在顺风纸业公司工作,他在销售部,我在新产品开发部,因为他是苏微堂妹的丈夫,所以我俩走得较近。

我问他:"玉奇,有事吗?"

候玉奇道:"方明哥,你怎么没有参加会议?"

我忽然想起,我误了一个重要的会议。

正当我忙着为二位妈妈劝架时,我们公司董事长兼总经理吴事业宣布了一个重要决定。

吴事业说:"董事会决定,原开发部部长李世学同志任公司总工程师,开发部工作暂时由赵方明同志负责。大家知道,目前造纸行业普遍不景气,我们公司是搞特殊纸张的,靠的是新产品取胜,没有新产品,我们公司就没有活路。所以,开发部的工作很重要,前一段时间,Z9新产品研发很有起色。公司像赵方明这批80后、30来岁的年轻人，风华正茂，该担些担子。哦，他老婆生了没有，是男孩子还是女孩子？"吴事业扭头关切地问秘书崔大书。崔大书说："吴总，刚才我打电话问情况。赵方明老婆没有生。她老婆在公园散步，逗小孩玩，不小心摔倒，到医院检查还没有事，回家了。"吴事业说："哦，这有多悬。赵方明人呢？"崔大书回答："赵方明说，他妈和丈母娘为他老婆摔跤的事吵起架来，他正忙着劝架。"吴事业应了一声："哦，劝架呢。"吴事业的脸色忽然变得难看，他说："老婆在医院生孩子是大事，比参加一个会议重要，我非常理解。我也是快当爷爷的人，非常喜欢小孩子。今后，顺风公司无论谁生孩子，都要送个红包，表示祝贺。可是，为劝架不来参加公司经理会议，我无法理解。"他说到这儿停了下来，表情严肃地看着与会人。大家纷纷点头，表示认同，会场气氛顿时沉闷起来。吴事业声调提高，气愤道："这个赵方明，心里在想什么？工作时间在家帮妈妈和岳母劝架，还好意思说出口。公司靠这样的同志能把新产品拿出来？我表示怀疑。我现在撤销刚才的提议，新产品开发部，另安排别人负责。世学，你明天找赵方明好好谈一谈，告诉他，应该处理好家庭与事业的关系。"李世学点头："好，我明天找他谈。其实，他平时工作还是……"吴事业打断李世学的话："不用解释，这件事就这样决定了。"

叫我负责开发部工作，领导向我透过话，会上吴总又把我给撤了，却让我始料不及。我故作大度道："玉奇，我跟你说，撤销正合我意，你以为开发部临时负责人那么好当。开发部想让我负责，全是李世学的主意。他之所以能当总工，是把Z9新产品吹得太美了，可那东西现在还一点眉目都没有。他往自己脸上贴完金拍拍屁股走了，让我给他擦屁股，你说我能愿意干吗？"

候玉奇说："可你知道谁当你们部的临时负责人？"

我说："爱谁谁，我不操那个心。"

候玉奇说："你听我说，吴总叫于明白负责。"

我惊讶道："什么，于明白？吴总他老糊涂了，那个于明白根本不懂造纸。"

候玉奇道："是呀，他不懂造纸……"

我忽然缓过神来，道："你别说了，我明白了，于明白不懂造纸，但他懂得管我，我的妈呀，这回我可真的惨了。玉奇，别聊了，让我冷静一会儿。"

我挂掉电话。

咚咚，我妈在门外敲门："微微，面下好了，我给你端屋里吃呀？"

苏微道："不用，妈，你们先吃吧，我和方明一会儿出去吃。"

苏微坐起身来，对我说："我都听到了，都怨我，我摔这一下子，把你的部长摔没有了。"

我说："你还是没有听全，吴总听说你生孩子，要送红包慰问，听说两个妈吵架，我在家劝解，没去开会，他才生气。"

苏微道："这吴总太霸道，太随意了吧？用人怎么能像上街买菜，说买就买，说不买就不买。"

我说："什么叫随意，一个临时负责人，他自己可以定。不过，新产品要是成功，我这部长就铁定了，拿不下来，我就得被拿下，也别想在开发部混。现在难受的是这个于明白，对造纸一窍不通，还当我们的头。开发部除我之外，另外两个人一直是我的助手。所以，这个于明白要想当这个部长就得靠我出菜，我出不了菜，他也就玩完。我非得让他逼死不可。"

我忽然躺倒在床上，抱头装哭。

苏微叹道："唉，我把心思放在相夫教子上，你总得有点出息，没想到还出了这样的事。"

我说："微微，可别，咱俩换个，我辞职，宅在家里，把心思放在培训下一代上，你干事业，明天当护士长。"

苏微说："可饶了我吧，你以为那护士长那么好干。你知道吗，今年我们科，算上我，一共有四个人要当孩子妈妈。现在哪一个女人不把心思放在宝宝身上，你说护士长管谁？"

我妈又来敲门："我可告诉你俩，面条再不吃成坨了。"

苏微道："来了。"

8

苏微：

妈和婆婆吵嘴，平息得也快，到吃饭时就休战了。

我婆婆忽儿一笑，换了个话题，对我道："微微，昨夜我一宿没睡，给咱家宝宝想了个乳名，叫'牛牛'。意思是宝宝身体康健如牛。怎么样？好听吧？嘿嘿。"婆婆得意扬扬，没等我回话，自己先笑了，笑得十分灿烂。

"牛牛？嘿嘿，牛牛。"难为我婆婆憋一宿想出这么个俗气的名字。如果不信可以上互联网查一查，有多少孩子叫牛牛，我敢说成千上万。婆婆是个缺少幽默感而且又不善撒谎的人，她说一宿没睡觉，一准连个盹都没打。我要是说这个名字不好，那她该有多上火，回去后又得一宿睡不好觉。我笑说："牛牛，好哇，这名字多大气，健壮如牛，牛气冲天，牛市就是股票上涨，股民发财。美国华尔街有个铜牛，谁要是摸一下就能给人带来滚滚财运，还有……"

"得得得得，你这丫头什么时候学会溜须拍马，拍婆婆还一套接一套的。"没等我把话说完，我妈连撇嘴带摇头打断我的话。道："杨小叶，这都什么年代了，人都坐上飞船遨游宇宙了，还起这么土的名字。以前人是没有文化，才叫狗哇牛哇。时代不同了，虽说是小名，叫起来也要文雅，有品位，寓意深远。你说你一宿没睡觉，我潜心研究一个月，我外孙聪明睿智，长大是国家栋梁，就叫睿睿，睿智的睿，你认得这个字吗？"我妈问我婆婆。

"睿睿？怎么不认识。瞧你说的，好歹我也是大专毕业（我婆婆是业余大专毕业，学的是财会，在工厂车间当成本核算员）。那个字很难写，叫起来咬嘴，也不响亮。"我婆婆也学我妈撇嘴晃脑。

这要是在以前，我妈一语否掉我婆婆起的名字，我婆婆就会闭嘴，二话不说，乖乖地举双手，拥护我妈的英明决定。现在不同，因为是给自己的孙子起名，她当仁不让，决不退却。

"牛牛这名字多好，响亮又大气。你说我孙子是国家栋梁之才，这话对,可国家栋梁得有好身体。牛牛,嘻嘻,反正我喜欢。"我婆婆口气很坚定,决无退舍之意。

"什么牛牛、狗狗,你喜欢,我不喜欢。再说,你知道微微生的是男孩还是女孩?如果是个女孩子也叫牛牛?多俗气。"我妈见我婆婆这么顶她,很是恼火,撅嘴说道。

"男孩、女孩都叫牛牛,你难道不知,咱们这儿就有这风俗,女孩起个男孩小名,更好养。花朵,你仔细品一品,'睿睿',东北人还得把舌头卷起来,多费劲,你就听我的,叫牛牛。"我婆婆平时不是一个话多的人,是就是是,否就是否,喜欢简洁明了,可这回却一反常态,苦口婆心劝起我妈。

"杨小叶,你说这话是迷信,就叫'睿睿'。我说你这人样样都好,就是岁数越大,犟劲见长。我在机关待这么多年,还不如你?"我妈恼羞成怒,把机关干部的架子端出来。

我双手托着滚圆的肚皮在客厅里缓缓漫步,看着二位妈妈争执不下,暗自发笑。我婆婆脾气好,对我一直很谦让,我们相敬如宾,相处融洽。但是,我最近品出,凡是关系她未来孙子(孙女)的事,她却显得很固执,甚至不容商量。所谓宝宝的小名,不过就是长辈一个亲昵的称谓,叫什么不行,一个、两个、三个、四个都无所谓,只要高兴随他们叫,他们如果不在眼前,我和方明狗狗、牛牛想叫什么叫什么,哪里值得如此叫真。我头一次见她俩如此相互指责,争得脸红脖子粗,有些担心,她们一旦翻脸,就会搞得大家都不愉快。我忙给丈夫赵方明使眼色,叫他赶快出面调停。

9

赵方明:
苏微在向我使眼色,我早就看见了,我本坐在一旁坐山观虎斗。一个是妈,一个是丈母娘,我能说什么?我妈直接征求她儿媳妇意见,问都没问我,是没把我这个儿子当回事,还以为我还在她肚子里,她的意见便是儿子的想法,两人会一个腔调。可丈母娘坚决反对叫我左右为难,支持我妈,得罪丈母娘,后果不言而喻,相当严重;支持丈母娘,我妈会

姥姥与奶奶的战争

当着苏微和岳母的面,把我骂个狗血淋头,一点情面不留(尽管以前没有如此骂过我,现在保不准。我妈的脾气如这几天的股市,天天见长)。我只能坐在一边嘿嘿傻笑,可我再不说话,事后苏微也得将我骂得够呛。我说什么呀?我急得直挠脑袋,忽然想出个主意,忙上前打圆场,道:"妈妈,妈妈,二位妈妈,您们稍等,我发表下个人意见,供您二位大人参考。"

妈和岳母见我要发表倾向性意见,就停住争吵,一起转身瞅我,齐道:"你说,你说。"

我从她俩目光中看到她们对我的自信与期待,她们心中十分清楚,我不会发表对她们不利的言论,可我没有那么傻,又怎么会当面得罪人。

"咳咳,"我咳嗽两声,一本正经道,"以我小人之见,孩子的乳名,不必像大名那样拘泥,只起一个,可以多起几个名字。比如说,我的小名就有好几个,小时候有人叫我明明,有人叫小明,还有人叫我毛毛,我还有个很不雅的名字……(我两岁了还总尿裤子,我妈当时叫我'傻蛋',苏微和我岳母并不知道。话到嘴边又咽回来,怕给我岳母和苏微留下攻击我和我妈的话柄)那就不必说了,都是大人对孩子亲热。我看二老起的名字一起叫,叫大家选择,这样好不好?"

苏微见我这个稀泥和得不错,她怕她妈和婆婆反对,抢先举手表态:"这个主意好,两个名字一起叫,发挥民主,让广大群众自己选择,叫的人多,叫得响者有奖。我先鼓掌了。"苏微说着拍起巴掌。

我妈眨下眼睛,见儿媳举了手,鼓了掌,我又是这样一个态度,不好再争执下去,点头道:"那就听大家意见。不过我对我起的这个名字满怀自信。"

我没能旗帜鲜明地站在我岳母大人一边,让她很失望,她愤愤不平道:"赵方明,你这是和稀泥、两面派。我就不信你没有个倾向意见!你什么时候能说个真心话?"她扭头问苏微:"那你说,丫头,你是一个大学生,你赞成哪个名字?"

我岳母向自己女儿叫板,那是自寻烦恼,苏微猴奸八怪,当着婆婆面怎么能说赞成自己妈呀。苏微笑呵呵道:"我刚才说了,您没有听见呀,当然赞成婆婆。"

我妈立即笑了,岳母的脸子顿时拉下来,我见她马上要发狂,急忙举手，向丈母娘献忠心，道："如果二者只选其一，我赞成岳母的意见，叫睿睿，一个充满学问、智慧的名字。"

我岳母一拍大腿，道："哎，这就对了。方明，你和微微都是80后，你们孩子的名字要有时代感，不能那样没有文化。方明，我可告诉你，你是个老实的孩子，不许阳奉阴违。"

我连连点头，道："那是，我一定把睿睿这个名字叫得响彻祖国大地。"

岳母道："那是一定，全国人民一定会支持我起的名字。"

我妈撇嘴道："呦呦，还传遍世界五大洲呢。"

岳母生气道："杨小叶，你说什么？你孙子的名字传遍五大洲你不高兴？"

"高兴，高兴，谁说不高兴了。"

第二章　儿子牛牛

1

苏微：

　　我的孩子出生在一个阳光明媚、鲜花盛开的春日。该着我要辛勤劳动，是自然生产，男孩，8斤半，你说我多有能耐？在我熟悉的人群之中，生孩子没有超过8斤的，我居然是8斤半。

　　儿子呱呱落地之时，我第一个想到的是我婆婆，她整天给我补这个补那个，变着花样做我爱吃的东西，把我喂成一头熊，一点模样都没有，总算没白忙活，生下一个健康的胖宝宝。不少人曾警告我，胎儿太大不好生，我也好害怕。可婆婆总是付之一笑，安慰我：别听他们瞎说，我相信你的实力，准能给我生个小牛犊子。8斤半，还不像个小牛犊子？我说这小子在我肚子里踹得那么有劲儿。方明还不信，我叫他摸我肚子，小牛犊给他一记飞毛腿，他说掌心疼了好几天。真逗。此时，我心中默默认可了婆婆给宝宝起的那个乳名——牛牛。

2

赵方明：

　　苏微生完孩子，要躺在产床上观察半个小时，助产师先将孩子抱出来。我和爸妈、苏微的爸妈，以及我们两家前来助威、祝贺的亲属们守在门外迎接小宝宝，只差扯横幅，手持彩旗了。助产师叫着我媳妇的名字："苏微，男孩，8斤半。"

　　"呜拉，大胖小子！"大家欢呼雀跃。

"来了！"我妈盼星星盼月亮，盼白头发，终于盼来个大孙子，她分开众人，眉笑颜开地伸开双手去接孩子。刚才，我妈把我拉一边，诡秘地跟我说，宝宝出产房，她要第一个来抱。她基于什么考虑我不清楚，但作为奶奶，急于抱孙子的心情不难理解。我轻轻拥抱下妈，说："那是自然，奶奶第一个抱孙子，天经地义，除了您，我不会让任何人伸手。"可我万万没想到，还真的有人伸手，伸手的不是别人，正是我的老丈母娘。

我岳母比我妈胖，她忽然来个九十度转体，把我妈挡在身后，道："来了，姥姥抱睿睿。"抢先接过孩子。

虽说我岳母的突然袭击有些不地道，但实事求是地说，她的动作很优美，是个华尔兹舞步，转身，上步，挡住我妈，伸手接过孩子，所有动作一气呵成，然后深情地吻了下孩子外面包裹的小被。

3

苏微：

嘻嘻，真要笑死我。我妈抢抱宝宝这一手事先没有跟我透露，事后她悄悄告诉我：第一个抱孩子的老人要聪明、漂亮，以后孩子越长越像她。哼，你婆婆人长得什么模样，自己该有自知之明，还好意思往我前面挤。我妈这话言过其实，我婆婆长得并不难看，就是有些瘦削，一笑，脸上都是皱纹。

除我婆婆外，只有方明知道这事的底细，外人没人以为我妈抢抱孩子有什么不妥。姥姥和奶奶都是一样的亲人，不分伯仲，谁抱还不行。况且他们都知道，我婆婆是我妈的绿叶，是扶助红花的，出头露面、风光的事理应让给我妈。

4

赵方明：

我岳母一个华尔兹舞步让我妈措手不及，一点心理准备没有，孙子就叫人抱走了，顿时脸阴沉下来，心里骂道：李花朵，你真是霸道惯了，你抢什么呀？孩子姓赵，奶奶先抱有什么不妥，分明是叫我难堪。你等着瞧，我非找你算账不可。

此刻，我完全沉浸在初为人父的无比激动中，没有想到我岳母会捷足先登，抢先一步抱住孩子。她将我儿子搂得很紧，像是怕我妈妈再从她手中将孩子夺走。我猛然发现，我妈狠狠地瞪了我一眼。她的脸色很难看，头上闪烁着汗珠。她一定怀疑是我将她要第一个抱孩子的想法告诉苏微，苏微又透露给她妈，让她妈事先有所准备，抢占先机。我妈为此至少要骂我十天半个月。

不过，我妈是一个顾全大局的人，不会面对众多亲戚因为点小事（在我妈看来也许是大事，天大的事）跟我岳母翻脸，让大家难堪，破坏我们赵家添人进口的喜庆气氛。

我妈马上调整好情绪，拍手笑道："姥姥抱，姥姥抱，骑大马，坐花轿，发大财，放鞭炮。"

我妈老实憨厚，不善言谈，瞬间竟能编出这么几句不伦不类的顺口溜来应付尴尬场面，着实让我钦佩不已。我相信我妈是个应变能力很强的女人，虽五十多岁，但还有许多潜能没有释放出来。她要是早年有机会读大学、念博士，去跟外国人谈判，一定是把好手。

我岳母怀抱我儿子，眉开眼笑，道："睿睿可真沉，8斤半，好家伙，长大一定像姥姥，大个子。"我岳父身材矮小，岳母身材修长，她常以此为骄傲。

"来，牛牛露个小脸，叫大家看看。"我妈见众亲戚围拢过来，笑呵呵地伸手将包在身上的小被掀开一角，宝宝露出胖乎乎的小脸，睁开眼睛定定地看着奶奶。我妈喜上眉梢，道："呦呦，大家快看，刚出生的孩子就知道盯人看。我孙子胖乎乎多招人喜欢。牛牛，牛牛。"妈朝孩子努嘴叫道。

亲友们端详着我儿子，啧啧赞道："8斤半的大胖小子，叫牛牛。牛牛，这名字好，太形象了。"

于是，众人一口一个牛牛叫着，无人再叫睿睿。我岳母心里来气，用被子把孩子脸挡上，扭动腰肢，转身朝病房走去。

5

苏微：

事后有人跟我说，我妈趁我在产房大喊大叫生孩子之时，在门外娘家人中做了许多拉票工作，让他们跟着叫睿睿，结果收效甚微，这在与我婆婆"PK"史上，首次处于下风。

随后，我被推进病房，与宝宝独占个单间，我占大床，宝宝躺在我右侧的婴儿床里，我扬头能看到他的侧脸。在我左边，还闲置了一张大床，是留给家属陪护用的。我妈和婆婆见屋子里人多，不利我和宝宝休息，就往外撵人。

方明爸爸喜得大胖孙子，乐得合不上嘴，拽上我爸和众亲友去饭店喝酒。我爸看见大胖小子，喜得要命，嚷着要一醉方休。我妈听见害怕，追出屋外对我公公道："'闹得欢'，你可别得瑟得太厉害，把老苏头灌醉，我拿你是问。"

我公公名叫赵德欢，因他性情活泼，人送外号"闹得欢"。我公公道："放心吧，嫂子，喜酒不醉人，我心里有数。安顿完，叫方明在病房陪微微和孩子，你和小叶去饭店，咱们亲家好好喝一杯。"

经历一场惊心动魄的战斗，我累得筋疲力尽，侧头看会儿婴儿床里刚出生的儿子，幸福地闭上眼睛，甜蜜地睡了。方明跑前跑后忙活一天，也累得疲惫不堪，偎在我身边进入梦乡。屋子里顿时安静下来，只有妈和婆婆两人伏在婴儿床头，默默地端详宝宝。

6

赵方明：

其实，我并没有睡实在，人在高兴时是睡不着觉的，我听见两位妈妈围着婴儿床嘀嘀咕咕就醒了，奇怪她们在议论什么。便起身向那边望了一眼，只见她俩冲着我儿子比比画画。儿子的小脸肥嘟嘟的，嫩嫩的小嘴慢慢地蠕动，略带浮肿的小眼睛紧闭着，不屑看她们一眼。我心想：这小子

姥姥与奶奶的战争

真他妈的牛，奶奶姥姥在面前也不理，难怪你奶奶叫你牛牛。我不想打扰她们，便又躺下闭眼假寐。

我岳母悄声问我妈："小叶，你说这孩子为什么半天不睁眼睛？"

我妈道："瞎说，谁说他不睁，刚才还睁开了，难道你没有看见？"

我岳母道："刚才？刚才是睁一只眼，闭一只眼，为什么不全睁开？"

我妈道："那你再叫他一声，看他睁不睁眼睛。"

我岳母向我和苏微这边瞅了一眼，见我们俩都睡了，便伏下身子对宝宝低声叫："睿睿，睿睿。"

我儿子努了下嘴，伸了个懒腰，并不理她。

我妈一撇嘴，嘲讽道："还睿睿，你叫谁呢？看我的。"

我妈将一只手轻轻放在宝宝的小被子上，轻声道："牛牛，牛牛。"

我儿子忽然睁开双眼，转儿又闭上。我妈惊喜道："哇，花朵你看见了吧，怎么样？我没有说错，你就叫牛牛，宝宝准高兴。还睿睿、睿睿的，他听不懂。"

"嘿嘿，这两个妈真能闹腾。"我差点笑出声，忙捂住嘴巴，假作咳嗽一声，翻了个身，不去打扰她们，让两老太太逗吧。

我岳母将信将疑，也学我妈样子，将一只手放在宝宝胸前被子上，伏身叫道："牛牛，牛牛，看看姥姥。"

我儿子像是听到叫声，睁开一只眼睛，看我岳母一眼，另一只仍然闭着。

我妈非常得意，捂着嘴笑，拍着我岳母的肩膀说："嘿嘿，怎么样，你叫牛牛，宝宝给你睁只眼，你叫什么睿睿，连一只眼睛都不睁。嘿嘿，太有意思了，笑死我了。"

我岳母生气地将我妈的手拽下来，顶我妈道："有什么好笑，孩子刚生下来就是睁一只眼闭一只眼，过一会儿就好了，这点常识都不懂，还经过培训呢。"

我岳母嘴上这么说，还是愤愤不平，小声骂道："这小子刚生下来就让老赵家收买了，看我将来怎么收拾你。"

"其实……"我妈还要说话，见苏微翻了个身，止住了。

7

苏微：

别以为我真睡着了，生过孩子的女人都有这样的体验，刚生下孩子就是一个兴奋，哪里睡得那么实在，我只打了一个盹，听到两位妈妈唧唧喳喳说话就醒了。

宝宝在我肚子里一直闭眼，刚出生需要一个适应过程，书里都是这样写的，与谁亲谁疏、谁远谁近，全是无稽之谈。我是怕她俩这样继续斗嘴，再逼宝宝睁眼睛，影响他休息。我不好意思说婆婆，只得说自己母亲。我说："妈，您消停一会儿行不，孩子才生下来几个小时，叫他睁什么眼睛。"

二位妈妈见把我吵醒，相视伸了下舌头，不再作声，我妈自觉理亏，不情愿哼了一声，起身出去了。婆婆走到我床边，给我把踹掉的被子重新盖好，悄声歉意道："瞧我姐俩光顾高兴，把你吵醒了。睡吧，睡吧。"

我不想让婆婆太尴尬，道："没事，就是我妈那人……"其实，刚才是婆婆取笑我妈，不光是我妈不对。我不知话应该如何说下去，转口道："您忙活一天，躺那闲床眯一会儿吧。"

"我不累，我不累，你睡吧。"婆婆走过来，又给我披下被角，重新走回宝宝床旁。

我闭上眼睛，轻轻地打起鼾声，假装睡着，婆婆便一个人瞅着孙子，独享初当奶奶的快乐。

我眯缝眼睛，注视着婆婆。她目不转睛地瞅我儿子，五分钟、十分钟，眼皮眨都没眨动一下。我婆婆这人有个怪毛病，好眨眼睛，尤其是在激动、生气或是思考问题时，眨眼的频率相当高，好像眨眼在给大脑充电。此刻已过去十多分钟，她居然一次眼睛都没有眨，真是奇怪。宝宝睡得香甜，有时冲她努努小嘴，时而又伸个懒腰，像是在故意逗奶奶玩。婆婆嘿嘿地笑了，忙又把嘴捂上。

看得出来，婆婆太喜欢这孩子。

我见她伏下身，想再叫一声牛牛，转身看我一眼，怕吵醒我，又忍住。忽然见她瞅着宝宝，快速地眨起眼来，我猜到她一定在想心事。婆婆想什

姥姥与奶奶的战争

么呢？大概在想刚才我妈叫牛牛，宝宝为什么只给她睁一只眼？真是太有意思了。我婆婆扑哧一下没有忍住，笑出声来，又忙用双手捂住嘴。此刻，有人在背后拍了一下她的肩膀，道："瞧你高兴的，别笑傻了。"

婆婆回头，见是她妹妹、方明的老姨杨小枝，忙将右食指放在嘴唇上，嘘了下，叫她小点声，不要吵醒我和方明。我也是太疲劳，懒得动弹，没有同她打招呼，假装睡着。

老姨端详了一阵小宝宝，轻声赞道："啧啧，瞧这孩子，长得真好，漂亮劲像妈妈，机灵劲像爸爸，吸取两人的优点，将来一定有大出息。"

我听到这句话，心里既美滋滋，又有点别扭，她说宝宝机灵劲像爸爸，难道我是傻子？这个老姨就是这样，快言快语，夸人一点脑子都不长。

又听她对我婆婆道："姐，孩子可不能捂这么严实，要是捂上火，生眼屎，长湿疹就麻烦了。你瞧瞧，这屋子里这么闷，盖这么厚的被子干什么？你多年没伺候孩子，为何不雇个月嫂？"

她说完这话，我心里咯噔一下，忙偷偷睁开眼睛，往宝宝这边瞧。看见老姨将我儿子身上的被子揭下来，把一个薄单子盖在他身上。我婆婆伸手要拦老姨，怀疑道："小枝，这能行吗？"

老姨挡住我婆婆的手，道："哎呀，你放心吧。你忘记我家梅梅，三九天出生，我怕她着凉，盖个大棉被，头上还捂个围巾，结果第二天就生眼屎，前胸后背起湿疹，调理多长时间才好，这就是教训。"

老姨比我婆婆有育儿经验，她又在区妇幼保健站上班，虽不是医生，可人家听的见的都比我们多，我相信她说得有道理。我躺在床上，被子全蹬开，一点没觉出冷，宝宝刚出生要捂出毛病就麻烦了。我完全支持老姨的意见，可既是装睡，我就不能突然间说话，那该多没礼貌。心里急着想看我婆婆是何反应。

我婆婆低声数落她妹妹："你别一来就瞎指挥，你一个会计，又不是医生，懂什么？我和苏微妈好歹参加过十天月嫂培训。老师说过，婴儿刚生下来，一定注意保暖。"

"哎呀，我的老姐，我在保健站听的见的都是这些事，这个还不懂？呦，你瞧瞧，孩子拉黑便了，快换一下。"

这个我懂，刚出生的婴儿拉的都是黑便，黑便排尽才能变黄。婆婆和她妹妹两人忙给宝宝重新包裹好，盖上那薄薄的被单。

姐俩忙活完，怕影响我们休息，就到门外唧唧喳喳说悄悄话。

老姨一会儿就走了，我妈手里拎个保温饭桶回来。她问我婆婆："怎么样？"

我婆婆道："苏微一直在睡，牛牛拉黑便了，正赶上我妹妹来。这小家伙睡得很沉，就这么折腾他，居然没有醒，一声没叫唤，你说怪不怪？"

我妈笑着应道："小家伙是招人喜欢。小叶，我出去这一会儿就想他了，你说怪不怪。我得快进去看看。"

两人说着话进屋。我妈没放下保温桶就先过来看孩子，这一看发现问题，惊道："哎呀，孩子脸怎么煞白，嘴唇发紫？是谁把被子撤了？杨小叶，你这人记性么差，培训班老师讲过，新生儿体温调节中枢功能不完善，皮下脂肪薄，散热过多，容易发生低体温。你把被子撤了，孩子会生病的。"

妈的话吓得我一激灵，急忙睁开眼睛。我刚生完孩子，医生有话，不让我起床。我忙用胳膊肘将睡在我左侧的方明捅醒。方明一骨碌坐起身，惊道："怎么了？"

8

赵方明：

我这会儿真还睡着了，一集接一集做起连续美梦，被苏微一胳膊肘儿捅醒，不知发生什么事情。只见我岳母将一个厚棉被盖在我儿子身上，嘴里嘟嘟囔囔批评我妈。

我妈让我岳母这么一说，心里没有底，不知这孩子是不是冻着了，但嘴上并不服气，顶我岳母："李花朵，你忘了，老师说新生儿汗腺发育不全，排汗散热功能差，温度过高容易引起发烧，甚至可因高体温而引起抽风。"

真是晕死，妈和岳母二人在背作业题。关于她们说的这些，我一点都不懂，头一次当爸爸，无法判断她们的对与错。

我和苏微早就商量好，她生孩子时请位月嫂，虽然花些钱，可人家专业知识懂得多，吃得了苦，孩子、大人少遭罪。我俩去家政公司已经谈好，可我妈和岳母坚决反对，说："闲着两个妈不用，让一个外人进家门指手画脚，你们该不是发傻？"她俩真有办法，不知去哪里参加了几天月嫂培训，买回几个塑料娃娃，关起门来练习抱娃娃，给婴儿洗澡。我见她们热情如此高涨，不好泼冷水，就劝苏微给她俩一次实践的机会。苏微听从我的话，就没再坚持。

我走到婴儿床前，揉了揉眼睛，定定地看儿子，宝宝的脸很白，比我媳妇苏微还白，这是不是凉着了，我心里没数，疑惑地问："孩子生下来就是这样子，有什么变化？"

我妈没有点头，也没有摇头，她没有离开过这个屋子，没有觉得孩子有什么变化。可她又拿不准，生怕自己说错话误事，不敢肯定。

我岳母倒是十分肯定，道："我走时不是这样子，这孩子就是冷着了。你那老姨，杨小枝，就是一个会计，自己的孩子养得精瘦，跑这来胡说八道。"

岳母这么说，我再看儿子，忽然发现他的两只小手紧攥成拳头，紧闭双眼，像是在用力使劲，难道是身子发抖？我急了，叫我妈："妈，你快看宝宝这是怎么了？"我的嗓音有些发颤。

9

苏微：

方明一惊一乍，我婆婆忙伏下身子喊我儿子："牛牛，牛牛，奶奶叫你呢，睁开眼睛看看奶奶。"这一招不灵，宝宝没睁眼睛，一动不动。我婆婆心中害怕，眼泪顿时滚落下来。

"你们快看，这孩子浑身怎么发抖？牛牛，牛牛。"我妈顾不上与我婆婆斗气，忘记叫她起的那个文雅的名字睿睿，连声叫牛牛，可我儿子还是不理睬她们。

此刻，我的心里抓心挠肝，难受极了，躺在床上尽量把头抬起，依然看不清楚儿子的脸，我急得带哭腔道："瞎喊什么呀，还不快去叫医生。"

10

赵方明：

苏微一语提醒我，我急忙跑出去找医生。

在走廊，我碰到为苏微接生的阎医生，跟她说明情况。

阎医生跟我进屋，走到婴儿床前，伏身看眼宝宝，用手轻轻地抚摸下孩子细嫩的小脸，抬头对我们说："眼前没看出宝宝有什么问题，不过，你们最好还是抱孩子去儿科看一看。儿科在后楼，要把孩子包好，注意保暖，千万别着凉。"

医生说话总是留有充分的余地，眼前没有问题，那之前有没有问题，之后会不会出问题，她不说，我们心里没有数，叫人忐忑不安。孩子刚出生几个小时就要去看医生，真是叫人揪心。可谁敢不听医生的话呢。我现在才明白，孩子出生后有什么情况都要去找儿科医生。我看着二位妈妈，等她俩决断。

11

苏微：

我见他们几人呆呆地站那儿，木头人一般，一动不动，急道："那就快去吧，还等啥？"

他们见我急哭了，忙包裹好孩子，没有留下一个人陪我，带宝宝去看儿科。

他们出了屋，我躺在床上眼泪哗哗地流下来。赵方明这个家伙愚蠢之极，典型的"二百五"，啥也不懂。他老姨说他机敏，我妈说他是"浮精"，表面上精明，本质上愚笨，事情到叫真的时候，啥也不是。还有，这两位妈妈也真够愁死人，异想天开，跑去参加什么培训，学些皮毛就乱说乱用，宝宝什么状况也看不出来，这要出点差池可如何得了，真就不如请位月嫂省心。我可不让她俩继续拿我儿子实习，再这样下去我非得崩溃。

我从枕头下摸出手机，给我和赵方明去过的那家家政公司打电话，问他们:"我们前几天谈过的那位月嫂能不能上岗?"他们说:"可以,现在就给你联系。"我说:"越快越好,叫她直接到市中心医院来,305病房。"

我打完电话,他们就抱孩子回来了,没等我询问情况,婆婆将宝宝放在床上,一边重新包裹,一边快言快语道:"没事,没事,一切正常,医生说啥事没有,牛牛壮着呢。可笑的是,那医生挠牛牛脚心,牛牛生气,叫唤起来,踹那医生一脚,把听诊器踹到地上。哈哈。唉,一天净大惊小怪,依着我,看什么医生,折腾孩子。"婆婆说着声音哽咽了。

虽然是我催促他们去看儿科,但我和方明能听出来,婆婆并非埋怨我,而是将攻击的目标指向我妈。

我妈本是朵红花,怎么能叫片绿叶连讽带刺,岂不是本末倒置,乾坤颠倒。她顿时双手叉腰,二目圆睁,对我婆婆吼道:"杨小叶,今天你如果主意正,我就敢不去。你吓得哭哭啼啼,一副可怜兮兮的样子,谁不着急,反过来又埋怨别人。"

我婆婆正要与我妈理论,赵方明怕两老太太再吵起来,急忙和稀泥,道:"去一趟对,要不谁心里都没有底,看了医生,就放心了。值得。"他就势扯了一下婆婆衣襟,不让她再说。我婆婆把到嘴边的话又咽回去,将牛牛放进婴儿床,道:"嗓门儿那么大干吗,瞧你吓着牛牛。"

我听说孩子平安无事,一股暖流从头顶灌到脚底,心情顿时舒畅,觉出饿来,怕这两妈再争吵,大声道:"我饿死了,吃饭。"

二位妈妈听我喊饿,立即停止争吵,张罗我吃饭。方明将我的病床摇起,背后垫一个枕头,我半坐在床上,他用小勺一勺一勺喂我小米稀粥。我是最不愿意吃小米粥的人,此刻却觉得格外的香甜。有意思的是,大概儿子看见我吃饭,他竟哇哇地哭啼起来,像是在要饭吃。我侧耳用心品味儿子的哭声,发觉他哭得很有特点,声音极细,拉着长音,mama,mama,我听着像是在叫我:妈妈,妈妈。我第一次体验到当母亲的心情,既喜悦又夹带着惊恐,不知他是什么意思。问赵方明:"你看,儿子是不是饿了?"

方明哪里懂这些,扭头问我妈和婆婆:"妈,我儿子是不是饿了?"

"啊?饿了吗?饿了。"我们这一提醒,二位妈妈一致认为,宝宝是饿了,需要马上进食。可是,我的奶水还没有下来,奶奶和姥姥只得忙给宝宝冲奶粉。

12

赵方明：

刚才我岳母错误的判断，导致我儿子白白折腾一趟，喂奶的重任就历史性地落在我妈身上，我岳母由主角成为配角。

我妈理直气壮地将孩子抱在怀中，从我岳母手中接过温好的奶瓶，颇有经验地将奶水挤在手背一点点，试试凉热，然后凑到宝宝嘴边，道："好宝，好宝，喝奶了。"

我儿子没有理她，我妈恍然醒悟，道："瞧我这臭记性，应该叫牛牛。牛牛，喝奶呵。"我儿子仿佛听懂奶奶的话，张开小嘴，将奶嘴叼在口中，吮吸起来。我妈得意地瞥我岳母一眼，抿嘴笑了。

牛牛吮吸奶水很有力量，一边吮奶，一边将屋里人挨个看个遍，咕嘟咕嘟，一口气将瓶中的奶水吸个精光，吃饱后又将眼睛闭上，逗得大家哈哈大笑。

牛牛的名字已被屋里所有人接受，尤其是被反对派我岳母大人接受，是我妈的一大胜利，从此，我岳母再也不叫我儿子睿睿了。

"牛牛，牛牛，我儿子这名字真好，奶奶太有才了。"苏微咧嘴笑道。

13

苏微：

由于牛牛这个名字在屋里叫响，我婆婆风光无限，我妈便不愿在名字上再作纠缠，忙打岔道："别扯那些没用的事，按照标准的喂奶流程，现在应该给牛牛拍嗝。"

我婆婆猛然想起这事，道："对呀，刚才医生还提醒我们，喂完奶，要将孩子竖起来，打个嗝，防止溢奶。来，牛牛，咱们吃饱饭，打个饱嗝。"说着，她将孩子调过头，要竖起来。

我在床上看着婆婆像抱颗大白菜那样随意，惊道："妈，竖不得，牛牛这么软，容易伤到颈椎。"

我这一喊,把婆婆吓一跳,马上停手,道:"微微,你别怕,这个我懂,让我想一想老师是怎么教的。"

我妈皱起眉头,道:"嗨,瞧你真是笨死,平时背得滚瓜熟,到用时全忘了。你把牛牛头贴在你怀里,慢慢调过头,然后轻轻拍打后背。你要是不行,换人,我来。"说着就伸手接孩子。

我婆婆转身九十度,背对着我妈,道:"瞧你说的,谁说我不会,咱俩用塑料娃娃练多长时间,怎么能不会,可说实话,就是有点紧张。来,牛牛,不怕,贴在奶奶怀里,好的,好的,就这样,真乖。"

牛牛老实地将头贴在婆婆怀中,婆婆脸上顿时洋溢起灿烂的笑容。她轻轻拍打牛牛的后背,说:"大宝贝,听奶奶话,打个嗝,笑哈哈。打呀打,笑哈哈。"

我婆婆真是天才,随口就能编几句顺口溜。可牛牛一点反应都没有。我婆婆很是失望,跟我妈商量:"孩子没嗝,没有嗝,就算了吧。"

我妈不同意,道:"怎么能算了,老师讲,孩子不打嗝容易吐奶。这嗝必须打。你不行,我来。"我妈转到婆婆身前,又要接孩子。

在这点上,我很赞成我妈的意见,我在几本书上都见过同样的说法:婴儿胃肠小,里面有气体,如果不排出去容易溢奶。我婆婆拍不出嗝来,是学艺不精,手法不到位,理应换人,没有什么说的。

14

赵方明:

在此问题上,我基本赞成我妈的意见,有嗝打嗝,没嗝打什么?医生说是一般情况如何,我妈妈喂得好,没有气体进入宝宝肚子里,就没有嗝。不能那么教条。遗憾的是我妈没敢再坚持,自以为艺不如人,关键时刻让步了,拱手将孩子交给我岳母。

我岳母熟练地将孩子接过来,贴在自己怀中,轻声道:"牛牛,牛牛,听姥姥话,打个嗝,好乖乖。"我岳母虽然比我妈文化高,说起话来一套一套,滔滔不绝,却不善于编顺口溜,说起来没有我妈那么朗朗上口。她一手在牛牛后背上拍打。可是,我儿子任凭风吹浪打,就是一个睡。我岳母拍了十几下，见一点功效没有，心里着急，下手重些，牛牛哇的一声啼哭起来。

"妈，您出手太重。"我急得跺脚，大胆冒出一句批评老丈母娘的话。

"瞧你，当姥姥的真能下得去手！给我。"我妈上手就抢孩子。

"你说的是什么话，我能用力吗，就这么轻轻一拍，怎么就哭了？"

苏微不忍再看，把头背过暗自流泪。

15

苏微：

我一边用纸巾擦眼泪，心中暗想：哎，她俩没一个真正懂得科学育儿知识，还总是争吵。难道别人家里的婆婆、妈妈也是这样？唉，那个月嫂什么时间能来呀？

这时，我枕下的手机一阵颤抖，我知道有短信进来。我打开机，见是方明发的短信。我回头见他不在屋，进了卫生间。他当着二位妈妈的面不方便跟我说话，就蹲进卫生间里给我发短信。

方明短信就四个字："请月嫂吧。"

看来方明与我的意见不谋而合，深感眼前这二位妈妈热情有余，经验不足。我回他道："我给家政公司打过电话了。"

方明回道："高！"

牛牛又哭又闹，又没打出嗝来，我妈不得不拱手将牛牛又交回我婆婆手中。

"牛牛不哭，牛牛不哭，啊，啊。"婆婆怀抱牛牛，在地上踱步。

这时，推门进来一位四十多岁的女子，道："你们好，宝宝是叫牛牛吗？"

"你是？"二位妈妈问。

"我叫王桂珍，等我洗洗手，换件衣服就来。哟，宝宝受啥委屈，不哭，不哭啊。"王桂珍像是自己家人，不等别人说话，推门进入卫生间。

我没想到月嫂来得如此快，暗自高兴。这人正是我和方明在家政公司见过的那位月嫂，一个大我十来岁的中年女子。她让我们叫她王姐，看上去干净利索，一交谈，人还随和，总是面带微笑，我们就选定她了。

"你搞错了，我们没人请月嫂。"我妈追进卫生间，想把王姐从屋里撵出去。

"啊啊，牛牛不哭，牛牛不哭。"我婆婆怀抱孩子走到卫生间门口，对里面道："你错了，错了，去别的房间打听下，是谁家请的月嫂。"

我憋住笑，趁我婆婆不注意，向方明招一下手。刚才方明面对窗外看奶粉说明书，王姐进来没有看见他的正脸，方明也没有看见王姐，所以他俩没有打招呼。方明走到我床前伏下身子，我贴在他耳边悄声道："嫁祸老苏头，就说是他请的。"老苏头是我爸，他一直支持我们雇月嫂。让我妈找他算账去，省得她再跟我们吵。

方明听这话一愣，转了转眼珠，狡黠地笑了，借机用手指刮下我鼻子。

16

赵方明：

我见月嫂来了，虽然高兴，却不知如何跟我妈和我岳母解释，生怕月嫂把话跟我岳母和我妈说清，把我和苏微装进去。埋怨我俩一番无所谓，可要是联手把月嫂撵走，就麻烦了。正在我六神无主时，苏微给我出个主意，我来不及多想，忙对卫生间里面道："妈，妈，没错，是我爸请的月嫂。"

我岳母一听这话，猛然推开门走出卫生间，气势汹汹道："你说是谁爸？是你爸还是她爸？"她先指我的鼻子又指着床上的苏微。

我一着急还结巴起来，说："她爸，我爸，她爸也是我爸，是您老伴。他老人家怕您和我妈太辛苦，给家政公司打了电话，请来一位专业月嫂。"

我这话声音很大，也是说给王姐听，让她不要说是我们去家政公司请的她，是苏微的爸爸。老爷子现在正在酒店与我爸喝酒，我岳母脾气再大，也不至于不问青红皂白把月嫂撵走。

我岳母眼睛盯着我，怀疑道："他去家政公司，我怎么不知道？"

我被岳母盯得脸上有些发烧，却不敢说实话，瞎编又想不出合适的话来，道："这不，刚才我们去儿科，爸给苏微打来电话。"

我丈母娘对我这个姑爷很不讲情面，我怕事后她要是查清事实，怪罪我说谎，我吃不消，就撒了个谎把球踢给苏微。反正她在月子里，人娇贵，当妈的也奈何不了她。

"苏大哥办的是什么事呀，分明是看我们两个大闲人胜任不了，瞧不起人啊。花朵，你不能问一问他？"我妈煽风点火，添油加醋道。

"我当然要问他，太霸道了，还以为他是馆长，我们就都得听他的？雇人为什么不事先跟我们商量？什么专业月嫂，有技能证、健康证吗？"我岳母就是这样的人，不管谁在场，说话直来直去，全不在乎别人的感受。

王姐换完衣服，笑盈盈从卫生间出来，道："有，技能证书、健康证明，都有，那天他们……"王姐想起我刚说的话，便把下半句话咽回去，改口道："一会儿给您看，宝宝准是尿了，我得给他换个垫子。二位大姐，这儿交给我就放心吧，您二位也歇一歇。"说着，从我妈手中接过孩子。

第二章　儿子牛牛

第三章　月嫂王姐

1

苏微：

婆婆鬼使神差、糊里糊涂把孩子交到月嫂手中，心中后悔，越想越不是滋味。她恨自己，怎么能把孙子交给一个陌生人，就想把孩子抱回来，王姐却给了她一个后背。

王姐将宝宝放在婴儿床里，打开牛牛的包裹，道："哟，哟，我说得没错，真是尿透了。尿布在哪儿？请给我拿两块。"

她居然动嘴指挥起我婆婆来，婆婆思想上一时还不适应，站在那儿无动于衷。最后是方明在包里找到两条垫子交给王姐。

这时，方明的手机唱起来。他扫了一眼机屏，走到门口说了句话又回来，诡秘地向我挤了下眼睛，对二位妈妈道："爸来电话，问我请的月嫂到没有，如果到了，请您们二位过去吃饭。"

我从方明的眼神看出，这电话一定不是我爸爸打来的，是他指鹿为马，顺着刚才我编的瞎话往上爬，哄着二位妈妈赶快走，省得在这儿添乱。

婆婆疑惑地看着儿子，道："是你岳父来的电话？都几点了，他们还没有喝完？"

方明道："没有，说还有几个菜等你们过去才能上。爸说了，两家客人都在，女主人不来招呼一下显得不礼貌。"方明拿起他妈的外衣递过去，他不敢撵我妈，就一个劲儿催促他妈走。

王姐此刻已重新包裹好宝宝，抱在怀中，道："爸爸（王姐指宝宝爸爸方明）也去吃饭吧，这儿有我就行。"

我怕两老太太赖着不走，就催道："方明，你把妈送过去，吃口饭再回来。我现在没事，有王姐在就够了。"

我妈还想跟月嫂理论，却不知说什么。她不是个糊涂人，人家是我们家心甘情愿花钱请来的，不是道听途说赶着来伺候月子，怪得人家什么，有怨气与人家也说不上。她狠狠瞪月嫂一眼，拽起我婆婆，道："走，去饭店找那老苏头……"下半句我妈没说出口，她要去找我老爸算账。

婆婆不放心我和她的大孙子，对方明道："小子，你就待在这屋里，哪儿也不要去，我一会儿就回来。"

王姐笑呵呵道："大姐，这娘俩交给我就放心吧，保证让你们大家都满意。"

我又说了一遍："方明，你去送妈，一会儿再回来。"

2

赵方明：

我将妈和岳母送到饭店，两家前来贺喜的亲戚谁也没走，正热火朝天地打酒仗。我爸和我岳父喝得满脸通红，两人勾肩搭背，聊得正欢。

我爸见我岳母来了，忙起身让座："嫂子，大家就等你俩，怎么才来？大……喜事，喝……两杯，喝……两杯。你的好女儿，生个……大孙子。"

看得出来，我爸喜得孙子，心花怒放，酒没少喝，舌头都大了，说话颠三倒四，驴唇不对马嘴。

我爸比我岳父小两岁，早年与我岳父家是隔壁邻居，小时常去苏家玩耍，苏微奶奶看着我爸长大，知根知底，就撮合我爸我妈的美好姻缘。

我岳母没理睬我爸，一屁股坐在我爸让出的座位上，手指着我岳父的鼻子，气呼呼道："苏国学，我问你，本来说好不雇月嫂，有我和杨小叶两人就足够，你怎么突然变卦？难道连奶奶、姥姥都不相信，我看你是有钱烧的？从哪找来冒牌货，还说是什么专业月嫂，你是不是认识那人，跟她有什么关系？"

我岳父正与众亲友喝得高兴，完全沉浸在当姥爷的喜悦之中，被我岳母几句没头没尾的话问懵了。他醉眼蒙眬道："什么月嫂？你俩不就是月嫂，还参加过什么专业培训，还有那个，那个证。"

"毕业证,上面还盖着大红印章,我看见了。哈哈,国学哥,你说,这两人真没少下功夫,理应好好表扬,咱们敬她们酒吧。"我爸接我岳父的话道。

爸的座位被我岳母占去,服务员又搬来两把椅子放在我岳母旁边,让我爸、我妈坐下。我则坐在他们对面一个空位,挨我堂兄赵方亮坐下。趁他们说话时候抓紧吃几口饭菜,填饱肚子。

我岳母穷追不舍:"你装什么糊涂?方明说是你怕我俩太辛苦,从家政公司请来的月嫂,把我和小叶赶出来。方明,你说话,是不是?"

岳母忽然点我名,我一惊,打了一个嗝,将一口菜吐了出来。心中暗想:这话我无法回答。只得将嗝继续打下去。

这时,我妈说话将我救了。妈道:"一个外人,非亲非故,能叫人放心?依我看,谁看孩子也没有奶奶、姥姥叫人放心。你们大家说是不?"我妈添油加醋,在争取在座的亲友支持。

"那是,那是,奶奶亲,姥姥爱,这是两个最亲的亲人。"众亲友附和道。

我爸酒喝多了,没听明白我妈和我岳母说的意思,道:"月嫂好哇,我和国学大哥意见一致(我爸一只手做了个有力的手势),同意请月嫂,这钱我出,明天就去请。请那个,那个高级月嫂。说实在话,你俩都是过五十快六十岁人,怎么这样想不开……有福不会享。"

我妈见我爸没听明白话瞎打岔,用手打我爸胳膊一掌,嗔怪道:"瞎闹腾什么,听明白了再说。说的是来了个月嫂,接替我和花朵,要不我俩能抽身到这儿来?方明说是他岳父请的。"

我岳父听我妈如此一说,眯着眼睛瞅我,我像作贼似的低头吃饭,不敢看人。岳父心中恍然大悟,准是他宝贝闺女背着二位妈妈请了月嫂,怕受埋怨,把责任推到他身上。这样的小把戏他们之间以前耍过,配合得还算默契。反之,他也有让女儿代之受过的时候。他不会违背游戏规则,出卖自己的女儿和女婿,只得暗自将得罪人的名声担下。这只是我个人的判断,哪知岳父大人是怎么想的?

这时,堂兄方亮对我道:"我得回家了,爷爷还等我消息呢。老人家要是知道你们生个大胖小子,准乐得睡不着觉。你过两天给宝宝照几张相,从网上发给我，叫爷爷和我爸、妈高兴高兴。"

我堂兄家在农村，与我大伯和爷爷住在一起，离市里四十五公里，再不走就天黑了。我说："行，我先发几张相片过去，等孩子大一点就给你们抱去，叫大家看看。"我假装送他，出了酒店。

3

苏微：

以下是我二叔事后对我说的。

我爸笑道："哈哈，对对，这月嫂是我雇的，瞧我光顾高兴，忘记跟你俩说这事。是这样，下午，老朋友老金来电话向我贺喜，说这门口家政公司有位月嫂，以前在他家工作过。此人本分、善良，富有育儿经验，曾在北京当过多年月嫂，带过孩子无数，是个金牌，还在一位大明星家里做过。那个明星叫什么？瞧瞧，那人的名字就在嘴边怎么就想不起来了？"我爸斜眼看我公公："德欢，老金来电话，你也在一旁，没听见吗？"

我爸编的故事我公公哪里知晓，可话问到自己也得配合，他顺嘴说："是那个，那个，唉，就在嘴边，我也想不起来了。"我公公不爱看电视剧，不知道那些年轻女明星，无法帮我爸来编造假话。

我爸道："那月嫂经验丰富，人特别好，对孩子比自己孩子还亲，这样的人去哪儿找。我当时就拍板定案，马上到岗。哈哈。老金那人你还不知道，从来不说谎话。老伴，你和小叶，多少年没带孩子，一晃三十年，手生呀，你们挨累，宝宝遭罪。雇个人有多好。你说对不，小叶？"我爸问我婆婆。

我婆婆以前对我爸的话向来是言听计从，没有反驳过，这次她撅嘴道："这话说得可不对，一个是奶奶，一个是姥姥，都是亲的，能叫孩子遭什么罪？"

我妈光顾生气，没有细听我爸的话，经我婆婆这一挑拨，怒火腾地燃起，指着我爸鼻子道："老苏头，我看你是老糊涂了，里外不分，谁跟孩子亲不知道，月嫂就是个外人，能像自己家人那么无微不至、体贴入微，我就不信。"

我公公虽然酒没少喝,心里却很清醒。酒桌坐满亲朋,我妈执意要与我爸一论高低,吵闹下去,将会破坏喜庆的气氛,让大家都为难。他将一杯酒端到我妈面前,打圆场道:"嫂子,今天是大喜日子,这么多亲友来贺喜,咱们不说这个,不说这个,你总得敬大家一杯酒吧。"

我妈见我公公这话言之在理,自己也是主人,冷落客人是不对的。一只手轻轻推开酒杯,对大家歉意一笑,道:"谢了,我先跟苏国学说个事,然后再敬各位,好不?"

众人道:"好,你说,你说。"

我妈说:"老苏头,这不是在你们单位,该你管的你管,不该你管的,你不要管,行不行?"

没等我爸回答,我公公道:"嫂子,你这话不对,我国学哥在单位是一把手,退休在家也要说了算,我们都听他的。"

我妈狠狠瞪了我公公一眼,道:"赵德欢,你别瞎打岔行不?"

我二叔在一旁听出门道,有意替我爸解围,说:"各位亲朋好友,我说两句,赵、苏两家,喜添贵子,今后宝宝的成长,就是他们两家头等大事,重中之重,你们说是不?为了不使孩子输在起跑线上,就得为宝宝的饮食起居、智力开发、学习教育,还有这个这个,进行全盘考虑,精心设计,稳步实施。对不?所以,我建议,要以这个、这个宝宝为中心,成立一个委员会,重大议程集体协商讨论,避免再出现我大哥独断独行这类事情发生。哈哈,哈哈,大家说,是不是这样?"

"好,这个主意好,有事开会。"酒桌原本是喜庆的气氛,我妈一绷脸,跟我爸鼻子不是鼻子、脸不是脸的理论,大家不知是真是假,很是尴尬,有了这个轻松的提议,亲友们纷纷鼓起掌。

我爸在职时是图书馆馆长,开会必不可少,这两年退下来,没谁再找他开会,就盼望早点有个外孙,享受天伦之乐。可喜的是,现在不旦有了外孙,又能开会,可以拍板说了算,自然是乐不可支。他一拍桌子,道:"这个主意好,有事开会,就这样定了。"

"就这样定了",是我爸的一句口头禅。我爸道:"咱们苏、赵两家,以宝宝为中心,抓好两个基本点,有事集体讨论。"

我爸的话,我公公没有听清楚,问我爸:"大哥,你说两个据点是什么意思，是指你家一个据点，我家一个据点？"

"哈哈哈哈。"大家哄笑，道，"对，是两个据点，他家和你家是给宝宝准备的两个据点，坚固不摧的堡垒。"

我爸继续道："我们老两口加上亲家两口，是常委，在座的各位都是委员，谁有好主意、好建议，凡是有利宝宝成长的都可以提，然后大家讨论实施。这个叫集思广益，一定要把孩子培养成国家有用的人才。哈哈，对不对？"

我公公道："这个主意好，国学哥你当头，你开会有经验。你拍板，我们执行，大家同意不？"我公公带头鼓掌，大家跟着起哄鼓掌。

婆婆没鼓掌，等大家住手后，讥讽道："大哥是主任，那花朵就是副主任，反正都是你们苏家人关门后一商量就定了，还要我们干什么？"

婆婆在涉及孩子的问题上很敏感，她是奶奶，怎能心甘大权旁落。

婆婆说这话，我妈不干了，道："杨小叶，你说的是什么话？你说说，从苏微怀孕，我什么事说出来算数过？"我妈反问道。

我爸见她们两人要吵起来，双手一摆，道："发扬民主，发扬民主。我看就不要设什么副主任，充分发扬委员们的作用。哈哈，让我当主任，我先表扬一下杨小叶同志，给宝宝起的小名'牛牛'很好，大气，叫起来朗朗上口，特此提出表扬，奖励白酒一杯。"

我爸说到这儿，带头鼓起掌来，大家跟着起哄。我爸是怕我婆婆对他这个主任有想法，先给她一个甜枣吃。

众亲友道："牛牛奶奶喝酒。"

4

苏微：

我婆婆一是不好驳众人面子，二是见我爸提她起的牛牛小名，很是自豪，脸一红，道："我这人不会喝酒，就意思一下吧，谢谢各位前来贺喜。"婆婆将酒杯端起，沾了下嘴唇。

众人见我婆婆只沾下嘴唇，连连摇头，道："都当奶奶了，这么喝酒可不行。"

我公公急忙解围，道："杨小叶确实不胜酒力，我替她干这杯。"说着，端起婆婆的酒杯一饮而尽。

我妈见我婆婆抢占了风头，心里吃醋，打断我爸话，道："小名随便叫，大名可得慎重，不能狗啊牛地叫着。"她没有忘刺我婆婆一下。

"对了，嫂子，我国学哥是专家，你是大机关出来的人，这个艰巨的任务就交给你老两口，你们有文化，有品位，起的名字一定响当当、好听、有意义。"我公公竖起大拇指。

"我起就我起，我早就想得差不多了……"我妈话没有说完，我婆婆抢话道："现在不是有组织吗，谁起还不得开会。"

我二叔见我婆婆话中又带火药味，忙打岔："大哥，你们这个常委中，没人家牛牛爸爸、妈妈，不合适吧？"

"啊？对呀，瞧我这记性。"我爸一个巴掌拍在脑门上，道，"那就带上他们，设六名常委。"

"你们瞎折腾，人家小两口不捋那份胡子，你有辙吗？"我婆婆冷笑道。

"他们敢，国学大哥定下的事，谁敢不听。"我公公脸一变，怒目道。

"哦，这可有点不对呀。"我爸端起酒杯要喝酒，庆祝他荣幸地当上主任。细一琢磨我婆婆的话，又将酒杯放下，摇头道："杨小叶说得有道理，我们对这个委员会的性质还没有完全弄清楚，我们不过是一个参谋机构，可以有建议权，重大问题还得人家小两口决定，我们不能包办代替。是不是这样？"

我妈冷笑道："嗨，瞎闹半天，原来啥也不是。看你当个主任乐得屁颠屁颠。我这有一个事，看你这主任怎么解决，你请来这月嫂不够格，能不能给她撤了？"

我爸端起酒杯又放下，道："你这人就是先验论，人家还没有工作，你怎么知道不够格？"

我妈道："我这人看人准，想当初……"

我爸打断我妈的话："你别说了，我听说家政公司有条规定，雇来月嫂如果不合适，三天之内可以换人。不合格咱们可以换人，但总得说出一二三来，她上岗后干几天咱们看一看再决定。"我爸的策略是先哄住我妈，月嫂上了岗，想换掉哪有那么容易。

"好，有你这句就好办。小叶，咱姐俩离他们远点，商量个事。"

我公公见我妈酒不喝就要离桌不同意，道："我说牛牛姥姥，今天是我们两家大喜日子，这杯酒无论如何都要喝下，虽说培养牛牛大家人人有份，可是你们姥姥、奶奶重任在肩，责任最大，孩子能不能成才就看你们的表现，对不，国学大哥？"我公公扭头问我爸。

我爸点头道："对，对，你们二位是挑重担的人，喝下这杯酒，就是有再大的困难也不害怕。"

"知道我们责任大还撵我们走，弄个外人来伺候月子，岂不是自相矛盾，自己打自己的嘴巴子。"我婆婆并不瞅桌面上的人，侧身自言自语叨咕。

"姥姥、奶奶喝酒，不喝不行。"众亲友们跟着起哄。

虽说桌上人都是至亲，人家是来贺喜，我妈和婆婆怎好一再拒绝客人的盛情，两人换副笑脸，端起酒杯，起身挨个人碰了个响，将杯中的酒一饮而尽。

她俩喝过酒，说几句感谢话，把椅子后撤一步，贴身嘀咕起来。

5

赵方明：

以下的话是听我爸说的，我爸听我妈说的和他当场见到的。

我妈和我岳母都属于不胜酒力之人，一杯白酒进肚，两人满脸绯红，热血上涌，情绪亢奋，搂在一起说起贴心话。

我妈瞥眼桌上人，见他们又开始打酒仗，没有人注意她俩，侧身对我岳母道："花朵，我跟你说句心里话，我总怀疑这雇月嫂不像是苏大哥的主意，倒像那小两口办的事。你难道没有注意，在医院，月嫂进屋后，微微一声没吭，咱家那臭小子说话躲躲闪闪，这里面是不是有什么猫腻？我心里总在嘀咕，是我这婆婆哪块儿做得不到位，叫微微不满意，她又说不出口，就暗中换人？"我妈说着说着，委屈得落下泪来。

我岳母从餐桌上拽下一张餐巾纸递给我妈，道："小叶，你说良心话，

姥姥与奶奶的战争

"微微这丫头是跟你近还是跟我近？她成天在你们老赵家，一口一个妈叫得那个亲，我这儿十天半个月不回来一趟，把我晾得凉飕飕的，你倒像是她亲妈，我成后娘了。她挑过你什么？反倒是回家总跟我耍脾气，你怎么还说这样的话？"

我岳母的口才是一流，几句话就把我妈说没电了，撸了把鼻涕，点头道："你说的那倒是，微微跟我是没得说，可为什么要弄个外人来，把我们撑走？我就是想不通。"

"还不都是这个该死的老苏头捣的鬼，刚才没听他自己说是那个老金给他推荐的，还有方明你儿子做证，你还不相信？"

"唉，你说方明那个王八蛋？他跟我从来没有一句真话。"

"小叶，别总一口一个王八蛋叫着，自己的儿子都不相信？"我岳母又扯下一张餐巾纸，递给我妈。

我岳母继续道："小叶，不是我说你，以前你什么话都听我的，咱俩珠联璧合，配合得那叫和谐、默契，谁见谁羡慕。现在你当奶奶反倒犟脾气见长，这可不好，这样会影响我外孙子的性格。今后你能不能改一改，别老顶我？"

我妈当然不服气，道："花朵，别的事我都可以听你的，包括我当年处对象，你说处我就处，你说拉倒我就跟人家拜拜。那个机关干部，条件有多好，你说他没有男子汉气质，说话娘们腔，我连看都没看一眼，叫我妈好一顿把我臭骂。可咱就是不能误了孙子。"

我岳母打断我妈的话，道："小叶，今天我不跟你吵，你说，听我的话怎么就误你孙子了？牛牛是你孙子，也是我外孙，是从我女儿肚里爬出来的，我能给你出坏道道？"

我妈道："花朵，你听我讲，你这人样样都好，就是太自以为是，这就不好。一个人有再大的能耐总有片面性，这我就不举例子了。为了牛牛，咱们应该集思广益。你就是领导，也应该听听不同意见不是？咱俩要团结一致，齐心合力，才能把牛牛培养好。你说我这话对不？"我妈很少这样长篇大论说话，就因喝下一杯酒，话多起来。

我岳母道："团结一致这话对，可团结总得有个原则……唉，算了，咱俩风风雨雨，多年的姐妹，我就不挑你。我是你姐，我的毛病你多担待，咱姐俩有了孙子、外孙子应该更亲近，什么大不了的事值得吵来吵去。那句话叫，心往一处想，劲往一处使，为一个共同的革命目标，把宝宝培养成才。"

"你要是这样想就对了。呜呜呜呜。"两人抱头痛哭起来。看了这场面，谁都会为之动容。

我妈和岳母清楚地认识到，目前我家的局势发生变化，在牛牛身上，现在说得上话的是人家月嫂，两人原来的策略已经过时，必须摒弃前嫌，形成新的统一战线，共同对付外来人——月嫂王桂珍。

桌上人都觉奇怪，这一个奶奶一个姥姥，怎么聊着聊着竟然痛哭起来？都扭头瞅我爸和我岳父。我岳父一挥手，道："女人就是这样，她俩这是高兴得喜极而泣。别管她们，咱们继续喝酒。"

我爸附和道："国学大哥说得对，喜极而泣，咱们喝酒，别管她们。"

我妈和我岳母两人哭一阵，擤完鼻涕，擦干眼泪，又聊起来。

我妈叹口气，道："花朵，你说说，我攒够劲，充足电，准备十冬八夏，就等着伺候儿媳妇和孙子，万没想到却让一个外人撺出来，丢面子不说，还不知那人各方面条件怎么样，叫我怎么能放下这颗心。唉，这两年轻人，身在福中不知福。花朵，我一会儿就回医院，我得在那儿盯着，不能叫那月嫂胡来，让大人、孩子受半点委屈。"

我岳母道："你回我也回去。你家方明那王八蛋是个马大哈，心粗，把孩子、大人交给一个生人，真叫人不放心。"

我妈道："王八蛋可不是你叫的，老丈母娘叫姑爷王八蛋叫人笑话。"

我岳母道："你不让我叫，你也别总在我面前叫，我女儿嫁给一个王八蛋，她是啥？咱俩一会儿就去医院，轮班值守，累了就躺在走廊长椅上休息，这天也不冷。"

我岳母瞥眼酒桌上人，悄悄问我妈："小叶，你注意没，那月嫂人长得怎么样？"

我妈道："我眼睛看牛牛都不够用，哪有心思看她，也就一般般吧。"

我岳母神秘道："你没听老人讲，这第一个月谁带孩子，孩子以后就像谁，她可别把我外孙带丑了。"

"那倒没听说，苏大哥不是说那人是从北京回来的金牌吗，能在北京站住脚，兴许错不了。"

"你别听那老苏头的，他不过是顺嘴胡说，我得去了解了解。"

我妈怪异地看着我岳母，道："你还真想用她？"

我妈道："用什么呀，撵走，把她扫地出门，牛牛还由我们俩带。"

我妈拍我岳母胳膊一下，道："这就对了。"

两人将手紧紧握到一起。

6

苏微：

妈和婆婆晚上谁也没有再回医院，原因是她俩聊着聊着不知为何喝起酒，结果两人都醉了，被我爸和我公公各自带回家醒酒。

我不算是那种性格太开朗的人，喜欢安静的生活，说心里话，我并不愿意让一个陌生人闯进我的生活里，请月嫂是不得已而为之。

两位妈妈都是好妈，这是毋庸置疑的。我妈和我婆婆是两种类型的女人，她们在一起的时候，外人总说她俩是红花和绿叶，这话多少有些道理。我婆婆能吃苦，任劳任怨，人又随和，少言寡语，做得多而说得少，我与她很能处得来，没有一点压力。自从我怀孕，自己家从没开过火，下了班就在婆婆家吃，然后方明开车拉我回自己家，第二天早晨去吃饭，再上班，反正不远，公交车不到一站的路。到孕后期，婆婆就入住我家，专门照顾我，那时公公还在上班，她也不管。而我妈属于那种爱说能讲，善于出头露面张罗事的人，没我婆婆那么肯干。没结婚前，我吃妈做的饭菜还可以，结婚后才知道我妈做的饭菜太难咽了。所以，我不常回家，总愿在婆婆家混吃混喝。（阿弥陀佛，妈要知道我背后说她坏话，又该骂我了。）我妈为此很不高兴，就迁怒于我婆婆，说她是刘备摔孩子——收买人心。虽然她俩为我生孩子作了充足的准备，可我和方明，以至于我所有的朋友都认为还是雇个人为好。事实证明我们的想法是正确的，第一天就乱成这个样子，一个月子下来还不知闹出多少笑话。为此，我得强迫自己适应这个月嫂王桂珍。

王姐四十多岁的样子，标准的鸭蛋脸，一双笑眼不大，单眼皮（我妈为此颇为不满，怕对她的外孙子将来形象有影响）。鼻窝有几粒浅浅的雀斑。总体看人长得还算清秀，一副笑呵呵的模样。她让我和方明管她叫王姐，可她跟我妈和婆婆也叫姐。我暗自发笑，这岂不乱了辈分，不知她咋想的。或许如果管我妈和婆婆叫姨、婶，或大妈，怕她们觉得自己太老，叫姐会让她们感到还年轻？

王姐最大的特点是说话慢条斯理，声音很轻、很温柔，仿佛怕吓着宝宝。哼催眠曲也像只是给宝宝一个人听，一会儿工夫牛牛就安静了。她走路、抱孩子、换尿布都十分轻盈，没有一点声响。我猜想这或许是她的职业素养。

方明晚上睡觉打呼噜，平时在家一夜我不知要踹他多少脚。他怕影响我和牛牛休息，入夜后一个人偷偷跑到医院走廊长椅上打盹，屋里就我和王姐两个大人带牛牛。走廊有时会传来咕噜噜推车的声响，接着就是一阵病人呻吟和痛苦的叫声，然后便是一片寂静。我在医院当护士，知道是有重患来了，本就习以为常，这时却心里发怵。我忽然萌生个可怕的念头，王姐这人可靠吗？我们与她并不熟悉，她要是坏人，趁我们不备把孩子抱走怎么办？虽说她是家政公司派来的，据我所知，那个家政公司不过是松散管理，服务员来去自由，他们为客户介绍一个服务员，除收取两三百元中介费，对雇主和服务员都没有多大的约束，跑掉一个人也无处去找。这该死的方明，就是心大，睡什么走廊？这屋不是有张闲床嘛，如果不够还可以租张折叠床。妈和婆婆怎么也这样粗心大意，走了连个电话也没有，该不是生我的气了？此刻，我的心里十分矛盾，既怕她们来添乱，又觉得她们不在身边我没有依靠。

我睡不踏实，闭会儿眼睛就醒，醒来见牛牛睡得香甜，王姐一直很精神，静静地坐守在婴儿床前，瞅着宝宝。

她见我睡不踏实，起身过来问我："怎么，不舒服吗？"将一只手伸进褥下，摸了摸，柔声道："换个垫子吧。"

她帮我换完垫子，给我倒杯温水，我喝了口，重新躺在床上，却睡不着觉。她又过来替我掖下被子，笑呵呵道："有人生孩子紧张，还有人生完孩子紧张，这都很正常。你应该学会尽量放松，咱们明天回自己家就好了。"

"哦。"我点点头。

王姐继续柔声道:"微微,你真伟大,自己生个8斤半的胖儿子。我前面那个客户也挺伟大,自己生个8斤大胖丫头,婴儿一个月长三斤半,抱在怀里肉乎乎的,哈哈,她幸福死了。所以,关键咱们当妈妈的心理要好,能吃能喝。你想吃什么?我做的饭菜还可以喽。"

她总爱说"咱们",让我听得亲近,拉近了我俩之间的距离,我暗自笑话自己竟怀疑人家是坏人。

说着说着我的心情松弛下来。反正睡不着,就随便与她聊几句。我说:"王姐,我这人有个毛病,不愿意吃那个小米粥和煮鸡蛋。不怕你笑话,一见那东西,我就想到鸡粪的味道,就想吐。"

"嘻嘻,大概是你以前吃伤过。这好办,小米粥煮鸡蛋不是咱们唯一的选择。咱们还有许多别的东西,但一定要先吃些流食,各种粥、汤任你选,本人特别推荐给你,我做的特色小馄饨好吃,回家就给你做。"

我俩聊着聊着,眼皮沉下来,我就睡着了。

7

赵方明:

我躺在医院走廊长椅上,做了一夜与儿子有关的美梦连续剧,与情节不协调的是,忽然屁股上挨了两巴掌,被打醒了。我一骨碌坐起来,原来是我妈来了。

此刻,天虽然亮了,可时间还早,清晨五点刚过。妈生气道:"你这人心真大,叫你守在屋子里,怎么一个人跑到这儿躲清静,把大人、孩子交给一个外人,你睡得着觉?"

我打着呵欠,揉着眼睛,说:"有什么不放心,半夜我回屋看了两回,他们睡得很香。"

如果是在以前,妈一定会心疼地问我:"你这傻小子睡在走廊凉不凉,长椅硬不硬呀,你怎么不回房里睡?"她现在惦记的是苏微和她大孙子,二话没说,直接奔病房。

我妈进入病房,见苏微还在睡觉,就悄悄过去看牛牛,王姐笑着站起身，悄声道："奶奶这么早。"

我妈点点头，眼睛没离开牛牛身上，从头看到脚，见牛牛毫发不缺，这才舒口气。又伸手去摸一下牛牛的小屁股，发现孩子穿着纸尿裤，顿时脸拉下来，低声道："孩子皮肤这么嫩，怎么能穿这个东西？快脱下来。"

王姐笑呵呵解释道："姐，没事的，这个纸裤是专门为小宝宝设计的，夜间穿上睡得香，不用折腾孩子，白天咱们就脱下，我怕你们没准备，特意从家里带来一包。"

妈鼻子哼了一声，道："那可不行，宁可大人费点事，不能让孩子遭罪。"她见王姐没有动手，自己去解牛牛的纸尿裤。

我能想象出，妈心里一定在说王姐：你说得好听，不就是想夜里偷懒睡觉吗。外人就是靠不住。不过，这事妈真有点冤枉王姐，我知道穿纸裤是苏微坚持的，我妈这么说有些过分。我注意瞅王姐，见她仍然笑呵呵，没再加阻拦，反倒是帮我妈重新给牛牛垫好一块尿布。不知妈和岳母在培训时老师是怎么讲的，看来这观念一时改不了，只能慢慢来。

今天上午医生查房，如果不出什么意外，我们就可以回家。我妈悄声告诉我：昨晚她和我岳母都喝多了，这会儿我岳母大概还在家里睡觉。

八点刚过，医生还没来查房，家政公司给王姐打来电话，叫她回去一趟，有急事商量。王姐跟我说："可能是家政公司有什么事要交代，我去去就来。医生查过房你们就先回家，我能找到你们家的小区。"她又特意向我妈交代了几句苏微和牛牛的事就匆匆走了。

医生查房，苏微和孩子一切正常，准许出院，可王姐还没回来，我岳母不知什么原因也没来，我们只能先回家。

刚进家门，我岳母就兴冲冲地来了，她把兜子往沙发上一抛，道："那个骗子，叫我给开了。"

我和苏微吃了一惊，问："您把谁给开了？谁是骗子？"

我岳母道："就是那个月嫂王桂珍呀，你们以为她是何人？是骗子、一个大骗子。我半夜睡不着觉，越琢磨这个月嫂心里越没底，一早就去家政公司。一调查，什么金牌月嫂，还在北京当月嫂多年，还在一个大明星家里工作过，统统都是瞎编的假话，没有影儿的事。我问过她，天安门她都没去过，王府井商场在哪儿都不知道，还说在北京工作多年。我说你们，尤其是你方明，一点革命警惕性没有，这一夜你竟敢放心大胆呼呼睡大觉？她要是把我外孙子抱走怎么办？我当面质问她，为什么要说谎骗人？她还跟我嘴硬，百般抵赖，死不承认。我几句话把她问得哑口无言，一个劲儿痛哭流涕。我说：'像你这样的骗子，就该抓起来扭送公安局。'要不是家政公司一个劲儿替她遮掩，我真就报案。"

8

苏微：

我妈像抓到坏蛋的英雄一般炫耀自己，夸夸其谈。我好奇地问："什么金牌月嫂、在北京多年，这些都是谁跟您说的？"

我妈道："你爸呀。昨天他亲口说的，那人是金牌月嫂，在京工作多年，还在一个全国著名大明星家中当过月嫂。这不，你婆婆当时也在场，你可以问她。杨小叶，你听到没有？"

"是的，我听见了，是牛牛姥爷说的。"我瞅婆婆一眼，她连连点头，给我妈做证。

我妈继续道："那骗子说得天花乱坠，中间还有一个你爸的老朋友帮忙宣传，所以你爸就把她当宝请来了。"

我一听这话就急哭了，我爸瞎编一通话，我妈竟信以为真，把人家臭骂一顿，谁能受得了呀。我捶胸顿足道："我的亲妈，我爸压根就不知道这么回事，那月嫂是我和方明早就在家政公司谈好的，昨天见你们手忙脚乱，我就打了一个电话，让人家来了。你那么骂人家，她冤不冤？我的亲妈，叫我说什么好哇，呜呜呜呜。"

妈和婆婆顿时愕然，原来竟是这么回事。我妈道："那你们为什么不早说，原来你们合起伙来骗我两老太婆？"我妈伤心地抹起泪来。

方明见我俩设的骗局被无情地戳穿，对我妈解释道："妈，我们这不是有意欺骗二位妈妈，只是一个善意的谎言，是想让您二老轻松一些，没有别的意思，您息怒。"

婆婆劝我："微微，月子里可不能哭，落下毛病是一辈子的事。她走就走吧，外人就是再好总是要隔一层，我们也不放心，家里有我和你妈齐心合力照顾你和牛牛足够。再说，方明还有一个星期的假，人多反倒添乱。"

我见婆婆的表情十分平静，没一丝埋怨我妈的意思，反倒大谈两人齐心合力，我敢断定，撵走月嫂，是她俩早就预谋好的。看来，我和方明小瞧了她们的能量。

我一个人暗自流泪，不想再与她们理论。

到家的第二天，我抑郁了。

夜里我没有睡好觉，早晨醒来觉得头发胀，双眼发涩。坐起身看窗外，天灰蒙蒙的，下着绵雨，更觉郁闷……

婆婆给我做的是小米粥煮鸡蛋。她知道我不爱吃这东西，还是做了，我顿时撅起嘴来，心想：王姐说要给我做小馄饨，看来是吃不上了。

婆婆和颜悦色道："微微，我知道你不愿意吃这个东西，可从古至今，坐月子都吃小米粥煮鸡蛋，一定有它的道理。为了身子你得硬吃，习惯就好。"

不爱吃还得硬吃，这就是婆婆的逻辑。不管婆婆如何苦口婆心地劝说，我除一味地摇头，就说两个字："不吃。"

我妈看着心疼，接话道："不吃就不吃吧，你婆婆这人就是死心眼，你想吃什么我去做！"

我还在想王姐说的馄饨，顺口道："我吃馄饨。"

"想吃馄饨还不容易，我做去。"我妈这回心里有底，一边往厨房走，一边说，"只要你想吃就行，只有你想不到，没有我做不到。"

一会儿工夫，妈端碗馄饨过来，我见上面漂层黄乎乎的油，不知放的是什么东西，顿时感到恶心，道："我不吃了，快端走。"我躺下身子，不再说话。

"瞧你这丫头，一会儿说吃，一会儿不吃，你这不是折腾人吗？"我妈生气了，端着碗站在我面前，又舍不得走，放又没有地方放。

我婆婆将碗接过来，轻声道："微微，你是觉得这馄饨看上去不好看吧？那是你妈多放了些香油，其实挺香的，你多少吃一口。"她帮我妈劝我。我以沉默反抗，翻了个身，给她俩一个后背。

我躺在床上无精打采，不想吃任何东西，奶水也没下来多少，牛牛一哭更叫我心烦意乱。

我看着身边小小的牛牛不由发起愁来。孩子这么小，自己的能力那么差，看我妈和婆婆两人手忙脚乱的样子，能把他拉扯大？我一点信心都没有。我无端地跟方明和妈发脾气，婆婆说话我也顶撞，端来饭我不吃，一个人暗自落泪。这可将他们吓坏了，不知如何是好。

9

赵方明：

我老姨来看苏微和牛牛，发现苏微失魂落魄的样子，吓了一跳，忙把我妈和岳母拽到客厅，冲我招手，把我也叫了过去。

老姨神情严肃道："二位老姐，不是吓唬你们，我看微微的状态不太好，这是典型的产后抑郁，如果不尽快调整过来，变成产后抑郁症就麻烦大了。"

大家一听这话心都咯噔一下，有这么严重？产后抑郁症我听说过，严重者有自杀倾向，苏微要是真得上这个病可就毁了。

老姨道："我坐月子时有体会，最重要的是心情要愉快，心情好才能吃好睡好，奶水充足。微微有什么不顺心的事？"

老姨用眼睛看我，可我当着岳母大人的面，怎么好说是她擅自将月嫂撵走，惹苏微生气。岂不是自找挨骂。苏微这丫头我太了解她，最能跟她妈斗气，娘俩几句话不和，她能一个星期不回家。

我妈可算找到一个埋怨我岳母的机会，瞥我岳母一眼，道："这不，微微和方明请个月嫂，被人撵走了，这就撅嘴了。"

我岳母煞时变脸，道："杨小叶，你怎么把责任全都推到我身上，是你一再说，外人进家不放心，自己婆婆照顾得好，串通我把她辞了，现在倒反咬我一口。"

我妈道："李花朵，辞或是不辞，没你这么办事，应该跟人家微微、方明商量一下，有这么冒冒失失的吗？"

我岳母道："怎么，我这当妈的还要请示他们……"

我妈道："你当然谁也不用请示，不就是这个结局，你怎么收拾？"

老姨见她俩又掐上，忙打断，道："停，停，我说你俩真是有福不会享，要是没钱我来掏,想雇月嫂还不好办,咱再找一个呀,微微高兴,你俩轻松,何乐而不为。是不是这个理?"

"哦,枝子说的有点道理,要不咱们就再找个月嫂,何苦叫这丫头不高兴,月子里落下毛病可是大事。"我妈说这话让我岳母表态。

我岳母瞪我妈一眼,道:"你这人就是立场不坚定,要是战争时期就是个叛徒。"

我妈反唇相讥道:"我是叛徒,你就是汉奸。"

"我怎么是汉奸了?"

我急了,道:"妈,妈,您二位就别吵,我进屋跟苏微商量商量,听听她的意见,她要是同意再雇一个月嫂,咱们就去雇,别让她不高兴,伤了身子。"

我转身进卧室,苏微脸冲里躺着,我说:"微微,二位老太太已经认识到自己所犯严重错误,作了深刻的检查,并且表示要写一个书面材料交上来,保证不再犯类似的错误,你就给她们一次机会,我去家政公司再找个月嫂,你看好不好?"

苏微懒得说话,背对着我,道:"王姐,别人不要。"

我没想到苏微会说这话,道:"瞧你这脾气,你妈与王姐有些误会,再见面谁心里都不得劲,咱换一个更好的。家政公司说过,服务员不满意他们负责换人。"

"不,不,不,你别再烦我。"苏微固执地连说三个"不",一拉被子将头蒙上。

我无可奈何地出屋,对妈、岳母和老姨道:"这丫头说了,就要王姐,别人不要。"

我岳母咬牙切齿道:"死丫头是在跟我作对,不理她。"

老姨对我说:"方明,你去一趟家政公司,说点好话,再把那月嫂请回来。"

一听这话我怵得直挠头,我去之后怎么跟人家说?丈母娘刚把人家撵走,女婿就往回请,人家问我,你能当得了家吗?我说什么?

我妈摇头道:"他个笨嘴拙舌小子,不但办不成事还得让人损个紫茄子样。"她瞅着我岳母,道:"李花朵,这屋里就你能说会道,还是你亲自出马吧。"

我岳母冷笑道:"我把人家骂个狗血淋头,再去找人家?我看你是不怀好心,让我当众出丑。杨小叶,我就纳闷儿,你这人怎就这么狠心,眼看着儿媳妇受罪、孙子挨饿,就一点不心疼?"她用的激将法,想让我妈去请那王姐。

老姨连连摆手,道:"好了,好了,你俩别推来搡去。姐,我陪你去,不就是请那个王姐回来吗,我们花钱,就不信,他们有买卖不做。"

我妈和老姨来到家政公司,说明来意,女经理嘿嘿冷笑,道:"你们家真有意思,把人家骂了个够,回头又来请,叫谁能干。实话跟你们说,王姐被骂来气了,人家不在我这儿干了,买晚上的火车票去北京当月嫂。这都是让你们给逼的,说她没北京当月嫂的经历,是冒牌货。"

我妈和老姨一听女经理话里全是刺,扎得浑身不舒服,知道事情麻烦了。真是送神容易请神难。对女经理道:"麻烦您跟她再商量商量,做完我们这单子再走。"

马经理讥笑道:"人家火车票都买好了,还怎么商量?这个王姐手机也不开,我一早就给她打电话,怎么也打不通。话又说回来,我这还有这么多月嫂,可以再挑选一个,何必非盯她一个人?"

老姨瞅着我妈,意思说经理说的也对,咱们不如再挑一位。我妈对老姨道:"你还不知道微微的脾气,她认准的事谁也改不了。回去再商量吧。"

两人出了家政公司,老姨有事先走了,我妈一个人回到我家。

10

苏微:

我婆婆回来我知道,正好我爸和我公公都来了,他们在客厅虽是小声嘀咕,我在卧室听得一清二楚。

婆婆道:"人挺齐的,开个会吧,商量下这事怎么办,那王桂珍来不了,人家坐晚上火车去北京。"

我婆婆将这事一说,我爸生气了,脸拉得老长。我虽没在眼前,我爸一生气就是这样,能想象得出来。他一只手点着茶几批评我妈:"典型的无组织、无纪律，上次会议作出规定，有事开会，大家商量，你为什么还要自作主张？"

我妈双手叉腰（这也是我妈习惯动作），反驳我爸："你少来批评我，我倒要问你，昨天吃饭时你说，那月嫂是金牌，在北京工作多年，还在一个大明星家做过，可她根本不是什么牌，从没有去过北京，我能不辞她？"

"你说什么，我什么时候说过这样的话？"我爸拒不承认，扭头问我公公，"德欢，我说过这样的话吗？"

我公公从不去得罪人，摇了摇头，道："我喝多了，记不清，你没有说过呀。"

我爸道："我在职时就跟你说过，喝酒的时候不要跟我说事，酒话是不算数的，这点事你就记不得？"

"少来这一套，你还以为自己是馆长。月嫂是我辞的，一人做事一人当，愿杀愿剐随你们便，我从不搞两面三刀。"

我能听出来，我妈这话是针对我婆婆说的，我婆婆还能听不出来？婆婆不理睬她，道："现在说气话有什么用，快想办法吧，微微总不吃饭哪行，到现在奶水还没下来，牛牛饿得直叫唤，真是急死人。"

我公公道："那月嫂不是有手机吗？跟她再联系一下，约个地方当面谈一谈，把误会消除不就行了。"

方明道："她是给了我一个手机号，可我打半天了，一直关机。"

我公公道："哦，那我还有一个办法，不妨试一试。"

"什么办法？快说。"大家催我公公。

我公公压低声音道："小叶，一会儿你去对微微说，王姐找到了，她家有点急事，处理一下，明天上午就回来。"

我婆婆道："什么馊主意，那不是撒谎吗，到明天怎么办？"

我公公道："你真是妇人之见，先哄着微微把饭吃下，然后我们再想办法。那月嫂不是坐晚上的火车去北京吗，我们去火车站堵她，火车站就那么大点地方还能找不到。"

我婆婆摇头道："恐怕够呛，把人伤透，凭什么跟你们回来？"

公公道："多说几句好话，给她加工钱，报销火车票损失，不信她不回来。"

我爸想了想，道："目前只有这一个办法，李花朵晚上你也去，见了面先作检讨，态度要诚恳。"

"我不去。"我妈撅嘴道。

我爸道："你不去人家就不回来，人家不回来你女儿就不吃饭，你女儿不吃饭你外孙子就没有奶，你外孙子没奶就叫唤。就是这么个连锁反应，你看着办吧。"

11

赵方明：

晚上，我和我爸、我岳父和岳母都去了火车站，家里只留我妈一个人照顾苏微和牛牛。

我们到车站一看傻了眼，火车站不知为何人这么多，有许多像王姐那个年纪的女人拉个旅行箱去北京，还有许多来欢送的人。一打听才知道，原来是市妇联组织下岗女工去北京当月嫂，王姐一定就在这些人中。可去哪里找她啊？

我爸想出一个主意，道："方明，你去找车站站长，让他给广播个寻人启事。"

这个主意好，我急忙找到站长，把事情一说，他很乐意帮忙，当即让播音员播送寻人启事："乘坐开往北京列车的王桂珍女士请注意，您的亲属现在问询处等您，请您马上过去。"

广播刚停，王桂珍就急匆匆跑来，看见我岳母和我们几个人，吃了一惊，以为又来兴师问罪，脸色骤然变得难看，道："你们找我还想怎么样？"

我岳母满脸堆笑，去拉王姐的手，道："大妹子，我是特意向你来承认错误的，那天是我错怪你了，对不起，请你多多原谅。"

我岳母是没有理能辩出三分理的人，能够如此礼贤下士，还是第一次。如果不是为苏微和牛牛，她是绝不会低这个头。

我岳父也跟着笑脸赔礼："王同志，这里面有一些误会，一些误会，非常对不起。"

王桂珍见这么多人特意来向她赔礼道歉，反倒不好意思，脸一红，说："好了，过去的事就别提了，我要上火车了。"

我急忙道："王姐，苏微抑郁了，一天不吃饭，光哭，她想请您回来，您看……"

"对对，我们都想请你回来，我们可以给你加工资，这火车票钱我们出，你还有什么要求我们都答应。"我爸和我岳父一起道。

"我不是只为钱，加什么工资。"王桂珍没想到会遇到这样的事，一只手理着被晚风吹乱的头发，沉思一会儿，从衣兜里掏出火车票，迟疑一番，道："我可以跟你们回去，可是，我们这是有组织去北京的，就这样打退堂鼓怕不好。"

我岳父道："这个不要紧，我跟你们组织者去说，你晚去一个月。他们在哪里？"

王姐四处张望，指着前边一个女子道："她过来了，你们说吧。"

我们顺着她指的方向看去，见走来一个身穿淡蓝色职业套裙的中年女子。此人身材修长，长发飘逸，体态轻盈，显得很有风度，她便是这次劳务输出单位组织者、妇联就业培训中心主任崔晓兰。此人我岳父认得，她原来在图书馆工作，后来调到妇联。我岳父上前招手，喊道："崔晓兰。"

崔晓兰听到有人叫她，发现是我岳父，急忙跑过来，道："老馆长，你怎么在这儿？"

我岳父道："你挺忙，我就简短地说，这位王桂珍同志在我家当月嫂，我们想请她当完再去北京，你看行不？"

崔晓兰瞅着王姐，嗔怪道："王姐，你可没说有客户呀，这是怎么回事？"

王桂珍脸一红，不知怎么辩解，我岳父抢话道："这事不怨王同志，是我们家出了问题，她才报名去北京。现在我家问题解决了，又想请她回去。你看能不能给我们个方便。"

崔晓兰道："老馆长，是这样，王姐想回去，不去北京，按理说我们无权干涉，可是您还不知，王姐是我们这批去北京月嫂中为数不多几个经验丰富、做得好的人之一，北京早有家政公司向我们提出要她，妇联也把她当成一个再就业的典型，她不去我们就不好宣传了。您看我能不能再帮您找一个合适的人？"

姥姥与奶奶的战争

"啊,原来是这样,我家丫头还不要别人……"我岳父一时不知再说什么。

这时王姐说话了,道:"崔主任,我可不希望你们宣传我,我知道这次去京的机会很难得,我非常想去,可这家孩子妈妈抑郁了,我很不放心,想回去看看。麻烦你跟北京那个家政公司好好解释一下,我做完这个单子,过一个月就去北京,您看好吗?"

崔晓兰见王姐是这个态度,便爽快道:"那有什么不行,苏馆长是我老领导,这个忙总是要帮的。王姐,你就安心在苏家干,我从北京回来去看你。"

"太好了,谢谢。"大家脸上露出笑容。

第四章 起名风波

1

苏微：

　　王姐回来给我做起她拿手特色小馄饨，果然好吃，我连吃两碗，然后躺下睡觉。这一觉睡得好长，一觉醒来，心情豁然开朗，看什么东西都顺眼，开心地逗牛牛玩。

　　回想这段时间，我确实有点矫情，却并非有意。书上说，75%的女性在孩子出生后一段时间，都有莫名的哭泣或心绪欠佳等不稳定情绪。我与王姐并没有那么深的感情，并非她不可，但王姐确实比我二位妈妈做得好，她心细，懂得我的心理，饭做得可口。我心宽体胖，奶水充足，牛牛吃得饱睡得香。

　　有月嫂在，婆婆虽不用住在我家，可她还是每天早早过来，帮月嫂伺候我娘俩，这次，她摆正位子，不再挑事，心甘情愿给王姐当下手，一切都是王姐说了算。

　　我妈每天九点多钟来，看看我和牛牛，对月嫂指手画脚地发号施令，作些点评，然后把我婆婆叫到小屋里谈话，无非是询问月嫂一天来的表现，再给我婆婆下几点指示。我看出，王姐对这些并不太介意，我也就睁一眼闭一眼，随我妈的便。

　　我爸有几天没来，妈说："老苏头正忙着给他外孙子起大号，把家里所有字典、词典全都翻腾出来，坐在屋里冥思苦想。他说了，这是会议集体交给他的任务，一定要完成好。"

　　我心中纳闷儿，哪级会议能管着我儿子起名的事？

　　妈说："就是你生牛牛那天，他们在酒店喝酒时成立的什么委员会，有

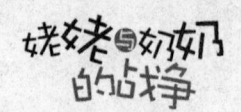

苏家和赵家，还有两家亲戚，说是为培养牛牛成立开会组织，你爸是头，我说不太好，哪天叫你爸详细跟你说。"

我嘻嘻笑道："您们真能折腾，还学起联合国，为我儿子成立个专门委员会。我和方明要是不理睬这个组织，你们决定的东西岂不是废纸一张。"

2

赵方明：

苏微安静下来，我松了口气，感觉出疲惫来，晚上，我早早躺在客厅沙发上睡着了（因有月嫂和苏微住在大卧室，这一段时间我就委身于客厅里）。睡梦中，电话骤然响起，我怕惊醒牛牛，一激灵坐起，急忙将电话拿起，原来是我家里来的电话。我看看手表，已经是晚10点多钟，不知这么晚家里有什么事情。我急切问："爸，怎么了？"

我爸没说话，先嘿嘿一笑。他这一笑，我悬起的心放下来，小声嗔怪："爸，这么晚您有什么事呀？我告诉过您，电话铃会吵醒牛牛，有事给我打手机，我手机调成了振动。您又忘记了。"

我爸不理睬我的埋怨，道："方明，有个高兴事我心里藏不住，再晚也想告诉你。"

我问："什么高兴事？"

"我今天晚上忽然来了灵感，给牛牛想出一个好名字，叫'赵大牛'，怎么样？嘿嘿，这名字我越想越觉得好，大气、阳刚，还朴实。现在不是说越简单朴实的东西，越是好东西吗，名字也是这样。方明你听我分析，这名字适合牛牛将来从事各种职业。如果牛牛当干部，那就是俯首甘为孺子牛，联系群众，不犯官僚主义的错误；如果创业经商，当总经理、董事长，客户们一听这名字，就有一种信赖感；将来我孙子要是个常在电视台露面的公众人物，这名字就有人缘，你说是不？哈哈。我刚才跟你妈说了，你妈连连叫好，催我赶快给你打电话。方明，你跟苏微商量商量，要是没有意见就……对了，还得跟你老丈人说一声……"

我困得要命，哪有精神头跟我爸聊大牛小牛，随便嗯嗯几句，应付老爸，撂下电话。

到底还是把苏微吵醒了，好在牛牛依然在睡。苏微去趟卫生间，回来坐在沙发上，开始审我："谁的电话？"

我把我爸来电话的事跟她说了一遍，苏微冷笑道："你妈起个小名叫牛牛，你爸起个大名叫赵大牛，除了牛，你们家还会起别的不？"

我说："还别说，老爷子对赵大牛的解读真是很妙，我跟你说说……"

"算了吧你。"苏微狠狠戳我的脑门，道，"我儿子可不要这么土的名字。听我妈说，你爷爷也在给牛牛起名，是不是叫赵老牛？"

我说："我爷爷说他年纪大了，跟不上形势，不管了，叫我们自己起。"

苏微道："阿弥陀佛，不管最好。你爷爷给你堂兄儿子起个赵金贵，给我儿子虽不叫赵老牛，要是再起个赵金什么的，我们还不好否定。唉，瞧我爸，那么大学问，起个名字竟那么难？方明，你可不能袖手旁观，你给我用点心好不好。咱们不等不靠，自己起。你别睡觉了，现在就想。"

我起身哄苏微进屋，道："那好，你去睡觉，我躺在沙发上一个人静一静，想好告诉你。"

苏微一边往卧室走，一边道："给你一天时间，想不出好名字就罚你。"

我应道："好，好，我认罚。"

孩子的名字，岳父、爸都在着力做这方面工作，我没太上心。苏微是个完美主义者，要求太高，我并非学文，没有那么多文采，憋得脑袋大脖子粗，搜肠刮肚，也想不出能比赵大牛还像样的名字。我忽然想到，书店里有那么多起名书籍，何不借鉴一下。我到那儿翻两本书，儿子响当当的名字就要出自他爸爸之手，那可是最美不过的事了。对，明天就去。

3

赵方明：

第二天，我刚出家门，就接到单位电话，叫我回部里开会，新来的负责人于明白要训话。没有办法，我只得先回公司。

于明白直奔主题："开发部除老刘没上班，就我们四人，赵方明、马大力、宋春燕，咱们研究一下Z9新产品的研发工作。公司吴总叫我们限期拿下，你们看，什么时间？"

马大力、宋春燕摇头不语，我心中明白，于明白不懂造纸，他才问大家。不知那个吴总怎么想的，叫一个外行来领导我们。

于明白见我们三人不吱声，接着说："依我看，吴总的要求很合理，比如，方明同志老婆生孩子，就有个预产期，前后差不了几天。咱们的新产品也应该有个预产期。"

"哈哈哈哈。"我们放声大笑。

于明白被笑糊涂了，问："你们笑什么？"

宋春燕说："笑您有才，于头的比喻太恰当不过。"

于明白说："就是嘛，方明，你谈谈想法。"

我知道他就等我说话，可我正在气头上，哪有好话答对他。我说："我真不好说，原来这项工作是刘工负责，他病休后我刚刚接触，谈不清楚。"

于明白说："那马大力、宋春燕，你们俩说说。"

两人摇头。

马大力说："我和宋春燕到开发部才半年，这项工作接触个皮毛，说不清楚。于头，我看您还是去一趟老刘家，您当了领导要亲自看望一下病号，再让他说说情况。"

这时，我的手机唱起歌来。我说："不好意思，老婆电话。"我起身去一边接电话。

这电话是我与苏微约好的，我告诉她，我开上会你就给我来电话。我不光是闹情绪，因为我有10天的助产假期。

我回到座位，道："于头，我老婆来电话，她产后有点小问题，要到医院去，我得马上回去。"

于明白迟疑道："这……"

我说："昨天电话里我不是说了吗，公司给男同胞10天陪产假，我开始休假。"

于明白道："是这样，方明同志，咱们商量一下，公司新产品开发正处在关键时刻，你的休假能不能推迟一下，等新产品研发成功你再休。"

我不满道："你没说等我退休一块休。"

马大力、宋春燕大笑："哈哈哈哈。"

宋春燕说:"咱于头真逗,公司这规定就是让丈夫在家里伺候月子,等新产品研发出来,他孩子都多大了?"

于明白说:"不,不,我的意思是说,你们家不是还有妈和老丈母娘吗,难道她们关系还不和?"

他一说这话,更勾起我的火气,我说:"是呀,吵架,这时候正吵得如火如荼,我劝不过来了,你帮帮忙?"

马大力、宋春燕两人大笑:"哈哈哈哈。笑死人了,于头,赵方明要是不在家劝架,你还来不了咱们开发部。"

4

赵方明：

书城里有关起名方面的书籍真是不少,一排长长的书架上摆得满满的。我扫了一眼,有《起名宝典》、《起名攻略》、《起名要点》、《起名大学问》,还有一本叫《名正言顺——帮你孩子起好名》。

还真有人在翻书,我扭头一看,不禁吓了一跳。此人不是别人,竟是我老爸,你说巧不巧。他老人家不是想好孙子名字叫赵大牛吗,又跑书店来干吗?难道觉得大牛这名字不理想,还要重起?

我爸戴副老花镜,正在聚精会神地看一本书,我半蹲着身子,从下面仰视,那书名叫《好名字伴你一生》。书架上还横放两本书,一本是《起名宝典》,另一本是《起名指南》。看来都是他从书架上挑选出来的。

我爸口中念念有词,手里拿着个小本子,不时地在上边标记着什么。我从他身后悄悄走上前瞄了一眼,本子上密密麻麻写着三字一行,两字一行的字,是他抄录下来认为不错的名字。

我爸真有意思,那天喝酒,他明确表态将起名权让给我岳父,现在又不放心,自己冲上阵来。他是个大大咧咧、嘻嘻哈哈的人,不会因为给孙子起个名字与亲家一争高低,我猜想,这一定是我妈的主意。她是想大名小名、所有起名权赵家全部包揽。这样可不好,爸的文化程度有限,能起一个比赵大牛强多少的名字我很是怀疑。我想从身后拍爸肩头一下,逗逗他,然后劝劝他别再管这事。不经意间,见一个人倒背手朝这边走来,我一愣，那人不是别人，正是我岳父。

岳父个子矮，刚才他站在书架后面，我没有发现。不用说，他老人家也是为牛牛起名而来。他那么大学问，家中藏书汗牛充栋，还用来书城翻书？我可不敢与他像与我爸那样开玩笑，急忙躲藏到后面一排书架后，免得撞面尴尬。

我岳父和我爸一样，眼睛盯在书上，一本一本地翻书，与我爸近在咫尺两人却没认出。他从书架上抽出一本书，看了两眼，摇了摇头，觉得没有什么看头，把书放回去。又抽出一本，瞥眼书名，连翻也没翻就放回原处。看来，他没找到合适的。我岳父原来是图书馆馆长，饱读诗书，满腹学问，要不怎么叫苏国学，这几本书岂能看上眼。

他见书架顶端横放着两本书，伸脖子瞄一眼，也是有关起名方面的书，就伸手去拿，被我爸发现，我爸头也不抬，一把将书夺回来，道："对不起，这书是我的。"

我岳父一愣，原来物已有主，刚想说句"对不起"，抬头见与他夺书的人竟是我爸，他乐了，有意开个玩笑，又将书从我爸手中夺回，道："这书店是你家开的？"

"你这人怎么不讲理？"我爸腾地火起，要发脾气，抬头见是我岳父，嘿嘿一笑，道，"这么巧，国学哥，你也来翻书？"

我躲在书架后面捂嘴乐了，心想：你们可别往这边看，这儿还藏着个人呢。

我爸道："我闲着无事来翻翻书，想给你作个参谋，提点建议，扩大下思路，给牛牛起个好名。"

我岳父道："那好哇，集思广益嘛。这名字我想了几天，倒是想出几个，自己都不太满意，所以，没有跟你们说。我正想问你，你说，这孩子的名字是文一些好，还是武一些好？"

"这个，这个，我看，男孩名字还是带些阳刚之气好。不过，阳刚里面最好透些文采。哈哈，你是行家，你定，我的话仅供参考，仅供参考。"

这回我明白了，我爸是觉得他起的那个赵大牛缺乏文采，所以，要选个新名字。

我岳父笑道："哈哈，你是说要亦文亦武？"

"对，我就是这个意思，亦文亦武，这个词非常恰当！"

我心想：让你们老哥俩折腾去吧，我可不跟你们掺和了。我绕道出了书店，回家把这事说给苏微，苏微捧腹大笑，连连道："有意思，有意思。"她再也不催我起名了。

5

苏微：

听方明说，我爸和我公公在书店争一本书，差点吵起架来，我笑弯了腰。自从我怀孕，就开始暗自琢磨宝宝的名字，现在孩子出生了还没有想好，我也着急。大家积极性如此高涨是好事，我可以优中选优，给儿子起个响亮又有意义的名字。

我爸又要召集开会，专题研究牛牛的名字。参加会议者除我爸、我妈和婆婆、公公外，还要求我和方明两人都要参加。

会议照例由我爸主持。爸端坐在沙发正中，这是我家领导坐席，除他之外无人敢坐。他环视一下屋里几个人，问："人都到齐了？"

我回答说："都到齐了，牛牛也到了。"

王姐见两家要商量正经事，要抱孩子进屋。我按住她，道："王姐，您别动，牛牛有权利参加，他有知名权。"

我爸道："王姐可以参加。王姐算是列席参加我们今天的会议，让我们大家以热烈掌声表示欢迎。"

方明见我爸说得一本正经，觉得好玩，跟着起哄，双手使劲鼓掌。

我摆动牛牛两只小手，道："鼓掌、鼓掌，祝贺大会隆重召开。"王姐脸一红，又坐下来。

王姐抱着牛牛坐在我身边，我心不在焉地听爸说话，专心用手抚摸牛牛的小手、小脚。专业术语这叫抚触，可以增强婴儿的感觉能力，王姐每天都要给牛牛做几次，我也学着做，感觉好极了。牛牛的每一个小指（趾）头、手掌、手背、手腕十分细腻，滑润，用手抚摸是种享受，心头荡漾着甜美的快感，儿子也舒服得不时啊啊欢叫。

我爸端起茶杯，轻轻吹一下漂在茶杯上面的浮茶沫子，清了清嗓子，道:"现在开会,今天开会就一个议题,讨论牛牛的名字。"

我瞥方明一眼,看他有何反应。他见岳父大人一本正经的样子怕笑出声来,冲我扮下鬼脸,忙把头侧过去,用一只手将嘴捂严。

我没有笑,我爸以前在家给我妈和我开会就是这个样子,我们已经见怪不怪了。他说开会就得认真,谁要是不当回事他会大发雷霆。

这时,牛牛不知什么原因哇哇叫开,像是在与我爸抢夺发言权,王姐急忙哄,可越哄叫得越凶,她巴不得早点离开会场,对我道:"牛牛可能又尿了。"便抱孩子进入卧室。

因为会议重要,我不能离开,心中又惦记牛牛,便嗔怪我爸:"领导同志,牛牛都提意见了,您还是闲言少叙,赶快进入正题吧。"

我爸严肃道:"你不要打岔,我说的每句话都很重要。为了给牛牛起个好名字,我和德欢同志查阅大量资料,翻阅许多专业书籍,并且请教在这方面有经验的人士,最后提出以下几个备选名字,现在发给大家,供大家讨论。你们认为哪一个名字最满意,在上面打勾。"说着,我爸发给每人一张纸,上面有六个名字。

我爸说完,我公公补充道:"国学大哥高风亮节,充分发扬民主。依我说,你就一个人拍板算了。"他言不由衷地客气一句。

我爸一摆手,道:"哈哈,那怎么成,开会就要倾听大家的意见,集思广益,大家都要发表意见。"

我琢磨着纸上的这几个名字,看着都不错,有两个名字更好一些。看来老哥俩下了不少功夫。"赵大牛"并没在其中,不知是让我爸给否掉了,还是我公公自觉不雅,没往上提。

6

赵方明:

大家对六个候选名字品头论足一番,然后排定名次,第一名我岳父起的,第二名是我爸起的,自然是第一名中选。

"哈哈!"我岳父笑得十分得意,端起杯子呷口茶,重重咂了咂嘴,道,"看来我的功夫没白费。既然大家意见一致,那咱们就拍板确定了。"

"国学大哥你就定吧。"我爸自知自己起的名字放在第二位，不过就是衬映一下我岳父的民主意识，不是我岳父的对手，催促他拍板定案。

岳父大人要做一个手拍茶几的动作，这一掌下去，一个伟大的名字便诞生了。忽然，苏微说话："慢着，我这有新式武器，要测一测名字有没有什么不妥当地方。方明，你去把笔记本电脑拿来。"

我知道，苏微在互联网上找到一个测名网站，她要把名字上网测验打分。别人不知其中奥秘，都扭头看我，我心中怪苏微多事，这名一测，还不知是何结果。我最好闭嘴，没有向大家解释。

我回到卧室将笔记本电脑搬来，放到茶几上，给苏微搬过一把椅子，让苏微坐下。

苏微打开电脑，从收藏夹中找到那个测名网站登陆上去，问我："方明，什么名字？你给我念，咱们测前二名。"

我拿起纸条，问："这两个名字先测哪个？按惯例，咱们先测第二个吧。"

我有个小心眼，这第二个名字是我爸起的，测的结果不好，还可以测另一个。要是先测老丈人起的名字，结果不理想就玩不下去了。

苏微将我爸起的名字输入电脑，立即现出结果，85分，我俩直摇头，85分太低了，我们的儿子的名字不说100分，最起码也得95分以上。

我岳母板着面孔，严肃道："开什么玩笑，爷爷怎么给孙子起这么低分的名字？"

我爸不服气，道："电脑凭什么给打85分？它总得说出道理吧。方明，你给我念一念，上面是怎么说的。"

我爸自以为自己起的名字比我岳父起的还要出色，大家之所以将岳父起的名字排在他前面，里面一定有其他方面的因素，他不好意思争辩。见我搬来电脑要上网测评暗自高兴。电脑这东西六亲不认，不管你是馆长还是大哥，自己杰作第一那是真水平。可是，事与愿违，便愤愤不平。

我见电脑上写得乱七八糟，不愿意仔细看，道："哎呀，真写了不少评语，有空您自己看吧，人家说的自然有道理。"

我岳父咧嘴笑了，手指轻松地弹着茶几，打着节奏，道："这个，这个分数跟我预测的差不多，差不多。哦，这个新科技还真有些道理。测一下我的吧。"

我岳父意思是，我爸也就85分的水平，一个工人怎能与馆长在同一条线上。

苏微将我岳父起的名字输入电脑，立即显现出结果。我和苏微一看结果更不好，才80分。我念道："先天运势'吉'，基本运势'凶'。签语是：此人变故常多，风波不息，大功不成。"

苏微脸色骤变，厉声道："别念了，这个名字不行，不行。爸，您满肚子学问，怎么起这样一个名字？"苏微气急败坏道。

大家面面相觑，是呀，一个大馆长，怎么能给外孙起这样一个不吉利的名字？

"啪！"我岳父怒不可遏，猛一拍茶几，道，"荒唐，这是什么破东西，纯粹是迷信，你们怎么能信这个？"

岳父震怒，将苏微吓哭了，抽泣道："看您这人，刚才还说这东西是新科技，有些道理，转眼就变成迷信，还是您名字没起好。"

我岳父道："你说说，我起的名字哪个地方不好？我拿给几个老同志看，大家都拍好叫好。大气、阳刚，而且文雅。怎么到那上面就说不吉利，不是迷信是什么？现在都什么年代，还信这个东西，快把它给我砸了。"

我见岳父气得脸都涨红了，不知他是要砸碎电脑，还是要干什么。急忙护住电脑，道："砸不得，砸不得，我给您删掉就是，现在就删。这东西真是个迷信，信不得，信不得。"我急忙把那网站删掉。

我爸万没想到会出现这样的局面，电脑会把一个国学专家起的名字说成不吉利，还没有自己起的名字分数高，有点太离谱了。他不想趁火打劫，把自己起的名字再提出来，道："我看咱们不要受外界干扰，就定国学大哥起的这个名字，好不好？大家表个态。"他把目光转向我岳母和我妈，她俩一直没有说话。

我岳母显得很深沉，像是思考很久，缓慢道："那我说两句，我是这样认为，迷信的东西是不可信，可是，既然测出这样一个结果，再用这个名字，大家心理上总会有个阴影，叫起来让人别扭。我看还是放弃吧。"

"小叶，你的意见？"我爸见我岳父只顾生气，便替他主持起会来。

我妈快速眨了几下眼睛，干脆道："我赞成李花朵的意见，国学大哥再重起一个。"

我岳母道："以我看，就让苏微和方明两人起吧，人家是爸爸、妈妈，想起什么名字自己商量，咱们跟着掺和什么？再有，不准再上这个网，行不行？"

我岳母这话说得入情入理，相当有水平，我爸、我妈一致表示赞成。

我岳父心中一琢磨，也是这个理，再好的名字有人说不吉利，还要坚持用，岂不是自寻烦恼。自己白白浪费那么多精力，费力不讨好。他无奈道："我不管了，你们自己起吧。"

我岳母双手一拍，道："这就对呀，你早就应该放权，让他们自己起名。"

我有些纳闷儿，岳母大人今天有些反常，她为何没站在岳父一边，替他说话？她不是要把起名权牢牢地抓在苏家手里吗？为什么到手的权力又要下放？是真的想开了，还是另有别的打算？

我见岳父大人很伤心，急忙表态："我和微微听老人的，我俩的意见还是希望姥爷给起名，是不是微微？"我叫苏微表态。

微微低头不语。

岳父大人长长地叹口气："哎，姥爷，还有爷爷，就像某些国家的国王，只是个象征，说了不算。不管了，不管了。"

正在这时，门铃响了，我开门一看，原来是苏微的奶奶驾到，大家暂时休会。

7

苏微：

我二叔陪我奶奶来看我和牛牛。

奶奶今年80多岁，身体还好，每天看电视，在小区里遛弯、聊天，生活得很悠闲。只是这一年来有些好忘事，还爱耍小脾气，磨叨个事没完没了，谁也拗不过她。恐怕就是人说的老小孩。她现在和我二叔住一起，本已说好，牛牛满月，我抱牛牛过去看老人家，不知老太太为何要破坏约定，搞突然袭击，把个重要的会议给搅黄了。

我与二叔打招呼："二叔，今天怎么没上班？"

二叔向我撇嘴，无奈道："我从单位偷偷跑出来。你奶奶这几天魔怔了，天天叨咕牛牛、牛牛的。今天一早起床，就说梦见牛牛想她，非来不可，谁劝也不听。这孩子还没满月就知道想老太太？你说好笑不。"

奶奶听见二叔在背后议论她，气呼呼道："这才几步道，我说过多少天，就是不带我来。好了，到地方了，你快滚蛋吧。"奶奶举起手里拐棍撵二叔。

二叔工作很忙，同我公公、婆婆说了两句话，便匆匆走了。

我上前挽住奶奶，就势努嘴朝她脸颊亲一口，撒娇道："奶奶，还有一个星期我就出月子了，说好去家看您，怎么就等不及了？"

奶奶笑眯眯的，用布满皱纹的老手拍着我的脸颊，道："傻丫头，你以为我想你，我是想牛牛。"

奶奶面向大家，乐呵呵道："你们说怪不怪，昨天夜里我做了个梦，梦见牛牛哇哇地哭得惊天动地，谁哄也不管用。对了，你妈、你婆婆都在，都哄不好。这会儿我进来，我说：'牛牛不哭，牛牛不哭，太太抱，太太抱。'牛牛果然不哭了。你说神不神？哈哈。"

"哈哈哈哈，真是太神奇了。"大家跟着老太太一起笑。

奶奶说完话，才仔细瞅屋里人，我公公、婆婆忙上前请安。

"哦，德欢、小叶，你们都在。今天什么日子，人这么齐？"我奶奶好奇地问。

我婆婆挽起奶奶另只胳膊，亲切道："苏妈，您大儿子给我们开会，为你重外孙起名。"

我奶奶撇嘴，颤悠悠道："起个名还开会，真是没会可开了。"

我和婆婆挽奶奶进入牛牛屋里，我妈妈随后跟进屋，顺手将屋门带上。

牛牛此时正躺在婴儿床上专心地吮自己的手指玩，王姐见有客人，慌忙起身让座。

婆婆见屋子小，人太多空气不好，将老太太送进屋，顺手抓起王姐刚给牛牛换下的衣服退出来。

奶奶坐在刚才王姐坐的椅子上，眯缝着眼睛端详牛牛，我们恭敬地站在老人身旁。

"呦呦，这孩子多水灵，胖，真胖。微微生时多少斤？哦，8斤半。呦呦，够大的。微微，你可真有能耐，生这么大胖小子。呦呦，牛牛，像小牛犊子。你们说奇不奇，跟我梦见的孩子一个样。"奶奶乐得嘴合不上，不停地夸我儿子，我站在一旁心里美滋滋的。

牛牛像是能听懂有人在夸他，异常兴奋，挥舞着小手，小嘴"哇哇"乱叫，逗奶奶开心。奶奶问我："微微，你儿子说什么呢？"

我说："奶奶，牛牛说的是'婴'语，热烈欢迎老祖宗。"

"哈哈哈哈！"大家全笑了，牛牛忽地也咧开小嘴笑了，他笑得眼睛眯成一条线，那么迷人。我和妈、王姐面面相觑，这孩子生下来从没如此笑过，一起说："牛牛与太姥姥有缘，瞧他这个高兴劲。"

奶奶笑道："可不是有缘嘛，我昨夜做个梦，就是梦见这小子哭，哭得惊天动地。我说，牛牛不哭，不哭，太太明天去看你。你们看，这小子见我果然笑了。呦呦，牛牛，咱娘俩有缘，是不？"

老太太又把刚说过的话说了一遍。她就是这样，同一件事情不厌其烦、翻来覆去地说。她还总是爱做稀奇古怪的梦，一见面就滔滔不绝地说她的梦，你要是不愿意听她就不高兴。

我自然不相信奶奶的话，仔细打量老人家，她今天穿件对襟大红袄，很是喜庆，人显得特别精神。我恍然明白，书中说，婴儿看见鲜艳的颜色和新面孔就会兴奋，原来是我奶奶的衣服在起作用。不过，这话不能说破，说破奶奶不高兴，大家也扫兴。

我掏出手机，"咔咔"拍起照来，留下我们祖孙四代的美好瞬间。

奶奶叹道："还是咱这个社会好，不愁吃，不愁穿，每天乐呵呵的，人能活这么大岁数，我看到第四辈人，知足了。"

我妈道："妈，您长寿着呢，等牛牛结婚生子，您能看到五辈人。"

奶奶摇头，道："我可活不到那时候，那还不成妖怪。"

奶奶忽然想起件事来，问我妈："刚才你们开会，给牛牛起名字，叫苏什么？"

我说："奶奶，您糊涂了，牛牛是您重外孙，人家姓赵，名字还没有想好，要不您老人家给起一个？"

"哦，姓赵？对了，是赵德欢的孙子，瞧我这记性。哦，是我的重外

第四章　起名风波

姥姥与奶奶的战争

孙。外孙是条狗，吃饱就走。"奶奶有些失落。

我撅嘴道："奶奶，您这是典型的重男轻女。您不是说女孩儿好，微微、乔乔是奶奶的小棉袄。"

苏乔是我二叔的女儿，我堂妹。小我两岁，现在已有身孕，不知是男孩还是女孩。

奶奶又咧嘴笑了，道："微微说得对，我是重男轻女，重男轻女。唉，我这是胡思乱想，我们苏家到你爸这辈，你家和你二叔家两个丫头，要是有个小子，咱苏家不是又能传下去了？这是老想法，胡思乱想，没有一点用处。"

奶奶这话她念叨过多次，我都听腻了，我顶她道："呦呦，奶奶还有这想法，为啥当初不叫我妈多生一个？"

"我叫？我叫好使吗？你问你妈，我说话还不如一个过路人。"奶奶白我妈一眼，抱怨道。

我知道这个问题奶奶很难回答，一对夫妻一个孩子，这是政策，不是我爸、我妈说了算的，不知她怨我妈什么。

我妈没有在乎我奶奶的态度，接过话，道："嗨，妈，那还不好办，只要您老人家发话，叫牛牛跟他妈姓苏就是了。"

我奶奶没有听清，盯着我妈问："你胡说什么，叫牛牛姓猪？"

我扑哧笑了，逗我奶奶："牛牛姓牛，不姓猪。"

我奶奶道："牛牛是小名，这我知道，死丫头，跟我说话没个正形。"

我妈大声道："我说叫牛牛姓苏，以后牛牛有儿子也姓苏，有孙子还姓苏，老苏家这不就传下来了吗？"

奶奶撇着嘴，直摇头，道："这你可是说瞎话，人家老赵家的大孙子，凭什么就姓你们老苏家的姓？"

妈说这话我心中不快，我不明白妈为何要跟奶奶开这种玩笑，老太太要是信以为真，结果办不到，岂不是更让老人不快。可瞅我妈的表情，又不像是开玩笑，莫非她真有此想法？

我妈敛住笑，道："妈，我说的是认真话，现在孩子跟妈姓的不在少数，只要您老人家高兴，咱就叫牛牛姓苏。"

我见妈说得认真，生气道："您瞎说什么，为何平白无故就给孩子改姓？再说，我婆婆家能同意吗？您可别开这种玩笑。"

王姐见我和妈板着脸说话，以为要说正经事，转身出屋。

我妈冷笑："愿意不愿意，就看赵家怎么想。方明大伯有个孙子，叫赵金贵，赵家后继有人了，牛牛姓苏有什么不可？你奶奶和方明爷爷原是老街坊，老人家给你公公和婆婆做的大媒，你奶奶是他们的大恩人，老祖宗一句话，他们敢不听？"

我脑子从来没装过这样的事，思想没转过弯来，一时不知用什么话反驳她，我妈又对我奶奶道："妈，赵家两口子是明事理的人，只要你老人家一句话，他们肯定乖乖同意。您就听我的，没有错。"

呵，我说呢，刚才我妈让我爸放弃起名权，原来她心中藏着一个更大的阴谋。事情果真像我妈所说，我奶奶一句话，我公公、婆婆就乖乖同意？我看未必，我妈拿我奶奶压赵家，压就能压得住吗？压而不服，说不定又要爆发一场战争。自我怀孕以来，我妈和我婆婆之间矛盾不断，一仗接一仗。我是一个息事宁人的人，最看不得家里人吵来吵去。我对妈说："妈，您能不能不惹事，咱们为什么不能顺其自然，该姓什么就姓什么？"

我妈狠狠瞪我一眼，道："你这丫头，这么不懂事，这是关系到苏家千秋大业的大事，你脑子开开窍好不好？再说，能有什么事，有老祖宗坐镇，风平浪静，天下无事。不信咱们就走着瞧。"

奶奶像被我妈的话迷糊住了，眼盯着牛牛想心事。

奶奶现在就像个小孩子，一旦信了我妈的话，就会一条道跑到黑，九头牛也拉不回来。

我拉起架子要跟我妈好好理论，把话也说给奶奶听，叫她们趁早死掉这心思。这时，牛牛蹬腿啼哭上了，我妈忙将奶奶搡到别的屋去，王姐进来和我一起哄孩子。

8

赵方明：

苏微奶奶来了，我爸、妈见会开不成，担心人多闹腾，老太太心烦，留下个话两人就悄悄回去了。

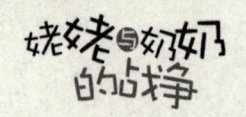

我妈我爸一边往家走，一边说话。

我妈道:"你帮我分析分析，李花朵今天为什么要一反常态，说出那样的话？她不是要把起名权牢牢抓在苏家手里吗，可到手的权力为何又要下放？我看她一定不安好心，另有图谋。"

我爸道:"能有什么阴谋，她是看苏大哥费尽心血起的名字，让那网上一句话给毙了，心疼了，还能有什么图谋？依我看，苏大哥放权也好。我突然想到一个事，开会时方明小声跟我说，他和微微都相中赵大牛这个名字，问我为何不提出来讨论一下，我想，既然他两口子相中赵大牛，干脆就叫这个名字，苏家老两口表态不管了，你看好不？"

我妈用眼睛狠狠瞪我爸一眼，道:"你这人好赖话听不出来呀，方明那王八蛋逗你玩呢，你还当真。"

我爸道:"不能吧，逗我玩？他敢，我抽死他。"

我妈叹口气:"赵德欢，你能不能长点能耐，起个像样子的名字，大家一提起是爷爷起的，那该有多神气。小名也叫牛，大名也叫牛，乍听还不错，细细一想，是有点俗气，咱就别再提了，省得又给李花朵留下话柄。"

我爸道:"我起的名字你相不中，前边那条大街上有好几家起名小店，人家是专业起名，起的名字中规中矩，咱花点钱起个像样子的名字，然后就说是爷爷起的。"

我妈一听这话，忽然停住脚步，问我爸:"起个名得多少钱？"

我爸道:"用不了多少钱，一两百元钱顶住了。"

我妈道:"那我们就找人起名，然后就说是你起的，这事你知我知，不能对任何人讲。"

我爸点头:"那是，影响我自己声誉的事我怎么能做。"

我妈道:"哎，我就是要杀杀李花朵的威风。"

于是，我妈和我爸来到一家乔大师酿斋，留下我儿子的生辰八字，交上五百元，说好三天后来取名字，大师给我爸我妈详细讲解。

我在宝宝店给牛牛买玩具时岳父打我手机，告诉我，晚上奶奶要请我爸、妈吃饭，饭店订在皇宫酒店。

我听罢有点晕，非年非节，奶奶请我爸、妈吃什么饭？就是我们两家添人进口，多了个大胖小子牛牛，举家相庆，也不用去那么好的饭店，在家里意思一下就行了。我迟疑一下，对岳父说："爸，我看咱们就在家吃算了，如果不愿意做，我去饭店订几个菜。何必花那个钱，奶奶坐着也累。"

"唉，你想得太简单了。"我岳父叹口气，道，"老太太现在固执得很，谁也说不动，就这样定了，你跟你爸妈说。"然后摁断电话。

"就这样定了"，岳父大人这句名言是他在职时延续下来的，在家里继续有效。领导定的事不能更改，我急忙通知我爸、我妈。

9

赵方明：

我爸妈以为苏家人请客，自己并非主角，以前苏家人聚餐也常常带上他们，就没有多想。可到酒店一看，居然想错了，参加宴会的人只有我爸、妈，我岳父、岳母，我和苏微。牛牛没带来，王姐一个人在家照看。苏微疑惑地看着奶奶，然后又直瞅我，估计她也没有想到会是这样。我妈和岳母坐在奶奶两侧，岳父和我爸坐在一起，两人喝酒方便。

奶奶换件大花袄，银白头发抹得油光铮亮，红光满面，显得格外精神。

老人家先致祝酒辞："微微生个大胖小子，我今天看见了，喜欢死了。都是德欢、小叶两口子对微微照顾得好。我叫国学订个饭店，专请你俩，他们都是作陪。"奶奶是个爽快人，说话干脆，主题鲜明，明确指出，今天就是宴请我爸和我妈。

我爸妈受宠若惊，诚惶诚恐，连连道："苏妈，您说的是哪的话？微微是我们儿媳，是一家人，一家人不说两家话，还说什么谢不谢？要说谢，我们得谢您老人家，是您老人家……"

"不说了，你们喝酒，你们喝酒。"奶奶把我妈的话打断。

"喝酒，喝酒。"我岳父、岳母等急了。

"那好，"我爸举杯道，"我提议，咱们大家首先祝福老寿星健康长寿，万事如意。"

"来来，一起举杯，祝老寿星。"

"好，谢谢，长寿，长寿。"奶奶咧嘴笑了，奶奶的两个门牙掉了，也不去镶，一笑一个黑洞。奶奶端酒杯，大家与她的杯子碰过，她用舌尖舔了舔杯中的红酒，又吐掉，咧嘴道："这东西又苦又酸，我可不喝，微微，你喝的是什么东西，给我倒一点。"

"奶奶，我喝的是奶茶，温过的，我给您倒。"苏微倒好奶茶递给我，我放在奶奶面前。

老太太牙口不好，我妈细心地挑了几样柔软可口的菜夹到她盘中，道："苏妈，您多吃点菜。"

"吃菜，吃菜，大家吃菜。"奶奶用手点着桌上我们几人，又夸起我妈、我爸，道："小叶贤惠，对我比我女儿还亲，德欢心肠热，善良。"奶奶说着笑了，道："我想起一件事，德欢小时候贪玩，好打架，喜欢跟大孩子一起玩，他比国学小两岁，却整天跟他们一帮孩子混在一起。有一回，国学放学晚了，一个人落单，被三个坏小子堵住，要打他，正好德欢遇上，上前帮忙，让人打得头破血流。哈哈，德欢，你还记得不？"

我爸忙咽下口中的菜，道："怎么不记得，苏妈您煮了四个鸡蛋，全都给我，国学哥一个没有。"

我岳父点头道："是有这事，你还挺够意思，给我留了两个鸡蛋，放到书包里，第二天下学找我，掏出鸡蛋，两蛋压个稀巴烂，没法子吃。哈哈。"

"哈哈哈哈。"大家都笑了。

我爸不好意思道："这两鸡蛋我本想给你一个，给国文（苏微的二叔）一个，放学我看人家打篮球，把书包坐在屁股下面全压烂了，还不如自己都吃了。哈哈。"

说到这儿，我爸转换话题，忙向老太太表忠心，道："苏妈，从小您就疼我，长大帮我娶媳妇，现在我与国学哥成了儿女亲家，又有了第三代子孙。您老人家对我们恩重如山，您的话就是圣旨，对于我和小叶来说什么时候都好使。"

我妈一旁附和道："好使，绝对好使。"

我爸、妈深知老太太平时生活很节俭，不会无缘无故在这大饭店请他们吃饭，隐约感到她可能有什么话要说，就暗示老人说下去。

"嘿嘿，这个我相信，我从没有把你们当成外人。"老太太笑得灿烂，说到这儿，喝口奶茶，却无下文。

我爸、妈眼瞅着我岳父、岳母，心想：老太太有话没说，你们就替她说出来吧。

我岳母终于说话了，道："不知怎么的，老太太今天特高兴，接下来还有赏呢。"

大家听我岳母如此一说，眼睛都瞅奶奶，不知她赏谁、赏什么。

奶奶受到我岳母的提醒，"哦"了一声，忽然想起件事来，侧身拉着我妈的手，扭头对我爸道："德欢，今天没你什么事，回头我还给你煮鸡蛋。"对我妈道："小叶，苏妈给你看件东西。"

我妈明白了，老太太要赏她东西，忙笑着推辞道："苏妈，我啥都不缺，您老就别花钱了。您是长辈，应该我们孝敬您才是。"

"两码事，两码事。"老太太两只手忙活半天，竟把左手镯子褪下来，一边拉着我妈的手，一边道，"来，让苏妈给你戴上。"

我妈见老太太要把手镯往自己手上戴，不知何意，忙往后拽手，道："苏妈，您干什么？我怎么能要您的东西。"

奶奶用力拽我妈的手，道："别跟苏妈撕扯，给你戴上再告诉你。"

我妈哪里敢跟一个80多岁的老人撕扯，乖乖地让老太太将手镯戴上。那手镯通体透绿，色艳明俏，翠质晶莹，润透细腻，我虽不懂，一看就不错。

我在饭桌上扫了一眼，岳母、岳父安详地微笑，苏微张着大嘴，吃惊地看着我。由此推断，岳母、岳父一定知道老太太这一举动，甚至是他们一起商量好的，苏微或许并不知情。

奶奶把手镯给我妈戴好，拉起我妈手端详半晌，道："正合适，正合适。你们看看，这镯子戴在小叶手腕上有多好看，我一个干巴老太太戴着白瞎了。小叶，你可不准摘下来。我跟你说，这玉镯，是我太奶传给我奶奶，我奶奶传给我妈，我妈又传给我的，我不传别人，就送给你。"

我妈大惊失色，心想：老太太唱的是哪出戏，为什么要把如此贵重的东西送给我？她不传给苏微也该传给她儿媳，何况她还有一个女儿。难道她是老糊涂了？急忙道："苏妈，这可使不得，万万使不得，您还是自己留着戴吧，要不，你就给……"

老太太抓住我妈这句话，固执道："你说我给谁？我自己东西谁也不给,就给你,你要是不收下,就是瞧不起我老太太,你也别管我叫苏妈,我当不起你妈。"说着撅起嘴,把筷子往桌上一摔,生起气来。

我妈不知所措,眼巴巴地瞅着我岳母,心想:李花朵,你倒是说话呀。

以我岳母的性格,老太太心爱的宝贝不给儿媳——花朵,却送给一个外人——一片小树叶子,本末倒置,早就该怒目圆睁,拍案而起,用其伶牙俐齿将老太太批个体无完肤。可我岳母面带微笑,安稳地坐在那儿看热闹,看不出一丝惊异。

我妈又瞅我岳父,岳父平静道:"老太太是真心实意,小叶,你就收下吧。"

我岳母加上一句:"小叶,看你让老太太生气了。"

我妈听我岳母这么一说,转念一想:李花朵在埋怨自己不会办事,我该不是心眼太死,东西我先收下,回头再送回去就是。笑道:"那我就先戴几天,沾一沾老太太的福气。"

老奶奶并不糊涂,郑重道:"小叶,我可告诉你,这镯子是我送你的,可不许半道送给别人,你要是把它弄没有了,我可要找你算账。"

我妈附和道:"这是老祖宗的宝贝,谁也不送。"

我暗自琢磨:老太太80多岁,镯子是她太奶奶传下来的,几代人相传,至今少说也有两百年,岂不是老古董了,她为什么要把这么贵重的东西送给我妈,这里面还含有什么深奥的文章,眼下还真猜不透,只有回去问问苏微。

老太太年纪大,坐时间长腰酸腿疼,苏微虽然身体恢复很好,毕竟是还没出月子,不可太随便。我妈、岳母和苏微陪老太太下了桌,我送她们回家,剩下我爸和我岳父两人没人监督,放心大胆开怀畅饮。

10

苏微:

我妈将我奶奶送回二叔家,然后自己也回家了,婆婆则陪我回到我家。回到家,我接替王姐哄牛牛,婆婆将从饭店特意为王姐带回的饭菜放在微波炉里加热，然后端到餐桌让王姐吃饭，又过来替我看孩子，叫我躺下休息。

我和儿子玩得正高兴，道："我不累，妈，您累了一天，躺在床上歇会儿吧。"

婆婆见我没有倦意，坐在我身边，一边眨眼想心事，一边看我逗孩子。婆婆眨会儿眼睛，忽然道："微微，妈问你件事，你奶奶今天怎么了，又是请吃饭又是送我东西，弄得我昏头昏脑，不知如何是好。"

虽然我不知道我爸、我妈与我奶奶在小屋里都说些什么话，可听到我妈和我奶奶在我屋说的话，已猜出个八九不离十，奶奶请客送礼一定与牛牛姓什么有关。这主意我奶奶想不出，一定是我妈的主意，同时又得到我爸的修改与完善。奶奶是个节俭人，如果不为苏家大事，怎么会舍得将自己心爱的手镯送人，自己掏腰包去大饭店吃饭？但这只是我个人的猜测，即便是事实也不能从我嘴里说给婆婆，只能含糊其词道："我也不知道。老太太今天是太高兴，高兴得有些反常。"我轻轻摸下儿子的小脸蛋，道："牛牛谁见谁喜欢，是不是，乖乖。"

我婆婆自然不相信我这话，摇摇头，伸出左手露出腕上的玉镯，道："我知道这东西是老太太的宝贝，怎么能随便送人，老太太一定还有什么话没说出来，看样子你爸、你妈不会不知道，他俩也不跟我说一声。"

我无法接话，只得默不作声，低头逗牛牛。我不能做里外不是人的事。我不能告诉婆婆，这是我爸、我妈和我奶奶密谋好的计策，他们要让牛牛姓苏，那样婆婆一定以为我也在此阴谋之内，事实上，我并不知情。

婆婆见我没有接话，觉得刨根问底不好，道："微微，我看这镯子就先放你这儿，哪天替妈还给你奶奶。"

我迟疑片刻，道："妈，我奶奶说得那么坚决，您就先戴着，免得叫她伤心。事后再打听打听，老太太究竟还有什么想法，咱们再作打算。您看这样行吗？"

我之所以这样说，是为了拉近与婆婆的距离，不想让婆婆以为我和他们串通一气，设下阴谋算计她。

婆婆见我说得有道理，没再坚持退手镯，道："那也行，说什么我都不能要老太太的东西。"

11

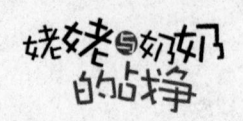

赵方明：

我开车到二叔家，我岳母没有下车，是我将奶奶送进屋，回来问我岳母："妈，您是回家还是回酒店？"

我岳母道："那两个酒鬼不知要喝到什么时候，我看见他们生气，你先送我回家，然后你再去酒店把他们都拽回家。"

于是，我又开车送我岳母。车到我岳母家门口，岳母却没有下车的意思，跟我说起话来。"方明，你知道你奶奶今天怎么了？"

我瞅岳母一眼，见她目视前方，神情严肃，一本正经的样子。我岳母同我谈话，她从来不正面看我，在家时不是看电视就是织毛衣。如果以为她这样说话内容不重要那就大错而特错，我岳母越是重要的话，越要漫不经心地说出。

我迟疑片刻，琢磨着怎么回答岳母大人的话。我要是说老奶奶今天确实很反常，大概有什么话没说。那我岳母就会说：你分析一下，奶奶会有什么话？她总是这样考察我的分析能力。我图省事，宁可叫她说我是傻瓜一个，干脆道："没发现什么，我就看出老人家高兴，非常高兴。"

我岳母没再跟我兜圈子，直言不讳道："你奶奶是想让牛牛跟苏微姓。"

"跟苏微姓，哦，那就是姓苏？"我惊得瞠目结舌，大脑经过近一分钟的快速运转，才清醒过来。苏微姓苏，那就是说牛牛他不姓赵而要姓苏？我的妈呀，万没想到老太太还暗藏这样一个想法，我还是头一次听说。

我岳母给我足够的清醒时间，见我已不是张大嘴巴，傻呆呆的，表情逐渐恢复正常，继续道："苏家三代单传，到微微这一辈，是两个女孩，老太太想让牛牛姓苏，是想让苏家能够延续下去。"

显而易见，岳母话中有个最明显不过的漏洞，她说苏家三代单传，苏微的爸爸苏国学和苏乔的爸爸苏国文不是亲哥俩吗，怎么叫单传呢？显然在说谎话，不过我不能揭穿岳母，只能听她继续说下去。

"其实，这都是些老想法，作为年轻人看来都是无所谓的事，姓什么还不一样。我看见有不少孩子随妈妈姓，也都挺好。这有什么呀，姓氏不过是一个符号，但却是老太太埋藏在心底多年的愿望。她一提出我和你爸都很惊讶，可一个快九十岁老人的心愿谁又忍心反对，方明，你说是不？"

我岳母说得有理有据，声情并茂，我能说不是吗？我点头道："哦，那是。"

我心中暗想：这会是老太太一个人的想法吗？岳母说老太太一提出，她跟我岳父都很惊讶，那就是说他们事先并不知情。我看不像，老太太说话颠三倒四，竟能将事情安排得如此缜密？吃饭、送手镯，一环套一环。这会不会是苏家的一个阴谋，故意将老太太抬出来叫我们家人无话可说？如果是那样，为什么苏微一点也没有向我透露？这些疑问无法向丈母娘提出，只能回去问苏微。

岳母像是看出我的疑问，道："这件事你不要埋怨微微，她并不知情，你俩商量一下，然后做做你爸妈的工作，主要是你妈的工作，别让老太太伤心。"

我暗想：我爸妈是要脸面人，吃人家嘴软，拿人家手短，我爸这工夫已被我老丈人在酒桌上拿下，我妈收下那么贵重的玉镯，还能说什么呢？什么话都别说，与其被动让人缴械，不如乖乖投降。我马上向岳母大人表态："妈，您老人家放心，我一切都听您的，我爸、妈不是糊涂人，他们一定能想通。"

我岳母脸上立刻荡漾起灿烂的笑容，道："我就说嘛，咱家方明深明事理大义，这事就全交给你了。"

"您交给我就放心吧。"我替岳母打开车门，老人家下了车，雄赳赳、气昂昂地走进楼。我猛然想起，酒店里还有两个爸爸，不知酒喝到何种程度了。急忙调转车头，驶回皇宫大酒店。

我回到饭店，见我爸和我岳父酒战正酣，两人又在勾肩搭背、称兄道弟，打口水仗。我走时桌面上酒瓶子都已收净了，这会儿又多出六瓶青岛鲜啤的空瓶子，显然两人没少喝。

我猜想：我们走后，岳父大人围绕牛牛姓什么这个主题，对我爸开展了细致入微的思想工作。我岳父当多年的领导干部，拿下我爸那是小菜一碟。他老人家一定这样说："德欢，我现在遇到个难题，你帮我出出主意，看看我应该怎么办？我家老太太发神经，非要让牛牛姓我们家的姓，你看

第四章　起名风波

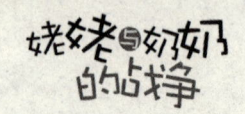

她今天，又是请吃饭，又是送你老婆手镯，下多大功夫，就是为这件事，你说荒唐不？其实这些都用不着，我怎么能叫牛牛姓我们家姓呢，你的孙子就姓赵。但我和你一样，都是孝子，我面对一个快90岁的老人，不想太伤她的心，所以，我今天没有当面反驳她，你得多理解我，容我点时间，让我慢慢作老太太的工作。"

我爸是什么人？我爸表面上嘻嘻哈哈，心里一点都不傻。我岳父说这些话他能听不出来？我爸也知道，我岳父是个开通人，不会为延续苏家香火，挖空心思地设计让牛牛改姓，都是他老婆的主意。他是个孝子，老太太一说话他不得不服从。我爸是个极要面子的人，小时候能为我岳父两肋插刀，替他挨打，今天更能为之排忧解难。他一定会紧紧拉着我岳父的手表态："国学哥，别说了，咱哥俩谁跟谁呀，不就是一家人吗？你妈还不是我妈，你千万别为难，就叫牛牛姓你们家的姓。只要老太太高兴，想姓什么姓什么，姓什么还不是我孙子。"

问题是，我爸这人好后反劲，酒醒后怎么想就不好说了，他就是变卦也绝不会自己去找苏家算账，一定来找我来磨叽，我可就要遭大罪了。

我家的关键人物是我妈，妈的工作太难做，苏家深知这一点，才搞一个迂回战术，送手镯又请吃饭，并寄希望我和我爸一起来做妈的工作。目前，妈还蒙在鼓里，这层纸没有捅破，她一旦知道实情，绝不会像我和我爸那样轻而易举地被人拿下。看来，我妈与我岳母之间又要有一场大战，想想都让人不寒而栗。

我见我爸和我岳父这样喝下去肯定要醉卧酒店，就硬拉他们上车，送回各自家。

第五章　太姥反悔

1

苏微：

方明回到家已是晚上八点多钟，我婆婆担心公公喝多酒，出现意外，早就回自己家了。见方明疲倦不堪的样子，我问："怎么回来这么晚？"

方明端起茶几上水杯，咕嘟咕嘟将一杯水喝光，一屁股坐在沙发上，道："送完你们送奶奶，送完奶奶送你妈，然后再送你爸和我爸，不知转了几个圈，把我转得晕头转向，找不到北。这还不说，你妈到家门口不下车，跟我进行了一次严肃的谈话。"

我盯着方明问："我妈谈什么？"

方明用异样目光看着我，问："你不知道？"

我从方明怪怪的语气和看我的眼神中发觉，我妈一定跟他谈了叫牛牛姓我家姓的事，他以为是我们一家人串通好的。我说："赵方明，你别以为我们是事先商量好的，其实我真的不知情。"

方明冷笑道："看看，不打自招吧，我以为你们串通什么？这说明你还是知道你妈跟我谈话的内容。苏微，我告诉你，我并不在意孩子姓什么，老人有这个想法你应该早点跟我说，叫我有个思想准备，这个时候才叫我去做我妈的工作，你知道我有多被动？"

我心中明白，夫妻间最忌相互猜疑，我不想让方明误会，使原本不是我情愿的事在我们之间留下阴影，道："方明，你听我解释。"

方明大度地一挥手，道："你不用解释，我不怪你。"

"你浑蛋，你一定要听我把话说完。"我声嘶力竭地大叫，惊得王姐开门伸头看。

赵方明低压声音道："好好，你别发火，你说，你说，我听你解释。"

我说："奶奶今天搞突然袭击，这你是知道的，我有一个月没见她老人家，更谈不上有什么交流。她跟我妈进屋看牛牛，自言自语说，我们苏家到我这一代两个女孩，牛牛要是她重孙该有多好。我妈问：您是不是想让牛牛姓苏？她们就是这么一个话。以后我爸妈和奶奶在小屋里再说些什么我就不清楚了，也没人告诉我。我只是个人猜想，今天奶奶请客、送你妈手镯，大概都是为这事。我要是早知道一定会提前告诉你。我可以发誓，我说的一句假话都没有。"

我虽发誓说没一句假话，还是多少撒了点谎，没敢跟方明说这些都是我妈的主意，免得方明对我妈成见加深，日后不好相处，算是善意的谎言。

方明见我情绪激动，上前哄我，双手轻轻拍着我的脸颊，道："微微，我跟你说，我早就想到这不是你的意思，你还生什么气？牛牛跟你姓也不错，就遂老人家的心愿吧，免得一家人闹不愉快。我俩意见统一，你爸也将我爸拿下了，就剩我妈还蒙在鼓里，这工作有些难度。"

方明说这话，我的心稍稍平静一些，说："我们从酒店回来，你妈问我今天是怎么回事，我没敢跟妈直说，不光因我知之不多，另外，我发现妈变了，她现在在牛牛身上，与我妈寸土必争，毫不相让，几乎没有商量余地。我担心一旦话说出口，她会怀疑我跟我妈是同伙，当即跟我翻脸，不给我面子。方明，我跟你说，你一定要让妈知道，这里面没我什么事，跟我毫不相干。否则，我们婆媳间就难处了。"

方明道："你放心，我不傻，这点道理还是明白，即使是你的主意，我也会替你遮掩过去。"

我生气道："你浑蛋，这不是我的主意，你不用替我遮掩。"

方明又哄我："看看你又生气，我不过是打个比方。"他一把将我搂在怀里。

我说："其实，我并不赞成我妈他们这样的做法，我们为何要起高调给孩子改姓？是女权主义？我怨我妈多事，她跟我瞪眼睛，说我胳膊肘儿往外拐。"

方明道："这个我都知道，你是个通情达理、聪明贤惠的媳妇，别说打灯笼，就是用探照灯也找不到。刚才我琢磨一路，你妈这一代人，不一定有传宗接代的强烈愿望，只是以为牛牛改姓苏，她在牛牛身上地位提高一步，远远压过我妈。我妈那人心思很细，岂能感觉不出来？我就愁这个，如何跟她来谈？"

方明所说的这些我能不清楚？问题是我奶奶参与进来，事情就更加错综复杂。看来，我妈与婆婆间的战争是不可避免，我和方明都陷入深思之中。

这时，方明手机骤然响起，方明手指着手机惊道："看看，准是我妈来电话，要审问我。我要崩溃了。"

我们这屋子里手机信号不好，方明走到窗边去接电话。他没说几句话就回来急忙穿衣服。

我一惊，问："你妈说什么？这么晚，你还干什么去？"

方明边穿衣服边道："不是我妈，是你妈。你妈来电话，叫我拉她去二叔家，奶奶有些不太舒服。"

一听这话，我心里不痛快，道："你说奶奶这不是瞎折腾，快90岁的人，还请客下饭店，准是吃坏肚子。方明你直接拉我奶奶去医院，可别大意了。"

2

赵方明：

我怕苏微受惊吓，没敢跟苏微说实话，我岳母来电话，说奶奶被"120"急救车拉医院去了，叫我赶快接她去医院。

我开车疾奔岳母家，岳母早等在路旁，我心中奇怪，岳父大人怎么没一起出来？便向楼里张望。

岳母道："别看了，你岳父醉得人事不省，打都打不醒。他跟你爸喝了多少酒？"

我说："酒大概没少喝，不过，两人都清醒。您别担心，睡一觉就过去了。"

岳母嘟囔道："遇上你爸那个'闹得欢'，没个好，不醉才怪。"

我们赶到医院，二叔、二婶，还有他们的女儿苏乔都在，个个沉默不语，神情严肃。

奶奶这会儿稳定了，眯缝着眼睛打点滴。屋里需要安静，有二叔守在老太太身边，二婶陪我岳母去走廊说话，我和苏乔出了病房，坐在走廊长椅上休息。

苏乔比苏微小两岁，体形上已是大腹便便，看出怀有身孕，这几天不知是何原因，回到娘家来住。她跟我聊起奶奶发病的经过：

奶奶回到家，独自躺在床上，一个人眯缝一会儿。起床后端起杯子喝了几口水，放下杯子，习惯性地用双手按摩自己的脸颊、额头，摩挲耳垂，然后双手相互摩挲。这是老人健身功夫。老太太双手摩来摩去，突然惊觉左手腕上空空如也，手镯不见了，顿时吓得脸色苍白，心跳加速。这东西丢到哪里去了？手镯戴在手腕上几十年，怎么会没有呢？老太太记性差，竟把手镯送人的事忘记了。但没过多久她又想起来，自己为让重外孙子姓苏家的姓，把手镯送给孙女的婆婆。是自己主动提出送给人家的，当时儿子不让给，自己坚持这么做。这东西是自己的心爱之物，奶奶的奶奶传下来的，今天怎么鬼使神差送了人？老太太心疼那东西，想想落下泪来。

这时，二婶让乔乔进屋问奶奶要不要吃点东西，乔乔见奶奶坐在床上哭天抹泪，大吃一惊，问老人家怎么了。老太太不说，一个劲儿地擦眼睛。乔乔心中不安，就把她妈找来。二婶问也不说，问急了，老太太竟捂脸号啕大哭。老太太露出胳膊，二婶见老太太左手腕上的手镯不见了，吃惊道："妈，你镯子哪去了？"奶奶不想说手镯送人，撒谎道："丢了。"

二婶听说奶奶的手镯是老辈传下来的，值些钱，还盼着老太太百年后把手镯留给自己，追问道："怎么就丢了？在哪儿丢的，快去找呀，该不是让人抢了？"奶奶说不出丢的地方，哼哈应付道："是让人抢了。"

二婶一听，这还得了，马上报了警。二叔晚上单位有活动，没在家，二婶叫乔乔打电话，把他爸追回来。这些日子，城里出现几起抢劫老年人耳环、项链、戒指和手镯案件，警方很重视，不到十分钟，派出所警员就到了，向奶奶了解情况。警察问奶奶:歹徒在什么地方抢您的手镯？一共是几个人、几点钟，有没有目击证人？奶奶东一句、西一句，回答得糊里糊涂、颠三倒四，问急了，老太太又哭开，后来竟昏厥过去。警察害怕了，不敢再问，二叔叫来医院的急救车将奶奶送到医院。后来二叔电话打到我岳父家，我岳母接的电话，告诉二叔，手镯没丢，老太太送人了。二叔再三给警察赔礼道歉，送人家出医院。

我说："哦，原来是这么回事，还挺曲折，我和微微都以为老太太是吃坏了肚子。"

乔乔不解问我："奶奶为什么要把手镯送给你妈？"

我无法三言二语将老太太想叫牛牛姓苏的事说给乔乔，同时担心她会联想到自己如果生男孩奶奶会不会也叫改姓。我挠挠头，道："这事我也很奇怪，照理说，老太太送谁也轮不到送我妈。也许我岳父、岳母他们知道内情，回头问问他们。"

苏乔自言自语道："奶奶清醒的时候比谁都明白，上来糊涂劲总办些让人莫名其妙的事。"

我说："我看奶奶这就很不错了，我要是到这个岁数，非得这个样子。"我伸出两手，张开大口，瞪大眼睛，左右晃动身子，做出一副傻乎乎的样子。

苏乔扑哧笑了，道："你那是大狗熊。"

我换了一个话题，问乔乔："什么时候生啊？"

乔乔脸一红，不愿跟我说这事，道："大概还有几个月吧。"

我说："听微微说与我们牛牛差五个月。"

乔乔笑道："牛牛是小哥哥，大名叫什么？"

我说："大名正在酝酿之中。"

苏乔的丈夫候玉奇是我单位同事，家在黑龙江农村，听候玉奇说，他妈到时要来伺候月子，不知到时他妈与二婶间会不会也发生战争。我问她："你们请不请月嫂呀？"

苏乔想起我妈和我岳母伺候月子那些糗事，莞然一笑，道："瞧你们家够闹腾的，我早就订好月嫂，不叫她们瞎掺和。"

这个话题我没有多少话，起身去卫生间，乔乔进病房看奶奶。

我从卫生间出来，来到门口水池洗手，听到女卫生间有两人说话，听声音是我岳母和二婶。二婶嗓门大，分贝高，很远就能听到她的声音。

二婶道："嫂子，老太太一阵明白一阵糊涂，她把手镯送人你们就该拦着，不能叫她办糊涂事。那镯子是她命根子，离开它人就出毛病，你得想办法把它要回来。"

我岳母道:"她二婶,我可跟你说,办这事老太太一点都不糊涂,明白着呢,她是真心实意送人家,我们怎么好意思往回要?那杨小叶你也不是不认识,老太太拿她当亲闺女,比我们这些当媳妇的亲,我去要就等于从她亲闺女手中夺,老太太岂能饶我。"

我岳母没明说奶奶送我妈手镯的用意,而是拐到我妈和老太太之间的关系上。老太太是我妈、我爸大媒人,他们自然对老人十分敬重,逢年过节总要带上礼物一起去看望,老太太必须留下他俩,吃上一顿大餐才肯放行。

二婶并不是善茬子,道:"呦,给完东西回家来哭,那是啥亲呀?不知赵家玩的什么把戏,把老太太糊弄住了。你们是儿女亲家,不好开口,那我出面,我看她怎么好意思把人家心爱之物戴在自己手上?"

我岳母警告她:"你可千万别乱来,东西是老太太送的,虽然舍不得,你要去要,她的面子往哪放?还不照样跟你闹?她二婶,你不动脑子想一想,老太太生活很仔细,什么时候见她随便把东西送人?她将心爱东西送人,自然有她的道理,没弄清之前你最好跟我一样,闭嘴。"

二婶说:"老太太在你家待一天,有什么想法就没跟你们说……"

二人说着话往外走,我怕被她俩撞见难堪,急忙走开。

我心想:妈是个明白人,从来没占过谁的便宜,更何况是老奶奶的宝物,还值得你们往回要?不行,我得尽快把话传给妈,让她早点把手镯回给老人,免得误会越来越深,说都说不清楚。

我想进病房看看奶奶现在怎么样了,到门口二叔正好出病房,与我碰面,我问:"二叔,奶奶怎么样?"

二叔亲切地拍下我的肩头,道:"没事了,打完这瓶点滴就可以回家了。哎,这老太太跟小孩子一样,送人东西还后悔,想往回要又爱面子,不好意思说,心中憋屈,才闹出毛病。你说愁死人不?"

谁都能听出来,二叔话中话是说给我听的,意思是说老太太送你妈手镯,现在后悔了,想往回要,请你妈尽快将东西送回来。

我说:"我妈当时就觉得不对劲,可奶奶正在兴头上,不好驳奶奶面子,就当跟老太太玩个游戏,逗她高兴,暂时收下。我妈回家就给我打电话,让我去取。我这还没找到时间呢。"

二叔笑了，又拍我肩膀一下，道："哎，真是没法子，好在你妈不是外人，回去好好跟她解释一下。"

"二叔，您放心，我妈明白。"

"方明，"二叔还想与我说几句话，我岳母喊我，他便说，"我没事了，你去吧。"

我朝岳母走去，这时我手中的手机响了，我瞥一眼机屏，是苏微的电话。这娘俩同时叫我，我得先搭理丈母娘，然后再回媳妇的电话。这是规矩。

"妈，您有什么事？"我问。

岳母见我手中的手机还在顽强地唱歌，却没有接，正在洗耳恭听她的教诲，心里很得意，道："谁的电话，先接吧。"

我说："微微的电话，没什么要紧事，您说。"

我岳母道："我也惦记着微微和牛牛，这儿没别的事，你早点回去，乔乔身子不方便，你先把她送回家。一会儿我和你二叔他们一起走。"

这时，苏乔腆着肚子朝我走来，我知道这是他们商量好的，便招呼苏乔一起出医院。

3

苏微：

我在家惦记奶奶，就给方明打电话，方明半天不接我电话，更让我忐忑不安。过了半小时，方明回电话，说老丈母娘正在给他作重要指示，之后又送苏乔回家，不方便说话。

我问："奶奶现在怎么样，是不是在饭店吃坏了肚子？"

方明说："不是，奶奶眩晕的老毛病又犯了，现在正在医院打点滴，已经不迷糊了，打完点滴就可以回家。"

我说："白天不是好好的嘛，怎么就眩晕呢？是不是有什么事心中窝火？"

方明道："你算说对了，奶奶把手镯送给我妈，回家就后悔了，窝出病来。现在没有大碍,你放心吧。"

瞧,果然不出我所料,奶奶这个老小孩总做些出尔反尔的事。我没生牛牛前有一次去看她,她见我穿的外衣太小、单薄,只盖住半个肚子,就从箱底翻出一件蓝布外套送给我,非叫我穿上。我见那东西是上个世纪二三十年代的老布袄,又沉又旧,还有一股发霉味道,出门就脱掉,回家不知扔到哪去了,谁知老太太第二天就打电话往回要,我却找不到了。为此老太太叨咕了好多天。

我说:"今天妈要把手镯留下,叫我还给老太太。我没让,没想到老太太悔得这么快。"

方明道:"在医院,二叔给我递话,说老太太想往回要又好脸面,我说,我妈一回家就给我打电话,让我把手镯取回来。我现在得去妈家一趟,把手镯取回来,明天一早给奶奶送去。你先休息吧,别再等我。"

我想了想,只能这么办,夜长梦多,再不给奶奶送去,还不知闹出什么事来。就说:"你去吧,好好向妈解释,别让她产生误会。我早就给妈看好一款银手镯,等哪天有空我带妈去买。"

方明道:"我知道了,你早点休息。"

4

赵方明:

我进入家门,见我妈独自一人坐在沙发上发呆,我爸躺在她对面的长沙发上呼呼睡大觉。我爸的酒风就是这个样子,虽外号叫"闹得欢",但喝再多的酒回家也不要不闹,呼呼睡觉。一觉睡到天亮什么事没有了。

我妈见我来,很是诧异,道:"我想给你打电话,又怕影响微微和牛牛休息,你这会儿跑来,有事吗?"

我说:"微微奶奶不舒服,我过去看看,这会儿没事了,就过来看看爸。我爸酒没少喝,我把他送到家,他说要坐在沙发上喝会儿茶,我怕微微着急,没等您回来就走了,没想到他就睡在这儿了。"

我妈向我爸努下嘴,道:"我回来他就这个熊样,叫也叫不醒,就不管他,让他睡吧。你爸越来越没出息,哪有这么喝酒的,不要命了?我现在说话他当耳旁风，你也好好劝劝他。"

我无奈地耸耸肩，道："他喝上酒，谁说话能好使，我能劝得了？"

"唉，真是没法子，要不人家都叫他'闹得欢'，这一天是够闹腾的，我还得跟他操心。老太太怎么样了？是不是在饭店没有吃好，拉肚子了？"

我说："哪里是拉肚子，老奶奶把手镯给您，回到家又后悔了，真像个小孩子似的。"

我妈惊道："就为这个，悔出毛病来？"

"哦，犯了眩晕症，脑子迷糊，送医院打点滴。二婶发现奶奶手镯不见了，问她又不肯说，他们以为遭遇抢劫，就报了警，把警察招来，警察一追问老奶奶，奶奶就晕过去了。"

我妈一拍大腿，道："我说嘛，我就觉得老太太今天太不正常，果然糊涂了，耍起小孩子的性子，非要把镯子给我。这个毛病发展下去可不好。"

我妈一边从手腕上撸奶奶的镯子，一边道："我听微微说过，老太太非要给她一件袄子，第二天就往回要，微微却不知扔到哪里去了。"

我妈手拿镯子，细细端详，两手摩挲，道："我这一辈子没戴过这玩意儿，也不知好坏，戴在我手上白瞎了。从饭店回来，我就要把手镯留给微微，让你们还给老人，可微微就是不同意，早点还她就不会出这事。"说着把手镯递给我。

我将手镯放在茶几上，想走时再装起来，说："老太太一阵明白，一阵糊涂，您别往心里去。"

我妈道："这你放心，我哪能跟老人一般见识，况且老太太与咱家又不是一般关系，做出什么荒唐事我都不在意。可我心中暗自琢磨，老太太今天请吃饭又送手镯，究竟为什么？难道就没有别的目的，你老丈人和丈母娘没和你说？"

我心想：岳母大人给我下达重要指示，让我一定要做好我妈的思想工作，事情早晚都得说，现在又没有旁人，正是个机会，干脆就跟我妈直说吧。做通我妈的工作，苏家高兴，我也免得夹在中间受窝囊气。

我说："老太太怎能没心思，她是想让牛牛跟苏微姓苏，不好意思直接跟您和爸说，怕你们驳她面子，就请你们吃饭、送手镯，拐弯抹角把意思表达出来。"

第五章 太姥反悔

姥姥与奶奶的战争

我妈惊得张大嘴巴，半天说不出话来。我妈原本有个爱眨眼睛的毛病，一有事便不停地眨眼，现在却是目不转睛地盯着我。我心中害怕，问："妈，你怎么了？"

我妈听我叫她，缓醒过来，眨下眼睛，道："儿子，你再说一遍，他们想让牛牛姓苏？"

我说："是的，这是老太太的意思，她还是那种老想法。苏家三代单传，到了苏微这辈，两个女孩，没有男孩，苏乔虽然怀孕，是男是女还不知道，就想让牛牛姓他家的姓，这样苏家不就能续下去了吗。都什么年代，这观念太陈旧了，说起来让人笑话。其实，姓什么都无所谓，不过就是一个符号。妈，您别太计较了，就依老太太，大家图个高兴。"

"不行，绝对不行，我孙子凭什么姓他们家的姓？没有这样欺负人的。"我妈顿时气得脸色煞白，斩钉截铁道。

我没有料到妈的反应会如此强烈，故意轻松道："有什么不行，牛牛姓什么也是您的大孙子，这是谁也改变不了的事实。"

"他们苏家太熊人，把老太太抬出来说事。你还看不出来，老太太现在都糊涂了，哪里有这么多道道，怎么会情愿把祖传的镯子送给我，都是你那丈母娘的损主意。别人不知，我还不了解她李花朵，太阴损，变着法要我们赵家。"我妈气得顿时泪如雨下。

我心中暗暗叫苦，看来我低估了做我妈工作的难度，一时不知说什么好。

她忽然发疯地去拽我爸："起来，起来，快滚起来。"双手在我爸身上又打又掐。

我忙制止，道："妈，您干什么，我爸喝多了。"

"我不管，让他滚起来，都让人欺负死了，还倒在这儿装熊。"

我爸到底让我妈拽起来，坐在沙发上，醉眼蒙眬瞧着我们娘俩，问我："你妈怎么了？方明，你怎么回来了？"

"怎么了，出大事了。我们家都快让人熊死了，你还有心睡大觉？我问你，苏国学喝酒时跟你都说些什么？"

我爸不解，道："说什么？没说什么。喝酒能说什么，都是些酒话，说过就忘，我哪里记得。方明，你给我倒杯水，我这嗓子冒烟了。"

我妈道："他没有跟你说让牛牛姓他们苏家姓？"

我给爸茶杯中兑些热水，端给他，他咕嘟咕嘟一口气喝了个底空，又把杯子递给我，道："再倒一杯。"扭头对我妈说："哦，说了。苏大哥说老太太有这个意思，老太太在兴头上，不好驳她，容他时间慢慢做老太太工作。"

"放屁，谎言，全是谎言。他就是会说话，设个套让你往里钻，你还得说谢谢。你说，你是怎么回答的？"

"我说什么了？酒喝多了，全都忘记了。"我爸见我妈横眉怒目，怕埋怨他，没有把他回答我岳父的话说出来，挠挠脑袋，从我手中接过杯子，又闷头喝水。

"哼，赵德欢，我早把你看得透透的。你能说什么？不过是打肿脸充胖子。你肯定说那有什么，老太太有这个意思，就依她老人家，叫牛牛姓你们家的姓。你是不是这样说的？卖国贼，你个卖国贼。"

他们老夫老妻，最了解我爸的莫过我妈，我妈说得一点不错。

我爸咧嘴嘿嘿一笑，道："知道还问，老太太的意思谁敢违背？不如爽快大方地答应她，让她满意，我们也没损失什么，牛牛还是我们的孙子，就是姓苏不还是他们的外孙，这是事实，谁能改变。"

我爸说得这么好，我得趁热打铁把我妈的工作做通。便添油加醋道："妈，你看我爸说得多好，我们不跟他们一般见识，您还是牛牛的奶奶，谁也抢不去。"

"不行，我说不行就是不行，我们老赵家有毛病呀，自己的孙子要姓人家的姓，叫外人怎么说？你们不要脸，我还要脸。"我妈声嘶力竭道。

"唉，"我爸长长叹口气，无奈地看着我妈，道，"你这人现在学得这么犟，我都答应人家了，叫我怎么改口？再说，你还收下人家手镯，那可是老太太的传家宝。"

我妈冷笑道："你是说他们苏家一个手镯，就把咱孙子的姓改了？那是痴心妄想。再说了，你们真的看不出来，老太太将镯子送我，苏家两口子没阻拦，是因为他们想到我肯定不会要老太太的东西，过后就会还给她。这样既达到目的又卖一个乖。这点小伎俩骗得别人岂能骗得了我。"

我妈分析得入木三分，我和爸面面相觑，惊叹不已。我爸对我道："还别说，你妈说的这个道理我怎么没往这方面想？"

第五章 太姥反悔

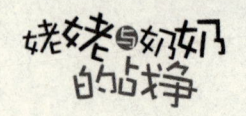

"你就是个猪,能吃能喝,长个猪头,啥事也不想。别人不知,以我们与老太太的关系,就是猪脑子也应该想到。"

我心中暗自赞成我妈的说法,可尽管如此,我是肩负岳母大人重托之人,绝不能火上浇油,要先当和事佬,然后见机行事。道:"嗨,您瞎想什么,就是老太太一个人的主意,与别人无关。"

我妈没理我的话,继续道:"可惜,没等我把镯子戴热乎,她就反悔。这不,来往回要手镯了。"

"小叶,你说什么?老太太往回要镯子,方明,有这事?"我爸吃惊地瞅我。

我点头道:"老太太回家悔出毛病,在医院打点滴呢。"

我爸一拍大腿,道:"这扯不,快90岁的人还耍小孩子脾气。得,快把手镯还给人家,咱怎么能要人家的东西。"我爸见手镯就在身边,拿起来递给我,道:"这破镯子有什么好,还是传家宝,扔在大街上我都不会去捡。你拿回去,明天一早就给老太太送去。"

我妈手快,一把将镯子夺回,道:"不用你们还,我现在就去苏家,找他们两口子说道说道,没这么欺负人的。"我妈说着起身去穿衣服。

爸见妈不听劝说,生气道:"你干什么去,这都快半夜,谁家不睡觉,有事咱们明天再说不行呀?"

我赶快拦住妈,道:"妈,您消消气,你现在去不就是跟人家吵架,值得吗?两家是亲家,有意见咱们慢慢商量。苏微还在月子里,奶水本来就不多,她要知道还能不上火,遭罪的是咱牛牛。"

妈听我这么一说,衣服穿到一半停下来,呆呆地想了一会儿,对我说:"你回去吧,手镯明天我给送回去就是了。妈不是那种占小便宜的人,就是给我座金山、银山都不稀罕。我现在想知道,微微是什么意思?牛牛改姓,是不是也有她的主意?"

我知道妈最在乎的是儿媳妇的想法,如果苏微执意让牛牛姓她的姓,我妈就是有天大的不满也只能藏在心里,脸上还得乐呵呵地装做没意见。她懂得,一旦与儿媳闹翻,将无法弥补。苏微也深知她们婆媳间的轻重,唯恐我妈误会她。

我说:"妈,您可别冤枉人家苏微,苏微压根就反对这事,请吃饭,送镯子,是谁的主意,苏微事先一点都不知道。"

我妈平静地点点头,心中对儿媳还是有一个基本的估摸,道:"那就好,我心里有数了。你快回去吧,晚了微微该着急了。"

我以为妈已经被我和我爸说服,起码今晚不会有事。妈是个顾全大局的人,睡一宿觉,过了气头,就会雨过天晴,一通百通。我又说几句牛牛有趣的事,想逗我爸我妈开心。爸笑得哈哈的,妈只是牵动下嘴角,淡淡一笑,就催我走。

我本想把茶几上的手镯装起来,一想刚才妈有话,明早她要亲自送过去,觉得这样也好,就起身道:"妈,微微说了,她要给您买个银镯子戴,等她出月子陪您去首饰店。"

我妈道:"可别让她乱花钱,我这胳膊什么也不戴。快走吧,免得微微惦记。"

我万万没有料到,我前脚出家门,我妈后脚就打车去苏家,讨伐我岳父、岳母二位大人。

5

苏微:
我婆婆大闹我家的事是后来我妈讲给我的。

方明刚从家里回来,我婆婆就到了我家。此时,我妈刚从医院回来。奶奶输完液同二叔二婶坐车走了,妈自己打出租车回家。

我妈一进家门,松弛下来,觉得肚子有点饿。便找出一包面包,从暖瓶中倒杯热水,坐在沙发上吃起面包来。

妈这一折腾将爸折腾醒了。爸去趟卫生间,喝一杯茶,觉没了,二人坐在客厅沙发上聊起我奶奶今天的事,就听到有人咚咚敲门。

我婆婆一进屋门就大发雷霆,手指着我爸、我妈,说:"你两口子好阴险哇,算计起我们赵家来了,我孙子凭什么要姓你们苏家姓?还抬出老太太压人。今天我明说了,我孙子姓赵那是天经地义,谁也休想改姓。"

我妈一见我婆婆这架势心里就凉了半截,心中嘀咕:我这一天心血全白费了,这杨小叶越来越浑,还找上门来。可并不甘心,还得耐着性子做我婆婆的工作。道："杨小叶，你可别冤枉我们，这事与我两口子一点关系没有，纯粹是老太太的意思。你说一个80多岁的老人心愿，我们怎么忍心去阻止，老太太对你那么好，难道你就那么狠心？"

我婆婆变换个体姿，由手指我爸、我妈变为双手叉腰，不屑道："李花朵，别人不知，你那点花花肠子我还不懂，我怪老太太什么，都是你的损主意，事情都坏在你身上。我就弄不明白，你安心当你的姥姥有什么不好，为什么非弄些叫人不理解的事？"

我妈与我婆婆对着叉腰，道："杨小叶，你要非这样说我也没有办法，国家没有明文规定，孩子必须姓你们家的姓不许姓妈家的姓，他姓苏不犯法。"

我爸见她俩越吵越激烈，忙劝道："小叶，你不要激动，有话慢慢说。我以为，姓什么无所谓……"

我婆婆打断我爸的话，道："既然是无所谓，为什么还要给孩子改姓？你是领导，我再问你，你不是说有事开会吗，你倒是开会呀，咱们当面锣、对面鼓说开。大家都说这孩子就该姓苏，我马上闭嘴，二话不说。为什么非得背后耍阴谋诡计。"

我爸一听这话，脸子受不住，道："小叶，话你可不能乱说，我一生光明正大，从不耍阴谋。至于开会，这你就不懂，有些事不宜马上开会，需要个别沟通，然后再拿到会上议。这一点你就不如德欢开通。"

我婆婆道："个别沟通，谁跟我沟通了？你们有话就明着跟我说呀，休想打赵德欢、赵方明的主意，我们家的事我做主，叫牛牛改姓那是痴心妄想。"

我爸道："你要是这个想法那好办。说句良心话，我并不愿意让孩子改姓，老人太固执，这你知道。我不是跟德欢说过吗，容我几天时间，让我做通老太太工作。"

我婆婆气得浑身发抖，哆哆嗦嗦地从手包里掏出奶奶的手镯，啪地拍在茶几上，道："你们是怎么做的老太太工作的，逼老人送手镯子，把老太太折腾出病来，安的是什么心？老人要是有个三长两短，是谁的责任？"

我爸坐在沙发上，被一记清脆响亮的声音吓了一跳，再看茶几上的手镯，齐刷刷地断成两截。惊道："你怎么把老太太的手镯摔碎了。"

"你说什么？"婆婆弯腰仔细一看，那手镯果然断成两截，顿时吓得面色苍白，口中喃喃道，"怎么就碎了？我没用劲，怎么就碎了？"

我妈惊恐道："杨小叶，你知道这手镯值多少钱？"

我婆婆呆呆地看着玉镯，脑子发木，一片空白，愣了半天，突然道："李花朵，你说什么？值多少钱？值多少钱也是老太太给我的，与你们有何相干？你们欺人太甚。呜呜呜呜。"

我婆婆号啕大哭，竟昏倒在地。这时正好我公公找来，急忙叫来救护车，将婆婆送到医院。

6

赵方明：

我妈不听我和爸的劝阻，去苏家大闹，气出病来，送进医院。我赶到医院时我妈已缓醒过来，无大危险。医生说我妈是因情绪过度激动，导致昏厥。可是，通过心电图查出我妈患有冠心病，心肌缺血很严重，大夫坚持不让走，需要住院治疗。

我妈身体一向很好，心脏怎么会出问题？我暗自分析：自从苏微怀孕，我妈与我岳母之间因为苏微和宝宝的事矛盾不断，连连生气，恐怕是一个重要原因。

妈心里惦记苏微和牛牛，执意不肯住院，我和爸还是硬将她留在医院。天大的事情都可以放下，身体要紧。

我妈躺在病床上输液，脸朝里暗自流泪。手镯断了，人得罪了，自己住进医院。妈对自己的举动也很后悔。我知道，这时候再怎样劝她都无济于事，只会让她更加伤心，不如让她一个人安静一会儿。

我默默地坐在妈身旁，看着那瓶中的液体一滴滴地滴下。一瓶输完了，又换了一瓶，妈转过身来，对我说："儿子，我想好了，就依他们老苏家，让牛牛姓苏。这样闹下去，苏家一家不痛快，还会影响你和微微的感情。"

我安慰妈："妈，不会的，苏微那丫头懂事，不会为这事怨您。您先别想这些事，安心养病，一切都好商量。"

我从医院回到家里已是第二天的下午，一推门，见我岳父、岳母坐在

姥姥与奶奶的战争

客厅沙发上，表情严肃，苏微坐在一边暗自抹泪。他们是什么时候来的？我猜想，这一家人一定是对我妈进行了一场缺席批判。

岳父让我坐下说话，问我妈的病情。我说："我妈心脏查出些问题，医生说要住院系统治疗一下。"

苏微一听这话，憋不住哭出声来，跑进卧室，将门嘭一声关严。我心中一惊，暗说：姑奶奶这一哭可不好哄。

岳父对我说："方明，当务之急是先给你妈治病，别的事都好商量，不要再惹她生气。"

我说："爸、妈，我妈那人你们是知道的，性格太犟，过后就后悔。在医院她跟我说，自己躺在床上冷静一想，事情办错了，不该深更半夜去家里与您二老发火，牛牛的事就依奶奶。"我心中暗想：反正妈也没在场，说什么她也不知道，能把岳父岳母哄高兴是硬道理。

"哦？"我岳母怀疑地瞅我一眼，没有说话。她不相信自己的对手这么快就认输，她看我岳父一眼，欲言又止。从她的神情中我猜出，刚才她受到了我岳父大人的批评。

我岳父一摆手，道："这事再说吧。你进去劝一劝微微，她与你妈生气了。"

我岳父瞅着我，向我岳母努了下嘴。我心中明白，岳母刚才向苏微历数我妈的罪状，把苏微惹恼，娘俩吵起来。我说："没事，微微有些犟，我哄一哄她就好了。"

我见茶几上有只断成两截的玉镯，正是奶奶那只，一定是岳母当做我妈的罪证拿来说事。我说："抽空我去首饰店再给奶奶买一个。"

我岳父摆手，道："我有个熟人，家里开首饰店，拿去让他们看看这东西能不能粘上，你就不用操心了。"

我说："老古董就是粘上也失去价值，我爸说不惜花钱，要给奶奶买个好镯子。"

我岳父苦笑道："这镯子哪里是什么古董，是你奶奶结婚第二年，你爷爷用两袋小米换的。你奶奶老糊涂了，这话说了好几年，大家就信以为真。"

"啊，是这么回事。"我松了口气，奶奶结婚到现在，也就六十多年光景，手镯不会是明清的宝贝，要赔这样一只也不难。我说："那不如换个新的。"

我岳父道："你换新的，老太太见不是那只怎么肯干。别再惹事了。"

他这句话把我说没辙了，他两人默默坐了一会儿，起身走了。我岳母大人始终没有与我说一句话。

送走岳父、岳母，我进入卧室，苏微一个人脸冲里躺着生闷气。王姐同我打个招呼，抱牛牛去客厅，屋里只剩我和苏微两个人。我跟她说话，她不理我，我甜言蜜语说尽，她就是不吭声。我弄不清楚我是哪儿做错，得罪老婆大人。唉，真是没有办法，老婆就是这样，她不管与谁生气，谁的过错，都要记在我的账上，拿我撒一顿气才肯罢休，我都习以为常了。关键是我有急事，我要同她紧急磋商一下牛牛姓的问题，我妈那边有所松动，何不趁热打铁，把这事定下来。她一声不吭，真是急死我了。

牛牛玩一会儿就睡着了，王姐抱进屋，我去了客厅。

我现在是内外交困，焦头烂额，丈母娘不疼，妈不爱，回到家媳妇还责怪，真是猪八戒照镜子——里外不是人。我在医院忙活一夜，饭没顾上吃，连眼都没合，困极了，刚坐下身子，歪在沙发上就打起呼噜。

这一觉不知睡多久，牛牛的哭声将我吵醒，我睁眼一看，原来是苏微的小姑苏国华来了。小姑抱牛牛来客厅玩耍，见我醒了，道："吵醒你了？瞧你这儿子还认生，他妈抱好好的，我一抱还哭上了。"

我一骨碌起身，道："小姑怎么来的？"

小姑道："我来半天了，瞧你这觉睡的，打雷都不知道，你儿子一叫就醒了。"

我说："刚才打雷了吗？我真不知道。"

小姑道："雷雨交加，现在是雨过天晴。"

我伸了一个懒腰，向窗外望去，果然天空晴朗，空气清新。

小姑道："方明，你吃点饭去医院照顾你妈，我今晚不走，帮你照顾你儿子和媳妇，放心不？"

我笑道："那真是求之不得。"我朝卧室里扫一眼，向小姑一抱拳，小声道："撅嘴呢，你多多开导。"

"嘻嘻，放心吧，没看这天，转眼就晴。"小姑笑道。

苏微的小姑在省城一所大学当教师，比我们大个七八岁样子，苏微与她关系很好，凡事愿意听她的。她突然到来，我猜想可能是我岳父搬来的救兵,要她做奶奶和我岳母的工作。

我一看手表,已是晚上六点,这一觉睡得太长了,急忙吃了几口饭,拿起小姑给我妈装好的饭盒去医院。

我一进医院,见我老姨给妈送饺子来。一盒饺子妈只吃几个,就放到一边。我跟老姨打招呼:"老姨来了。"

老姨冷冷地瞅我一眼,只哦了一声。我心里有点发毛。老姨是个爱说爱笑的人,一定是跟我妈说起苏家的事生气了。

我闻着饺子香味诱人,便用筷子夹一个放进嘴里,还没有来得及咀嚼,老姨便板着面孔说话了:"方明,我得说你几句,别什么事都靠你妈,你一个男子汉大丈夫得当得起家,自己儿子凭什么要姓别人家的姓?他们苏家也太熊人。你把腰板挺直,到哪儿也能说出理去。"

我偷偷瞅妈一眼,如若在平常,老姨说她不爱听的话,她当即叫老姨闭嘴,这次妈低头一声不吭,任凭老姨损我。

得,我原想趁晚上陪会儿妈,再同她好好聊一聊,让妈再明确表个态,把这个闹心的姓彻底解决。没有想到我老姨来给妈煽风点点,我妈的气焰又上来了。这真是要了我的命。

7

苏微:

这两天发生的事将我头都弄大了。原本我只埋怨我妈多事,独出心裁,叫我儿子改什么姓,惹是生非。可我婆婆这么一闹,我又生起婆婆气来,怨她不顾全大局,非要与我家一争高低,搞得两家鸡犬不宁,自己住进医院。小姑跟我聊了半宿,才帮我理清思路,心里渐渐敞亮了。

小姑说,我妈爸的工作她去做,婆婆的工作别人替代不了,还得我自己做。一把钥匙开一把锁,婆婆这把锁,只能是我这个当儿媳妇的来开。想想我和方明结婚到现在,婆婆从没跟我发过脾气,使过性子,我应该珍惜这和谐融洽的关系,主动去医院看望婆婆。趁牛牛睡了,我把家交给王姐,一个人打车去医院。

婆婆发病时送到我爸妈家附近的医院,如果不急,应该去我工作的医院,因为我正在心内科。

婆婆一个人躺在病床上输液,方明上班,公公有事出去了,面前一个人没有,形单影只,很是可怜,我直觉鼻子里发酸。

婆婆见我来了,要挣扎坐起,我急忙扶住婆婆,道:"妈,您快躺下,千万别动。"

我的声音有些哽咽,婆婆先哭了,道:"哎,都怪妈不懂事,惹出这么多麻烦。微微,你可千万别上火,你一上火,牛牛就要遭罪了。"

我说:"妈,您说什么,是我妈不对,叫您生气了。"

婆婆用手轻轻拍我胳膊一下,道:"这丫头,哪有这么说妈的。哎,我还说你,我这人就是不会说话,要是挑理的儿媳就该说,你哪里是心疼我,是怕你孙子上火。哈哈。"

婆婆开了个轻松玩笑,拿起手帕擦眼泪。旁边病床病友是位比我奶奶小些的老太太,好奇地往我们这边瞅,婆婆扭过头,大声对她道:"是我儿媳妇,还有两天才出月子,来看我。"她很是自豪。

老太太点点头,赞叹道:"好媳妇,好媳妇。我住半个月院,三个儿媳一个没来。唉。"老太太长长叹息一声。

婆婆安慰她道:"她们不是忙嘛,儿子来还不一样。"

老太太无奈苦笑道:"那能一样吗,你儿媳一来你乐得嘴都合不上,还唉声叹气不?"

婆婆见这老太太不知深浅,什么话都说,转过头跟我道:"咱俩说话她听不清,耳背。"

我见这气氛很融洽,该说正事了,道:"妈,这两天我想好了,牛牛就姓赵,瞎改啥呀。"

婆婆打断我的话,道:"不,微微,我也想明白了,就依你奶奶的意思,我们无所谓。那天都怪妈鲁莽,没有认真去想,才发生那场不愉快的事。你可千万别生妈的气。"

我说:"妈,您听我把话说完。牛牛改姓,我别的不想,只担心将来会对牛牛心理带来哪些负面影响。他会不会想,别人家孩子都姓爸爸的姓,我怎么就姓妈妈的姓?我家怎么了?我爸爸怎么了?当然,我们可以跟他解释,是这么这么一回事,但他能完全相信吗?还有,外人怎么想?肯定要有一些议论,甚至会猜测牛牛爸爸是不是亲爸爸?这些都可能给孩子带来不必要的压力。所以,咱们为啥要改姓呀,这样不挺好吗。"

我说到这儿,婆婆啪一拍大腿,开心地笑了,道:"微微,你说得真有道理,我光顾与你妈生气,争来争去,却没想到这一层。妈是这样认为的,不管牛牛姓什么,要是将来给他带来麻烦,是应该认真想想。不能让孩子将来埋怨老人,你说是不?"

"妈,您说得对,所以,咱们就不改了。"

婆婆道:"我跟你说个笑话,当时,我一听说让牛牛改姓立即想到这个笑话。这是我们单位的真实事,我和你公公遇到的。机修科老刘儿子结婚,在我们那天吃饭的皇宫大酒店办喜宴,请我们单位的同事参加。他儿子不知为什么不姓刘,姓他妈的姓,姓李,这事有的同事知道,有的同事不知道,供应科老于就不知道。那天老于去晚了,到皇宫酒店时发现有三家同时办婚宴,三家只有一家姓刘,他就进去了,服务员以为是客人,就给他安排座位。老于坐下一看,一桌人一个熟悉的也没有。再看看别桌,许多人吃差不多都走了,心想:单位熟悉的同事大概都吃完走了,他就一个人低头吃席。管事的人见无人理他,怕冷落客人,就找来新郎、新娘,两人过来一看,谁也不认识,再一问,原来吃错酒席。有人以为他是专门在酒店吃白食的人,要把他扭送派出所,费好大的劲才解释清楚。哈哈,你说有多尴尬。"

我婆婆说着说着自己笑了,我也跟着笑了。

我说:"人家改姓可能有自己的原因,可我们为啥呀,我奶奶一句话就改姓,太随意了。"

我婆婆敛住笑,道:"对呀,老太太那边怎么办?还有你妈,微微,我说话你别不高兴,我知道这里面多半是你妈的主意。你妈给你奶奶装枪,你爸又是大孝子,老太太说话,他不敢说不字。你妈哪里能想到苏家传宗接代那么深奥的事,就是觉得牛牛姓苏她就风光。"说到这儿,婆婆脸又阴沉下来。

我说:"这些您都不用管,由我小姑包下来。对了,小姑还说哪天来看您。"

婆婆与我小姑也熟悉,两人关系还不错,她笑道:"对呀,我怎么忘记求你小姑,她好使。"

我笑道:"牛牛的大名也起好了,您看一看行不行?"我从手包里掏出一张纸递给婆婆。

婆婆展开纸,见上面写有三个字:"赵书琦。"婆婆瞅着我道:"这就是牛牛的名字?"

我嗯了一声,问:"您觉得好听不?"

"书琦,书琦。"我婆婆反复念了两遍,道,"这名字叫着倒挺顺口,字面上看也儒雅,不知怎么解释?"

8

苏微:

我从婆婆手中拿回这张纸,给婆婆解释道:"您看,书琦,书是有学问。琦是玉石,合在一起就是,有学问,又是一个宝贝。"

"哦,哦,这么解释,不错,不错。你公公在家总问我,牛牛大名是文雅些好呢,还是刚强些好?我看牛牛很壮实,名字就文雅些,这就叫有文有武。"我婆婆连连点头。

我笑道:"妈,您真会解释。不过这名字还有深一层意思,难道您没有看出来?"

"什么意思?"

"我们家姓苏,这个'书'与'苏'两字是谐音,赵书琦把我们两家的姓音全带上了。就告诉我奶奶,这孩子叫书琦(苏琦)我奶奶无话可说。"

"哦,那不是糊弄老太太?"

我笑道:"嗨,这可不叫糊弄,我奶奶听着高兴,就过去了,不会再抠这个字眼。"

"那你爸你妈能同意吗?"

我笑道:"您知道这名字是谁起的?就是我爸起的。"

"啊?是你爸起的?这牛牛的大名真得姥爷起,姥爷是大学问,要不他会遗憾终生。你瞧那天他说的话,'哼,姥爷、爷爷就像某些国家的国王,只是个象征,说了不算。不管了,不管了。'他委屈死了。哈哈,哈哈。咳咳。"

婆婆笑咳嗽了，我忙给婆婆捶背。

我还第一次见婆婆笑得这么开心。她没问方明啥想法，公公的意见，一个人拍板定案。此刻，婆婆放在枕下的手机响了。

我拿出手机递给婆婆。婆婆说："准是你爸电话。"她接过电话摁了接听键。

公公说话的声音很大，我听得一清二楚。

"小叶，我在乔大师这儿，乔大师真是个好人，我把情况跟他一说，人家非常理解，又重新给起三个名字。我现在念给你听，一个是苏……"

婆婆显得很尴尬，难为情地看我一眼，嗔怪公公："你去那儿也不跟我说一声。快回来吧，微微在我这儿呢。"

我公公说："那不正好，你问问微微，这几个名字行不行？大师说，如果不满意他再重新起。"

婆婆耐着性子道："牛牛大名姥爷给起好了，你别瞎操心了。"说完就把手机挂了。

婆婆不得不向我解释："牛牛爷爷听说牛牛姥爷不再管起名这事，上火了，怕你们忙，没有心思管，去找一个乔大师，花五百元钱起名。现在用不着了，我看你爸起的这个名就挺好。就叫这个。"

我听罢直咂嘴，道："瞧这钱不白花了，牛牛姥爷那天说的是个气话，还能不管。赵书琦这名字问问我爸，他满意不？"

婆婆说："满意，满意，不用管他，我做主了。嘿嘿。"

婆婆的脸忽然又冷下来，道："这去掉我一块心病，就剩下你奶奶那手镯。你说那镯子好好的，怎么就断了？都是我的错。我说了，不管多少钱，我得赔老太太。"

我笑道："妈，你看这是什么？"我从兜子里拿出奶奶的手镯，递给婆婆。

婆婆摇头，道："你别哄我，那手镯明明断了，不是这个。啊，我明白了，你又花钱买了一个，多少钱？妈给你。"

我说："是这样，我爸一个熟人家开首饰店，他那有个师傅修玉件最拿手，他粘过的玉件从不会在原来地方再断裂，您看这不完好如初吗？"

婆婆接过手镯仔细端看，竟没有看出是从哪里断的，疑问道："微微，这东西能结实吗？"

我说:"一点问题没有。"

我婆婆道:"哎哟,真是谢天谢地,又去一块心病。我这病就好了,明天我就出院。微微,你怎么不把手镯给你奶奶?"

我笑道:"妈,您说我奶奶有意思没有,昨天我爸把手镯给奶奶送去,奶奶又明白上来,说什么也不收,非得叫我爸给您拿回来。我奶奶说,她夜里向我爷爷汇报了牛牛姓苏的事。"

我婆婆惊道:"你爷爷不是前年就没有了吗?"

我说:"对呀,我奶奶就是这么说的,我想她是梦见我爷爷了。我爷爷听我奶奶汇报哈哈大笑,连连夸我奶奶,这事办得对,我们苏家有后了。接着突然脸色一变,把我奶奶臭骂一顿,说我奶奶为人不地道,送人的手镯不能往回要,让我奶奶立即给送回去。妈,您说我奶奶是不是老糊涂了?嘿嘿。"

我笑了,婆婆却没有笑,呆呆地瞅着窗外愣神。我猜想,她心里大概觉得牛牛叫赵书琦,是变相欺骗老人,心中惴惴不安。

婆婆缓过神,见我不安地看着她,对我说:"老小孩就是这个样子,我到那个岁数还不知啥样子呢。微微,手镯你就别给我了,放在你爸那儿,哪天再给你奶奶拿回去。"

我说:"我知道,我就是拿来让您看一看,您就安心养病吧。"

婆婆道:"月嫂王姐的合同再有两天就到了,方明上班,没有人怎么行?我一会儿跟大夫说,今天就出院。"

我说:"妈,那可不行。刚才我问过医院大夫,您至少还得住十天。我和方明想再雇一个人,不想让您太累。"

婆婆一听这话,连连摇头,道:"那可不行,我还是那句话,外人带牛牛我不放心。你在月子里,牛牛刚出生,我和你妈不太懂得照料才雇个月嫂,再说到哪里找王姐这样的人?还是咱们自己带吧。要不……"婆婆迟疑一会儿,道:"要不,先让你妈帮你几天,等我出院就去换她。你妈虽说没啥经验,毕竟是孩子姥姥,大家都放心。你说是不?"

婆婆这话说得很无奈,我妈带牛牛,最不放心的就是婆婆,别人不知,我心里最清楚。我说:"行,我没有意见,关键是您,一定要安心养病。"

我婆婆点头道:"你要没有意见,那我就放心了。"

9

赵方明：

我媳妇苏微，绝对够得上是个贤惠的妻子。她虽然跟我撅两天嘴，耍阵小脾气，但还是能明辨事理，顾全大局，成功地化解一场危机，平息了我岳母和我妈之间的战争。想想，如果不是她出面，或者她有意无意地站在她妈那一方，战争的形势就会发生重大变化，后果不堪设想。我妈原本是个随和的人，让人吃惊的是，老人家在孙子姓什么这个大是大非问题上，立场异常坚定，态度毋庸置疑，没有任何商量的余地。虽说住院后曾表示，牛牛姓苏就姓苏吧，随他们苏家的便。那是怕苏微为难，心疼儿媳妇而说出的无奈之言，并非心甘情愿。如果不是苏微深明大义，我只有委曲求全地让儿子随她家的姓，然后在岳母的趾高气扬和母亲的唾骂声中度日，那滋味可想而知。所以，我衷心地感谢我媳妇苏微。

我的心刚松弛下来，没想到，我在公司又摊事了。我因夜里在医院陪我妈，白天工作时间打瞌睡，被公司纪律检查组摄了像。

当时办公室里没有别人，我坐在计算机前，滑动鼠标，正在核对一组数据，瞌睡上来，于是，我打了一个长长的呵欠，头向右一侧，脑袋一歪，伏在桌子上睡着了，被那几个悄悄进来的"特务"咔咔摄录下来，拿回去给吴总看。吴总看罢大怒，拍桌子骂娘，连我岳母也稍带上，这事我要是告诉我那二位妈妈，她们非得来挠他的脸。公司决定，给我通报批评，扣发奖金，在部门作检讨。

我在部门的会上检讨道："我当时在电脑上核对实验数据，脑子嗡的一声，忽然晕了过去。然后不省人事。究其原因，是夜里，查资料一宿没有睡，白天脑子缺氧，所以，就晕了。"

于明白说："停，赵方明，这有两个问题，你必须搞清楚。一是，你是睡着，还是晕过去？"

我说："我确实是晕过去，不是睡着。不过两者间有一个相同之处是，我当时什么都不知道，否则也不会让人摄了像。"

于明白说："你既然是晕过去，为什么还打呼噜？"

我奇怪地问:"我打呼噜?"

于明白说:"机关中层干部开会,放的录像,大家都听到你打呼噜了。"

"哈哈哈哈。"马大力、宋春燕憋不住大笑起来。

我说:"那也有可能,我老婆是护士,她就见到过晕过去的病人打呼噜。"

于明白说:"现在咱们说第二点,你是照顾你母亲熬夜,还是查一宿资料没有睡?这一公一私要分清。"

我说:"于头,你想呀,我妈就是在打点滴,我陪她什么?我就坐在那儿查资料,说实在话,如果不是我妈在那儿支撑我,我能熬一宿?你于头得感谢我妈,拖着一个有病的身子陪我查资料。"

马大力、宋春燕跟着我起哄:"对呀,赵方明说得有道理,公司得感谢赵方明的母亲帮我们开发新产品。"

这些话于明白报告给吴总,说我态度不端正,罪加一等,把我直接打入冷宫,不让我参加新产品的试制,又调来一个人,叫蒋大学,顶替我。从这时开始,我打算跳槽,把这个顺风公司,连同那个吴事业给炒掉。

第五章 太姥反悔

第六章　牛牛失踪

1

苏微：

王姐合同到期就走了，我本想再留她一段时间，可北京家政公司催得紧，王姐在牛牛满月的当天就坐火车去了北京。

我们这儿孩子满月有"挪尿窝"习俗，就是从坐月子地方临时搬到另一处住段时间，有去孩子妈妈娘家，也有去婆家，由于我婆婆住院，我们自然而然地回到我娘家。于是，我妈便乘虚而入，堂而皇之地担当起带牛牛的重担。原本想再雇个育儿嫂，免得二位妈妈太辛苦，方明跑了几个家政公司都没有找到像王姐那样合适的人，加上婆婆和妈都反对，只得暂且如此。

初到爸妈家的日子过得愉悦而甜蜜，牛牛吃饱就玩，玩一会儿就睡，小家伙一天要睡20个小时的觉。白天有爸妈帮助照看，夜里有方明相助，我轻松愉快，身体恢复得不错，心情也好，可以一个人静静地浏览闲书，看会儿电视剧。

一晃在我爸妈家住了一个多月，我和方明乐不思蜀，不想回自己家。

初夏，阳光和煦，鲜花盛开，爸妈抱着牛牛到户外小区晒太阳，我跟随其后。

小区里休闲的人不少，有的打扑克，有的聚在一起胡乱聊天，还有些像我们这样的孩子妈妈、老人带孩子晒太阳、玩耍。

我妈怀抱牛牛喜滋滋地专往妇人堆里凑，嘴中念叨："牛牛看望姥姥们。姥姥好，牛牛来了。"

几位大妈见我妈抱孩子过来，将扑克一扔，起身围上看牛牛。

"呦呦,这可真快,说生就生了。来,让我们看看你的外孙子。呦,这孩子长得真精神,大眼睛,圆耳朵,像妈妈,是个小帅哥,眼下叫什么,对了,叫'高富帅',叫什么名字?"苏妈不停赞道。

"叫牛牛。牛牛问候姥姥们好。"我妈笑呵呵地用手扶着牛牛的小手向大妈们挥手致意。

"牛牛,这名字好,谁起的?这孩子壮得真像个小牛犊子。"一个大妈道。

"我起的,好吗?这小子生下来就是8斤半,我就说叫牛牛吧。"我妈乐呵呵道。

我在后面暗自发笑,我妈贪天之功据为己有,婆婆起名时她一百个反对,现在又变成是她起的,要是我婆婆知道两人又得吵起来。

"依我看,这孩子虎头虎脑,更像只小老虎,虎虎生威,以后像他姥爷,当大官。"一位大妈夸道。

"呦呦,牛牛谢谢姥姥吉言,给姥姥笑一个。你们看呢,这孩子真笑了,还笑出声来。"我妈用手指轻轻点着牛牛的下巴逗他,牛牛果真笑了。

"哈哈,哈哈,这孩子才多大,果真笑出声来。"众大妈一起大笑。

此时是我妈最得意的时候,她笑得十分夸张,眼泪都流出来了。我爸则远远地跟在我们身后,倒背双手,抿嘴乐。这时我才真正体会到什么是天伦之乐。

邱婶看见我们一家四口,怀抱着外孙女颠颠跑来。

邱家住在我家前面那栋楼,邱婶女儿邱凤娇与我同岁,我们是同年级同学,她和丈夫都在上海工作,把孩子留在这边。

邱婶惊喜道:"呦,抱出来了,快让我瞧瞧。"

她走到妈身边,打量我儿子一番,道:"这孩子长得真帅,真壮实,小帅哥。"她抬头瞟我妈一眼,道:"花朵,这回你可升级了,当姥姥了。"

"啊啊,是是,混上了。他邱婶,咱们现在是一个行列的战友,你是老兵,以后我得多向你取经,可不能保守呀。"

邱婶道:"什么经验,就是挨累,累出来就什么都明白了。现在别看你美滋滋的,有你叫苦叫累的时候。唉,现在是女儿生、姥姥带、奶奶怪。花朵,当姥姥你可要作好受苦、受累、受气的准备。"

第六章 牛牛失踪

我妈歪头问:"什么叫奶奶怪?我听不明白。"我妈瞥我一眼。

邱婶撇嘴道:"那你还不懂,如今挨累都是姥姥们,奶奶不但一点力不出,还挑这挑那儿,怪话连篇。你说受气不受气?"

"我才不信,谁敢给我气受,他奶奶的。"我妈挑起双眉,厉声道。

"哈哈,还是你硬气,我可比不了你。"邱婶拍我妈肩头一下。

2

苏微:

邱婶这话说到我妈心头,这回她算找到同盟军了。她气呼呼地应着邱婶的话,道:"你说这是什么形势,现在怎么时兴姥姥看孩子?我一天从早忙到晚,一点闲工夫都没有,就是睡觉都还得惦记着孩子,宝宝一叫就得爬起来。真正用到奶奶的时候,不是脑袋疼就是屁股疼,一点也指望不上。"

"嘿嘿,你算是说对了,心疼女儿的是亲妈,婆婆是外人,什么都是假的,扯犊子。"邱婶一手抱孩子,另只手又拍我妈一巴掌,把我妈当成知音。

邱家的事我多少知道些。孩子原来由公婆带,邱姥姥嫌弃他们带得不好,就把在自己手里,累得叫苦连天也不撒手。我妈要是整天跟她在一起嘀嘀咕咕,还能说我婆婆好?

我懒得听她们说话,偷偷拽我妈一把,我妈正说到兴头上,一点反应也没有,我一赌气把牛牛从妈手中接过来,去我爸那边,坐在花坛石凳上晒太阳,让她们继续聊去。

此刻,不知我婆婆耳朵发热没有。

我爸见前面有几个老熟人聚在一起聊天,就把牛牛从我怀中抱起,过去显摆。

"苏馆长,有外孙了,恭喜,恭喜。"大家热情地跟我爸打招呼。

我爸笑呵呵道:"同喜,同喜,有外孙了,是个男孩。"

我爸原本不爱与小区人闲聊天,出家门碰上熟人,一走一过,打个招呼就过去。自从有了牛牛,他的性格变得开朗、随和,见谁都愿意打招呼,聊上几句。遇到大人怀抱婴儿，或跌跌撞撞刚学走路的孩子，便驻足观看，问人家大人，这孩子几个月了（几岁了）？我暗自高兴，这或许正是他老年幸福生活的开端。

"恭喜了，你得请客呀。"众人道。

我爸笑道："谢谢，请客，请客。哪有不请客的道理。到时你们都得去呀。"

一人道："现在培养个孩子真不易，生下来就要早教，然后是幼教，上小学、中学、大学，读硕士、博士，哪一个环节跟不上都不行。苏馆长，你学识渊博，领导也当得好，这姥爷也得当好哇。"

另一个人道："对喽，这话叫放下架子，先当孙，后当爷。"

"什么，先当孙，后当爷？"众人不解，一起看着那人。

"是呀，得先挨累伺候孙子，孙子长大才有资格当爷。"

"哈哈，是这么个意思，有道理，有道理。先当孙，后当爷。"众人哄然大笑。

另一位大叔凑上前摸牛牛的小脚丫，道："这孩子天庭饱满，地阁方圆，将来一定是当官的材料。老苏你可要好好培养。呦，这小子屁股露出来，哎呀，我的妈，怎么还喷水了？"那大叔慌忙躲闪。

牛牛出来时我妈没给他穿纸尿裤，只垫个尿片，我爸不会抱孩子，尿布掉下来没发现，大叔摸牛牛脚丫，牛牛受到刺激，咻地浇那大叔一身尿。

"哈哈哈哈，童子尿治病，你偏得了。"众人哄然大笑。

大伙这一笑把牛牛吓哭了，我急忙跑过去，掏出手绢给那大叔擦衣服，连连道歉："对不起，大叔，这衣服我给您洗一洗。"

那大叔道："不用，不用，我还没孙子呢，大家不是说我偏得吗，童子尿是好东西，我沾沾你儿子的喜气。"

我从爸手中接过孩子，去花园边玩，让他们继续聊天。

"牛牛，牛牛，看谁来了？"有一人在我身后喊道。

我转身一看，原来是我公公拎着大包小包地来看孙子，家里没人，就在小区里找我们。

婆婆住了半个多月医院，身体恢复得还不错，就出院了。出院就想念牛牛。她因为牛牛改姓和手镯事与我妈大吵一架，在我和方明的共同努力

第六章 牛牛失踪

姥姥与奶奶的战争

下虽已和好,但暗中还在较劲,谁也不愿意理谁。婆婆不好意思来我爸妈家看牛牛,想让我们回家,或者去他们家住。我妈坚决反对,说:"娘俩儿在这儿住得好好的,换什么地方,净起高调。"我也感到日子过得很安逸,一家人其乐融融,不愿再挪窝,就没答应婆婆。婆婆无奈,就天天来电话,一会儿问牛牛拉没拉屎、拉几次,拉得干呢还是稀,出去晒太阳没有。电话打给她儿子赵方明,方明白天上班,又是个男人,心粗,回答不清,就给我打电话,一天一次两次,怕我烦,就豁出脸面给我妈打。我妈没好气答对她,就一个人在家里生闷气,过一两天把我公公打发过来侦察情况,然后回家向她汇报。情报不清,说不明白,两人就吵嘴,气得饭也不做。

我与公公打过招呼,想到公公到现在还没有轮到抱一抱孙子,道:"牛牛,爷爷来了,跟爷爷打个招呼吧,爷爷好。爸,给您抱抱。牛牛刚尿完,尿那位叔叔一身,现在没有尿。"说着,将牛牛递给公公。

"我抱抱?好哇,我抱抱。"公公没想到我能在外边将牛牛交给他抱,很是激动。上次还是在我们家,公公想抱孩子,刚抱起来,我妈和婆婆一齐斥责他:"这姿势不对,小心窝着孩子脖子,快放下。"我公公吓得马上放下牛牛。

公公诚惶诚恐,马上把手中的袋子放在地上,可不敢伸手接牛牛。

我鼓励他说:"没事,您抱抱,我爸刚才抱半天了。"

"啊,姥爷抱半天了,那我抱抱。"公公受到鼓励,双手接过牛牛,盯着孙子脸看了半天,脸上洋溢起幸福的微笑。"呦,呦,臭小子,这么小就淘气,为啥要浇那爷爷一身尿?小心爷爷要打你屁股。"

我爸看见亲家来了,转身跟我们一起往家走。

我发现公公怀抱着牛牛,活像古装电视剧金銮殿上的大臣,手捧着一个献给皇上的宝物,步子都不敢迈,两脚捣着碎步,战战兢兢,如履薄冰,生怕摔着宝贝,真是好笑。都说是隔辈人更亲,我无法想象他抱孙子那种心情,只有等到我有孙子才有这样的体验。

我们回到家,我爸忙给我公公沏茶,道:"德欢,快坐下喝茶。"

公公将袋子里的食物放进厨房,洗净手,对我爸道:"国学哥,你先喝,我再看一眼孙子。"

牛牛在爷爷怀里睡了一小觉儿,这会儿又醒了。小孩子总是这样,一小觉一小觉地睡，说睡就睡，说醒转眼就醒。

为方便公公看孙子，我没将牛牛放进婴儿床里，而是放在我和方明睡觉的大床上，给公公搬过一把椅子，道："爸，您就坐这儿逗牛牛吧。"

我公公没有马上坐下，瞅了眼屋门，对我道："你婆婆想牛牛了，问你们什么时间回去。"

我想了一下，说："您告诉妈，我们再住一个星期就搬回去。"

"那好，那好，你们再不回去，你妈就魔怔了。有这话我也好回去交差。"我公公说着坐下来逗牛牛，我拿起牛牛换下的衣服去卫生间，给公公腾出空间。

公公见我出了屋，开始放心大胆地逗孙子，先是摸摸牛牛的小脚，又在牛牛嫩白的小脸蛋上摸一把，轻声道："牛牛，叫爷爷。"

牛牛出生才两个多月，哪里知道叫爷爷，嘴里呜里哇啦地嚷着，公公就以为跟他说话，呵呵笑道："好宝，对了，就这么叫爷爷。"

我公公得寸进尺，先是把牛牛的小脚抬起来，吻一下，然后伏下身子，把嘴凑到牛牛小屁屁上，重重地一吻，啪，带个生脆的响声，逗得牛牛笑了。

这时，我妈一推门进来，严厉道："你干什么？这么大人一点正行没有，孩子皮肤那么嫩，你忍心用胡子楂扎？难怪都叫你'闹得欢'。"

3

苏微：

我妈在小区与邱婶聊得热火，远远见我公公拎着两个大袋子走来，对邱婶道："你看见前面那个拎包的人了吗，那是微微的婆婆派来的特务，不知又来捣什么乱，我得赶快回家。"

邱婶一把拉住我妈的胳膊，道："别跟他们客气，不出力就叫他们出钱，不能光等着当爷当奶。"

我妈道："回头我再跟你细说，这两口子，太抠了。"

我妈跟在我们后面进家门，先到厨房看公公带来的是什么东西，又躲在卧室门外监督我公公，先见公公让牛牛叫他爷爷，捂着嘴笑，暗说：这

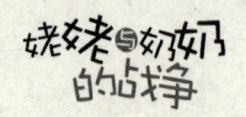

是想孙子想疯了,那杨小叶还不知疯成什么样子。见我公公吻牛牛的屁股,勃然大怒,大吼一声,吓得我公公忽然站起,脸一红,道:"没有,没有,没有扎到牛牛。"

我妈见我公公抵赖,更是生气,故意恶心公公,道:"你这人就是没有知识,牛牛刚拉稀屎,看看沾你一脸巴,你不嫌脏?"

我公公笑着抹下嘴巴,道:"不脏不脏,牛牛的东西哪有脏的。"

我妈厌恶道:"太不文明了,杨小叶也不说你。"

我公公笑着还击道:"嫂子,你别光说我,上次我来,牛牛尿你一身尿,我看见你拿手绢擦尿,然后又拿手绢擦嘴。"

我妈怒道:"胡说八道,哪有那样的事。"

"哈哈哈哈,反正我看见了。"我公公见我妈回来,不让他肆无忌惮地逗牛牛,起身出屋,道,"牛牛交你了,我去跟国学大哥喝茶。"

我妈道:"你站住,我问你,杨小叶身体怎么样?"

我公公道:"出院半个多月,身体倍棒,吃嘛嘛香,随时准备接培养下一代的班。"

我妈冷笑道:"叫她好好养着吧,身体要紧,牛牛在我这儿挺好。"

我公公深知不是我妈对手,跟她不但是与牛弹琴,还会让牛犄角顶伤,嘿嘿一笑,出了屋,与我爸喝茶。他要从我爸下手,让我爸再去做我妈的工作,这叫做迂回策略。

我见牛牛到喝奶时间,公公刚出屋,我就回到房间,将屋门关上,撩起衣服给牛牛喂奶。牛牛吭哧吭哧吃饱又睡了。

我从生牛牛还没有回过单位科里,想回去看一看,跟爸妈和公公打个招呼,打车去了医院。

我心里惦记牛牛,一个多小时就跑回来了。推开家门,屋里静悄悄的,公公走了,爸不知去向,我直接回卧室。

我妈躺在卧室里睡着了,打着香甜的鼾声,再往她身边看,婴儿床里空空如也,牛牛不见了。

我家自从有牛牛,生活习惯悄然发生许多变化,每次出门回来,我和方明第一件事就是进卧室看一眼牛牛,然后再做别的事情。我想起,我走时牛牛没有放进婴儿床。心想,准是老爸抱出去晒太阳了。

112

我一边换衣服，心里暗自埋怨起老爸来。我没走时牛牛刚晒过太阳，还晒什么？孩子不晒太阳容易缺钙，紫外线照射过多对孩子也不利，这个道理跟他们讲过多次，为什么不记住？再说，抱牛牛户外活动，一般都是爸妈两人联合行动，这回老苏头为什么要擅自行动闹独立？他准是嫌我妈太磨叨，处处限制他，一个人抱牛牛显摆该多自由。真是的，有个外孙子就不知天高地厚。我妈也是的，一向对别人要求严格，这回就如此放心、一个人呼呼睡大觉？

我看眼窗外，太阳隐进云彩中，天暗下来，心说：不行，我得出去找他们，牛牛要是被风吹感冒就麻烦了。妈这些日子很辛苦，我不忍心打扰，想让她多睡一儿，我换过衣服，夹起牛牛小被，要悄悄出去，还是把妈惊醒了。

妈眼睛没睁就问我："这么快就回来了？"

我哦了一声，道："妈，你怎么叫爸一个人抱牛牛出去，外边天都阴下来，起风了。"

我妈睡眼惺忪道："你前脚走，你爸就叫人电话找走了，说书法协会有个会，叫他参加，抱什么牛牛。"

我问："那牛牛呢？"

"牛牛不在这儿睡觉……"妈顺手向身边摸去。

我走后妈并没有把牛牛放进婴儿床里，而是搂在自己身边睡觉。

她一把摸了个空，猛然坐起，见床上空空，扭头问我："牛牛呢？"

我瞪大眼睛，惊讶道："我问您呢，还问我？我一个人出去的，您在家看孩子，牛牛哪去了？妈，你可别吓唬我。"我话音中带着哭腔。

我妈道："你进来时难道没有看到牛牛？"

"我进来时就您一个人呼呼睡大觉，我还以为牛牛让我爸抱出去了。"

我妈顿时慌了神，伸长脖子向屋外张望，大声道："屋里还有人吗，谁抱牛牛呢？"

我说："别喊了，家里没有别人。"

我妈见无人回答，连拖鞋也顾不上穿，光着脚各屋找人。我们家三个卧室、一个客厅、一个厨房、一个卫生间，还有一个储藏间，哪里能藏得住人？

第六章 牛牛失踪

我妈又跑回卧室，仔细点一遍牛牛的用品，说："包牛牛的小花被怎么没了？坏了，牛牛叫人抱走了。微微，你进屋时房门没锁吗？"

我扫了一眼床上，牛牛那几件东西都在我脑里装着，不光小花被没了，还有牛牛的小帽子也不见了。我顿时吓傻了，道："妈，瞧您这么大人，连个孩子都看不住，叫谁抱走，难道一点动静没有，您就睡得那么死？呜呜呜呜。"

我妈虽然吓得丢魂落魄，见我痛哭流涕，还得安慰我："微微，别怕，咱家前面是派出所，四处都有保安，这儿的治安一向很好，光天化日没人敢入室偷孩子。我猜准是你公公把牛牛抱走了。你婆婆明着要牛牛回去我没同意，就指使你公公暗地来偷。刚才你公公是跟你爸一起出的门，他拐个弯又转回来，趁我不备将牛牛抱走。你公公叫'闹得欢'，你不是不知道，这人什么玩笑都敢开。两口子现在怎么变成这个样子。他们想孙子想疯了，竟用这下三滥的手段。我这就给他们打电话，好好损损他们，叫他们立刻把牛牛抱回来。这两口子，太不像话了。"

妈如此一说，我的心稍稍平静一些，心想：妈说的不是没有道理。婆婆好多天没见到牛牛，心里想得要命，便打发公公过来催我早点抱牛牛回去，却被我一句话支到下周，公公吻一下牛牛小屁屁还让妈数落一顿，心中有气，趁我出门，我妈带牛牛睡觉，与我爸出家门后又返回来，偷偷把孩子抱走。如果是这样，可就太荒唐了。我并非是那种不通情达理的人，我妈也并非蛮横到一点人情不讲，至于偷偷摸摸吗？我绝不能容忍，一定要跟他们好好说说理，我不是带你们孙子住在敌人魔窟里，用得着施展计谋，往回偷孩子？

可再一想，又不太像，我公公虽是嘻嘻哈哈、大大咧咧的人，但正经事却十分心细，孙子的事想得更是周全，屋子里的奶瓶、奶粉、尿不湿、尿布一样东西都没少，他抱牛牛回去吃什么，喝什么？怎么住呀？还有我这孩子妈，不跟回去能行吗？我公公就是再能闹，这些事就想不到？不过也有这种可能：公公不是说婆婆想牛牛快魔怔了吗？他就想此下策，把牛牛偷回家，让我婆婆看一眼，然后马上送回来。这在情理上能说得通。

我一个人正在胡思乱想，听到客厅里有人说话，以为是我公公送牛牛回来，忙跑过去，原来是妈给婆婆的电话打通了。

4

苏微：

我妈厉声道："杨小叶，看你现在成什么样子，指使老爷们往家里偷孩子，把牛牛抱走也不吱一声，你两口子都成贼了，太不像话！我告诉你，我可要打110了。"

我婆婆被我妈一顿劈头盖脸的讨伐弄得晕头转向，反问道："李花朵，你开什么玩笑，谁把牛牛抱走了？"

我妈道："你别跟我装糊涂，我说的就是你，你指使'闹得欢'趁我睡觉，把牛牛抱走，连个招呼都不打，不是贼是什么？我郑重警告你，赶快把牛牛给我抱回来，你们这一得瑟，牛牛要是让风吹着，凉着，淌鼻涕、咳嗽，你们负全部责任。"

"住嘴，李花朵，李疯子，你一天净胡说八道，你是不是得神经病了？我家德欢早就回来了，正蹲在门口下棋，我一天没出门，抱什么牛牛？"我婆婆厉声质问我妈。

我妈见婆婆理直气壮，心中没有底了，可还是一口咬定："就是你们两口子干的坏事，没有别人。"

我婆婆忽然醒过神来，道："李花朵，你刚才说什么，牛牛不见了？牛牛不是在你家吗？怎么就不见了？快找哇。该不是你们家进去坏人，为什么不报警呀。微微呢？微微不在家吗？李花朵，你要是把我孙子弄丢了，我就跟你拼命。"

我婆婆疯子一般声嘶力竭地与我妈对喊，我在一旁听得十分真切。婆婆是个本分人，不说谎话，公公虽然爱开玩笑，不会拿自己的孙子搞恶作剧，这一点不但我相信，我妈也不得不信。我哆哆嗦嗦地掏出手机，给我爸爸打电话，我爸不接，打给赵方明又打不通，便直接打报警电话："110吗？我的孩子在屋里丢了。"

5

赵方明：

电话是爸打来的，说牛牛在我岳母家奇怪地丢了，妈听这消息吓瘫在地上，不能动弹。我顾不上多安慰二位老人，就急忙跑出办公楼，可手哆嗦得连车门都打不开。此时，候玉奇从外面回公司，见我这样子哪里还能开车，就把我推到副驾驶座位上，他来开车，向岳母家飞驰而去。

候玉奇边开车边安慰我："方明哥，你不用着急，大白天孩子丢不了，我想，这里面肯定有些误会，不会有什么事，你要是乱中加错就不应该了。"

我闭上眼睛，稳了稳神，觉得这事确实蹊跷，大白天孩子在家，怎么会平白无故就丢了？候玉奇说得对，这里面一定是有些误会。我掏出手机开始打电话，了解情况。我先打岳母家里的座机，电话是忙音，有人在用电话。我又给苏微打手机，她的手机也占线。我的祖宗，这都是谁在用电话？我意识到，问题并非那么简单，脑袋顿时大了。

就在两天前，在岳母家里，我们一家人吃罢晚饭，闲着无事，随便打开电视，电视里正在播一条电视新闻，说有一个女贼，夜深人静时潜入一户人家，趁这家人熟睡之机，将一个男婴偷偷抱走，随即坐上等候在外边的同伙的轿车，连夜开到外地将孩子卖掉。警方费尽周折才破案。看了这条新闻，一家人还议论一番，除数说那贼丧尽天良、胆大妄为外，还嘲笑那户人家太麻痹大意，搂在怀里睡觉的孩子让人抱走却一点都不知晓。没想到这样匪夷所思的事竟发生在我们家里，岳母光顾自己呼呼睡大觉，孩子叫人抱跑竟浑然不知，简直是太荒唐。

我回到岳母家，见门口停着一辆警车，心就咯噔一下，心想：坏了，家里果然出了大事。急忙冲进屋，我爸妈先我而到，我妈坐在地上痛哭流涕，爸怕我妈犯病，掏出救心丸给她吃。两警察冷着面孔问我岳母和苏微话。

苏微见我回来，扑入我怀中号啕大哭，哭得惊天动地。

我担心她承受不了这么重的打击，轻轻摩挲着她的后背，安慰道："没那么严重，说不定是哪个熟人抱出去玩，一会儿就送回来了。"

两警察听我说这话，转过身问我："你们家都有什么熟人经常来？"

"我们家，经常来的人有……"我搞不清楚苏微家现在都有什么人经常来。苏微爸原来是馆长，家中常有客人，现在退下几年了，冷清得门可罗雀，我们家的亲属我不在家也不会来。我摇摇头，没有回答。

我岳母一把鼻涕一把眼泪，道："家里没有谁常来。有人来事先都有电话。亲属也就是他们二叔、二婶，还有80多岁的老太太，都上班，没有时间。"

警察听出我岳母说话的毛病，歪着头问："老太太也上班？"

我岳母道："老太太快90岁，上什么班。"

"你们现在就打电话，问一问他们今天来过没有，看没看见孩子？大家都认真想一想，最近有没有什么异常情况？"

我岳母道："别人都问过了，老太太不敢问，她要是听说孩子丢了，非昏过去不可。"

警察感到，这极可能是一起恶性入室盗窃婴儿案件，手段极其高明、恶劣，非常严重，立即向市公安局指挥中心汇报，转眼门前又开来两辆警车，刑警大队的人到了，立即对屋里屋外进行严密勘察。

我岳父家所处的住宅区是老式两层楼，楼下一户，楼上一户，岳父家住在楼下，自家带个小庭院，院子里种些花草，夏天我们就在院子里纳凉、吃饭。因为有庭院，家里只要有人房门一般不上锁，这就给坏人以可乘之机，所以，岳母睡着了，进来一个外人她并不知道。

警察急忙通报各路口的交警，注意来往可疑车辆。

大家折腾半天我岳父才回来，他开会时将手机关闭了，开完会，打开手机，看见有我给他发的一条短信。

6

赵方明：

我岳父显得比我们都镇定，把我叫到一边问了问情况，然后默不作声地看警察屋里屋外地忙活，摸着下巴想了一会儿，发现些问题，将我和候玉奇叫到一边。正要说事，这时从外面进来一个警察，对另个警察耳语一番，警察对我们说："刚才查过小区里几处监控录像，发现有几个人抱婴儿进出，你们跟我们去辨认一下，看看有没有可疑的人。"

我和岳父还有候玉奇急忙跟警察进入派出所监控室，打开监控画面，寻找那抱我儿子的人。画面上果然出现一个女人，怀中抱个不大的婴儿，大家精神一振。但那女子步子悠闲，没有一点急于逃跑的迹象，走着走着又折回来。我岳父摇摇头，道："这人我认识，她是我们前楼邱家的人，孩子是她外孙女。"

接下来继续放监控，画面上出现一个男子，怀中笨拙地抱着一个婴儿，脸上笑呵呵，走路颠一颠，很滑稽。警察道："注意这人，抱孩子姿势这么笨拙，太可疑。"

我伏上前一看，这人不是别人，正是我爸。后面跟着苏微，再后面是我岳父。我没工夫去想，我爸什么时候来我岳父家抱上孩子了？

我岳父道："这人是孩子的爷爷，我们一起回的家。"

警察又打开另一个监控录像，画面上又出现一个抱孩子的女人，警察道："看看这个女人，瞧她走这两步道，岁数应该不小了。"

我们三人仔细一看，不由大吃一惊，画面那个抱婴儿的女人不是别人，正是苏微的奶奶。老太太还有个歪头微笑的画面，非常清晰。

我岳父指着画面，对警察道："这人是我妈，她抱的孩子正是我的外孙。老太太快90岁了，最近有些反常，她这是去哪里？"

接着往下放画面，奶奶抱牛牛出了小区，画面断了。

我岳父道："她肯定抱孩子回居住的那个小区去了。方明、玉奇，你们快去你二叔家小区找你奶奶。"

我岳父早就猜疑到这事极可能是奶奶所为，因为有警察在场，不便草率说出口。他没时间详细向警察解释，拉上我们就往外跑。

警察见是我们自己家人抱走孩子，也就放心了，没有跟我们一起去，冲我们背后道："找到孩子给我们来个电话，好有个了结。"

二叔家距我岳父家一路之隔，过条大道拐个弯就到了。平时，老奶奶闲着无事，溜溜达达就来我岳父家一趟，也不用谁接送，有时待上一会儿，或者吃顿饭，自己就回去。我们带牛牛搬到岳父家，老人还来过两次，大家让她住下，她不愿意，说小区有一帮老姐妹等她聊天，自己就回去了。不知这次为何要偷偷把牛牛抱走，也许是她当着小区的同伴们炫耀有了重孙子，姓苏，叫苏（书）琦，如何如何好，同伴们想见一见，她才来抱孩子。老小孩总是突发奇想，做些出乎人意料的事。

候玉奇早给二叔家几个人打电话了，二叔出差了，没在市里，二婶和乔乔都还没有下班，家中没有人。

我们跑进二叔家小区，向户外休闲的老人打听，有没有看见一个老太太抱个孩子。

一个老太太认出我岳父，道："你是问你妈、苏老太太？刚才她抱重孙子来叫我们看，大伙逗会儿孩子，后来孩子哭闹，老太太说孩子该吃奶了，就抱回你们家去了。走了快一个小时了。她重孙子叫牛牛，大名叫……苏（书）琦。胖乎乎的，可招人喜欢。"

老太太还要说下去，我们心急火燎地找大人孩子，没心思听下去，急匆匆往原道回找。

大家都听明白了，奶奶一个人来我岳父家，进了家门，见牛牛和我岳母都在睡觉，家里没有别人。如果她等我岳母醒来跟她说要抱牛牛回自己小区玩一会儿，费口舌不说，我岳母未必同意，于是她就突发奇想，偷偷抱牛牛回小区跟老太太们显摆一番，然后再抱回来，好在路并不远，过条大道就到。按时间推算，奶奶抱孩子应该早就到家了，为什么家里一点动静没有？

我马上给苏微打电话，告诉她，有人看见是奶奶抱牛牛在二叔家小区和老太太一起玩，一个小时前就回去了。

苏微道："没有哇，家里没有离开过人，哪有个人影？老太太那么大年纪，抱个孩子过马路，车太多，你们快去路口找……"

我们急忙往回奔。到了路口，大道上车水马龙，人流涌动，去哪里找老人和孩子？我们上前询问值勤的交警，交警摇头说没有发现，他拿起手中的对讲机与其他路口的交警联系，告诉我们，一有消息立即通知我们。

这时，我爸、我妈跑来了，二婶、乔乔得到消息，也从单位赶来，我们聚在一起，焦急地商量对策，去哪里找这娘俩？

我的手机响了，是派出所来的电话，询问老人和孩子找到没有。

我说："还没有，有人看见老人从胜利小区往回走，按时间推算应该早就到家了，可不知为什么还没回来。"

民警提醒道:"路口车太多,你们应该去附近医院找一找。"

我一听这话,心又咯噔一下提起来,忙把警察的意思告诉岳父,岳父急忙指挥大家分头去医院找。

几家医院找遍,还是没有老太太和牛牛的踪影,大家的心又揪起来了。时间又过去一个小时,牛牛这么长时间没有喂奶,不知饿成什么样子。老太太会去哪里呢?会不会……谁也不愿意往坏处想,不知接下来怎么办。

我爸连急带吓,浑身冒汗,把衣衫都湿透了,焦急道:"靠我们几个人不行,还得跟派出所说,让他们增加警员帮助找。要不咱们找电视台、电台的记者,你们神通广大。"

我岳父摆手,道:"我看还不至于到那种程度,别弄得满城风雨。"

正在大家一筹莫展时,值勤交警给我岳父打来电话,说40分钟前,前边路口交警搀扶一位老太太过路口,这老人怀中抱着一个婴儿。我岳父放下电话,道:"老太太走错路口了,方明,你和玉奇,去前面路口找。"

我和候玉奇刚想走,我的手机响了,我见是派出所的电话,急忙接通,警察说:"有人送到长春街派出所一位老太太,抱着一个几月大的婴儿,你们去那里看一看。"我们急忙赶过去,果然是奶奶和牛牛。

原来,奶奶抱牛牛回我岳父家,过路口时没看信号灯,刚走几步,信号灯变了,汽车穿梭而过。她躲闪来往汽车,偏离路口,越走越远,后来被交警发现,扶她过了马路。老太太糊里糊涂走到另一个路口,找不到家了,越走离家越远。孩子哭叫得厉害,老太太心急又没办法,坐在路边哭起来,被过路人发现送到了派出所。

7

苏微:

谢天谢地,总算找到奶奶和牛牛。方明开车把奶奶和牛牛接回家,我不顾三七二十一,撩起衣服就给牛牛喂奶,牛牛饿坏了,拼命地吸奶,吮得我抓心挠肝。可他啃着啃着却哇哇啼哭起来。我的心猛地一震,猛然感到奶水没有了。我的奶水一向很好,怎么说没就没了?一定是急火攻心,把奶水憋回去了。我顿时泪如雨下。

妈和婆婆站在我身边,见我这样子顿时慌了神,我妈一个劲儿问:"怎么了?这孩子怪不怪,饿了就吃呀,哭什么?难道这么长时间没吃奶还不饿,真是奇怪了。"

我婆婆心细,早就看得一清二楚,狠狠瞪我妈一眼,悄声问我:"要不冲点奶粉?"

"嗯。"我头也不抬,一边擦眼泪,一边点点头。

婆婆转身又狠狠地瞪我妈一眼,想说话又咽回去,转身去了厨房。

我婆婆瞪我妈那眼神就如电棍一般,把我妈激得倒退两步,我妈没敢与我婆婆针锋相对地对峙。婆婆放下我妈的电话打车来到我家,见牛牛果真不见了,全不在乎我这儿媳在场,把我妈骂个狗血淋头。我妈自觉理亏,虽然是朵红花,被片绿叶臭骂,也自认倒霉,没敢还几句嘴。这在她俩的战争史上是绝无仅有的。

牛牛闭上眼睛,一口气喝完婆婆冲的奶粉,睡着了。我瘫倒在床上,闭着眼睛,长长喘口气,直觉得浑身酥软,一点力气也没有。妈和婆婆见我这边没事,让我和牛牛一起休息,退出去看我奶奶。

我从卧室里能听到我妈数落奶奶的说话声音:"妈,你怎么能这样,这是您的家,想进来就大大方方,怎么还悄悄的一点动静没有。您想抱牛牛回去跟我说一声,我陪您去,为什么非要一个人偷偷地抱走孩子,这要是有点闪失,大家还不把我骂死。"

我奶奶道:"谁说我没有动静,我还叫了你两声,你睡得呼呼的不理我。我寻思一会儿就回来,让你睡吧,就把牛牛抱走。小区那帮老太太非要看咱家的苏琦,催我过来抱,我是盛情难却,没有办法。你说我这么大岁数算白活了,在这儿住了大半辈子,怎么就找不到家了?可怜牛牛饿坏了,我真没有用。呜呜呜呜。"奶奶说着说着,悲伤地哭起来。

我婆婆听出来了,我妈这话中含有大量推卸责任的成分,忍无可忍,当着我奶奶的面道:"李花朵,今天我当着老太太的面,得说你几句,这事就是你的责任,怨不得别人……"

我公公见我婆婆已经向我妈开火,这吵起来老太太再着急上火晕过去还得了,马上站在她俩中间,道:"停,停,叫苏妈先休息,有什么话咱们开会解决,开会解决。"

这时我爸也发话:"你们都消停一会儿,老太太要休息了。"

我婆婆与我妈不得不暂时休战。

说实在话,我奶奶的玩笑开得太过分,我妈也太麻痹,险些酿出大事。可一个是奶,一个是妈,都是我的长辈,能说谁呀?谁都不能说。尤其是我奶奶,婆婆和公公对她老人家更是恭敬有加,连一个不字都无法说,还得赔着笑脸,他们只会把一切怨恨加到我妈身上。不知他们这个会将怎么样开。

可怜的牛牛,瞧他饿成那个样子,我当妈的心如刀绞,本来是不会发生的事发生了。再说,我这奶水怎么忽然间就没了?我相信母乳喂养好处多,为了牛牛,我月子里只要是能下奶的东西,不管有多难咽我都勇敢地吃。方明说我原来这不吃那不吃的,现在什么都吃,肥得像头猪。我不知道什么时候能减肥,还能不能减下去,想到这儿,我又恨起自己,为什么就那么一会儿工夫非得回医院。看来牛牛只得喝奶粉了,奶粉不光没法与母乳相比,每月又是一笔不小的开支……

第七章　夜半惊梦

1

苏微：

我正闭着眼睛胡思乱想，方明进来了，方明说刚才妈跟他说了件事。我问他什么事，方明正要说话，这时爸进来了。

爸面色凝重，伏下身子细细地看了会儿牛牛，抬头问我："小家伙没事吧？"

我点点头，嗯了一声，道："牛牛连困带饿，多亏他体质好，吃饱就睡着了。"

爸起身将房门带严，回来坐在床边，面带愁容对我和方明说："今天的事你奶奶太反常了。"

"是的，是很反常。"我和方明回答道。

奶奶总偏离常人的思路，做些稀奇古怪的事，叫人很费解。比如今天抱走牛牛，她完全可以对我们说，我们谁也不会反对，还会陪她一起去。那有多好，为什么非要偷偷摸摸？还有那天，非要给我婆婆手镯，用得着吗？不过，她这不是一天两天的毛病了，大家都习以为常了，要不怎么叫她老小孩子。大家都当她是孩子，哄她高兴，带她玩耍，只要她老人家快活，我们都相处和谐。我安慰爸说："奶奶的性格变化不是一天两天，以后大家多注意就是了，您不用上火。"

我爸摇头，道："我说的不光是这个，我是说从你二叔家到咱家，过一条大道，拐个弯就到，五分钟的路程，你奶奶走过几百次，可她居然走丢了，难道不反常吗？我担心的是，你奶奶脑子出了问题。"

我霍然坐起身来，问我爸："您的意思是……"

我是一名护士，自然知道一种老年病叫"阿尔兹海默症"，就是所谓的老年痴呆症，一种进行性发展的致死性神经退行性疾病，临床表现为认知和记忆功能不断恶化，美国前总统里根就患有这种病，不知爸对这种病了解多少。

我爸道："今天是好心人将你奶奶和牛牛送到派出所，如果她一个人走到天黑，没有被人发现，或者遇到坏人，后果就严重了。"

"啊，真是的。"我不由打了一个冷战，想想今天的事，真叫人后怕。我们三人都沉默了。

我说："爸，我哪天带奶奶去检查一下。"

"哦，"我爸点点头，又说，"还有，你二叔出差不在家，你二婶一个人忙不过来，我想让你奶奶在咱家住两天，免得发生意外，也好再观察观察。这样，家里可能乱一些，你们要有个心理准备。"

"好哇，人多热闹。"我和方明痛快地应下。奶奶住下就不用来回跑着看牛牛，也不会走丢。

2

赵方明：

岳父跟我和苏微说完奶奶的事，瞅着我道："方明，一会儿你把你爸你妈送回家，路上好好劝劝他们。今天的事你岳母有很大责任，她自己也有所认识，就不要再提了，以后开会大家再帮助她。咱们要允许人家犯错误，也要允许人家改正错误，不能一棒子把人打死。"

我当即表态，说："爸，您放心，这任务就交给我了，他们能想通。"

我开车从派出所拉奶奶和牛牛回到岳父家时，车就停在院外，等大家下了车，我关上车门，正要进屋，我妈暗中使劲拽我一把，差点没把我拽个趔趄，我不知妈什么时候站在我身边。我跟我妈走到没人处，妈对我严肃道："儿子，我一会儿要带微微和牛牛走，不管是回你们自己家还是去我们家都可以，你们自己选择，这里坚决不能住了。再住下去还不知会发生什么样的事。瞧你那老丈母娘是带孩子的人吗，孩子放身边自己呼呼睡大觉，一个老太太将孩子从她身边抱走她居然不知道，你说她是傻还是彪？方明，你听我的话，现在就进屋跟你媳妇说，态度一定要坚决。"我愣愣地瞅着我妈，心中飞快地琢磨着这事。我妈这要求确实是难为我了。我虽然是男子汉大丈夫，户口簿第一页，可要苏微娘俩搬回去或者去我家，都必须由苏微决定，我只有建议权，没有决定权。苏微会同意吗？今天的事只是一个偶发事件，必须承认，我们在岳母家这一个月，我岳母大人的工作还是尽职尽责，没有功劳也有苦劳，我们在这儿的生活也很愉快，不能因一时之过将所有的成绩抹杀掉。不过，今天由于我岳母严重失职引发的责任事故委实太严重，如果两家在一起开会，给她个暂时停止带孙子资格的处分，也不算过分，估计她本人也说不出什么像样的理由。再说，我们在我岳父家住了一个多月，这窝也该挪到我们家了。这么多道理说给苏微，她应该认真考虑。我决定凭三寸不烂之舌跟苏微说说看。壮着胆子对我妈说："行，一会儿我就跟苏微说，跟你们回家。"但计划没有变化快，我进屋刚想跟苏微提这事，岳父大人进来，他让奶奶住下来，奶奶听说能天天看见重孙子，乐得满脸绽开花，就不想再回二叔家。我把这消息告诉我妈，她一听便泄了气，她无法与老太太抗衡，只得拉着我爸悻悻地回家。

3

苏微：

奶奶不再回二叔家，候玉奇便将二婶、乔乔送回家。我公公和婆婆也走了。我能想象出来，如果今天不是我奶奶住在我们家，婆婆一定会拉我们走，谁也拦不住。她只给我奶奶一个人面子，奶奶就是犯再大的过错她也无可奈何。阿弥陀佛，我真得好好谢谢奶奶，否则我妈和我婆婆又要开战了。

大家折腾了一天，都很疲惫。吃过晚饭，妈就给奶奶铺好被褥，安排老人休息。我们家平时为奶奶准备了一个房间，她随时可以过来住。奶奶洗漱完毕，上床躺下睡觉，将灯熄灭。

老人家熄灯我们才好休息。我和方明将大灯关闭，只留婴儿床头一个微弱的小灯。我们刚刚躺下，奶奶推开卧室门进来，一把掀开方明的被子，朝他屁股拍一巴掌，道："小子，去我房中睡，今晚我在这屋带牛牛睡了。"

方明一愣，眼瞅着我，我也很惊讶，心想：这老太太白天没有折腾够，晚上又要干什么？我笑着劝她："奶奶，我不是不愿意您在这屋里休息，您在这屋我十二分欢迎，只是牛牛夜里又哭又闹，怕您睡不好觉。"

"不碍事，我睡得浅，没有那么多觉。带孩子比你有经验，牛牛要是闹了我帮你哄。方明，你出去，你是担心微微跟我睡一个床不习惯？我告诉你，微微跟我一个被窝十八年，不信你问她。去吧，去吧。"奶奶挥手撵方明出去。

方明无奈地看着我，我也没有办法，只得向外努了下嘴，让方明先出去。

我刚要进入梦乡，被奶奶这一搅，困意全无，只得起身陪奶奶。牛牛觉轻，有点动静就醒，睁开眼睛看奶奶。

奶奶盘腿坐在床上，叫我把牛牛抱过去，放在她身边，咦咦啊啊地逗起来。

这时，我手机颤动一下，知道有短信进来，打开一看，是方明发的："我睡客厅沙发，有事打手机。晚安。"

此时，我爸妈都睡下了，方明不会去奶奶房，只能睡沙发，就让他遭点罪吧，好在天气也不冷。我给方明回短信："知道了，睡觉盖个单子，别着凉。晚安。"

我发完短信，奶奶对我说："微微，你看牛牛跟我有多亲，我逗他就笑，笑得咯咯的。"

我上前一看，牛牛早就闭眼睛睡着了，奶奶还在用手指点着牛牛脸蛋逗他。我说："奶奶，牛牛睡了，咱们也睡吧。"

奶奶不信，问："睡了吗？没有呀。这孩子，笑着笑着就睡着了。"

我本想把牛牛放进婴儿床里，奶奶不让，就让放在她身边，半夜有事方便起来照看。我拗不过奶奶，只得让牛牛睡在大床，又怕奶奶翻身压到他，我睡不踏实，一会儿就睁开眼睛看看。

我迷迷糊糊做起连续梦来。我梦见奶奶忽然间坐起身来，借着婴儿床头微弱的灯光，伸长脖子，盯着牛牛的脸，我清晰地看见奶奶缺少两颗门牙的嘴巴忽然怪异地咧开笑了，我不由打个寒战，问："奶奶，您不睡觉要干什么？"可是我发不出声音来。奶奶盯着我看了一会儿，就伸手过来抱牛牛，然后光脚下床，朝房门走去。我失声大叫："奶奶，您别抱走牛牛。"可还是叫不出声，我惊出一身冷汗，醒了，原来是场噩梦。

我扰了奶奶的美梦。奶奶闭着眼睛,喃喃道:"微微,你这孩子,多大还说梦话?快睡吧,都半夜了。"奶奶翻个身,又打起鼾来。

我想趁奶奶睡熟之机将牛牛抱回婴儿床,这样我能睡得踏实些。

我跪在床上轻轻抱起牛牛,向婴儿床移去,忽然觉得牛牛与往常不一样,浑身热乎乎的。我用脸贴下牛牛的额头,热得烫人,细听他的呼吸,比平常急促,不由大吃一惊,牛牛一定是发烧了。我的妈呀,牛牛还是头一次发热,这可如何是好?我不能折腾奶奶,只得给方明打手机。

4

赵方明:

我怕苏微夜里有事,将手机调成振动,放在胸口上,躺在沙发上睡着了。手机一阵紧过一阵的颤抖将我从睡梦中惊醒,这时候除苏微不会有任何人给我打电话,我连机屏都没看,光着脚悄悄走进卧室。一推开门,奶奶鼾声如雷,苏微抱着牛牛焦急地向我招手,我急忙走过去,苏微轻声贴我耳边道:"牛牛这么烫,快把体温计拿来。"

我用手摸了下牛牛的脸颊,果然很热,就从床头柜里找出体温计,夹在牛牛的腋下,过了几分钟,我刚抽出体温计,还没有来得及看,苏微就问我:"多少?"

我借着灯光,见体温计水银柱指向38.3℃,呀,这还了得,难怪小家伙小脸绯红,呼吸这么急促。我知道,人的体温在37.5℃以上就算是发热,牛牛居然达到38.3℃,这可如何是好?

大家都说,婴儿出生6个月内,有天生的抵抗力,一般极少闹毛病。牛牛体质很壮,肯定是白天在外边待的时间过长,受了风寒。可是,我们没有这方面的准备,家里一点药都没有预备,就是有药也不知应该如何给他吃。

苏微虽是一名护士,第一次遇到自己儿子生病还是惊慌失措,眼泪簌簌落下来,问我:"怎么办?"

我初当爸爸,遇到这事也发慌,可我是丈夫,大男人,主意还得我拿,我说:"去医院。"

姥姥与奶奶的战争

苏微有些犹豫，看眼熟睡的奶奶，担心深更半夜把全家折腾起来，尤其是这位快90岁的奶奶，于心不忍。

我悄悄对苏微道："咱俩带牛牛去门口社区卫生院让大夫瞧一眼，开点小药，一会儿就回来，谁也不惊动。"

苏微同意我的想法，忙和我一起给牛牛穿好衣服，悄悄地溜出家门。让我惊讶的是，如此折腾，牛牛居然一声没吭，我害怕了，伏下身子听听牛牛心脏，只听见咚咚咚跳得飞快。

苏微抱着牛牛站在院子里停住，对我道："卫生院条件不行，咱们去大医院看儿科。"

我一想，苏微说得也对，牛牛这么小，怎么能像大人似的拿点药了事，一定得找专科大夫看。车就停在院外，我发动着车，拉上苏微和牛牛，向市中心医院急驶而去。

医生给牛牛听了听心跳，重新测遍体温，还是38.3℃，说得验血，看一看是病毒引起的发烧还是细菌引起的。结果出来后，医生说是病毒感染，给我们开了药，告诉我们，孩子太小，先用物理办法试一试，如果不管用，体温超过38.5℃，再按说明给孩子服用退烧药。

我一边给牛牛穿衣服，一边问医生："孩子这么小，怎么就有病毒了呢？"

医生开始给下一个孩子看病，没有正面回答我的问题，反问我："孩子是不是白天抱出来，风大吹着了？"

我和苏微点点头，确实如此。

医生道："孩子太小，晒太阳时间不宜过长，要注意天气变化，增减衣服。"

我与苏微相视无言，都是奶奶办的好事。哎，啥也不用说了。

我开车出了医院，从来的路回去，苏微忽然下达指示："不回家，去你家。"

我对苏微的这道指令一时没有反应过来，一脚煞车猛然停下，问："你说去哪儿？"

苏微怪道："停车干什么，去你家，听不懂吗？"

我说："那好，去我家可近多了。"我重新发动汽车，手握方向盘，来个一百八十度大调头，朝我家方向驶去。

要不怎么说苏微是个明事理、贤惠的儿媳妇，她这一决定真是无比正确。苏微知道我妈想孙子想魔怔了，趁这个机会去我家，我爸妈才不管白天还是深更半夜，能来就好，什么时候来都热烈欢迎。再就是我妈比他妈心细，护理孩子有耐心。若是她妈，孩子无事还好，一哭一闹就烦。还有，如果回她家，这一折腾大家都得起床跟着着急，奶奶再一掺和，天下就更乱套了，牛牛怎么能休息好？所以，我媳妇太英明了。

5

苏微：

其实，我的想法很简单，医院离方明家近，我们快一点到家，给牛牛用上药，退了烧，安安静静地睡一觉，天亮再给家里挂个电话，就万事大吉了。婆婆、公公非但不会责怪，还得表扬我们在关键的时刻想到他们。省得回去再折腾年事已高的奶奶。可是，我想得太单纯，此刻我家已经乱套了。

奶奶尿频尿急，一夜得去两三趟卫生间。我们走后不久，她被尿憋醒，去趟卫生间，回来习惯性地检查一遍我和牛牛的被子是不是蹬掉了，给掖掖被角。可我们的被窝是空的，我和牛牛都不见了。奶奶心中奇怪，口中叨唠：我睡觉也不打呼噜，微微这臭丫头怎么带孩子躲出去了？唉，真是人一老谁都嫌弃。她越想越气，睡不着觉，坐在床上想心事。又一琢磨，微微也不是那样的孩子，跟自己一直很亲，她怎么就抱牛牛走了？不行，我倒要看看这丫头睡到哪里去了。

奶奶屋里屋外搜个遍，没有见到我们三口人，急忙敲我爸妈的房门："你们快起来，不好了，微微、牛牛不见了。"

我爸、妈听到奶奶咚咚地砸门，不知发生什么事情，慌忙起床，出来一看，我和牛牛果然不见了，方明也不知去向，甚是惊讶，这一家人跑哪里去了？

我妈嘿嘿冷笑道："别找了，这三口人丢不了，准是去赵家了。杨小叶跟她儿子在门口说话被我听见了，她给儿子下命令，要带苏微和牛牛去她家。当着老太太的面才没好意思开口，叫她儿子耍这么个小把戏，半夜开车撤退。你说，杨小叶从小根红苗正的，怎么变成这样一个人？"

我爸紧锁双眉,听我妈说完,生气道:"简直是胡闹,想孙子就光明正大给她抱去,用得着偷偷摸摸?像什么样子!明天开会我得狠狠批评这个杨小叶。那个赵德欢难道就不知道?他也有不可推卸的责任,连他一起批评。"

奶奶听我妈如此一说,坐在床上,双手拍着大腿痛哭流涕,哭唱道:"果然让我猜中,这是嫌我碍事,躲出去了。微微这个死丫头,我一把屎一把尿把你拉扯大,白白对你那么亲,在你屋里住一宿就讨厌我,你好个没有良心的死丫头。啊呀呀,我就说外孙是个喂不熟的白眼狼,我喂你这么多年还嫌弃我。好,我走,我现在就走,离你们远远的,让你们再也见不到我。呜呜呜呜。"奶奶说着,身子就往床边挪,去穿鞋,要往外走。

我爸忙劝我奶奶:"妈,您老人家千万别误会,他们去哪里跟您一点关系没有,您往哪里走呀?您安静等一会儿,等我情况弄清楚再说。"

"不行,不行,你们谁也不要拦我,我是个没有人要的死老太太,让我走。"奶奶手舞足蹈,闹腾起来比小孩子还厉害。

我爸掏出手机,先给我打电话,我的手机落在床上,在他们身边唱起来,我爸妈惊奇,这丫头出去怎么连手机也不带?

我爸又给方明打手机,方明手机放在家里客厅没有带,又设了振动,他们在卧室里哪里能听见。我们原想在家门口卫生院给牛牛开点药就回来,没有想去中心医院,更没有想去方明家,所以,谁都没有带手机。

我爸生气道:"这个方明,还不接我电话,我看你们能跑哪里去。"他一怒之下把手机扔在床上。

我妈见方明不接爸的电话,更证明她判断得无比正确,赵家这是变相将牛牛和我挟持了,没有人身自由,连个手机也不让带。她将爸扔在床上的手机拾起来,摁了我婆婆家的号码,电话响很长时间没有人接。我妈火上浇油道:"看看,一家人不接电话。没错,就在他们家。"我妈刚要切断电话,我婆婆说话了。

我妈没做任何铺垫,上来就冲我婆婆嚷道:"杨小叶,为什么才接电话?"

婆婆白天因为牛牛失踪的事,受到惊吓,心脏不舒服,早早躺下睡了,电话铃骤响,将她从睡梦中惊醒,她懒得动弹,想让公公去接。公公晚上喝了些酒,就是打响雷也惊不醒,婆婆怕误事,无奈起身迷迷怔怔接电话。

"李花朵,大半夜你不睡觉打什么电话?"婆婆连连打着呵欠问。

我妈道:"你不接电话说明你心里有鬼,你又耍什么把戏,深更半夜,让孩子回去干什么?你能不能办点光明正大的事?"

婆婆被我妈狂吼得摸不到头脑,她听不明白我妈说的是什么话,道:"李花朵,深更半夜你说什么胡话?你说我让谁回来?你是不是得神经病了,成天一惊一乍的,还让别人活不?我告诉你,明天坐三十八路公交车,直接到精神病院,让医生给你两电棍,看你还叫不叫?"

我妈听我婆婆说话不慌不忙,不紧不慢,从容不迫,想起白天赖她偷走牛牛的事,给人留下话柄,自己的底气便有些不足,却仍在教训我婆婆,道:"你喊什么,你敢说微微、牛牛不是让赵方明拉回你们家了?"

我婆婆惊道:"你说什么,牛牛又不见了?还加上一个微微?我的妈呀,你们家一天都整些什么事,他们去哪里了?快找呀。"

婆婆与妈一番对吼将我公公吵醒,他不知又发生了什么事情,光脚跑到电话机旁,听婆婆与妈吵嘴,问我婆婆:"谁又丢了?"

正这时,方明一脚刹车,车停在婆婆家楼门口。

此时,已是午夜,夜深人静,公公听到楼外熟悉的煞车声,拽我婆婆一下,贴在她耳旁悄悄道:"你听,可能是方明的车。"

婆婆一手捂着话筒,侧耳倾听,楼外车门砰地一关,传来一个男子说话声,就是她的儿子赵方明。她心中第一反应是儿子在岳母家中闹矛盾,让人家撵出来。她冲话筒跟我妈叫道:"李花朵,咱俩没完,等一会儿我再找你算账。"说罢扔下电话,跑到窗前向下张望。

6

赵方明:

我妈、我爸从窗口看见我们,迎下楼来,惊异地问道:"出什么事了,深更半夜跑来?"

爸要从我手中接过牛牛,我没有让,我边上楼边说:"牛牛发烧了,刚从医院回来,怕回去折腾醒奶奶,就到这儿来了。"我并不知道岳母刚才来过电话,反问道:"这么晚还没有睡?"

我妈顿时眼泪就下来了,没回答我的问话,哽咽道:"牛牛多壮实,怎么就发烧了呢?都是那……"我妈看见身边的苏微,把话又咽了回去。

我爸忙问:"体温多少?"

我说:"在医院里是38.3℃。妈,体温计在哪,再给牛牛测一下。"

说着话进了家门,我爸取来体温计,夹在牛牛腋下,这一测是38.7℃,这可把我们大家吓坏了,顿时慌了神。

我妈道:"这还不把孩子烧坏,快用温毛巾给牛牛擦擦身子。"

我爸问:"医院给拿退热药没?赶快给牛牛吃药。"

我妈立即反驳:"胡说什么,这么小孩子吃什么退热药,擦擦身子,体温就能降下来。"

我爸来了犟劲,道:"不行,书上说婴儿发烧超过38.5,必须服药。"我爸顺手扔过几本书,道:"你自己看看。"

我瞥了一眼,见是《育儿大全》、《婴儿疾病预防与护理》两本书,看来老爸在家没少学习,所以敢跟我妈叫板。

苏微接话道:"爸说得对,医生是这样交代的,超过38.5℃,应该吃药。"

我妈迟疑一下,道:"那就先吃药,然后我再给擦擦,双管齐下,两个办法一起用。呀,牛牛这小脸烧得火炭似的,真是揪心。"我妈说着又落泪了。

几个人忙着给牛牛喂药,用温水将柔软的小毛巾浸透,轻轻地擦拭牛牛的脸颊、屁股蛋、小胳膊、小腿,躁动不安的儿子渐渐平静下来。

这时,我爸想起件事来,对我妈道:"该给微微家打个电话,免得他们着急。"

我妈正在脸盆中洗毛巾,头也不抬,斥责道:"深更半夜打什么电话,去,再给我换一盆热水。"

我和苏微觉得我妈说得有道理,夜深人静,大家都睡觉,电话铃声还不把大家搅醒,天亮再说吧。

给牛牛喂过药,用温水擦洗了身子,喂些水,体温下降到37.2,大家长长舒了口气,谢天谢地,终于降下来了。可牛牛并不睡觉,吭吭唧唧往她妈妈怀里钻,苏微并不理他,目光呆滞,泪眼汪汪地想心事。牛牛两腿乱蹬，小拳头攥得紧紧，哇哇啼哭。我提醒她："牛牛饿了。"

苏微瞪我一眼，心烦气躁道："我还不知他饿了，我现在一点奶没有。"

"啊？"瞧我粗心大意，竟把儿子吃饭的大事忘记了。

白天牛牛丢了，苏微一股火奶水憋回去，牛牛吸不出奶来，我们走时心急火燎，奶粉、奶瓶都没有带，我们家又没有准备，爸妈也是干着急，无计可施。

看来只有我开车回岳父家去取。我看眼墙上的挂钟，此时正是午夜十二点，外边寂静无声，太晚了。可为儿子，再晚也得去。我穿好衣服，正要推门出屋，门外有人敲门。大家一愣，这么晚会是谁呢？我打开房门，站在门口的是我岳父、岳母，还有苏奶奶，我惊讶道："爸、妈、奶奶，你们怎么来了？"

7

苏微：

我妈见我婆婆不再理她，将电话摔了，怒火中烧，对我爸道："看看，就这德行，摔我电话，这是做贼心虚的表现，再说下去就露馅了。她说等一会儿找我算账，我还等什么，我还怕她不成，我这就去找她，看看这一家人是不是在那儿，杨小叶还有什么话可说。"

"对，去他们家找，我也去。"我奶奶帮我妈说话。

我奶奶原来看不上妈的为人处世，两人很少能说到一起，所以，我爷爷去世后，她不愿住在我家，去了二叔家。自从牛牛叫了书（苏）琦，奶奶对我妈印象发生变化，两人有了共同的语言，有事也愿意跟我妈说道说道。

奶奶道："我倒要问问那小叶子，我在牛牛屋里住一宿，叫她儿子去我屋里住，没叫他去睡大街，就值得大动干戈，把一家人接走？"

我爸见老太太参战了，局势变得更加复杂，劝她道："妈，您别瞎说好不好，您住在这屋里杨小叶能知道吗，与她一点关系没有，您就别瞎猜疑。"

我奶奶道："怎么不知道，方明那臭小子给他妈妈打电话，告我的刁状。这个坏小子，一口一个奶奶叫得那个亲，背后净给微微出坏主意。"

"嗨,更不关方明的事,您想哪里去了。"我爸哭笑不得。

奶奶的话对我妈颇有启发,我妈冷笑道:"瞧瞧,还是老太太明察秋毫,说得一点不错,方明那小子看着老实,其实就是个两面三刀的家伙,一肚子坏水。他跟他妈说:'奶奶住这屋里我没有地方住不说,她还打呼噜,吵得牛牛和微微睡不好觉。'那杨小叶就说:'那就别挤了,回家来住吧。'就是这么回事。"

我爸讽刺我妈道:"你的想象力真丰富,还会编故事,把自己的姑爷贬成这个样子,你愧不愧?"

"我愧什么?我说的都是真话,是事实。"

我奶奶听我妈提到打呼噜,揪住不放,扬头问我妈:"我睡觉打呼噜?我什么时候打呼噜?你在那屋睡觉能听到我打呼噜?"

我妈道:"妈,不是我说您打呼噜,是赵方明那臭小子跟杨小叶说您打呼噜。"

"那我得问问他去,他没在这屋里睡,怎么就知道我打呼噜?看着挺老实的孩子,净说瞎话。要不就是微微那丫头向方明说的,这个臭丫蛋子,嫌弃奶奶。哎,我老了,不中用了。"奶奶长长叹口气。

我爸气得狠狠瞪我妈一眼,道:"瞧瞧你成什么样子,成事不足,败事有余。你能不能闭嘴。"

我奶奶仍然喋喋不休道:"这是晾我的台,晒萝卜干。我白白对她那么好。想当年如果不是我给他们做这个大媒,她能有今天儿孙满堂?就不拍良心想一想。还有那个赵德欢,小欢子,原来可不是这样子,多仁义个小子,跟着这个杨小叶学坏了。微微跟这样的婆婆还能学好?"

我奶奶和我妈你一言我一语地批判赵方明一家,我爸阻止不了,便坐在一边暗自琢磨这事,放任她们说去。

我爸暗想:微微一家三口没有可去之处,肯定去婆婆家,这是毫无疑问的。现在暂且不去评说他们这么做对不对,可牛牛的奶粉、奶瓶、衣服、被子都没有带,牛牛到奶奶家吃什么,喝什么?大人可以不去管他们,可这么小的孩子能叫他遭罪吗?再说,他们半夜出走的真正原因还没有搞清楚,妄下结论这时过早。儿女将两家连在一起,就是一家人,冤家宜解不宜结,应该想办法为他们化解矛盾,增加团结。我爸对我妈道:"你和妈在家，我去赵家看看情况，顺便把牛牛吃的穿的盖的给他们带去。"

我妈横眉立目道："这么说你是默许他们离家出走了？"

我爸没跟我妈发火，道："这是什么话，我是去批评、教育他们，让他们认识自己的错误，主动回来。再说，大人有错不能让孩子挨饿，你难道不心疼牛牛？"

"那好，我跟你一起去，我倒要看看他们是怎么一回事。妈，您在家睡觉。"我妈说着就一件一件准备牛牛的东西。

我奶奶道："你们把我自己扔在家里那可不行，我也去，我想牛牛了，别人我不想，我就看一眼牛牛。"奶奶耍起孩子脾气。

我爸无奈，只得带上奶奶和妈打车来到婆婆家。

我妈、爸和奶奶一进屋，见我们一家三口果然在赵家，都生起气来。

我妈嘿嘿冷笑，对爸和奶奶道："你们看看，我没说错吧，这一家人果然都在这儿。"转身冲我婆婆道："杨小叶，你电话里不是说他们没来吗，叫我快去找，多亏我没有满大街转悠，打报警电话，直接找你们家来，这回我找到了，人就在你们家，你还有什么话说？"

没等我婆婆说话，我奶奶老泪纵横，颤巍巍道："小叶呀，你可真不应该，我就在微微屋里住一宿，让你儿子去我屋里睡，你怎么就生气，还把儿子、媳妇和孙子都接回来。你对得起我吗？"奶奶气得直跺脚。接着说："还有微微，你这丫头，跟我一个被窝睡十八年，有了婆婆忘了奶奶，你个没良心的，呜呜呜呜。"奶奶哭出声来。

婆婆、公公、我和方明全都目瞪口呆，不知他们唱的是哪一出戏。

我急忙跑过去搀奶奶，道："奶奶，不是那么回事，牛牛发烧了。"

我婆婆怀抱牛牛走到奶奶身旁，劝奶奶道："苏妈，您可别听信谗言，您的话我听不明白，您老先歇会儿，喝点水，有话咱们慢慢说。"

我公公上前搀住奶奶另只胳膊，道："苏妈，您老人家息怒，息怒，有话慢慢说。"

奶奶被我和公公搀到沙发坐下，公公倒杯水放在奶奶面前，奶奶抬头问我："苏（书）琦发烧了？我怎么不知道？死丫头，你就骗我吧。"

方明见我妈横眉怒目站在奶奶身边，随时准备发威，与我婆婆的大战随时可能爆发，急忙上前解释，是如此这般这般，各位大人千万不要误会。

第七章　夜半惊梦

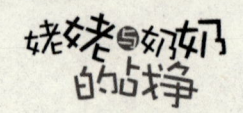

我爸、妈和奶奶见牛牛闭着眼睛嗷嗷没命地哭啼，小脸烧得通红，紧攥小拳头，小腿乱蹬，体温计、药瓶子、药本、挂号票散乱地扔在桌子上，相信牛牛确实是病了，我们没有撒谎。

8

苏微：

我爸嗔怪道："怕影响奶奶休息，总得跟我和你妈说一声，多一个人多一份力量，多一个主意，不该连个招呼都不打，瞧瞧，闹出这么大的误会。唉，还是太年轻呀。"

我妈说起怪话："看看，还是不相信咱们。"

我怕妈下面的话更不好听，急忙接话道："妈您说什么？我们原来没想远走，在家门口社区卫生院拿点药就回来，后面一想牛牛太小，还是应该去大医院看专科，就去了中心医院，从医院出来觉得离牛牛奶奶家近，急着喂牛牛药，就过来了，哪里有那么多的事。"

奶奶颤巍巍地抚摸着牛牛的小手，心疼道："苏（书）琦，都是太太不好，忘记回家的路，让牛牛受了风寒。太太老糊涂，找不到家，太太该死，太太该死。"奶奶嗷的一声尖叫，又痛哭流涕。

大家一起安慰奶奶。

我爸基本弄清事情的来龙去脉，怕我妈再惹是生非，半夜跟我婆婆吵个没完没了，一挥手，道："好了，事情基本清楚了，看来这里面有误会，谁也不要再说别的，快看看孩子吧。"

我婆婆此刻满脑子都是牛牛，没心思跟我妈吵架，白我妈一眼："奶瓶子、奶粉拿来了？"

我妈道："拿来了，都拿来了。要是告诉我一声，早就给你们送来了。"

婆婆没好气地从我妈手中接过婴儿包去了厨房。包裹里有奶瓶、奶粉、奶刷之类东西。确切地说，婆婆是从妈手中夺过婴儿包，狠狠地一拽，若是在平常，我妈绝放不过我婆婆，这次却一声没吭。

婆婆手中晃荡着冲好奶粉的奶瓶走回来，口中自言自语："牛牛要喝奶了。"

婆婆说这话，是让我妈躲开位置，我妈起身站到一旁，婆婆贴在床边，半跪着身子，把奶瓶凑到牛牛嘴边，牛牛一口咬住奶嘴，吭哧吭哧吮着不松口。

"瞧瞧，把孩子饿成什么样子，有罪呀。"婆婆像是自言自语，实际是说给我妈、我爸听。

我奶奶坐在床旁，道："真是的，瞧这孩子饿得。微微，你这丫头又跟谁撅嘴生气，怎么不给书琦喂奶，叫他喝奶瓶子，奶粉这个东西哪有母乳好，电视里天天说你们难道不知道？亏你还是个护士。"

我无法回答奶奶这些问题，泪水在眼眶里打转。

婆婆张嘴要说什么，话又咽回去，抬头对方明道："吃药有半个多小时了吧，再给牛牛测一下体温。"

牛牛喝饱奶，安稳地闭上眼睛，睡着了，睡得很安详。方明又给牛牛量体温，过几分钟抽出来看一眼，"37.5℃。"

"啊，降下来了，太好了。"大家长长舒口气。

我奶奶没有听真，歪头问："多少？"

我说："37.5℃，奶奶。"

我妈道："37.5℃，还是有点烧。"

我婆婆道："这就不错了，刚进来时38.7℃。"

我爸问："退热药只能管一时，还得继续观察。医院怎么说？"

方明道："医院说是病毒感染。"

我奶奶道："怎么，我抱出去一会儿碰到病毒了，不能吧？别听那些大夫的，他们成天净吓唬人。"

我无法解释奶奶的问题，道："奶奶，大夫说不要紧，过几天就能好。"

我妈见我这样说，道："那行，牛牛烧退了，你们收拾一下，咱们回去吧。"

我婆婆一听这话，狠狠瞪我妈一眼，哽咽道："回去，你还嫌折腾得不够哇？"

"瞧你这话说的，在这儿怎么住呀？"我妈道。

我压根就没想走，帮我婆婆没有好气地说："牛牛睡着了，还往哪里走？"

公公见婆婆话里将我奶奶捎带上了，怕老人多心，忙打圆场，道："牛牛不能走，咱这离医院近，来去方便，三个大屋怎么不能住，你们谁都不走也能住下。"

我奶奶一听这话，道："那我就不走了，我是不放心书（苏）琦，回去也睡不着觉。"

婆婆也怕刚才说的话惹我奶奶不高兴，忙赔笑道："苏妈，您想走我也不让您老走，明天我还要给你包饺子吃。"

我奶奶道："呦呦，你这一说，我现在就饿了，等不到明天，有什么吃的让我垫垫肚子。"

婆婆道："冰箱里有我包的馄饨，我给您下一碗？"

"那好，那好，我就吃碗馄饨。"

9

赵方明：

我爸见老祖宗不走，没人敢撵她，便对我岳父、岳母道："我看这都半夜了，你们也留下来对付一宿，一起吃碗馄饨？"

我妈瞪我爸一眼，道："咱家就巴掌点地方，你把客人留下住在地上？"

我家房子虽没有我岳父家大，也算是小三室一厅，怎样都能对付住一宿。我妈的意思明显是在撵我岳母、岳父，我岳父、岳母还能听不出我妈的话？可心中惦记着牛牛，不知一会儿还发不发热，这个时候回去也提心吊胆，只得厚着脸皮坐着不走。

我岳父对我岳母道："反正现在也晚了，咱俩也跟老太太借光，吃碗馄饨？"

我岳母撅嘴道："你爱吃你吃，反正我不吃，一会儿再给牛牛测回体温就走，你以为这屋是金銮殿。"说着，气呼呼地坐在沙发上。

"好吧，一会儿再给牛牛测次体温。"

奶奶吃完馄饨困了，嚷嚷要睡觉，进入苏微和牛牛的房中。我爸见我岳父一碗馄饨进肚，意犹未尽，就将酒瓶子拿出来，两人各倒一酒杯，抓把生花生米，打开一个牛肉罐头，你一口我一口抿起酒来。

我妈见奶奶进房间睡下，苏微搂着牛牛也上了床，便把卧室门关严，让他们安静休息，自己搬把椅子坐在我岳母、岳父对面，对我岳父道："领导，坐着也是坐着，不开会呀？"

我一听这话，心中暗自叫苦，心说：罢了，罢了，我妈开始挑衅，拉着架子要与我岳母开战。我原以为这后半夜会平安地度过，到了明天，时过境迁，我妈的火气下去，就好办了，没有想到，我妈是开战不过夜，不给我岳母以喘息之机。这可如何是好？他们要真的吵起来，我帮谁？我帮谁都是错误，别在这坐着，赶快躲吧。

我抬屁股进入卫生间。没屎没尿一个人待在卫生间干什么？见牛牛换下来一堆尿布，堆在水池里没洗，忽然有了主意，挽起袖子洗起衣服。我从没有给牛牛洗过尿布，这还是头一次，在这儿洗尿布，从门缝观察外边的形势。

我岳父端起酒杯，抿一口酒，重重地咂下嘴，随后将一粒花生米放在嘴里咀嚼，慢条斯理道："这一天发生太多的事情，是得开会梳理一下。"

我妈就等这句话，岳父是领导，只要他说开会，我妈就有向我岳母开炮的平台。我妈迫不及待道："那我可就要发言了。"

我爸深恐我妈搂不住火，半夜三更大喊大叫，伤两家和气不说，还扰得邻居无法睡觉，挨人家骂。笑呵呵道："杨小叶同志，注意团结，注意团结，凡事要多作自我批评。"

我妈朝我爸一挥手，道："你先歇会儿，我还没说话，叫我作什么自我批评？我有哪一点做得不够叫我自我批评？我是缺责任心还是缺心眼……"

我岳父见我妈一开口火药味就极浓，直奔我岳母而去，急忙打断我妈的话，道："停，停，小叶同志，我主持会议，理应让我先说几句。"

我妈道："那你就先说，既然是开会也不能不叫我说话，不能搞一言堂。"

我岳父将酒杯放下，搓了下双手，然后交叉于胸前，一本正经道："白天发生的事情确实很严重，虽然是个偶发事件，却反映出我们某些同志责任心不够强。"

我妈打断我岳父的话："什么叫某些同志，为啥不直接点名？什么叫责任心不够强，根本就没有一点责任心。哼，你这个领导为官不公，偏心眼。"

"是缺少责任心。小叶同志，我的话没有说完，请你不要插话好不好。我当这么多年领导，还没有人敢随便插我的话。"我岳父有些生气。

我爸碰我妈一下，道："我跟你说过多次，开会要注意听讲，不要插话，

姥姥与奶奶的战争

这点素质都没有。"

我岳父继续道："具体说，就是李花朵同志，不应该门不关就睡大觉，致使家中进来人，抱走孩子都不知道。"

我岳父说这话，我岳母有意见，打断我岳父的话，道："你别光说我，都是你留下的坏习惯，家门不上锁，你和赵德欢出门，为什么不把门锁死？出了事责任都推到我身上，怎么的，还要把我杀了不成？"

听我岳母说这话，我一激灵，这是明显地在向我妈宣战，我朝客厅里探下头，见我岳母正虎虎视眈眈地斜睨着我妈。

我妈刚要接话，我岳父道："停停，李花朵同志，你这态度不对，这是拒绝批评，谁要杀你？"

我妈嘿嘿冷笑，插话道："这是耍无赖。"

我岳母道："杨小叶，你把话说明白，谁要无赖？"

我暗叫道："哎呀我的二位妈妈，你们要是打个头破血流可如何是好。我不能再躲藏了，得出去拉架呀。"

啪，我岳父重重地拍下茶几，把大家吓一跳，然后不约而同地向卧室望了一眼，我妈和我岳母停下话来。

我岳父压低声音道："太不像话，这是什么会风？关于这件事，有哪些教训我们慢慢总结，但主要责任在于李花朵，这个你得认账。"

我岳母声音也低下来，道："我认什么账？我就打了一个盹，谁知道老太太来了。再说，你说进来外人，老太太是你妈，那是外人吗？"

我妈冷笑道："瞧你这话说的，你不认账？这孩子就不该让你看。牛牛感冒发烧，苏微奶没了，这些都是你造成的，你敢不认账？"

"杨小叶，老虎还有打盹的时候，你别没完没了。"

"有完没完，就看一会儿牛牛还烧不烧，苏微的奶来了没有，否则，我就跟你没完。有你这么当姥姥的？"

"你是奶奶，知道心疼孩子，我当姥姥的就不心疼，你说的是什么话？"

我妈步步紧逼，我岳母负隅抵抗，我岳父眼看就要控制不住局面，我真替岳父大人捏把汗。我心中暗道：苏国学同志，你这些年领导是怎么当的，这点家事都解决不了？不过，设身处地替你想一想，也情有可原，有道是清官难断家务事，何况是你自己的家事，更不好决断，但大事化小，小事化了这你总该会吧，赶快出招呀。

我岳父急忙叫停，道："暂停，暂停。我看这样，这里面都是谁的责任，咱们另论，另论。当务之急，一是解决牛牛发烧问题，一会儿再给牛牛测个体温，如果再烧起来怎么办？我们得统一想法，拿出正确意见。为了牛牛的身体健康，我的初步意见是：牛牛和苏微暂时住在这儿，直到病好。"

我听得出来，我岳父这是在向我爸、我妈示好，给颗甜枣吃，大孙子留下来，我妈一高兴，就不再追究我岳母呼呼睡大觉的责任。嗨，岳父大人这么多年的领导真是没有白当，有两下子。

我岳父又发布第二点指示，道："这第二，苏微的奶水问题要想尽一切办法解决。我们要正确认识母乳喂养的重要性，一定让牛牛喝上母乳，这项工作主要由李花朵同志负责。"

对岳父大人的指示，我的理解是，苏微、牛牛住我家，由我岳母负责营养品的供应。优惠政策明显向我妈、我爸这方面倾斜，我岳母会接受这不平等的条约吗？我岳母清了清嗓子，正要批驳我岳父，这时，卧室门响了，奶奶光着脚板从卧室里出来。

她见牛牛的爷爷、奶奶、姥姥、姥爷坐得整齐，悄声道："你们大半夜的干什么，又在开会？净整些没有用的事，我刚摸苏（书）琦小脑瓜，还挺热，是不是又发烧了？苏微累了一天，刚睡，我没有叫她，你们过去给他测下体温。"

10

赵方明：

我一听这话，赶紧走出卫生间，对客厅一摆手，道："我去，你们谁也不用动。"

我回到卧室，见苏微早就醒了，坐在床上给牛牛换尿布。苏微问我："他们干什么呢，又在开会批判我妈？"

我一边给牛牛夹体温计，一边答道："没有，你爸宣布决定，叫我们在咱家住几天。"

"嗯，我妈同意了吗？"

我说:"同意了。"

牛牛的体温又升起来了,38.2℃,没有上次高。经过两位爸爸、两位妈妈和一位老奶奶的紧急磋商,决定先不给牛牛吃退烧药,由我妈采取物理疗法,给牛牛降体温。

这一折腾到凌晨3点,牛牛体温又降了下来。我妈怕奶奶休息不好,没再让她回我们房间,劝她到单独为她准备的一个房中去睡。我把岳父、岳母送出门,为他们找个出租车,让他们自己回家。

我躺在床上,将刚才他们的会议作了以下梳理:会议对我岳母大人进行了批评,她虽然还不太服气,但也基本接受,我妈的气也消去一半,战争的高潮已经过去,之后便是冷战阶段,我和苏微夹在中间,那日子更不好过,想一想心中又惴惴不安,不愿再往下想,迷迷糊糊睡着了。

我一觉醒来,看眼手表,已是早晨6点,听到客厅里奶奶与我爸妈说话,就走过去。

奶奶一睡醒来,脑子又糊涂了,觉得这房子不对劲,既不是自己二儿子家,也不像大儿子家,这是谁家呢?她走出卧室,见我爸、我妈正在厨房准备早点,心中奇怪,追问我爸、我妈:"我不是住在苏微她家,什么时候跑你们家来了?"

我爸、我妈面面相觑,弄不清老人是真糊涂还是假装糊涂。我爸笑呵呵道:"苏妈,您不是来看牛牛的吗?"

奶奶道:"牛牛在哪里?"

"那不是在里屋睡觉吗?"

奶奶呆呆地想半晌,"啊,我想起来,牛牛不是跟我住在一起,在微微爸家,他怎么跑到这儿来的?"

我妈见奶奶面目茫然,不像是故意在装,耐心解释道:"苏妈,您好好想一想,昨晚牛牛是跟您住在一起,住在微微爸家。可他半夜发烧了,微微和方明送他去医院,然后就到了我们家,您惦记牛牛,就跟过来。是不是这么一回事?"

奶奶又呆呆地想半天,终于想起来,一拍大腿,道:"想起来了,昨晚我还吃了你一碗馄饨,三鲜馅的,瞧我这记性。"

我妈笑了,道:"对喽,您都想起来了。"

奶奶道:"牛牛还发烧吗? 我去看一眼。"说着就悄手悄脚向卧室走去。到了门口,轻轻推开门,见苏微和牛牛还在睡觉,又把门关上,道:"牛牛不发烧就好,我走了,在这儿净给你们添乱。"

我爸道:"苏妈,昨天说好,今天您不走,留下来给您包饺子。"

"不吃不吃。今天是星期几? 我还有事。"

我妈道:"那可不行,您这么走,不是骂我们两口子不懂事吗,早饭都做好了,无论如何也得喝碗粥再走。"

我爸、我妈强留奶奶吃过早点,让我先送奶奶回岳父家,然后再上班。

我搀奶奶上我车,发动着车正要起步,奶奶忽然一拍脑袋,道:"瞧我这记性,忘了一件大事,快把你妈叫来。"

我不知奶奶有何重要事情,打开车门,向站在路边目送奶奶的妈招下手,我妈忙走过来,奶奶拉住我妈的左手,把袖子往上撸去,惊奇问我妈:"小叶,我给你的手镯呢?"

"啊?"我妈没想到奶奶会突然问这事,那手镯我妈早就通过苏微给她爸爸,她爸给奶奶老人没要,现在还在我岳父手里。这些具体情况我妈说不清楚,也无法跟老人解释,只得含糊道:"苏妈,那么金贵的东西让我放箱子里锁上了,有个大事小情我再戴出来显摆。嘿嘿。"

奶奶将嘴撅得老高,道:"送给你就是让你戴,戴上,我现在就看着你戴。"奶奶又下了车。

我猜测,奶奶可能想起她送我妈手镯然后又往回要的那事,心中不好意思,所以补上几句话,让我妈把手镯戴上,聊表送我妈礼物的诚意。问题是手镯不在我妈手中,我爸我妈好说歹说又将奶奶劝上车,我一踩油门飞驰而去。

11

苏微:

牛牛先是发烧,然后流清鼻涕、打喷嚏、鼻塞,感冒持续一周才好,全家终于松了口气。

牛牛意外感冒,搞得大家都疲惫不堪,我更是焦头烂额,这一周我

第七章 夜半惊梦

姥姥与奶奶的战争

没睡过一个安稳觉,整天打不起精神。赶上方明双休,有他在家,我什么事不管,躺在床上整整睡了一天,把所有欠的瞌睡全部捞了回来。方明道:"明天你可不能这样睡了,再睡就睡傻了,明天吃过早饭,咱俩先抱牛牛出去晒会儿太阳,然后去看场电影,再去逛商场,给你买身衣服,换个心情。"

我是在屋里憋坏了,难得有这样的好事,便爽快地答应了。可计划没有变化快,我爸一个电话将一切都打乱了。

我妈与我婆婆一场大战虽然结束,但两人还在暗中较劲,谁也不理睬谁。我妈、我爸一晃快两个星期没来看牛牛,每天只是给我和方明打电话,问问牛牛的情况。我妈虽说十分想念牛牛,却不想主动与我婆婆微笑言和。我不知道这样的冷战局面还要持续多长时间,我和方明夹在中间真是很难受。

第八章 复杂问题

1

赵方明：

岳父大人的电话打到我手机上，没打给他女儿，这本身就耐人寻味。我岳父问："牛牛怎么样了？"

我说："牛牛彻底好了，您老人家放心吧，一会儿我们还要带他去公园玩。"

岳父道："那就好，那就好。"说完这话，便没了下文。我岳父历来说话干脆利落，有事说事，没事从不打电话，今天却没有立即放下电话的意思，我深感奇怪，问："您和妈都好吗？都是牛牛闹的，我们有一个多星期没回家了。"

我岳父道："我还好，只是你妈这两天牙痛，疼得成天唉哟唉哟，吃止痛药也不管用。"

"啊，牙疼？"我心想：没听说岳母大人有牙痛的毛病，是不是让我妈闹腾得上火了？忙关切问："没去医院看一看，查一查原因？"

"哼，她这人太固执，我说她不听，要不你和微微劝一劝？"

我迟疑一下，心中明白：让我电话里劝岳母，她电话都不会接，岳父大人的意思显然是让我们回家一趟，他们不是想我们而是想牛牛了。我说："那好，一会儿我们抱牛牛回去。"

岳父道："你们不是要去公园吗？"

我说："公园什么时间去不行，我们先回家。"

岳父道："那好，要去公园从我们这儿再去。"

我挂了手机，对苏微道："牛牛姥爷来电话，姥姥这两天牙疼，不去医院，让我俩过去劝劝。"

苏微惊奇道："我妈昨晚还打我手机，聊了半天，没听见有什么毛病，怎么就牙疼了？我看她是想牛牛，不好意思直说，想出这个小伎俩，不回去。"

我说："我看也是，你爸就是想让我们回去一趟，他怕你使性子，不回家，才打给我，我既然答应了，那就早点动身吧。"

苏微就是鸭子嘴硬，心里还是心疼她爸、妈，边嘟嘟囔囔，边作回娘家的准备。

我妈听说我们要去苏家，道："哟，牙痛不是病，痛起来可要命。怎么就牙疼了呢？那可不能硬挺，快去医院呀。方明，你和苏微开车过去，牛牛留家，带个孩子多不方便。"我妈不和我们商量，直接下达指示。

苏微心中明白，我妈是怕我们一去便住下，再也不回来，道："我妈没啥大事，过去看看，我们一会儿就回来。"

我妈道："那就更别折腾牛牛了。方明，你接的电话，你岳母光牙疼，肚子疼不，头疼不，流不流鼻涕，是不是感冒了？要是感冒更应该小心，这几天流行感冒猖獗，牛牛刚好，咱们可得提高警惕。"

我心里明白，我妈如此问我，是给我一个回应的机会，我要是一点不配合，她背后肯定要骂我像我爸，是榆木脑袋。

我说："岳父没说岳母是不是感冒，电话里我只听我岳母咳嗽两声，没有听到别的异常反应。"

我妈对我的回答很满意，道："哦，咳嗽可不好。你想呀，你妈平常没那毛病，怎么会咳嗽？只有上呼吸道感染才会咳嗽。你这小子，跟你爸一样，是个马大哈，倒是问明白呀，牙疼去口腔科，感冒去呼吸科，这你还不懂。我看这样，你俩先去一趟，你妈要不是感冒，想牛牛，就请他们过来，我给他们包饺子吃。"

妈以守为攻，主动退一步，向我岳母发出友好信号，主动邀请她过来做客、看外孙子，可以给她包饺子吃，但不能把牛牛抱走。

苏微听我妈这么说，心中担心，妈万一真的得了感冒，再传染给牛牛就糟了。道："那牛牛就不带了，我和方明过去看一看。妈，今天天气不错，一会儿您和爸带牛牛到外边晒会儿太阳。"

146

我妈笑道："你俩放心去吧，牛牛在屋里也憋坏了，你不说也想带他出去。方明，冰箱里有猪排，阳台大盆里那两条活鲤鱼是你大爷从乡下送来的，都给你老丈人拎去。"

我妈之心路人皆知，只要不把她大孙子抱走，什么东西都豁出去了。

我和苏微按妈的旨意，拎上猪排、鲤鱼，驾车奔苏家而去。苏微坐在副驾驶位置上，不住地扭头瞅我，一脸的不屑和气恼，我从余光中能看得清清楚楚。

我问："看我干什么，不认识？"

苏微道："我还真不认识了，赵方明，我问你，我妈咳嗽了吗？"

我心中一怔，原来这丫头看出了问题。我装糊涂，道："你妈咳嗽没咳嗽，你应该问她老人家，怎么来问我？"

"我就问你，你说我妈咳嗽两声，她咳嗽了吗？"苏微紧逼道。

"对呀，你妈是咳嗽两声。你爸在同我说话，你妈在一旁，插嘴说一句话，就咳咳，这样两声。"

"那我怎么没听见？"

"你真逗，你妈咳嗽我是在电话里听见的，你没有接电话，怎么能听见。"

苏微用纤指戳我的头，严厉道："我妈要是没咳嗽我就叫你咳。"

我将头向旁一偏，道："别碰我，开车呢。好，好，我咳，我给你磕头。"

苏微扑哧笑了，道："牛牛奶奶真逗，方明，我问你，感冒有牙疼的吗？"

我说："怎么没有，我单位那马姐，发烧感冒第三天就牙疼，现在还没有上班。"

苏微道："净胡扯，你不是说马姐去南京出差了吗，怎么就没上班？"

我一不小心说错话，忙改口，道："是呀，我说她在南京躺在宾馆里牙疼，回不来了。"

苏微道："方明，你就骗人吧，马姐我也不是不认识，哪天我去问问。"

"你问你问，你尽管问。"

"她要是没牙疼，你还得给我磕头。咯咯。"苏微笑了。

我们一路打着嘴仗到了苏家。

2

赵方明：

儿媳妇有指示，我们刚走，我爸就急不可待地张罗抱牛牛出去晒太阳。牛牛出生到现在，我爸还没有抱大孙子在自己住的小区里风光过。

此时，风和日丽，正是孩子、老人们晒太阳最好时刻，我妈将牛牛包好，交到我爸手中。我爸出家门，我妈紧跟身后，形影不离，像个贴身佣人。但是这个佣人比走在前边的主人权力要大，她一旦发现我爸有何做得不妥，就将牛牛接过来，随时收回我爸抱牛牛的权利。

我爸抱牛牛出了楼，煦日照在身上暖融融的，爸心情为之一爽，一把将夹在牛牛胯间的布片扯掉，仿佛想让全世界都知道，他赵德欢有孙子了。

爷爷怀抱孙子的心情无法言表，只有当爷爷的人才能体会到。我爸虽在岳父家小区有过一次短暂的抱孙子经历，是苏微让我爸抱的，但那是在儿媳妇严密监视下，与这次心情并不一样。这次虽开始也战战兢兢，转眼就变得兴高采烈，得意忘形，那两步路走得简直是在跳舞。我妈在身后提醒我爸："你可别太得瑟了，让人叫你'闹得欢'。"

我爸见前面有两个熟人坐在小凳子上下棋，旁边还蹲着俩看热闹的。下棋的二人一个是刘叔，一个是李叔，都是我爸原来的工友，他们也是棋友。没生牛牛之前，我爸每天同他们混在一起。

下棋、观棋人全神贯注，谁也没有发现我爸他们走来。我爸怀抱着牛牛站在他们身后，观察棋局形势。李叔走错一步，把车送到对方马嘴上，要悔棋，刘叔不干，两人脸红脖子粗吵起来，看热闹的人说三道四，跟着起哄。

我爸贴牛牛耳边，耳语道："牛牛，这两个爷爷是臭棋篓子，火气还挺大，你给他们败败火，散散臭气。"

我爸把牛牛两腿叉开，口中发出咝咝声音。牛牛在我家这几天，让我爸妈训练得只要一发咝咝声，就尿尿，省下不少布片和尿不湿。牛牛居高临下，哗啦啦，一泡尿浇到棋盘上。

"下雨了？"大家惊异，慌忙躲闪，抬头见是我爸怀抱孩子，那孩子虎头虎脑，肆无忌惮尿尿，边尿还边坏笑。

"哈哈哈哈，臭棋篓子，叫你们吵，小消防队员给你们败败火，冲冲你们的臭气。"

几个人一齐道："好你个'闹得欢'，几天不见，原来你当孙子了？"

我爸道："你们说的是什么话，我不是当孙子，我是抱孙子了。你们看，这就是我孙子，小名叫牛牛，大号叫赵书琦。"

"赵输棋？哈哈，哈哈！"几个人捧腹笑得前仰后合。道，"你可真能闹腾，嫌自己棋输得不够，还叫孙子接着输，子子孙孙无穷匮焉，一直输下去。哈哈哈哈，逗死人了。"

我爸被人笑红了脸，他万没有想到，书琦的谐音竟是输棋。苏国学，如此大学问竟给外孙子起个输棋的名字，这岂不是有意叫我难堪。我以后还怎么下棋？后悔自己没仔细斟酌斟酌。哪天我得去问问牛牛姥爷，他知道我好下棋，是不是故意嘲弄我？可名字已经上了户口，怎么能随意更改，便极力辩解道："你们瞎说什么，书是读书的书，琦是宝玉的意思。我孙子是个知书达理的人才。"

棋盘被浇湿了，一摸棋子一手尿，悔棋的李叔索性将棋子一推，边重摆棋子，边同我爸聊起来。

李叔道："你看那曲老蔫，一天到晚脖颈上驮着孙子，孙子要啥买啥，昨天咬牙花一千块钱给孙子买个大玩具车，这回不用骑了，可算解放了。还有那孙眼镜，趴在地上给孙子当马骑。现在你体会不深，过几天你就全明白，现在是有儿子当儿子，有孙子当孙子。有钱出钱，有力出力，没钱没力，就没有地位，连孙子都当不成。"

另一人道："你说得太对，你得一天到晚围着孙子转，凉不得，热不得，饥不得，撑不得，摔了碰了发烧感冒拉稀就要你老命，你以为爷就那么好当？"

"哈哈，原来是这么回事，你们都是当孙子的人，深有体会，那也高兴，对不？咱就心甘情愿当孙子的孙子。"我爸颠着牛牛的小屁股，笑呵呵道。

我妈跟在我爸屁股后面，听他们这伙人聊天，抿着嘴乐。心想：这些人的话虽糙，却是这么码事，年轻时一心为儿女，把所有心思用在一个孩

第八章 复杂问题

子身上，等到儿女成家立业、娶妻生子，又把心放在孙女身上，有钱出钱，有力出力，一代一代，家家都是如此。没等孙子孙女长大，我们这一代就老得爬不动了，能指望他们什么？这就是传统。

"'闹得欢'，你两口子把孩子抱过来。"在花坛旁坐着一群聊天的年长女人，都是我家的老邻居，看见我爸妈怀中抱着孩子，就叫他们过去。

下棋人见我爸走了，冲我爸背影喊道："老闹，你都有第三代输棋了，得请客。"

"请客，请客，一定请客。"我爸妈应道。

我家是这个小区的老户，小区有三栋楼房，住户大都是爸妈原来工作单位工友，大家都很熟悉，爸妈为人和善、热情，谁家有大事小情从没有落下过。尤其是我爸，在厂时是八级钳工，家中的活计好动脑琢磨，手巧心肠热，谁家若是下水道不通、暖气不热，家电线路出问题，都来找我爸，我爸来者不拒，他自己鼓捣不好就找人修理，负责到底。许多人家正盼着我爸妈抱孙子时有所表示。这一群大妈大婶见我爸抱孙子过来，围上前来，啧啧称赞一番，就往牛牛怀中塞红包，我爸妈推辞不掉，只得收下。

3

赵方明：

我和苏微来到她家，我岳父大人跷着二郎腿，手持遥控器胡乱调着电视节目，岳母大人正大口大口地吃桃子，看来她牙口不错，吃嘛嘛香，不像是牙疼的样子，更没有咳嗽等上呼吸道感染的迹象。我与苏微对下目光，心知肚明，他们叫我们回来不为别的，是想牛牛了，而我们恰恰没有将牛牛带来。

我向苏微投去乞求帮助的目光。苏微，你作为女儿，这时候应该挺身站出来，替我挡枪口，不能叫岳父岳母大人将我骂个体无完肤。

果不出我所料，岳父、岳母见我们没有将牛牛带来，脸顿时全都拉下来。岳父猛一摁遥控器，将电视关掉，恼怒道："怎么回事，方明，你不是说要带牛牛过来，牛牛呢？"

"爸，是这样，这个牛牛……"

苏微边脱外衣，瞪我一眼，道："瞧你吓成这个样子，实话实说呗。我给牛牛衣服都穿好了，可发现他又淌小鼻涕了。"

我忙顺藤往上爬，道："可不，本以为牛牛好利索了，看来还不行，所以没敢带来。咳咳，咳咳。"我连续咳嗽几声，想引起条件反射，让岳父、岳母，尤其是岳母大人能咳嗽一下，免得苏微再跟我磨叽个没完。可他们一点反应都没有。苏微看我表演拙劣，心中来气，道："出去咳。"

我立即闭嘴，不敢再咳。

岳父听我俩这么说，没往别处想，道："怎么方明你也感冒了？那可得多注意，与牛牛接触时更加要小心。现在感冒的人太多，没带牛牛来是对的。没再吃点小药？"

我含糊道："吃了，小药一直没有断。"

我岳母神机妙算，洞察秋毫，早就看出这里面的骗局，狠狠瞪苏微一眼，气呼呼地哼一声，道："什么淌小鼻涕，昨晚我给你打电话咋说？别以为我不知道，都是那杨小叶挡道不让来。你这丫头，一点主意没有，让婆婆管死了。"

我岳母凶狠的目光又移到我脸上，道："赵方明，你看我干什么，我说得不对吗？"

我真想给我岳母大人竖大拇指，您老人家果真英明，说得太对了。我哪里敢接她的话，所答非所问道："妈，您牙还疼吗，咱们是不是去一趟医院？"

"哼，牙疼也是叫你妈给气的，杨小叶真是要气死我。"她一抬手将吃剩的桃核往茶几果盘里扔，桃核却滚到地板上，我忙弯腰拾起。

我岳母手都没擦，拿起电话，打我爸的手机。我心中一凛，暗想：这岳母大人的脾气太暴了，说开战就开战呀。

此时，我爸正美滋滋地抱着牛牛在小区里当着一群老太太、老头吹牛，见是我岳母大人的电话，不知又有何重要指示，不敢不接。

我岳母一句废话没有，直截了当："'闹得欢'，你别一天穷得瑟，我说过，别看你今天闹得欢，小心将来拉青丹。牛牛现在淌小鼻涕，要是再给弄感冒，我可跟你没完。你听见没有？"

我爸一惊，心中暗想：这女人真神，我抱牛牛出来，她怎么知道？莫非她就在这附近？我爸四处扫了一眼，没有发现有暗藏的特务。

我当然知道我岳母大人的意思，所谓得瑟，就是像我岳父大人那样，抱牛牛四处显摆。她猜出，我和苏微不在家，我爸怎么能放过这个绝好的机会，就是我岳父大人也会如此。

我爸装聋作哑，道："嫂子，我得瑟什么？这些日子，那杨小叶像老母鸡，把牛牛护得紧紧的，一次都没让我抱。我现在正闲得无聊，在院子里下棋。牛牛跟他奶奶在家玩，不信你把电话打到家里。"我爸知道我岳母跟我妈还暗自斗气，她绝不会给我妈打电话，所以才这样说。

我爸光顾与我岳母说话，一只手抱牛牛，搂得太紧，小家伙不舒服，哇的一声哭起来。我爸见要露馅，冲着手机道："将，谁家孩子快抱走，搅得我这棋没法下了。"

我岳母道："哼，'闹得欢，'你这人我还不了解，你不得瑟得憋死。跟我撒谎，太小儿科了。你们两口子怎么都这样？"

我岳母大着嗓门跟我爸叫喊，我妈就在我爸身旁，听得一清二楚，我岳母要是不说后面那句话，我妈就不会理睬她，逗孙子玩耍心里爽快，就让那没看见外孙子的人发牢骚去吧。可这最后一句话将我妈惹恼了，她一把夺过我爸手中的手机，要与我岳母理论，我爸松手的一瞬间将手机关掉，白我妈一眼，道："当着街坊四邻，跟亲家吵架，好看呢？走喽，得瑟够了，该回家了。"

孙子身体健康是大事，我爸、我妈不敢大意，带牛牛在小区里巡视一周，浇两泡尿，就打道回府。

邻居们听说我家添人进口，口口相传，与我家关系走得近的纷纷敲门来祝贺，送来红包，我和苏微晚上从岳母家回来，人还不断。

我爸妈跟我商量，都是多年的老邻居，不能收下人家钱装兜里就没动静，应该请大家吃顿饭，表达谢意。

我说："应该的。我岳母、岳父接受您二老的邀请，答应来我家吃饺子，等将两家内部关系缓和了，再请邻居也不迟。"

我的先安定内部、后团结外部的想法，得到我爸、我妈赞许。他们是深明大义之人，过去的事总要过去，与苏家关系非同小可，不能总是这样。长此以往，不但影响我们小两口的关系，也不利于牛牛健康成长，这些道理他们都懂。

我妈发话了:"行啊,我与李花朵的矛盾不是一天两天了,为了微微和牛牛,我可以委曲求全,给足她面子。我再让她一回,随时欢迎他们,既往不咎。"

我拍手说:"我的亲妈,这就对了,人家要的就是您的态度,那我就正式发邀请了。"

4

苏微:

我在赵家这些日子,婆婆每天给我吃鸡、鱼、脚蹄之类,奶水并无大改善,吃得我一见这些东西就想呕吐。我是吃伤了,便一个劲儿地央求婆婆:"妈,求您了,谁愿意补给谁补,别再给我吃那些东西,再吃我就彻底毁了。"婆婆暗自流了两次泪,见我已不可救药,便彻底放弃,不再逼我。

牛牛只能走混合喂养这条路,早晚和夜间喂母乳,其余时间喂奶粉。上次我和方明回家,我妈听说我奶水还是不足,第二天又给我婆婆打电话,大发雷霆。我婆婆怕我听到,先把我卧室的门关严,顶撞我妈道:"李花朵,你跟谁发火?你要是不呼呼睡大觉,丢了牛牛,苏微能上这么大火。我告诉你,责任都在你,以后的牛牛的奶粉你就包下,要喝最好的奶粉。"说完就把电话摔了。这些话我听得一清二楚,心中叹道:我妈真是自讨没趣。

牛牛喝不惯奶粉,对奶瓶很抵触。婆婆温好奶,我将牛牛抱到客厅,与婆婆一起喂奶。牛牛就是不配合,小脚乱蹬,头往我怀里乱钻,寻找他爱吃的东西,我气极,咬牙切齿举起巴掌,轻轻在他小屁屁上拍一下,便将他交给婆婆收拾局面,一转身钻进卧室,偷偷哭泣。

婆婆也非三头六臂,一个人奈何不了牛牛,便将我公公叫来:"'闹得欢',快来给你孙子表演一个节目,牛牛要进膳了。"

"哎,来了。"公公不管手中有什么活计,只要是我婆婆一声令下,都得无条件放下,拿起从宝宝店买来的新玩具——手鼓,道:"牛牛,你喝奶,爷爷给你助兴。"

这手鼓是两用,用手拍打是鼓点声音,拨动开关,里面便开始播放悦耳的音乐。公公先拍几下手鼓，吸引牛牛的注意，然后将玩具拨到音乐档，随着音乐手舞足蹈。

"北京的金山上，光芒照四方，毛主席就是那金色的太阳，多么温暖，多么慈祥，把我们农奴的心儿照亮……"公公随着乐声翩翩起舞。

牛牛听到歌声，将头转过来，张着小嘴，小眼睛好奇地盯着爷爷，我婆婆趁机将奶瓶凑过去，伸入牛牛口中，牛牛一口咬定，吭哧吭哧吮吸起来。

公公一曲舞毕，牛牛的奶还剩一半，婆婆又下达指令道："再换一曲，继续，不能停。"

公公喘着粗气，汗没有来得及擦，又换了一曲："春天在哪里呀，春天在哪里，春天在那青翠的……"

我从门缝中看到公公的滑稽表演，破涕而笑。这老两口子真有办法，小家伙现在就这么难斗，长大还不反了天。

叮咚，门铃响了，牛牛听到响声嘴巴停下来，向门响处张望。

婆婆家客人很多，都是邻居和朋友。婆婆、公公住的是原来工作的家属楼，居住多年，邻里关系不错，走动的人也多。我心中不悦，是谁来得这么不是时候，扰了我儿子的美餐。

婆婆示意公公去开门，公公开门一看，原来是我爸、我妈来了。他们应婆婆、公公邀请，前来我家看牛牛，吃饺子。我望一眼墙上的挂钟，没想到他们来得这么早。这是两家和好的前兆，理应高兴。

"国学大哥，嫂子，里面请，里面请。牛牛，姥爷姥姥来了，热烈欢迎，热烈欢迎。"我公公笑脸道。

牛牛十几天不见姥姥、姥爷，很是面生，眼睛定定地看着他们，不再喝奶。

我婆婆没像我公公那样客套，道："叫你们赶上咱们牛牛饭口了，不好意思，没有时间陪你们，咱们继续。"

我爸一挥手，道："哦，你们继续吧。"

我公公手持手鼓要继续表演，我婆婆一手拿起奶瓶，用另一只手一摸，道："呦，这奶有点凉，等一等，我去温一下。"说罢，便去厨房温奶。我妈爸趁这空儿围上前看牛牛。

牛牛出生已过三个月，身高、体重、头围、胸围，还有智力发育，都达到或者超过标准，小家伙甚是活泼可爱。

爸将牛牛柔嫩的小脚丫放到嘴边吻，道："牛牛，姥姥、姥爷来看你来，认识不？"

牛牛瞪着明亮的眼睛怔怔地看着我爸，又从爸脸上转移到我妈脸上，忽地笑了，啊啊呀呀地同他们说起"话"来，逗得我爸、我妈开怀大笑。

我爸道："看看，这孩子变化真快，真是一天一个样。"

我公公道："可不是，现在牛牛可出息了，每天都有新进步，你们再不来，真就不认识了。"

我婆婆温好奶，从厨房回来，见我爸、我妈围着牛牛，笑呵呵道："牛牛还有一半奶没喝完，咱们得继续，姥姥舞跳得好，歌唱得也好，给咱们伴个奏吧。"

我婆婆说这话，我爸、我妈起身，将位置腾给婆婆，他们站到一边。

我公公见我爸妈没听懂我婆婆的话，我妈没任何回应，忙作解释："牛牛爱喝妈妈的奶，一换奶瓶就抵抗，耍小毛驴脾气，我们就想了个办法，给他唱歌、跳舞，他看着高兴就喝得痛快，不然就不喝。我这儿刚进行到一半你们就进来，嫂子，你来了，该你大展身手了。"他将手鼓递给我妈。

刚才我婆婆说话，我妈没有明白，我公公这一解释，恍然大悟，脸色忽地一变，以为我婆婆又在戏弄她，勃然大怒，道："你们这是喂孩子还是耍猴？我可不会。"

5

苏微：

平心而论，我婆婆刚才的话，并不带挑衅性质，她只是没话找话，想主动与我妈说几句随便的话，使屋里的气氛更轻松、融洽。而我妈却理解反了，以为我婆婆故意找碴，上来就给我婆婆一枪。我婆婆同我妈的战斗日益成熟，这一枪没将她撂倒，只是打了个趔趄。瞅我在旁，稍一迟疑，不软不硬道："唉，有什么办法，耍猴子也得耍，要不牛牛就不喝奶，谁让苏微一股火把奶水憋回去。"

我爸见她二人这架势又要掐架，慌忙接过公公手中的手鼓，道："姥爷来，要耍就耍姥爷。这玩意儿怎么弄，我还不懂。"我爸看着手鼓不知如何使用。

我公公帮我爸拨动开关,手鼓中放出儿歌"两只老虎"的音乐。我爸道:"这个我会,从小我就是唱着这歌长大的。"他双手放在头上,假装老虎耳朵,边唱边跳:"两只老虎,两只老虎,跑得快,跑得快,一只没有耳朵,一只没有……"牛牛惊恐地看着我爸,非但没有吮奶,忽然哇的一声,吓哭了。

"啊,这是怎么了?"我爸诧异地看着我婆婆和公公,很是不解。

我婆婆抿嘴偷乐,我妈和我爸出洋相她才高兴。

我公公忙上前打圆场,道:"大哥、大嫂,你们还得天天来,看看,这几天没来,牛牛就认生。"

我妈指着牛牛生气道:"你个小坏蛋,我今天就把接你走,看你还认不认生。"

我婆婆冷笑道:"你不怕外孙子挨饿,那你就抱走,谁也不拦着。"

我公公接话道:"得有个过程,让牛牛重新熟悉一下你们,要不这小家伙真就给你来个绝食。"

公公从我爸手中接过手鼓,随着音乐载歌载舞,"采蘑菇的小姑娘,背着一个大箩筐,光着一双小脚丫……"爷爷夸张地做着怪态,牛牛目不转睛地盯着爷爷,婆婆趁机将奶嘴塞进他嘴里,牛牛一口气将瓶中的奶水喝个精光。大家这才喘了一口气。

我爸笑道:"行呀,难怪叫你'闹得欢',真有两下子,比我强,比我强。看来我真得好好向你学习。"

我公公用手背抹着额头上的汗珠,憨笑道:"嘿嘿,就当锻炼身体了。国学大哥,我告诉你,带孩子虽然累些,可是心情愉快,包治百病,你信不信?咱这小区里有个同事,原来成宿睡不着觉,严重失眠,自从带上孙子,睡觉呼呼的。"

我爸点头,道:"你说得有些道理,牛牛在我们家那些日子,整天围着他转,我活动得多了,笑得多了,饭吃得也多了,这是三多,对身体大有宜处。要不怎么叫天伦之乐。"

我妈不赞成我爸对我公公的表扬,哼了一声,道:"这孩子要是这样惯下去,越来越不像样子,将来可怎么办?"

"那你说应该怎么办？我们一家人正愁呢。"我婆婆这话是笑呵呵说的，绵中藏针，向我妈刺去。

我妈能有什么办法？她再一接话，两人就会碰出火花，翻脸争吵。我急忙接过话，道："妈，这您还不懂，牛牛在我肚子里时我就给他听音乐，这孩子乐感强，一听到音乐心情就好，注意力集中，奶才喝得下去。过了这几天，牛牛对奶瓶适应就好了。"

我公公是和事佬，总是充当和稀泥的角色，又把话接过来，道："嫂子，这个你尽管放心，孩子还小，等他适应了混合喂养，就把毛病给他改过来，坚决改，决不手软。好了，牛牛吃饱也该睡觉了，国学大哥、嫂子，咱们坐下喝茶，饺子早就包好了，冻在冰箱里，到时一煮就行。我在旁边'满香园'餐馆订了几个菜，到时服务员给送来。现在吃饭就是方便。咱们坐下聊。"

我品得出来，我妈此行并非有意与我婆婆握手言好，为吃饺子而来。她要寻找机会，将因自己呼呼睡大觉，致使奶奶抱牛牛走丢失去的面子找回来。所以，她一进屋就像检查团似的东张西望，专挑我婆婆、公公的毛病，然后上纲上线，将他们批个体无完肤。我婆婆见我妈来者不善，便迅速调整策略，积极应对，水来土挡，兵来将挡，两人叮叮当当，嘴巴就没有闲着。真是愁死我了。

我和方明原本以为，我们从中牵线搭桥，提供平台，我爸、我公公再一配合，敲敲边鼓，我妈和婆婆相逢一笑，再大的恩怨也会烟消云散。可是，看来我们的想法太幼稚，我还是离她们远一点为好。

我抱起牛牛回卧室，哄他睡觉，心里又担心两位妈妈吵架，屋门留了一个缝，时不时伸头向客厅张望一下。

我爸歪坐在沙发上，跷着二郎腿，戴着我公公的老花镜在看那本《育儿大全》，茶几上还放有一本《婴儿疾病预防与护理》。

我爸随意翻看几页，忽然从书中飘落下一页纸条来。他从地板上拾起，上面是我公公密密麻麻写的小字，还有一个题目:《婴儿混合喂养应该注意的几个问题》，这是我公公上网、看书抄录的笔记。我没工夫上网搜索这方面资料，他一有机会就会把内容叨咕给我和方明听，挺有益处的。自然第一个受益的人是我婆婆。不知他们从哪儿学来的以歌舞吸引牛牛注意，

姥姥与奶奶的战争

助他吃奶的方法。

我爸摘下镜子,道:"德欢,你这人不只是好闹腾,还能潜心学点东西,这种精神很可佳,值得表扬和学习。我看这样,抽时间咱们开个会,专题研讨一下牛牛的混合喂养问题,你作个中心发言,怎么样?"

我公公嘿嘿笑道:"那好,那好,我一定认真准备。"

我憋不住乐了,我爸真是开会有瘾,这样的事也要郑重其事地开会。

又听我公公道:"国学哥,我看咱俩不如做个简单的分工,牛牛三岁前这段时间,有关喂养、发育方面的探索主要由我来做,我多看点书籍,把有关的新信息传达给大家。牛牛三岁后的学习我就爱莫能助,全靠你了,你是国学专家。"

我爸道:"你这个建议可以考虑。不过,现在讲究孩子早教,听说几个月就要开发左右脑,这个我可不懂,你要当一个题目来研究。"

我公公道:"你说的我也不懂,那就一起学吧。"

6

苏微:

牛牛在我怀中睡着了,我正要将牛牛抱进婴儿床,妈和婆婆悄悄进屋来。她们不愿意听我爸和我公公聊天,就进来看牛牛。

有她姐俩在,我没有将牛牛放进婴儿床里,就放在我和方明这张大床中间,让她俩坐在牛牛的两侧看个够。我心中有数,牛牛正在睡觉,她两人不会吵嘴,我可以放心大胆地去卫生间洗衣服,给她俩腾出位置。

婆婆和妈端坐在牛牛的两边,目不转睛地欣赏着牛牛睡觉的憨态。屋里虽然很热,却不能开空调,牛牛赤身裸体,肚皮上只戴一件红肚兜。胖嘟嘟的小脸蛋,有意斜歪的小脑袋瓜,举在头旁紧握的小拳头,小鼻中发出细细的鼾声,都让妈和婆婆陶醉得忘乎所以。她俩忘记世间的一切烦恼,也忘记两人之间的纷争恩怨,相视微笑。

观赏宝宝睡觉绝对是种幸福的享受,对此我深有同感。我敢说,天下所有宝宝妈妈、奶奶、姥姥都有相同不可名状的感觉。

她俩就这样默默地坐着,可以<u>一直坐到牛牛睡醒</u>。

嗡嗡，一个黑点从她俩眼前悠然划过，这是什么声音？

我妈和婆婆对这声音很是敏感，蚊子，一定是可恶的蚊子。这东西如果落在牛牛身上那还了得。她俩猛然一振，神经紧张起来，慌忙四处张望。

嗡，那声音又从两人耳际划过，这回听得真切，没有错，就是只蚊子，这屋子里布防如此严密，敌人是从什么地方钻进来的？于是她俩交换个眼神，紧急做了分工，我婆婆严守牛牛，以防敌人侵扰，我妈拿起苍蝇拍去追击那可恶的东西。

我妈手持蝇拍，瞪大眼睛，从棚顶寻到窗边，又从窗台追到雪白的四面墙壁，眼睛瞪酸了，哪里有敌人的踪影。心想：这东西肯定是逃跑了，我得坐下歇一歇了。她将蝇拍放在窗台上，蓦然回首，顿时大吃一惊，只见一只蚊子正落在牛牛白嫩的腿上磨牙，而我婆婆却全没有发现，还在牛牛身边寻来觅去。

我妈心急如焚，又怕吵醒牛牛，悄声低吼道："往哪儿瞅，在牛牛大腿上。"

我婆婆目光迅速转移到牛牛的腿上，果然看见一只可恶的蚊子正在磨牙霍霍。

"这该死的东西。"婆婆恼恨自己发现晚了，抬手要打，可巴掌只划一个弧却没有落下。她心想：我这一巴掌下去，岂不是要把牛牛打醒。

婆婆犹豫了，扭头看我妈，我妈的目光停在我婆婆那只手上，压低声音，心急道："看我干什么，还不动手。"

我婆婆没敢说话，手指下熟睡的牛牛。妈明白了，婆婆是怕这一掌下去痛醒牛牛。我妈明眸一转，忙用手做了一个"扇"的动作，意思是说，你这人真傻，不能打就把蚊子轰跑，还等什么？

妈的想法与婆婆不谋而合，她举手要轰蚊子，可转念又一想，这想法太愚蠢，在这密闭的屋子里，能把蚊子轰到哪里去？那蚊子转一圈再飞回来，岂不是还要打牛牛的主意。真是愚蠢至极。

我婆婆快速地眨眼，她大脑飞快运转时，总是伴随着快速地眨眼。有一次闲聊，我曾问过我婆婆是何原因。婆婆说眨眼有助于思维。她在比较、权衡牛牛挨打与挨咬，谁个损失更大。她没有耽误太多宝贵时间，立即得出结论：宁可让牛牛挨奶奶一巴掌，也不能叫万恶的蚊子咬一口。

姥姥与奶奶的战争

我婆婆不再犹豫，咬牙切齿，准备狠狠心，打它一个冷不防。她重新抬手。却又停下来，那蚊子早已无影无踪，牛牛白嫩的大腿上留下一个红肿包。

我妈看得目瞪口呆，浑身哆嗦，气得说不出话来。

我在卫生间给牛牛洗几件衣服，自己又冲个淋浴，真是爽极了。回到屋中，庆幸这么安静，两人终于有这么一回没有吵嘴，却见二位妈妈大眼瞪小眼，像两只斗架的老母鸡对峙着，谁也不吱声。我不解问："你们是怎么了？"

我妈指着我婆婆首先告状："你问她，牛牛在她眼皮底下让蚊子咬一口。你自己看。"

我一低头，见牛牛雪白的腿上肿起一个红包，心疼得眼泪差点滚落下来。牛牛出生三个多月，还头一次挨咬，而且是大白天，在贴身侍卫奶奶和姥姥眼皮下挨咬，简直太不可思议。我不假思索道："瞧您两个大人，守着一个孩子还让蚊子咬了。真是的。"

我妈脸都气白了，手继续指着我婆婆："你是怎么回事，是傻了还是老年痴呆，你说话！"

我妈如此数落我婆婆，我心中明白了，牛牛被咬的主要责任在于婆婆。只见婆婆呆若木鸡，泪水在眼窝里打转，她一定悔死了，就这么严看死守，还是没有防住那该死的蚊子。我后悔刚才那句话太重，伤到婆婆，便想安慰她两句。我知道，眼下这形势，对我婆婆最好的安慰莫过于批评我妈。我说："妈，您怎么光知道说别人，您在这儿干啥？您没来时牛牛一次都没有挨咬。"

我说这话对于婆婆来说够可以的了，不但挽回刚才那话的不良影响，而且明确表态，我和牛牛在婆家过得很好，你们一来牛牛才挨咬。

我妈没想到我会如此没有立场，气得从窗台拿起蝇拍又摔在地上，骂道："好赖不懂的丫头，气死我了。"愤然出屋。

我听见妈在客厅中嚷道："老苏头，赵德欢，开会，开会，我有话要说。"

我妈本是为出气而来，好不容易找到一个讨伐我婆婆的机会，岂能轻易放过。

我还没有找到合适的话安慰婆婆，她就被叫去开会了。

7

苏微：

我们两家的会很松散，谁有提议都可以开会。这次是我妈提议，会议照常由我爸主持，提议人首先发言。屋里很热，门大敞着，他们说话我听得一清二楚。

我妈道："杨小叶，你今天究竟是怎么回事？我看你是得了老年痴呆，傻透了，那天你让我坐三十八路公交车，直接去精神病院，叫医生给我两电棍，我看你是让那电棍击傻了，这个样子还能培养下一代？今天的事你必须作深刻的检查。"我妈搜肠刮肚，将所有能想到的恶毒语言全都搬了出来。

"怎么回事？嫂子，有话你慢慢说，何必发这么大的火。"我公公见我妈义愤填膺的样子，十分不解。

我爸用手指轻轻叩下茶几，道："李花朵同志，这是开会，请你说话要注意语言文明，要冷静，不要用攻击性语言。"

我妈道："简直气死我了，我无法冷静。你俩评评理，刚才牛牛腿上落只蚊子，她不去打蚊子，眼瞅着蚊子咬牛牛一口，腿上起这么大一个包。"我妈夸张地用双手比做成个圆，给我爸、我公公看，那圆足比鸡蛋还大。

"啊，真有这事？"我爸、公公惊讶地看着我婆婆。

我婆婆一句话不说，我妈怎么说她也不作辩解，泪眼汪汪地在那儿发呆。

我爸道："杨小叶同志，李花朵说的是事实吗？请你说明事情的经过。"

"啊？你是在跟我说话吗？"婆婆像做了一场绵长的噩梦，才缓醒过来。

我爸耐心道："是的，请你说说事情的经过。"

"瞧你丢魂落魄的样子，不是说你说谁？"我妈不失时机又挖苦我婆婆一句。

婆婆抽搐下鼻子，道："你说那会儿我脑子怎么木了，一片空白，不知该怎么办，眼看着那可恶的蚊子咬牛牛一口。我真是该死。呜呜呜呜。"她痛哭流涕。

婆婆这一哭，便承认我妈说的话是事实。我公公义愤填膺，气得坐不住，站起身，在地上焦躁地踱着步子，道："杨小叶，你怎么会这样？这个错误有多严重。我原以为你是一个最让人放心的同志，在重大问题面前总能明辨是非，却在一只小小蚊子身上犯下如此低级的错误，真叫人痛心。"我公公首先批判我婆婆。

"这个，这个。"我爸手指轻轻击打着茶几，忽然从衣兜中摸出包香烟，在鼻下嗅了嗅，然后放到茶几上。他要说话了，忽然又把那包香烟拿起，从里面抽出一支，放在鼻下，抽动鼻子嗅了嗅，又把烟扔下。我爸平常不吸烟，只有开会时才吸，而且是一根接一根地吸烟。这是他多年养成的习惯。退休后没有会议，自然也就不吸了。自从有了牛牛，爸主持起两家会议，就在衣兜中装上一包香烟。为了牛牛的健康，我在家里下达严格的禁烟令，方明和公公从不在家吸烟，我公公甚至把烟戒掉，我爸也只能是光闻不抽。

我爸爸道："杨小叶同志这个错误确实很严重，德欢同志的分析很透彻，确实是一个低级错误。态度嘛，还是很好的，能主动承认错误。现在我在想一个问题，李花朵同志，当时你也在屋，你在干什么？难道你就没有责任，都是杨小叶同志一个人的过错？"

我妈道："我有什么责任？我俩有明确分工，她守着牛牛，我四处追击蚊子，我当时站在窗台旁。不过，那只蚊子最终还是我发现的，我告诉杨小叶，她竟一点反应没有。你们说气不气人？"

我公公又坐回到我婆婆对面，点点头，道："是很气人，杨小叶，你是一个头脑清醒的人，那一瞬间怎么就糊涂了？"

我爸通过我婆婆的自述和我妈对婆婆的批斗，基本搞清了事情的经过，主要责任是在我婆婆身上。他一只手扶在身边公公的胳膊上，不让公公打断他的提问。道："哦，是这样。这个错误是太低级了。可我纳闷儿，杨小叶，你不是那种糊涂人，怎么能办出这样的事？我们要从根本上查找原因。这屋里没有外人，你静下心来，说说心里话，当时是一种什么样的心理状态驱使你做出如此叫人不能理解的事？"

我婆婆从茶几纸巾盒里扯下一把纸巾，擦一把鼻涕又擦把眼泪，然后把纸统统扔在身边的纸篓里，道："你们都是聪明人，就我一个老年痴呆，那你们教一教我，遇到这种情况，我该怎么办？"

"好，你说，我们替你来分析。"我爸和蔼道。

我婆婆瞥了我妈一眼，道："当时，微微出去了，我和李花朵两人在屋，坐在牛牛的身边看牛牛睡觉。我俩同时听到蚊子叫声，她不守牛牛，却去窗台找蚊子，我一走神，蚊子落在牛牛腿上。"

我妈可算抓住我婆婆话里的漏洞，双手击掌，冷笑道："看看，杨小叶承认自己走神，这说明她承认自己责任心不强。杨小叶，那天你是怎么说我的，说我一点责任心没有，就知道自己睡觉。你这个人就是手拿电筒，光知道照别人，不照照自己。"

我爸用手敲茶几，严肃道："停，李花朵，杨小叶的走神与你完全是两种性质，你那是呼呼睡大觉，是走神吗？"

我妈辩解道："我怎么不叫走神？我一走神就睡着了。"

我捂嘴怕笑出声来，我妈真能狡辩。

我爸又敲下茶几，道："你还是机关干部，这点规矩都不懂，别人发言，请你不要插话。杨小叶，你继续说。"

我爸与我妈对话空隙，我婆婆紧眨了一会儿眼睛，她也在深入探究自己犯错误的根本原因。听我爸叫她继续发言，接着道："其实，我也不是走神，我光注意牛牛身边那个小被子，那是个蓝花白的花被，落上个蚊子很不容易辨认，这就让蚊子钻了空子。这个教训也给我提了个醒，以后再看牛牛，把老花镜戴上。"

嘻嘻，我婆婆真逗，看孙子睡觉要戴花镜。不过，我婆婆说到做到，决不是开玩笑。

8

苏微：

婆婆道："总之，我革命警惕性不高，这个我认账，用不着别人批判。可接下来怎么办呢？我就在这个问题上发懵。李花朵让我把蚊子打死，对不，李花朵？"我婆婆抬头问我妈。

我妈听见我婆婆问她话，没有反应过来婆婆问话是何意思，话里藏没藏有陷阱。便未置可否，来个不回答。我爸接话道："这是常识，遇到蚊子，岂有不打之理。打,坚决打,毫不留情。"

我婆婆没有理睬我爸的话,继续盯着我妈,道:"李花朵,我承认错了,我认这个账,我不像有些人,明知有错还百般抵赖。现在我诚心实意地求教你,我俩换个位子,我离得远远的,去那窗台找蚊子,你就坐在牛牛身旁,牛牛腿上落一只蚊子,你怎么办?"

我妈冷笑道:"我怎么办,我自然有办法。"

"你说出来让我学学。"

我公公见我婆婆脑子真的有问题,这样简单的问题问来问去,有些恼火,不耐烦道:"嫂子,她这人木头,你告诉她,就当掰手指教学龄前小孩子。如此简单的事怎么就转不过向来。"

我妈道:"我要是看见蚊子,刻不容缓,抬手就打。我就纳闷儿,你还思量什么,难道你信佛了,发善心,概不杀生?"

婆婆没让我妈的话落地,立即跟进,掷地有声道:"那可是你三个月大的亲外孙子,苏微哄半天才睡着,你就忍心一巴掌将他打醒?"

我婆婆说到这儿,我公公恍然大悟,一拍大腿,道:"老婆子,你想得真有道理,牛牛睡得正香,一巴掌下去,岂不把牛牛打醒。牛牛哭上几声不要紧,再吓出点毛病事就大了。看来真是打不得,打不得。我说我老婆不会犯这样低级的错误。"我公公头摇得像拨浪鼓似的。

我爸聚精会神地听大家发言,皱眉想了想,道:"哦,是这么个道理,牛牛睡着,不宜动手打蚊子,可也不能眼看着牛牛挨咬?"

我妈见大家都说不宜打蚊子,道:"那我就先把蚊子轰跑,总不能眼看着蚊子叮宝贝……"

我婆婆不等我妈把话说完,双手一拍,嘿嘿笑了,对我爸和我公公道:"瞧瞧,她自己都说不该打蚊子,她凭什么批判我?"我婆婆脸子一变,指着我妈道:"李花朵,你如此聪明,怎么跟痴呆人想到一块去了?"

我妈此刻才知道让我婆婆给绕进去了,还要解释,我婆婆并不跟我妈纠缠,道:"这时我是想把蚊子轰跑。"

我妈接话道:"我当时用手比画一下,就是告诉你,不打蚊子就把蚊子轰跑。你说你也是这么想的,可是你并没有付诸行动,谁知道你在想什么?难道不是你精神又溜号了?"

我婆婆肯定道："我没有溜号，我的精神高度集中，我在想，这蚊子，你把它轰跑，转了一圈又飞回来，咱牛牛还不是要挨咬。"

我公公一拍大腿，道："老伴你说得对，蚊子那东西比人还狡猾，不能轰，这个想法太愚蠢，我说你不能那么没脑子。"

我爸摸着下巴，深思道："照你们的说法，这蚊子打又不能打，轰也轰不得，就看着牛牛被咬，这岂不更愚蠢？"

我妈道："我的想法是这样，既然咱们怕把牛牛惊醒，就先把蚊子轰飞，然后追着蚊子去打。这个问题多简单。"

"拉倒吧，你跟我差不多少，老眼昏花，又没戴眼镜，找不到那蚊子怎么办？遭罪的还不是牛牛。"我婆婆反驳我妈。

"杨小叶，我肯定有办法，总不会像你，傻子似的坐在那儿，你是木头人呀？"

我婆婆道："我当时权衡一番利弊，觉得还是应该把蚊子打死。打死一个敌人，总得有点牺牲，疼就疼一点，牛牛需要有个磨炼，牛牛长大了也能理解。可是，当我再抬手打蚊子时，牛牛的腿上已经咬了一个包。"

我妈立即批判我婆婆："这就是你优柔寡断的结果。你这一辈子，干什么事都不痛快，思来想去，结果痛失打蚊子的最好良机，蚊子跑了不说，重要的是牛牛挨咬了，这个损失完全要由你来负。"她一句紧过一句地批评我婆婆。

我婆婆忽然抬头看我妈道："李花朵，你刚才说什么了？"

"我说你痛失打蚊子的良机，你怎么连中国话都听不明白。"

我婆婆道："你又说蚊子该打，你一会儿说不该打，一会儿说该打，到底该不该打？你还有没有个立场？"

我婆婆真是个辩论高手，又抓住我妈的一个漏洞。

我妈道："你以为抠文咬字就占了理？我告诉你，打与不打都不重要，重要的是牛牛不能挨咬。"

我婆婆道："李花朵，你这个人就是指使我惯了。我告诉你，对与错，我自己一个人承担，我绝不会像以前那样，总让人当枪使。从前，我要看一个对象，那人还是机关干部……"

我公公道："停停，杨小叶，你扯得太远了，当初嫂子没同意你看的那

第八章 复杂问题

个对象是非常正确的,要不,哪里还有我俩今天的幸福生活?你今后还要继续听嫂子的话,没错。咱们就事论事,不谈别的。"

"哼,她这人就是狗咬吕洞宾,不识好人心。"我妈道。

我爸苦笑道:"听你们这么一说,这蚊子打不得,轰不得,还真是个复杂问题。"

我婆婆冷笑道:"连你这个当领导的也说是复杂问题,为什么非要难为我一个普通老百姓,凭什么要对我兴师问罪?"

我爸道:"这是新形势下遇到的新问题,得找一个时间,好好研究研究。"

我妈一听这话,指着我婆婆道:"杨小叶,你这话是什么意思?复杂问题就是避免不了的了,牛牛挨咬,你就没有责任?你做得对?"

"我没说我做得对,我只是说你别有用心,报复我,你这人心术不正,原来不是这样的。"

9

苏微:

两人连珠炮似的对吵,别人插不进话来,我爸连敲多下茶几才打断她们的话,道:"这么争论就没有意义了,我们要从根本上找原因。"他扭头对我公公道:"德欢,这件事从根本上讲,是你们家门窗不严,防范工作没有做好,让蚊子有可乘之机。所以,咱们得从根本上堵塞漏洞。"

我婆婆道:"哼,这么多天我们家一只蚊子没有,有蚊子也是你们带进来的。"

我妈道:"你说得太可笑,那蚊子是我们从老苏家带来,专咬自己外孙子的?"

"我可没那么说,我是说,你们进来时捣腾门,让蚊子飞进来。"

"那你说我们不应该来了?我们可是你请来吃饺子的。"

"你们爱来不来,别跟我找碴吵架。"

"停停!"我爸大声止住我妈、我婆婆,严肃道:"我们光在这儿探讨蚊子,却忽视了牛牛腿上那个包,牛牛现在怎么样?要不要上点药?"

我爸话说到这儿,牛牛醒了。我光顾听客厅里吵嘴,没理儿子,小家伙不干了，哇哇哭啼。我爸道："现在宣布休会，咱们一起去看看牛牛。"

他们进入我屋，牛牛还在哭，爸问我："牛牛为什么要哭？是不是被蚊子咬伤，痒醒的？"

我一边哄牛牛，一边不以为然道："哎呀，就是让蚊子咬一口，多大点事，还值得兴师动众开会，批判这个批判那个。"我将牛牛抱起来让他们看，牛牛大腿上红包还在，一点也没小。

我爸道："呦呦，真是只大蚊子，是不是应该抹点药呀？"

婆婆道："咱这屋子从来没有过蚊子，牛牛没有被蚊子咬过，没有准备什么药呀。"

我妈道："风油精、花露水，什么都行，这个你们家也没有准备？"

"有了。"我想起这屋小药箱里有风油精，便起身去取，打开瓶盖就要给牛牛抹，婆婆摇头，道："好像牛牛爷爷说过，抹这东西不行。"

我妈瞅眼屋里，我公公没在屋，哼道："他爷爷是医生？懂什么。"

我妈说这话我公公正从客厅进来，道："嫂子，真不能给牛牛用风油精，风油精中的樟脑，有兴奋中枢神经的作用，对孩子的大脑发育不好。我这有昨天刚从医院买来专门给孩子用的药膏。"

我婆婆奇怪道："你去医院买药膏，我怎么不知道？"她说着一把夺过药膏，挤出一点，先涂在自己的手指上，然后轻轻地涂在牛牛的腿上。

我爸拍下我公公的肩膀，道："德欢，你真行，我们大家都在向你学习。"

我妈白了我爸一眼，道："都挤这屋干什么？牛牛饿了，该喂奶了。"他们四人又回到客厅，继续开会。

接下来的会议，我妈对我婆婆并没有什么新的攻击点，反倒让我婆婆缓过神来，又将那天我妈呼呼睡大觉，让奶奶将牛牛抱去走丢的事翻腾出来，我妈彻底被动了。

纵观我妈与我婆婆这一战，我妈虽占有先机，却没能乘胜追击，让我婆婆一路撑上来，没能打赢。我婆婆在与我妈的战争中增长了才智，懂得使用策略。这一次，她先用哀兵必胜的策略，痛哭流涕，一味地检讨，博得我爸和我公公的同情，然后以守转攻，一步步将我妈逼到死路，气得我妈连饺子也不吃，拽着我爸回家了。

第九章　百日庆宴

1

赵方明：

岳父、岳母大人要来我家吃饺子，两家共叙感情，这是件大事，我比往常提前一个小时回家。一进家门，家里冷冷清清，不见苏家二位大人的影子，苏微与牛牛躲在卧室里，我爸、我妈呆坐在客厅沉默不语。"这是怎么了？难道是……"

没等我发问，我妈先说话了："唉，都是我不好，为只蚊子，跟你岳母又吵起来，饺子没吃，气走了。饭店把订的菜送来了，在餐桌上放着呢。"

一听这话，我心里很懊恼，本以为岳父、岳母大人一到，逗逗牛牛，大家哈哈一笑，两位妈妈的隔阂就消除了。没想到却变本加厉，越吵越厉害，真是让人没有办法。那苏微还不知怎么样，她要是再一撅嘴，掺和进来，就更要我的命了。

我爸道："方明，你先别吃饭，饺子早就包好冻在冰箱里，还有饭店送来的几个菜，我们自己吃不了浪费了，你开车给你老丈人家送去，再多说些赔礼道歉的话，这事就过去了。"我爸朝我们住的卧室瞥一眼，悄声道："这事不全怨你妈。"

"我还饿着肚子，给谁送饺子！"我气呼呼地去卧室，先看眼牛牛，再看看苏微是何态度。

谢天谢地，苏微没有背朝里躺着撅嘴生气，却也没理我，旁若无人专心地给儿子做抚触，一双温柔的秀手缓缓地捋着牛牛，从头到脚，从脚到头，牛牛舒服极了，咯咯地笑出声来。

我没心思逗牛牛，问苏微："他们又怎么了？"

苏微道："不怨牛牛奶奶，是我妈找碴，两人又开战了。"

我一听这话，如释重负，一块石头落地。如果苏微一开口就说，这事都是你妈不对，就难办了。只要我们夫妻有共同语言，天大的难事也好办。我问："那究竟是怎么回事，听我妈说是为一只蚊子。"

苏微将蚊子的故事简单给我说一遍，没等她说完，我就忍不住笑了，道："一件小事变得如此复杂，足见他们爱牛牛之深。"

苏微抬头陌生地看我："我埋怨他们小题大做，没想到你还有另一番解释。"

我伏下身子，摸牛牛肥嘟嘟小脸蛋一把，道："儿子，你好福气呀，奶奶爷爷、姥姥姥爷有多爱你。有话道，爱之深，恨之切，是不是？"我扭头问苏微："你还生气呢？"

苏微道："哎，气又有何用，我就是怎一个愁字了得。眼看我产假已满，就要上班，这两位妈妈又没完没了地争吵，把牛牛交给她们怎么能叫人放心？"

我说："放心吧，她们再吵也是为牛牛，出不了大格。我还是那句话，只要你浇水来我和泥，她们有再大的矛盾都不怕；如果你浇油来我点火，那可就惨了。"

苏微瞪大眼睛，吃惊道："我还敢浇油，现在她俩在一起我就胆战心惊，生怕又干起仗来，都快落下毛病了。"

我说："老爷子发话了，让我去给牛牛姥姥、姥爷送饺子，顺便替我妈作个深刻检查，给你妈道个歉，气也就消了。"

"唉，这两位妈妈，打到什么时候是个头？方明，你能不能劝劝你妈，我妈一辈子就这脾气，能不能让着我妈些，她俩要像从前那样，一个红花，一个绿叶，相辅相成，该有多好。"

我点头道："那还用你说，我从你家回来就给我妈上课，晓之以理，动之以情，还怕她不改。"我心中暗想：苏微，你说的都是废话，你怎么不说让你妈让一步。让我妈一觉回到从前，那是白日做梦，最理想的状态也就是两人各让一步。

苏微心中明知我妈不能回到原来当一片小绿叶时的心态，见我的态度还可以，心中也就安稳些了，催我快走。这和稀泥的活，再苦再累，别人

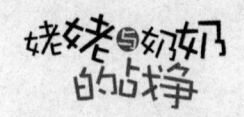

做不来，只有我这个当姑爷的浑蛋来干。她嘱咐我，一定要拿出浑身解数，让他们消气，在她家吃完饭再回来。

我手里拎着饺子和美味菜肴进入苏家，岳父、岳母正在争吵什么，看见我进屋就停下来。我猜想大概与我家有关，是不是岳父针对岳母在我家的表现批评一顿，岳母不服气，两人争吵起来？

我说："爸、妈，我回家晚了，我妈让我给二老送饺子来，还有饭店订的几个菜……"

"拿回去，我不吃你们家饺子，拿走。"我岳母不等我把话说完，声色俱厉道。

我瞅一眼岳父大人，他没有责怪岳母大人对我的态度，顺手拿起茶几上的一张报纸随意翻起来。

在丈母娘面前，我时刻牢记这样一个道理：不管她说什么，就是骂我八辈祖宗，都不能生气，不能上火，要始终保持和颜悦色，不愠不恼。厚脸皮一点至关重要，各位初为人女婿的兄弟一定要牢记，你要脸皮一薄，事情就砸了。

我说："我妈让我替她向您二老检讨，是她错了，惹您二老生气，保证以后改正。"

我岳母不听我说完，一挥手道："你把饺子拿走，滚蛋。我不听你那套鬼话。要不我可要把饺子扔出去。"

我说："妈，我说的全是实话，我妈是诚心诚意承认错误。我妈那人脑子反应慢，总是后反劲，您走了之后她才认识到自己的错误，这工夫正在家里抹眼泪呢。妈，您就再给她一次改正错误的机会。"反正我说什么我妈也听不见，就胡言乱语。

我岳母稍稍安静一些，不像刚才那样狂怒，道："赵方明，我告诉你，你不用在这儿和稀泥，你妈现在学得死硬死硬的，顽固不化，她还能认错，你这是……"

我岳母想不出一个恰当词来形容，卡住了，转话道："你说说，你妈她认识到自己错在哪里？"

我说："她错在优柔寡断，痛失解决蚊子的良机……"

2

赵方明：

我岳母没有心思听我说完，愤怒道："赵方明，我告诉你，你妈这人简直不可救药，我下半辈子也不会去理她。你爸'闹得欢'，妻唱夫随，两人狼狈为奸。还有你，赵方明，学得油嘴滑舌，一个屁两个谎，不愧是杨小叶的儿子。你走，你走，我懒得跟你说话，你把饺子拿走。"

岳母将我们家挨个骂遍，我知道岳母大人还在记恨我那天撒谎说带牛牛回来，可我爸怎么得罪她就不知道了。我现在是黔驴技穷，头上冒出汗来。看来，我将无法与岳父、岳母大人共进晚餐，回家不但要挨我妈的怒骂，还得受到苏微的嘲讽。我真是一个大笨蛋。

我岳父一直没吱声，将一张报纸翻烂了，抬起头对我说："你回去吧，你妈今天发疯了，谁的话也不听，再说什么也是徒劳。"

我见无法往下进行，心里很恼火。我一出这门，我岳母真就能将饺子给我扔出去。我没有完成任务，有何颜面见父母、妻子？问题在于，我这一走，还有谁能担当此大任，来和这个稀泥？我不能这样走，还得继续发扬厚脸皮精神，便一屁股坐在椅子上，等待继续挨骂。

我岳母不屑地瞅着我，鄙夷道："你怎么还不走？"

我知道她心中在骂我脸皮太厚。我的脸色由红变成酱紫色，正要愤然而去，忽然灵机一动，想起还有一招没用，道："走，我这就走。我想跟您二老商量一下，苏微想带牛牛回来住几天，你们看……"

我这一招是步险棋，这叫"舍不得孩子，套不住老丈母娘"。我妈要是知道我把牛牛交出来，非揪我耳朵将我臭骂一顿。可我要不交，就不是揪耳朵那么简单。

此招即出，立刻有效果，我岳父立即回应道："什么时间回来？"

我说："就这两天吧。"

我回答岳父的问话，用余光瞅我岳母冷若冰霜的脸子正逐渐升温，心中大喜，这一招果然奏效。可她嘴还是挺硬道："得得，你可别往这儿抱，这才几个月的孩子，都让你妈惯坏了，喝奶还得奏乐、跳舞，像什么样子？"

我说:"所以呀,我和苏微商量过了,不能叫牛牛再在我们家惯下去,您和爸好好给那小家伙板一板,这样下去再改就麻烦了……"

我岳父听我岳母说这话,怕我真就改变主意,扭头瞅我岳母,道:"李花朵,你这人口是心非,刚才你还说,牛牛要是再不抱回来,你就去抢,现在他们主动回来你又不让。方明你别理她,你们什么时候回来我都欢迎。"

我岳母把身子扭过来,给我岳父一个后背,对我道:"方明,你别听老苏头胡说八道,是他想牛牛想疯了,让我到处放炮。我告诉你,孩子不能惯坏毛病,日久天长,就是一个顽症。你妈没有知识,不能深刻认识这些问题,我们要选择一条正确的教育孩子道路,这样吧,让你爸去下饺子,我给你好好上一课。"

我见岳母大人不再撵我,急忙道:"爸、妈,我去下饺子、热菜,咱们边吃边聊。"

我从苏家回来,家里很安静,大家都吃过饭,各自回屋休息,我转身先进卧室,看一眼牛牛。

牛牛侧卧身子,小脸蛋嘟嘟着,将两只小手攥成拳头举在头两侧,睡得香甜,样子憨态可掬,甚是可爱。我忍不住伏下身子要亲他一口,苏微伸出胳膊将我拦住,嗔怪道:"干什么你,搅了我儿子的美梦。我家怎么样了?"

我一边脱外衣,一边道:"雨过天晴,烟消云散。"

苏微抿嘴笑道:"这我相信,凭你油嘴滑舌,撒谎又许愿,准能将他们糊弄过去。"

我手中拎着外衣,坐在床边,说:"你算说对了。我一进屋,你妈就冲我大喊大叫,你给我滚蛋,给我滚蛋,少来你们赵家这一套,打一巴掌,送个甜枣,把饺子扔出去。我一说想把牛牛抱回来,她马上笑逐颜开。你说有意思没?"

苏微笑道:"我就猜中你是这个主意。我琢磨好几天,我上班之后,如果咱们从家政公司雇个人带牛牛,牛牛的姥姥、奶奶也不会放心,还得整天往咱家跑,谁也闲不着不说,又多个闹矛盾的人。不妨先让他们带一段时间试试,如果有困难咱们再雇人,那样奶奶、姥姥也心甘情愿,不能再横加阻拦。"

我说:"老婆,你说得极是,可是,牛牛交给奶奶和姥姥一起带,她们还不天天干仗,我们连劝架都劝不过来。"

苏微道:"这个我也想好了,牛牛还得交给奶奶、爷爷带。不是我偏心眼,怕我妈挨累,我妈那人喜欢牛牛不假,自己的亲外孙子,还能对牛牛不好,可她干什么都没长性,天长日久,牛牛一闹腾就烦了。我爸一辈子净指挥别人,退了休,家务活都不愿干,牛牛交给他们真没交奶奶、爷爷放心。咱们先回我家住几天,将我妈我爸哄好,免得我妈再捣乱,惹事。"

我在苏微额头吻了一口,说:"耶,咱俩不谋而合。就先以我妈、爸为主,他们要是有事再请你爸、你妈帮忙。不过有一点,我爸、我妈带牛牛,圆了扁了长了方了你多包涵,你一给脸子,他们就难办了。"

苏微一听这话,生气道:"方明你说什么?我什么时间给过你爸、你妈脸子看?"

我忙摆手,道:"没有没有,我是说将来、万一。"

苏微委屈道:"我苏微是那种人吗,你妈跟我妈吵架,我哪一次不是站在你妈一边,气得我妈骂我不是亲生的。"

我说:"要是那么说,她们吵架我还总站在你妈那一边呢,刚才在你家,我还当着你妈的面历数我妈的条条罪状。不说这个,都是为家庭和谐嘛,能骗则骗,能瞒就瞒。"

苏微道:"你是个大骗子,我可不会骗,说的都是实话。你去把这个意思跟牛牛爷爷、奶奶透露一下,否则我们一回我家,他们又生气了。"

我说:"行,我现在就出去跟爸、妈说。"

3

赵方明:

我来到爸妈的卧室,见二位老人正在小声嘀咕什么事,我进屋就停住了。爸问我:"你吃过饺子回来的?"

我说:"嗯,还同牛牛姥爷、姥姥喝了两杯。"

"浑蛋东西,开车能喝酒吗?"我爸严厉道。

我说:"牛牛姥爷喝红酒,我陪姥姥喝可乐。"

姥姥与奶奶的战争

我妈问:"她消气了?"

我说:"消气了,一个劲儿说,饺子好吃,这个杨小叶,想要撑死我。"

"哈哈,哈哈!"爸妈笑了。

我故意制造出一种轻松的气氛,顺便将苏微要带牛牛回娘家的事说了。我妈就如那演戏变脸一般,刹那间翻了脸,正要发火,我急忙将苏微上班后想让他们带牛牛的决定说出来,我妈的脸色又变回来,笑得十分灿烂。我妈很会算账,放走牛牛几天,换来较长时间的看护权,这个合算。她说:"牛牛去自己姥姥家有什么不可以,想什么时候去就什么时候去。"

我逗她道:"那要是长住沙家浜,不回来呢?"

我妈正色道:"那可不行,我信不着你那老丈母娘。"

我说:"妈,我和微微担心,牛牛长期叫您和爸带,你们会很辛苦,影响你们的正常生活……"

"你别说了。"我妈打断我的话,道,"我这人就是这样,自己的孙子从来没有指望别人带,我不与他们姥姥家攀比,他们闲得冒油我不气,我累死也高兴。什么是正常生活?今后带我大孙子就是我的正常生活。你爸说了,他再也不下棋了,就跟我带大孙子。"

我奇怪地问:"爸,您的棋瘾那么大,怎么就不下了?"

我爸道:"你还问我,你老丈人那么大学问,给牛牛起个名字叫赵书(输)琦(棋),那帮人一见我就说,输棋来了,你说这棋我还有个下?"

"哈哈,是这么回事,这可没有想到。"

我爸道:"我和你妈正合计请街坊邻居吃饭的事,不能再拖了,我一出门就有人问我,你们家什么时候请客?时间一长就有人说闲话,就嫌咱家太小气。我想,正好牛牛出生一百天,咱们给牛牛办个'百日宴'。"

我说:"好哇,是个好题目,正好我有几个朋友和同学要请,就一起吧。今天是周四,周六我和苏微带牛牛去照百日照,就定在周日。既然请人家,也别办得太寒酸,去个好点的饭店,饭菜像点样子。"

我爸道:"对,咱爷俩想一块了,就去上次苏微奶奶请我们吃饭的那个'皇宫大酒店',我看那不错。"

我妈白我爸一眼,撇嘴道:"你可别得瑟了,那个饭店一桌得多少钱?刚才我粗略算了一下,邻居一家给个一百两百元红包,我们不能只请一个人，得两口子都请，家里有孩子的也得叫上，这点礼钱全花上我们还得搭个千八百。"

我爸道："你就会算那小账，咱家得个大孙子，多大的喜事，花点钱还不应该，不就图个高兴嘛，这钱得痛快拿。"

我也觉得爸有点太得瑟，去那么高档的酒店反倒让人说闲话，谁家不生儿育女，能说得过去就行。我说："咱家附近的香满园酒楼，不错，饭菜可口，中档水平，离家还近，方便这些老邻居们，谁也挑不出理来。"

我妈一拍大腿，道："方明说的我赞成，就定那儿吧。"

我们家的事虽然常是我爸出主意，最后拍板决定还是我妈。

我说："您二老没有意见，明天我就去订餐。"

我回到卧室，将爸妈商量的事跟苏微汇报一遍，苏微道："你们家请客也不用我出钱，我不管。不过我可告诉你，饭店人多嘈杂，空气不好，可别折腾咱娘俩。"

我参加过几回同事、朋友们办的"满月宴"和"百日宴"，有将孩子抱去，也有不抱的，孩子小，出来进去不方便，大家都理解。我说："这你放心，大家就是在一起喝顿酒，乐和乐和，谁也不会折腾你们。"

转眼到了星期天，还没到中午开席时间，客人们就三三两两来到酒楼，有我家老邻居、爸妈老同事，还有我的朋友、老同学，苏微说等她上班再请单位的同事和朋友，昨天给牛牛照相跑累了，就留在家里带牛牛。由于赶上酒楼有婚宴，我们的客人被安排在二楼和三楼的包房，一共坐满十桌。

孩子"百日宴"没有那么多繁文缛节，且又安排在包房中，一切仪式全省略了，我和爸、妈分头到各房中说两句欢迎感谢客人的话，大家就开始碰杯喝酒。

我和爸妈约定，谁的客人谁招待，我就在同学和朋友这两桌。我刚在一桌坐下，手机一阵颤动，紧接着就唱起来。我一看机屏，是岳母大人的电话，不知有何重要指示，我慌忙来到走廊接通电话："妈，您有事吗？"

岳母以其清脆的嗓音道："方明，微微跟你在一起？"

我一愣，眼睛一转，心中暗想：这丈母娘又在想啥？她一定是怕我家请客，苏微抱牛牛和我来酒店，又不想往家里打电话，怕苏微说她磨叨，所以电话打给我。

第九章 百日庆宴

我说:"没有呀,微微和牛牛在家,您没有往家里打电话?"

岳母道:"没有,我是怕影响牛牛睡觉。我告诉你,你爸那人爱闹、好得瑟,人一多就疯个没完,你妈又管不住他,你可要把好关,千万不能将牛牛往那地方抱。"

还好,我岳母的态度很温婉,没有像往常那样冷若冰霜地训话。我说:"妈,您放心,这个道理我懂,我们绝不把牛牛带来。"

我话没有说完,就有人出来叫我喝酒,本想应付几句就切断电话,可岳母没有结束的意思我又不敢摁断,继续听她叨唠:"我和你爸刚刚把你们住的房间打扫了一遍,你们什么时候回来?你爸晚饭要吃三鲜馅饺子,你们要是回来我就多包点。"

我暗想,原本说好我们家请过"百日宴"就回他们家住,没有想到老两口子怕我妈又变卦,急不可耐,催我们回去。我明确道:"妈,您看这样好不,等我们酒店这边一结束,我就开车将微微和牛牛送过去。"

我岳母道:"那好,方明,你要是开车千万不能喝酒。"

我应道:"妈,我知道了。"

我回到酒桌,刚端起杯子,说完感谢光临之类话,与各位一一碰杯,杯中的饮料还没进肚,我爸就来找我。

4

赵方明:

我爸焦急道:"方明,客人们提出要看看牛牛,这可咋整……"爸知道我和苏微的态度,显得很是为难。

我一听这话皱起眉头,岳母大人刚刚来过电话,酒楼里乱哄哄的,的确不宜小孩子来。我对我爸说:"这些邻居不是都见过牛牛,还看啥?牛牛姥姥刚来电话,不让把牛牛往这儿抱。您就跟他们撒个谎,说孩子有点伤风,来不了。"

我爸道:"哦,瞧我这笨嘴拙舌,没想到撒这个谎。那些没见过孩子的老哥,听人说牛牛长得太像我,他们要把咱爷孙作比较,我一高兴就应下了。得了,我去撒谎糊弄过去。"

我爸正要走，我妈向我们走来。搓着双手，道："方明，我原来的同事争着要看孩子。这些老姐妹以前相处很好，都是看着你长大的，好长时间没来往，我抹不开人家面子，就应下了。你回家一趟，跟苏微商量一下，把牛牛抱来，让大家看一眼就抱走，用不了多长时间。"

我本想再跟妈说一遍刚才与爸说过的话，又一转念：妈爸两人爱孙子如命，能搪塞过去绝不会来找我，尤其是妈那些同事，都是有孙子、外孙的人，爱孩子之心自不用言表，一见面的话题就是孩子，我如若硬不让牛牛来，会让妈很难堪。丈母娘那边来个瞒天过海，只要我们不说他们也不会知道。就硬着头皮道："行，我回去抱牛牛。"我没有跟两桌人打招呼，转身就下了楼。

妈冲我后背道："好好跟苏微商量，别让她撅嘴。"

我家离酒楼不远，拐个弯就到。我一进家门苏微就猜到是什么事，回来的路上，我准备了一套说辞，准备先说此事的突然性，然后再说牛牛不去的严重性，最后再说应该去的必要性，对苏微晓之以理，动之以情。苏微一句话都不让我说，虽是嘟嘟脸不高兴，还是将牛牛打扮一番，亲自陪我一起回到酒楼。

路上，苏微跟我说："刚才牛牛姥姥来电话，警告我，你们老赵家怎么闹腾没人管，就是不能抱牛牛去酒楼。我妈要是不说这话我还真不让你抱孩子，她越说我越来气，非抱来不可。"

听此话，我心中一惊，我岳母刚才说她没有给苏微打电话，怕影响牛牛睡觉，看来她说了谎话。我知道苏微与她妈又闹别扭，两人拧劲对着干，妈说南，女儿非朝北。我说："你妈是好意，咱们一会儿就回来。"

进了酒楼，苏微将牛牛交给我，道："我就不露面了，在一楼大厅等你们，完事就把牛牛给我抱回去。"

我说："你就坐在大厅沙发上休息，我抱牛牛检阅一圈就回来，顺便带点酒楼的饭菜，你一个人回去慢慢吃。"

我的同学和朋友都是年轻人，一喝上酒就欢闹起来，没谁想要看孩子。我直接把牛牛抱到我家老邻居这几桌。

众人正在把酒言欢，牛牛身戴红兜兜，头上两侧剃得光光，中间只留一缕头发，一只手放在口中吮吸，瞪大眼睛，愣愣瞅着众人，虎头虎脑的

第九章　百日庆宴

姥姥与奶奶的战争

样子煞是招人喜欢。他一露面酒桌上就欢腾起来。"牛牛，牛牛来了。瞧这孩子有多壮实，像头小牛犊子，跟方明小时候长得太像了，也像他爷爷。赵德欢，你们祖爷三代站在一起比一比，看看是不是一个模子抠下来的。""哈哈，哈哈。"这话招来众人大笑。

我爸几杯酒下肚，满脸通红，眉开眼笑。从我手中接过牛牛，一手搂牛牛，一手扶着牛牛的小手，怕胡子扎痛牛牛，将嘴贴在牛牛脖颈上亲一口，"哇，牛牛，给爷爷、奶奶们打个招呼，祝爷爷、奶奶健康长寿，吃好，喝好。"

我儿子真给我们赵家提气，面对这么多人，非但没有怯场被吓哭，还咯咯大笑，众人一起给鼓掌，七嘴八舌道："这小子太聪明，长得有多水灵，德欢这两口子好福气。"

常与我爸一起下棋的刘叔起身对房中宾客道："你们大家说说，'老闹'这么好的孙子，给起个什么名字？"

众人没谁知道我儿子的大号，都瞅刘叔，等他往下说。

"他孙子叫赵书琦，就是'输棋'。"

谁也没有弄明白他说的是什么意思，刘叔继续解释道："老闹下棋就是个老臭棋，他自己输不够，还让他孙子接着输，叫输棋（书琦）。"

"哈哈哈哈。这个'闹得欢'，真能闹腾。"众人大笑。

我心中暗想：这可不好，要是给牛牛长大后留下这么个话柄，便是大人的罪过。赵书琦这名字是我岳父大人起的，当时因苏微奶奶想让牛牛姓苏，为平衡两家关系才想出这个名字来糊弄老太太，岳父颇下一番功夫。我见这名字很有品位，心中只想牛牛能姓赵就好，没再很好地斟酌一下谐音。大意了，大意失荆州。

我爸争辩道："大家别听刘老臭胡说八道，我孙子是书本的书，琦字是宝玉的意思。我孙子是聪明的宝贝，神童，谁跟他下棋谁必输无疑，他一定所向披靡。咱们是天下第一牛，哈哈，大家吃好喝好。"这房中完成视察工作，我爸抱牛牛去下个包房。

我本要陪我爸一起走，可桌上有两位客人是我小时一起玩大的发小，很久不见，非要跟我喝一杯，无法推辞，就让我妈随我爸去，我留下陪会儿客人。

5

赵方明：

我爸妈又来到一个房间，这桌全是我妈的老姐妹，大家夸会儿牛牛，又扯开奶奶和姥姥们那些事儿，我爸见她们唠个没完没了，就一个人抱牛牛去三楼，楼上还有两个包间是他单位的老工友。

我爸在三楼给众人敬过酒，就抱牛牛回二楼找我，让我送牛牛回家。他下楼梯到二楼最后一个梯阶，以为踩到底了，一脚踏空，哎哟一声痛叫，身子晃了晃，跪倒在地，再也起不来了。

我爸怀抱牛牛在三楼时，客人们酒至半酣，见牛牛天真可爱，便对牛牛动手动脚，这人摸一下，那人拍一下，时间一长，牛牛烦了，哇哇哭开，我爸哄也哄不好，只得草草结束视察，走出来。我爸一边下楼，一边好言好语安抚牛牛，有些分神，那梯阶与地板颜色相近，他又喝点酒，眼睛一花没有注意，才一脚踩空。

我爸倒地那一瞬间晃了晃身子，他如果一手搂牛牛，另只手顺势点一下楼梯扶栏，缓冲一下，恐怕也不至于摔得这么严重。可他怕一松手可能会伤到牛牛，反而双手将牛牛搂得更紧，自己直挺挺戳在地上，牛牛毫毛无伤，反倒像一个十分懂事的孩子，停止了哭闹，愣愣地看着爷爷。

服务员听到一声惨叫，扭头发现我爸怀中抱孩子跌倒，急忙跑过来想扶起我爸，我爸双手紧抱牛牛，怎么也扶不起来。服务员急忙过来找我。

我跑过去将牛牛接过来，一手拉我爸。我爸痛得嗷嗷叫，却拉不起来。

我意识到爸摔得委实不轻，忙打手机将苏微找上来抱牛牛，我再试着慢慢搀起爸，可他一动弹痛得钻心。我心想：爸可能伤到骨头，赶快去医院吧。急忙拨打"120"急救电话。酒席还在进行中，我怕扰了客人们的兴致，没有声张，我妈继续留下招待客人，苏微带牛牛回家，我叫上个朋友跟我去医院。

第九章　百日庆宴

6

苏微：

我心中责怪公公这么不小心，吃了个大亏，还差点伤到牛牛。这要是叫我妈知道，一定骂他穷得瑟，果然应了她嘲讽我公公的话，别看现在闹得欢，小心将来拉青丹。这是我妈引用电影《小兵张嘎》里骂日本鬼子的一句话，到现在我也不清楚青丹是什么东西。妈要是知道我逆她指示而行，去了酒楼，一定连我一块骂。我眼见救护车拉我公公奔向医院，牛牛伏在我身上睡了，便一个人抱他回家。

我回到家，将牛牛放进婴儿床里，忽觉肚子咕咕叫唤，想起中午饭还没有吃。方明本来说要从酒楼给我带些吃的，却让公公一跤摔没了。我打开冰箱，里面空空如也，剩饭剩菜一点都没有。我又打开冷冻室，见里面有婆婆包的冻馄饨，取出一小袋，去厨房煮些吃。我煮着馄饨，担心着公公的伤势，不知现在怎样，伤到骨头没有。我掏出手机摁通方明的电话。

方明道："医生摸了下我爸的腿，就叫去拍片子，现在结果出来，说是粉碎性骨折，需要手术治疗，我现在正在办住院手续。"

我心里咯噔一跳，道："啊，这么严重，妈知道吗？"

方明说："我正要给妈打电话，不知酒楼那边结束没有。牛牛现在怎么样，我爸跌倒碰没碰到牛牛？"

我说："没有，一点没有伤到，他睡了。那就让妈马上去医院吧，有事你们可以商量。对了，要住院，你身上带钱了吗？"

方明道："你放心，我身上有银行卡。爸现在一动就痛，离不开人。苏微，爸要手术，我和妈这几天可能都得在医院，我答应你妈下午酒席一结束就送你们回去，你先收拾一下东西，有个准备，医院这边安顿好，我就开车回去送你娘俩。"

我说："不用了，你安心在医院照顾爸，我带牛牛打出租车走，暂时也不带太多东西。"

方明道："也行，我顾不得你娘俩，就这样。"说完就挂掉电话。

我原本想让牛牛度过混合喂养适应期再抱回娘家，爸妈再急我也想拖延几天，现在不得不提前了。我简单吃了几口馄饨，拿上几样牛牛紧要的东西，抱牛牛出了家门。

此时，我妈爸正坐在沙发上对赵家的"百日宴"进行彻头彻尾的批判。我爸说他们是变相收钱，我妈说他们是穷得瑟，难怪外号叫"闹得欢"，早晚要拉青丹。见我一个人抱牛牛进家门，很是惊异，以为我在婆婆家生气，吵架跑了回来。

我妈问："这是怎么了，赵方明说好要送你娘俩，他人呢？怎么你一个人抱孩子来了？是不是那个杨小叶欺负你了？我看她现在是反天了。"

我怀中抱着牛牛，手里拎着东西，累得气喘吁吁，谁也不说上前接我。我不高兴道："您瞎说什么，快接一把。"

我爸从我手中接过东西，妈从我怀中抱过牛牛，我一屁股坐在沙发上呼呼喘气。牛牛那臭小子居然还在呼呼睡大觉。

妈将牛牛抱进卧室，放到床上，又转身回到客厅，追问我发生了什么事情。我见隐瞒不住，便将公公受伤的事从实招来。我妈听罢忘记骂我，立即嘲讽道："我说什么来，别看他成天'闹得欢'，小心将来拉青丹，果然让我言中。"

我爸叹道："哎呀，这德欢打小就这性格，现在多大年纪还这么张狂，这回可要遭罪了。他现在哪个医院，什么时候做手术？我得去看看。"

我妈气愤道："看什么看，不看，他这是自作自受，从来不听别人的话。"

妈的态度让我心里很不自在，反击说："牛牛爷爷受伤，我看您好像有些幸灾乐祸？"

我妈道："你什么意思？"

我说："我的意思您还不明白，再也没有人跟你争牛牛了。"

我妈得意道："那是，想争他们也争不过我。你看看，这不主动送上门来。"

我还想反击，牛牛醒了，我急忙跑去将牛牛抱起来。

牛牛先是吭吭唧唧，然后哇哇啼哭，听这哭声便是饿了。我想起牛牛去酒楼之后再也没有喝奶。没有工夫再跟妈吵嘴，便将牛牛又给妈抱过来，道："牛牛饿了，我得给他冲奶粉。"

我急忙从包中取出奶粉、奶瓶，去了厨房。

第九章 百日庆宴

7

苏微:

我冲好奶粉回来,将牛牛放到长沙发上,伏下身子要给他喂奶,牛牛一点反应没有,只是一个劲儿地啼哭。我对爸妈道:"牛牛要用膳,请姥姥、姥爷配合一下。"

"配合什么?"爸妈一愣,爸接着恍然大悟,想起那天在我婆婆家的事,明白了配合的含意。起身道:"那好说,牛牛喝奶,姥爷助兴表演。那个,那个,手鼓呢?总不能让我赤手空拳表演吧。"

我说:"坏了,走得匆忙,什么玩具也没带,都忘在方明家。姥爷即兴表演吧,牛牛欢迎。"

我爸道:"那咱们就不用伴奏,姥爷一个人全都有了。"

我爸双手竖在耳朵上,扮成老虎模样,连蹦带跳,口中唱道:"两只老虎,两只老虎,跑得快,跑得快,一只没有眼睛,一只没有尾巴,真奇怪,真奇怪。"

牛牛果真不哭不闹了,他从没有见过这样的大老虎,好奇地望着姥爷。我见时机已到,便将奶瓶凑到牛牛嘴边,没想到我竟扰了他的雅兴,他理都不理,一晃头将奶瓶拨到一边。我说:"爸,您还得继续,再来一遍。"

我爸听我的话,又重来一遍:"两只老虎,两只老虎,跑得快,跑得快,一只没有眼睛,一只没有尾巴,真奇怪,真奇怪。"

不光老虎奇怪,牛牛也真够奇怪,他只看节目不喝奶。我爸累得气喘吁吁,道:"苏微,你倒是快喂呀,想累死我?"

我无奈道:"这不是在喂嘛,小坏蛋不喝,我有什么办法。"我见妈坐在一旁看热闹,说:"妈,您倒是快帮忙呀,人家赵家爷爷、奶奶一起上阵,您就甘心坐山观虎斗?"

我妈叹道:"这小祖宗算是让赵家惯得坏坏的。牛牛,乖乖,姥姥、姥爷一起给你助兴,快喝香香了。"转身对我爸指示道:"你就跟着我,我怎么跳,你就怎么跳。"

我妈我爸载歌载舞："春天在哪里呀，春天在哪里？春天在那青翠的山林里。这里有红花呀，这里有绿草，还有那会唱歌的小黄鹂。嘀哩哩哩哩哩哩嘀哩哩哩哩。"

爸笨手笨脚地跟着妈比比画画，还不时地擦着额头上的汗珠，口中道："微微，你快抓紧，我坚持不了好一会儿。"

我忽然想起我妈说婆婆、公公耍猴的话，没想到他们自己为外孙喝奶也把自己当猴来耍，这要是让我婆婆看见，非得嘲弄我妈不可。即使他们的表演再卖力气，也勾引不起牛牛的食欲，他看得无聊，非但不喝奶，哇地又哭啼起来。

我妈爸像泄气的皮球，累瘫在沙发上，惊奇地望着我："怎么回事，微微，难道我们配合得不对？"

我哪里知道是怎么回事。说实在话，这几天白天喂奶都是婆婆和公公两人的事，我一个人躲在卧室上网，看电视，他们如何表演我也说不清。看来，我们又遇到麻烦了。牛牛，你这个小祖宗，能不能给姥姥、姥爷点面子，非得奶奶、爷爷表演你才喝奶？难道我还要把你抱到医院去不成？

正这时，有人敲门，我爸打开门，是婆婆背着一个大包袱进来。

我爸妈奇怪地问："你这是从医院来，德欢怎么样了？"

婆婆将肩上包袱扔到地上，道："去什么医院，让他躺会儿死不了。我要不来怕大孙子吃不上饭。牛牛这么叫唤怎么还不喂奶？"

婆婆见我手持奶瓶，站在一边，心中一切都明白了，道："怎么样，牛牛一口没喝？"

原来婆婆到现在还没有去医院。她从酒楼出来先回趟家，取牛牛和我的用品，然后来我家。

婆婆洗完手，从包中掏出手鼓，对我爸、我妈道："你们回避一下，我们要就餐。"

我妈没动地方，我爸道："小叶，你不能太保守，得让我们观摩学习一下，不然，你一走我们又没办法。"

我婆婆说："想学习呀，那好，请退后，别干扰牛牛的注意力。"

外孙的饮食是天大的事，我爸妈不敢不听话，乖乖地靠墙站好，专心观摩我婆婆给牛牛喂奶。

第九章 百日庆宴

姥姥与奶奶的战争

我婆婆将手鼓开到音乐档,手鼓里播放起儿歌《小儿郎》的乐曲,婆婆跟曲子轻声哼唱:"小呀么小儿郎,背着那书包上学堂,不怕太阳晒,也不怕那风雨狂,只怕先生骂我懒呀,没有学问喽,无颜见爹娘。朗里格朗里呀朗格里格朗,没有学问喽,无颜见爹娘。"婆婆没有跳舞,一个人手持奶瓶,唱得轻声细语,牛牛张开大嘴,叼住奶嘴,咕嘟咕嘟大口喝奶,一口气喝个精光。

我还真不知道,婆婆变招了,原来那套歌舞失效,她要不来我们真就无计可施。

我爸我妈长长吁口气,一屁股坐在沙发上。我爸道:"这牛牛,还真有个性。"

我妈道:"这孩子惯得太不像样子,我得给他板过来。"

我婆婆道:"好哇,我也正发愁,牛牛越来越不听话,脾气犟得也像牛,你要是想把我这一套废掉,得有自己一套东西,这叫有破有立,要不牛牛凭什么听你的?"

我婆婆这话中带刺,我妈哼了一声道:"我就不信改不过来,咱们走着瞧。"

"行呀,牛牛乖乖,好好听姥姥话。"婆婆没再刺激我妈,回过头认真对我爸妈道:"牛牛现在有进步,不用再张牙舞爪跳舞耍猴,只给他唱歌就行。手鼓里的歌曲,三天换一支新曲,唱的时间太长,他听腻了也不喝。观察几天再想别的法子。哎,这孩子喝奶太费劲,不知别人家孩子什么样。我真是担心苏微上班后我们治不了这小家伙。"

婆婆将喂奶的秘籍全部传给我妈,亲了亲牛牛的额头,恋恋不舍道:"我该去医院看那'闹得欢'。他真是自作自受,这么大岁数还一点不稳重。苏微,一会儿就给牛牛洗澡吧,这孩子身上有股烟味。"

我应道:"您放心,我们一会儿就洗澡澡。"

我爸见我婆婆要走,急忙穿上外衣,要跟她一起去医院看我公公。

我婆婆走到门口,忽然转身,向屋里扫一眼,我正低头哄牛牛睡觉,她低声对我妈道:"李花朵,你可要看好,牛牛交到你手上完美无瑕,身上连个红点都没有,要是在你这儿出什么瑕疵,我可找你算账。"

我妈手指着我婆婆,厉声道:"杨小叶,你少来威胁我,我这一辈子从来没有比你差过。还有，今天你擅自将牛牛抱到酒店，会不会对他造成什么影响，我还在观察，如果发现问题，我和你没个完。"

我吓了一跳，以为她们又吵起来，可只听房门砰的一声，婆婆一带门走了。

我妈天赋比我婆婆高，她真用起心来，婆婆岂是她的对手。她和爸一起到宝宝店，买回来一堆音响玩具，把原来的那个手鼓扔掉，开发新的歌舞表演，终于得到牛牛的认可，时常报以甜蜜的微笑，叫他们激动不已。牛牛喝一次奶，他俩忙活得一身汗，我爸感慨道："赵德欢说得对，牛牛喝奶比我干活还累，真是个力气活，连锻炼身体都免了。"

我妈道："我的体会是，地球离开谁都一样转，别以为离开杨小叶，咱们就吃不上饭，恰恰相反，我们牛牛会生活得更好，长得更健壮。"

这时，单位出了一件事情，打破了我平静的生活。我们科里原来的护士长调走了，大家一起哄，把我推选做护士长。我本想把心思全部放在牛牛身上，安心在家相夫教子，看来美梦做不成了，只得准备上班。

第九章　百日庆宴

第十章　视频遥控

1

赵方明：

我爸住院的第二天，我堂兄方亮来了，他把我爸拍的片子带走，去了他家附近的马大夫骨科诊所。马大夫看罢片子，答应给我爸治腿，不用手术。马大夫远近闻名，于是，我们决定不在医院动手术，去马大夫那里看病。

马大夫把我爸的腿骨接好，给了我们一堆中草药，每日喝汤药，隔一日到他那儿换一次外敷药。我爸只得在方亮哥家。方亮哥和我大爷、我爷爷住在一起，离马大夫诊所五里地，又住平房，来去都方便。我们到他家时，正赶上方亮哥岳父、岳母从天津来看外孙子，一大家人坐在一起聚餐，很热闹。

我爷爷年纪和苏微奶奶差不多，身体还好，只是腿脚不太利索，一年也不去趟我们家，到现在还没有看到牛牛，所以，对我爸、我妈很不满，我也挨了一顿臭骂。

晚宴进行到一半，堂嫂周玉莉抱着两周岁的儿子壮壮进来。壮壮头剃得光光的，脑后留个小辫子，调皮地看着大家，然后坐在我爷爷身边。爷爷见到壮壮，眼睛亮起来，高兴道："壮壮，给太爷学个毛驴叫。"

壮壮果然乖巧，学起毛驴叫："嗯，嗯。"

众人哄然大笑。

我爷爷叹道："我重孙子这两声毛驴叫，叫我痛快一天。我吃好了，回屋休息，你们慢慢吃。"

我心中暗想：牛牛一来，我爷爷又多一份快乐。我急忙过去搀扶爷爷回屋。

在我送爷爷的时候，方亮的岳母宣布了一个重要决定。

"方亮，你和玉莉都坐下，我有话说。"

方亮和嫂子周玉莉没有跟我出来送爷爷，坐下听重要决定。

方亮的岳母对我大爷、大娘道："亲家，我和老周有个事跟你们商量，我俩准备带壮壮回天津。"

嫂子周玉莉不知是真，立即道："好哇，我妈一个人累得够呛，正好歇一歇，去多长时间？"

她妈道："准备长住。"

众人一愣:长住？长住是什么概念，就是不回来，这可是没有想到的。

堂嫂爸说："对，是有这个打算，方亮两口子事业正旺，三个花棚，一个度假村，顾不上孩子。我们带过去为他们减轻点负担。"

这时，我妈插话："长住可不行，离妈妈、爸爸那么远，要是想孩子，还得坐火车去呀？"

我堂嫂满心不愿意，还得说反话："二婶，这小子不会想我，长住更好了，快带走，我省心。"

我大娘说："孩子说不想，是因为天天与爸妈见面，真要是几天不见，哪有不想的。再说，老爷子也离不开他重孙子。"

方亮岳母对我大娘道："玉梅大姐，你听我把话说完，壮壮两岁半了，到了该上幼儿园的年龄，要与小朋友多接触，上早教课，系统学习知识。你看他一天像个野孩子，除了学毛驴叫，还会什么？"

我大娘道："那你可说错了，你看我们家有多少书，唐诗、童话。要想上幼儿园，前边镇里就有个大幼儿园。"

我妈又插言："小孩子嘛，学毛驴叫有什么不好，等他明白事，想让他叫也不叫。"

方亮的岳父见自己老伴说这话有毛病，接话道："小叶姐说得对，这是孩子天真可爱的一面，不用拿他当回事。"

方亮岳母道："我没有把这当回事，我是说，壮壮到了这个年龄，应该学更多的知识。"

我大娘道："那我就把他送镇上的幼儿园。"

方亮岳母道："我留意过那个幼儿园，没有专业老师，学不到什么知识。"

只是看孩子，不哭不闹，管吃饱。"

我大爷道："二位亲家，这事你俩可得慎重，壮壮耍起脾气来就像是头小毛驴，你们俩能管住他？"

方亮岳父道："大哥这个你放心，壮壮姥姥当了这么多年幼儿园长，这点办法还是有。如果忙不开可以先雇一个人帮忙带。"

我大娘接话："那你们就雇我，我跟你们去。还不要工钱，一分钱不要。"

方亮岳母道："那我们可用不起。"

我大娘说："那我可怎么活呀。呜呜呜呜。"她号啕大哭。

方亮岳母脸色一变："瞧你说的，壮壮两岁多，没在我们家住几天，我们就没法子活了？"

众人愕然，不知该说什么。

我妈劝道："嫂子，壮壮住几天，不习惯就回来。"

方亮岳母听我妈说这话不高兴，面对我妈说："你怎么知道壮壮在我们家住不惯？我搞了一辈子幼儿教育，难道连自己的外孙子都带不好？"

我妈道："你有再大的学问，你没带过自己的孩子你不知道，这小孩子跟惯谁了，乍一换人，他上火，耍脾气，大人看了心疼。"

方亮岳母说："哼，都是惯出来的毛病。"

我大娘说："孩子嘛，什么叫惯？长大就好了。"

方亮岳母说："你要是这么说，我非带走不可。"

我大娘说："你要是这么说，我就非不让你带。"

我表哥、表嫂慌忙相劝。

大家吵成一锅粥，壮壮吓哭了。

苏微后天就要上班，说好晚上我们回自己家收拾东西，我急忙坐晚车回市里。

2

苏微：

方明从乡下回来，我们抱牛牛回到自己家。

他们爷俩在床上玩耍，我翻腾衣柜里的衣服。生完牛牛，我的身材严重变形，不知穿什么衣服上班。我将一件件衣服穿在身上，又脱下来。我的妈呀，哪还有衣服能穿？我叫道："方明，你瞧瞧我这身子，也不想着给我买两件衣服。"

方明瞅我一眼嘲讽道："好哇，多丰满，赶上一头小猪了。"

我说："不行，从明天起我得减肥。对了，去练瑜伽。"

方明说："哼，你当上护士长，还有时间练瑜伽？"

我生气道："哼，当什么护士长，都是你们逼的。"

赵方明说："得，我可没有逼你。"

我说："就是你，就是你。"我气急败坏将一件衣服向赵方明扔去。

方明对牛牛道："牛牛，看你妈疯了，咱们不理她。爸爸给你唱歌。大河向东流，天天的星星参北斗哇。"

牛牛跟着赵方明唱："哼啊，哼啊，啊。"

赵方明喜道："微微，牛牛会唱歌。"

赵方明又唱一遍："大河向东流啊，天天的星星参北斗哇。"

牛牛又跟着赵方明唱："哼啊，哼啊，啊。"

我的手机在手包里顽强地唱起歌来。

我说："你别唱了，是不是我的手机在响？"

我从衣架上手包中掏出手机，摁了一下接听键，原来是科里的同事。"喂，牛云，这么晚来电话有事吗？"

牛云说："微姐，我在上班。我妈来电话，我家妙妙发烧，咳咳空空的，你说是不是喉炎呀？我爱人出差还不在家。你能帮我调一个班不？"

我迟疑道："这么晚了，我，我，哎，那么的吧，我马上打车过去，你再等半个小时。"

牛云说："那谢谢你了护士长。"

苏微脸一红："瞎叫什么？"

赵方明惊讶道："这就走马上任了，你走了牛牛怎么办？"

我立即穿衣服："哎，谁让我当这个护士长了，我还没有上任，这快半夜，上哪里给她调班。你给牛牛穿衣服，抱他回我家。"

赵方明道："先回你家，然后再去你们医院，这一折腾得一个多小时，你打车走吧。我和儿子对付一宿。"

我心中怀疑方明的能力，他从没单独带过牛牛，能行吗？不过让他锻炼一下也行。我说："那我就不管了，孩子得喉炎可不是小事，别给人家耽误了。"我说着急忙往外走。

我坐在出租车上，还是不放心牛牛，就给赵方明打手机。

"方明，一会儿先给牛牛洗一洗，然后给他穿纸尿裤。晚一点给他喝奶，对，120毫升。这样，你半夜就不用再喂。对，能行吗？没问题，你是得锻炼锻炼，以后这样的事不会少。有事给我打手机。"

3

赵方明：

苏微提前上任去了科里，把牛牛扔给我，我自以为与儿子关系密切，没想到，这小子却跟我耍起驴来，我喂他奶就是不喝，急得我满头大汗，好话说尽，一点用没有，后来竟哭啼起来。正这时我妈来电话了。

聚餐结束时我妈就要给我打电话，怎奈屋里总是有人。方亮哥的岳父、岳母来跟我妈谈，让我妈帮忙做我大爷、大娘的工作，放壮壮去天津，然后是我大娘来，向我妈讨教与亲家对抗的办法。我妈哪有那么多办法，只得两头相劝。现在我堂哥、堂嫂在我爸妈房中，他们也不想让儿子去天津，求我妈帮说话。我妈心里惦记牛牛，说："你们坐一会儿，等我给方明打个电话咱们再聊。"

我见妈那么远，帮不上什么忙，就说："妈，您别瞎操心了，牛牛哭几声不要紧，这小子欺负人，我喂他奶他不喝。"

我妈说："那你哄一哄孩子，哎，你就是一个马大哈，什么事不往心里去，没见微微和你老丈母娘怎么喂奶吗？这个笨小子，这太远了，我教你你也看不见呀。"

我堂嫂周玉莉有主意:"怎么看不见呀,二婶,您跟方明视频。咱们这屋就能上网。方亮,你快把电脑打开。"

我妈问:"什么视频?"

周玉莉道:"您一会儿就知道了。"她从妈手中接过手机,对我道:"方明,你打开电脑,跟我二婶视频,省得她干着急。"

我说:"对呀,还有这先进武器为何不用。牛牛,你奶奶要遥控指挥你喝奶。"

我打开电脑,启动视频聊天,画面出现我妈、我堂嫂。

我说:"牛牛,你看见奶奶没有?牛牛往这边看。"牛牛不听我的,偏不往里面看。我说:"妈,牛牛这小子他把您给忘记了,他也不看你呀。"

我妈:"呀,这可好,看见了,看见我大孙子了,牛牛别哭,我说话牛牛能听见吗?"

周玉莉说:"方明,你不用耳机,打开音响。对了,这回听见了。"

我妈道:"牛牛,听见奶奶说话了吗?"

牛牛听见奶奶熟悉的声音,果然不哭了,好奇地东张西望。

我妈问我:"方明,奶瓶温度怎么样?"

我说:"我试了,可以呀。"

我妈说:"那你准备好,我现在给牛牛唱歌,你喂奶。牛牛听奶奶唱:采蘑菇的小姑娘,背着一个大箩筐,清晨光着小脚丫,走遍森林和山冈。方明你快喂呀,你个笨小子。"

我说:"我光听您唱歌了,忘记喂奶了。"我将奶嘴伸向牛牛口中。

我妈继续唱:"她采的蘑菇最多,多得像那星星数不清,她采的蘑菇最大,大得像那小伞装满筐。噻啰啰哩噻啰啰哩噻。大宝贝快喝奶,喝完奶咱们好睡觉。噻啰啰哩噻啰啰哩噻噻啰啰啰。噻啰啰噻噻啰啰啰。"

大家看见牛牛在大口喝奶,哈哈大笑起来。

周玉莉说:"二婶,您真有一套,明天叫我婆婆跟您好好学一学。"

我妈说:"壮壮那么大,学这些有什么。这牛牛都是惯出来的。你看这孩子喝完了。"

我爸伸长脖子,挣扎着要起身:"快让我看看我牛牛。"

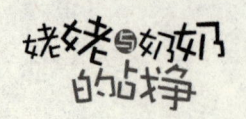

方亮哥忙扶住他，道："二叔您可别伸着了。"

周玉莉道："我们都闪开，二叔，您能看见了吗？"

我爸说："能看见了。牛牛，爷爷在这呢，快给爷爷学个鸡叫。"

我妈说："行了吧你，我这还有正事呢。方明，给牛牛洗屁屁了吗？洗了，那你让我看一看。"

我妈不相信我，还要仔细检查一番。我把儿子抱到视频头前，给妈看。我说："看到了吗？这回放心吧。"

我妈说："放心什么？方明，我怎么发现牛牛屁屁上有几个红点？"

我说："哪有红点？你可别吓唬我。妈，牛牛困了，我把他放下了。"

我妈说："那还没穿拉拉裤呢。那裤子一套就行。好吧，你自己穿。"

我说："好了，妈，我下了。"

我妈说："你忙完了，牛牛睡着了再给我来电话。"

我妈坐在炕上，仍然在生气："这李花朵，就是粗心大意，倒是给孩子打个电话，问问家里有没有事。她可倒好，不闻不问。我要是不打这个电话，上这个视频，牛牛还不得饿着。瞧我找她算账。"

周玉莉坏笑道："二婶，您现在就给牛牛姥姥打电话，我们看看您跟姥姥怎么干架？"

我妈说："打就打，你以为我不敢。"

我妈拿起手机又放下，道："我这电话一过去，方明那小子又该挨骂了。"

"哈哈哈哈。"方亮、周玉莉大笑。

4

赵方明：

我妈离开牛牛几天，多了个毛病，一到夜里就出现幻觉，总是隐隐约约听到牛牛的哭叫声，觉睡不踏实，睡一会儿就惊醒，醒了就难以再入睡，睡着就做噩梦。

忽然，窗子被一阵狂风吹开，咚地跳进个人来，妈猛然从梦中惊醒，抬头见是苏微的奶奶，我妈惊道："苏妈，您老这身子越来越灵便，还能跳窗子？"苏奶奶哈哈笑道："叶子，跳窗子小菜一碟，何足挂齿，我还能飞檐走壁。"我妈还想说话，奶奶一手捂住妈的嘴，厉声道："不许说话，隔墙有耳。"我妈吓得大气不敢喘，转身看谁在墙那边，奶奶趁我妈扭头的一瞬间，伸手将牛牛抱起，跳上窗台。我妈惊道："苏妈，深更半夜，你要带牛牛去哪儿？"奶奶一手搂住牛牛，另手将脸一抹，道："混账东西，你管谁叫苏妈？"我妈再看那人，哪里是苏奶奶，原来是个兽面獠牙的怪物。我妈吓得嗷的一声，大呼救命，然后痛哭起来。

我爸只好用腿将我妈踢醒。我妈一骨碌坐起身来，原来是一场噩梦。

我爸问我妈："又做噩梦了？"

我妈双手揉着眼睛，喘息未定，道："哦，这梦可不好，梦见牛牛被人抱走了。"

我爸安慰我妈道："梦都是相反的，没事，你就是想牛牛过度。有一话叫'日有所思，夜有所梦'，其实没有事。"

我妈道："晚上我在视频中发现牛牛屁股上有几颗红点，我得回去看看。"

我爸道："你这人就是神经过敏。"

5

赵方明：

第二天一早，方亮哥和嫂子周玉莉开车送周家二位老人和儿子壮壮回天津，我妈跟他们一起坐车去市里。我大娘大爷最终没能拦住周家老两口，我妈也没有什么好办法帮他们，只得乖乖地放走孙子。在我的印象中，姥姥与奶奶对决，占上风的姥姥居多。

我爷爷和重孙子告别时神情暗淡，嗓子嘶哑道："壮壮，再给太爷学个毛驴叫。"

壮壮笑笑："嗯，嗯。"众人勉强一笑。

路上，方亮的岳母问我妈："小叶姐，你才来几天就想孙子，这么远的路还跑回去看。"

我妈说："跟你说心里话，我一天不见就想，再过一天不回去就得想疯

姥姥与奶奶的战争

我儿媳妇刚当护士长,顾不上孩子,她那妈……"

"不至于吧?"

我妈道:"你带上一段壮壮就有感受。哎,壮壮一走,我嫂子不知哭成什么样。你没听老爷子的话多叫人心酸。"

我妈故意这么说,是给他两口子听的,不让壮壮去已是不可能,想让他们早一点把壮壮放回来。

大家默不作声,心中闪回我爷爷苍老的面孔:"壮壮,再给太爷学个毛驴叫。"

车窗外,车水马龙,远处,座座新楼一闪而过。

方亮岳父叹道:"这市里这几年变化挺大呀,盖这么多新楼。"

我方亮哥专心开车,嗯了一声。

我妈道:"您还没见河边那一带的房子,背后是山,前边是河,房价才是天津的几分之一。你们老两口在那买一套房子多好。晓文妹子搞幼儿教育的,在我们这儿办个幼儿园,肯定大受欢迎。"

我妈只是随意一说,方亮岳母来兴致了:"小叶姐,你算说对了,我真有这个心。你说我还不到六十岁,待在家里干什么?可是在你们这儿办幼儿园,不行。"她连连摇头。

她女儿周玉莉嘲讽道:"二婶,我妈是瞧不起咱们这地方。他们来不来我不管,房子我准备买了。市里我们怎么都得有个窝。"

方亮边开车边说:"真是的,爸妈要是不走,还能帮我们看一眼房子。"

我嫂子撅嘴:"看什么看,他们也不住。"

周玉莉从后面掐我妈一把,意思是和我妈双簧继续演下去。

周玉莉爸道:"瞧你这丫头,没准我们相中就兴许过来住。"

我妈道:"你们这边有处房,离玉莉、方亮家一个多小时的车程,来去方便。晓文妹子办个幼儿园,别让一肚子学问瞎了。周兄弟喜欢清静就到度假村这边来。"

方亮岳父说:"那太好了,我愿意。"

方亮岳母说:"哎,我们不是为了壮壮吗……"

我妈道:"对呀,咱们就说壮壮,您二位真搬来就把壮壮带过来,壮壮就跟你们,白天进幼儿园,你们和玉莉、方亮还在一起,壮壮跟妈妈、爸爸在一起，多好的事呀。要是我就这么办。"

大家沉思不语。

方亮岳父回头问老伴："要不咱们晚走半天，去看看房子？"

方亮岳母说："带着个孩子多不方便，再说这壮壮还得午睡。"

我妈见心思开始活动，道："那好办，壮壮去我家睡午觉，你们回来路过我们家再抱走。我可不留他。"

方亮岳父说："那行，咱们看房子，玉莉，房子看好，我投一半的钱。"

赵方亮说："爸，我们这笔钱已准备出来了，不用你们的钱。"

我嫂子道："大傻子，不用白不用。收下。"

我妈到了家门口给我老姨打电话，叫她来帮带会儿壮壮，自己去了苏家。

6

赵方明：

我妈一进苏家门，我岳母、岳父一愣，没想到我妈会这个时候来。

岳母上下打量一番我妈，没有吱声，岳父道："小叶，你不安心在乡下照顾病人，怎么跑这儿来了？"

我岳母道："那还用问，奶奶检查工作来了。"

我岳母话的意思再明显不过，意思是说奶奶是来挑刺的，也就是找碴吵架，然后找个理由将牛牛抱走。我妈如果再一接话，两人就得又呛上。

可我妈目前没能力将牛牛带走，孙子还得全指望姥姥。她见我岳母正在熟练地给怀中的牛牛喂水，牛牛的小手在她身上缓缓抓来抓去，神态安逸，心也就放下了，再无心与我岳母吵嘴，笑道："想牛牛了，看一眼就走。"

妈这话也是说给我岳母听，明白地告诉她，我是来看孙子，不是来抢孩子，不会挑三拣四，你用不着紧张。

我妈站在我岳母身边，眼看着牛牛喝完水，才轻声叫："牛牛，奶奶来了。"

牛牛果然聪明，居然没有忘记我妈，咯咯笑着张开双臂让奶奶抱。

我妈亲切道："牛牛想奶奶，奶奶也想牛牛。"话里竟有些哽咽，激动得伸手要抱起牛牛。我岳母一把将我妈的手拦住，生气道："杨小叶，进屋不洗手就抱孩子，你这是从哪来？"

姥姥与奶奶的战争

我妈一愣,马上缓醒过来,歉意一笑,道:"瞧我光顾高兴,忘记洗手。牛牛,等奶奶洗完手再抱你。"

我妈去卫生间洗手,牛牛以为奶奶走了,哇哇哭起来,叫我岳母好生嫉妒。她冲着我妈背后嘟囔道:"你这人我还不清楚,从来不讲卫生。"

我妈听见我岳母说的话,也装作没有听见,洗过手回来抱起牛牛,祖孙二人亲热地玩耍起来。

我妈问我岳母一些牛牛日常生活起居之类琐事,我岳母手捧着一本杂志翻来翻去,哼哈应付着,爱答不理,常是我岳父帮着回答。我妈眼下是站在人家屋檐下,哪里还能发脾气。

我妈抱会儿牛牛,将牛牛放在沙发上,像以前那样给他作抚触,捋着他身子玩耍。从头捋到脚下,一遍一遍反复,口中念念有词:"捋一捋,长一长,哈哈,牛牛长高了。"逗得牛牛咯咯大笑。虽说妈说自己不是来检查工作,可眼睛也没闲着,从牛牛的头仔细看到脚底。

妈这一检查,果然发现问题,牛牛前胸有几颗小米粒大小的红点,惊道:"牛牛前胸有小红点,你们没有发现?哎哟,这大腿根也有,这是什么呀?"

我岳母还在翻那本旧杂志,头也不抬,满不在乎道:"几个小红点有什么大惊小怪,我早就发现了。"

我岳父道:"我也发现了,昨天也有,一会儿就消失了。不要紧,人的身体上会莫名其妙地出现几个红点,转眼就没了,这是常事。"

我妈又将牛牛翻过身来,还好,后背上没有。

妈瞥了一眼床上,有个小花被,旁边还有个毛毯。问:"牛牛睡觉你们给他盖什么?一定是捂着了。孩子一捂就上火。屋里这么热,还能盖毛毯?真是的,一点知识也没有。"我妈原本不想给我岳母的工作作任何点评,一不小心冒出句话来,还好,我岳母没在意。

我岳父道:"天凉了,姥姥怕牛牛受寒,把毛毯拿出来,可是没有盖,这个我可以做证。"

"啧啧,孩子身上起红点,难道能不痒。是什么原因造成的,没有查找下原因?怎么这么没有知识。"我妈又说一句,将矛头直接指向我岳母。

我岳母将手中的杂志一摔,气呼呼道:"杨小叶,你一到我们家就一惊一乍的,想干什么?嘴说不是来检查工作,我看你就是鸡蛋里挑骨头来了,你有知识,你把你孙子抱走,我还不管了呢。"说罢,她双手叉在前胸,眼睛向窗外望去。

我妈并没有让我岳母吓倒,道:"你还真别将我的军,我现在就将牛牛接走,赵德欢我不管了。"

我岳父马上调停,道:"你两人一见面就吵,这可不好。杨小叶,我得批评你几句,有什么意见你尽管提,我们虚心接受,保证改进,不能一张口说谁没有知识,难道就你一个人有知识?这样不好。"

我妈见我岳父生气,心想:我原本就是来看看牛牛,结果把这两口子都得罪了,瞧我这破嘴。道:"我真不是来吵架的,你两口子照看牛牛也不易,只是我这破嘴不听使唤说出这样的话来。国学领导批评得对,我说错了,诚恳地向李花朵同志检讨。你们都是有知识的人,是我说了没知识的话。不过,我可提醒二位,牛牛身上的小红点不是无缘无故就冒起来的,一定是有它的原因,希望你们能高度重视,密切观察,采取有效措施,不能让它扩散。"

我岳父道:"哎,这就对了。我们密切观察情况,及时与你沟通信息,有什么问题咱们马上开会。哦,如果不方便也可以开电话会议。是不?"

我妈见牛牛时而睁眼,时而闭眼,心知他是犯困了,便抱着牛牛哼起催眠曲,转眼牛牛就睡熟了。妈还惦记家里的壮壮,放下牛牛急忙回家。

我妈回到家,还没有喂壮壮吃完饭,我堂哥方亮、嫂子周玉莉就进来了。我妈问:"姥姥、姥爷不上来了,这就抱壮壮去火车站?"

周玉莉兴奋道:"我爸妈走了,回天津了。"

我妈惊喜道:"真的,不带壮壮走了。"

周玉莉说:"不带了。我妈忙着回去要筹备办幼儿园的事。没有心思再管壮壮。"

方亮说:"房子定下来了,一百三十平米,今天交了二十万。"

周玉莉说:"二婶,都是您忽悠的。"

我妈道:"我哪有那个能耐,他们是早有那个心。也是见你爷爷和你妈可怜,才没有硬把孩子带走。"

周玉莉一把抱起儿子,兴奋道:"儿子,咱们回家了,再过两个月,姥姥、姥爷就搬来了。"

壮壮大笑:"哈哈哈哈,太好了,姥姥、姥爷不走了。"夸张地大笑。

我妈问:"玉莉,办幼儿园的事是我顺嘴胡说,你妈真的要办?"

周玉莉点头:"嗯,我妈认准的事她肯定要干。这不告诉方亮给她找房子呢。"

赵方亮说:"哎呀,办幼儿园需要多大的房子我还真不懂,哪天找方明帮我问一问。"

7

赵方明:

我妈刚出苏家,牛牛就睁开眼睛醒了,一边哭泣,两只小手一边在胸前乱抓。我岳父问岳母:"这牛牛身上到底是怎么回事,我看他是发痒了。"

我岳母一边拍着牛牛,一边道:"我也不知是怎么回事,一会儿咱俩给他洗个澡。"

我岳父道:"你说得有道理,咱们大人身上发痒洗个热水澡就好了。"

我岳母拍拍牛牛他又睡着了。

牛牛一觉醒来,岳母喂完奶,两人开始给牛牛洗澡。

洗澡,是牛牛最快活的时刻。他一进水里就兴高采烈,两条小腿如踏车般勇猛地蹬来蹬去,溅得满地都是水,嘴里还高兴地狂叫着。我岳父对我岳母道:"看来你是对的,孩子发痒,一见水就好。"

岳母受到岳父的表扬,很得意,道:"这点起码的常识还是有的,这叫水疗。晚上叫苏微再给牛牛洗一次就彻底没事了。"

我妈回到乡下,对我爸说了牛牛的事,我爸给我来电话,念《婴儿疾病预防与护理》上面的话:"孩子身上起小红点,有以下几种情况:一种是过敏反应,按理说牛牛现在除喝奶粉还没有添加别的食物,不应是过敏。不过书中说,有的孩子喝奶粉也过敏。第二种情况……"我心里正烦着呢,没有耐心听他给我上课,对他道:"微微是医院的护士,她还不懂,我正有事,挂了吧。"

爸见我没听完他的学术讲座就挂电话,骂道:"不学无术的东西。"

爸骂我,妈不愿意了,道:"人家大学毕业,你读几年书,怎么说他不学无术？"

我爸道："大学毕业怎么了，他在婴儿护理方面的知识就是个零，还有那个微微，别看她是护士，皮肤科的事她懂吗？"

我妈笑了，道："我在苏家说他们没知识，李花朵不满意了。"

晚上同学有个聚会，回到苏家已是八点多钟，苏微正为要不要再给牛牛洗澡与她爸妈争执不休。岳父见我进来，道："那就听听方明的意见。"

我问："什么事？"

苏微道："牛牛白天洗过一次澡，我见他身上起红点，就不想给他再洗了。"

啊，我明白了，苏微不想给牛牛洗澡，岳父、岳母坚持要洗，洗澡盆都已摆好，就等着我表态。苏微，你也不动脑想一想，当着岳父岳母的面，我能驳他们的面子反过来支持你？我说："洗呀，我就爱看儿子洗澡那高兴样子。"

我岳父接话道："对喽，牛牛身上发痒，洗洗舒服。"

我说："对呀，洗洗就舒服。爸妈，你们累了一天，休息吧，就让我和微微给牛牛洗澡。来呀，儿子，洗澡澡，洗澡澡。"

岳父、岳母忙碌一天，巴不得早点休息，就退出卧室。我将浴盆放好水，和微微一起给牛牛脱衣服，发现牛牛前胸后背有密密麻麻的红点，我惊奇地说："这是怎么了？下午我爸来电话，说牛牛前胸有些红点，我没在意，怎么后背也起来了？"

苏微撇嘴道："我哪里知道，早晨我看到只有前胸有几个点子，现在又发展到后背，这是怎么回事？在我印象中，婴儿身上起疹子不能洗澡。"

我说："我爸翻书，里面说婴儿身上起红点有几种情况，我没有细听，等一会儿再洗，我打个电话。"

苏微知道我爸常看婴儿护理方面的书籍，懂的东西不少，没有反对我打电话。我打我妈的手机，问我妈："牛牛能不能洗澡？"

我妈反问我："牛牛到现在还没有洗澡？"

我说："白天姥姥给洗过一次，怕他身上发痒想再洗一次。"

"什么？红点还没有下去？"妈追问。

我怕妈担心，道："没有多少，还有一点点。"

我爸在一旁接话道："书上说，孩子起红点，不能洗澡。"

我这边说着话，牛牛那边见水自来欢，像条大鲤鱼挣扎着要进水，苏微一把没搂住，差一点掉到地上，只好把他放进水中。我再与我爸妈探讨要不要洗澡已毫无意义，便哼哈几句，摁断电话。

牛牛这一夜没太平，身上发痒，一会儿哭，一会儿闹，搅得我和苏微谁也没休息好。第二天早晨见牛牛身上更严重了，前胸、后背、大腿，密密麻麻的细小红点，一片连接一片，连脸上都有，像个红脸关公。这是怎么了，大家都很惊讶。这可不得了，得去医院看一看。苏微自从上了班就紧张得要死，我本是一块闲肉，今天公司吴总却要给我们开发部开会，我必须去一趟。正这时，我妈推门进来了。

原来，昨晚我妈听了我电话，觉出我没有说实话，一早就坐方亮哥往市里送鲜花的车回来。她见牛牛这个样子眼泪顿时扑簌簌滚下来，手指着我骂道："你爸说你是不学无术的浑蛋，你还不承认，孩子起红点还给他洗什么澡？"

我岳母当即道："杨小叶，你别指桑骂槐，我看你才是不学无术的浑蛋，孩子起红疹跟洗澡有什么关系？"

我妈道："我哪敢骂你，我是骂方明，孩子起疹子就是不能洗澡，赵德欢从书上看见的。"

"你一开口就是那个'闹得欢'，他是医生？"

苏微急得直跺脚，道："二位妈妈，能不能不吵，快说怎么办呀？"

我妈见苏微急了，马上缓和口气，道："你和方明上班，一会儿我和你妈抱牛牛去医院。牛牛爷爷看书了，牛牛可能得的是湿疹。"

苏微道："平时好好的，怎么就得湿疹？"

我妈道："他爷爷说了，可能是睡觉盖多了，受热得的。"

我岳母道："杨小叶，你别在这儿胡说八道，动不动就是他爷爷说的，他懂个屁，不就是个钳工。"

我妈怕苏微再跟着急，口气平和道："对呀，他就是一个钳工，我也不信他，一会儿咱们去看医生就是了，医生说不是，我回去骂他是不学无术的浑蛋。"

我迟疑道："那，爸那边怎么办？"

我妈道："不管他，我把他交给你大爷了。"

8

赵方明：

我妈帮我岳母给牛牛喂完奶，收拾完毕，两人一起抱牛牛打出租车来到市中心医院，特意挂了个专家号。

陈主任看了一眼牛牛身上，自言自语道："哦，可不轻。"抬头看我妈和我岳母一眼，问："几天了？"

妈被陈主任自言自语的一句话吓得说不出话来，岳母道："也就是昨天才这样严重，以前身上只有几个小红点，也没当回事。主任，这孩子是怎么了？"

说着话，陈主任开好一张化验单，递给我岳母，让牛牛做一个化验。结果很快就出来，孩子果然得的是湿疹。

"湿疹？"我妈一听这话，问医生，"主任，孩子的湿疹是怎么来的？"

陈主任道："孩子得湿疹的原因很多，从你宝宝看，可能与受热有关。"

"哦，"我妈瞥我岳母一眼，继续问，"啊，跟受热有关，那是不是盖毛毯得的？"

医生正在给牛牛开药，听我妈问这样稀奇古怪的问题，抬头看了我妈一眼，刚要说话，我岳母插话："大夫，这人精神有点问题，别理她。"

医生没看出我妈精神上有何不正常，忽地笑了，和气道："你们一个是奶奶，一个是姥姥，是不是毛毯我不好回答，自己找一找原因。总之，孩子睡觉的时候不要盖得太多，昼夜温差大，要注意加减衣服。"

陈主任将取药单交给我岳母，嘱咐道："药按说明服用，注意这几天先不要给孩子洗澡。"

妈抱牛牛已经起身，听她说这话，忽然又坐下，问："陈主任，昨天早晨孩子身上才有几个红点，一天洗两次热水澡，您说是不是洗澡洗的？"

陈主任点点头："可能有一定的关系，洗澡会加重病情。"

我妈盯着我岳母道："李花朵，你还有什么话说，牛牛的湿疹就是你毛毯捂的，洗澡洗的。说你不学无术，还屈了你？"

我岳母道："你这人就是神经病，主任说有一定关系，没说一定是洗澡洗的，你怎么听不懂中国话？"

陈主任站起身，笑呵呵道："瞧瞧，我这看病，还得给你们劝架。奶奶、姥姥不要吵了，孩子得湿疹很常见，用过药一般都会很快就好。你们快去取药吧，我这儿还有病人。"

我妈抱着牛牛往外走，陈主任再说什么她也没听见。她越寻思心里越憋屈，牛牛才去姥姥家几天，就得湿疹，还有那次，李花朵搂着牛牛睡觉，牛牛让人抱出去竟浑然不知。这个李花朵，你干什么能行？这孩子你再带下去，还不知发生什么事情。

我岳母开完药过来找我妈，我妈一见她就怒火中烧，气不打一处来，一手抱牛牛，另只手夺下岳母手中的药，道："牛牛不用你带，你闲着去吧。"说罢，气呼呼地走了。

我岳母惊得瞠目结舌："你，你要抱牛牛去哪？"

我妈一边走一边道："我回家，不用你带，你个不学无术的家伙。"

我岳母惊道："杨小叶，你疯了，赵德欢还在乡下，你怎么带牛牛？"

我妈越走越快，头也不回，道："那老东西我不要了，我只管牛牛。"

我岳母啼笑皆非，自言自语道："这个杨小叶，真得神经病了，病得还不轻。"

我岳父不放心牛牛，又从家里跑来，在门口碰见我岳母，见只有我岳母一个人，心中奇怪，问："牛牛和他奶奶呢？"

我岳母撅嘴道："牛牛让疯子抱跑了。"

我岳父问："哪个疯子？说话没个正形。"

我岳母道："谁没正形，牛牛让杨小叶抱跑了，她骂我不学无术，带不好牛牛，抱回家自己带。"

我岳父叹道："这个杨小叶，太冲动了。"

正这时，我走进来。我心中一方面惦记牛牛，二是担心两位妈妈为牛牛争吵起来，没个调停人，不知要吵到何时。于是我开完会急忙开车来到医院，见皮肤科门诊没有，就来我爸病房找。

我没听完岳母骂我妈的话，就急匆匆出来找我妈。我打妈的手机，她不接，我开车回家，家里无人，我再一次打我妈手机，这回她接了。她告诉我，她在一家家政公司。我问她去家政公司干什么，她说你来了就知道。

我急忙开车来到家政公司，原来我妈想雇一位陪护来照顾我爸，她好腾出身子带牛牛。

我妈对我说："你来得正好，你现在就回趟苏家，把牛牛的东西都给我拿来，我们就不回苏家了。"

我见妈真的是精神不太正常，说些莫名其妙的话，问："妈，我爸您不管了，要一个人带牛牛？那让我们下班回哪儿？"

我妈道："你们回哪儿我不管，反正牛牛再也不能让李花朵带了，你看把这孩子折磨成什么样子。医生说了，牛牛的湿疹就是从热上来的，不能洗澡，可你们一天给他洗两次。说她不学无术还不承认。"我妈说着说着又掉泪了。

我说："妈，您不是那种鲁莽的人，却办如此莽撞的事，您不想一想，您把牛牛抱走，苏微怎么办？她是跟您回家，还是不来？我夹在中间有多难受。"

我妈道："我就不信，苏微她不心疼她儿子？"

"可那边是她亲妈，她能跟您联手同她妈决裂、宣战？再说了，牛牛得湿疹，也不能光埋怨他姥姥，我们大家都有责任。什么事得从长计议，牛牛当务之急是马上吃药、涂药膏，这样一折腾，您不怕您孙子遭罪？"

我妈听我语重心长一番话，沉默了一会儿，长长叹口气，道："哎，我都是让你那老丈母娘气慒了。走吧，回苏家，先给牛牛喂奶、吃药，别的事以后再说。"

我担心妈一进苏家再与我岳母吵起来，对我妈说："您回乡下照顾我爸，我带牛牛回家。"

我妈道："你一个人开车，怎么抱牛牛。我安顿好牛牛就回乡下。你放心，为牛牛，我不再跟她吵了。"

我妈抱牛牛上了我的车，我又给我岳父打一个电话，没有提我妈去家政公司的事，只说妈已经回到苏家，正在给牛牛喂奶、吃药。我岳母一听，以为我妈不过是逞一时之勇，说一番大话了事，就没再跟我妈计较，与我岳父一起回家了。

第十一章　仨育儿嫂

1

苏微：

牛牛身上的湿疹连吃药带涂抹药膏，一周多时间才渐渐消失，我一直悬着的心稍稍平静下来，终于可以安心工作了。

婆婆将我公公从乡下接回来，她不安心在家服侍公公，天天往我们家跑。

奶奶听说我们又回到我爸妈家，一个人跑来看牛牛，结果又走失，是民警将她送回家来的。我带奶奶来我们医院做检查，奶奶患上严重的健忘症，医生给拿些治疗神经方面的药，叮嘱我们要继续观察，帮助病人作些辅助治疗，延缓病程的发展。我爸、二叔还有小姑，经过商量，拿出个意见：二婶现在只是临时工，每个月工资一千元，由我爸和小姑各出一半，补贴二叔家用，二婶就不再上班，专心在家照顾奶奶。

没过多久，意想不到的事又发生了，我堂妹苏乔早产，生下一个女孩，老婆婆千里迢迢来伺候月子，不到一个星期就叫乔乔撵走了，二婶要去伺候乔乔和孩子，奶奶无人照顾，就搬到我们家来住。爸妈还得分出一部分精力照料奶奶，照料牛牛的力量明显不足。我婆婆还得照顾我公公，无奈，我们搬回自己家住，决定雇位育儿嫂，白天由育儿嫂带牛牛，妈和婆婆轮班过来相助。走一步看一步，过了这个时期再作打算。妈和婆婆分身乏术，只得同意我们的意见。

2

赵方明：

晚上上床睡觉，老婆大人给我下达请育儿嫂的指示，唠唠叨叨说了一大堆条件：育儿嫂人品要好，性格温柔敦厚，长相不能差，心要细，要有责任心，受过专业培训，懂得育儿知识，具有一定的早教能力，会做营养餐，干净、身体健康。听着听着我打起呼噜，苏微拽我耳朵将我叫醒，道："赵方明，你是不是嫌我唠叨？我警告你，这十条选拔育儿嫂的标准是你妈和我妈一起制定的，跟我一点关系没有，你要是不当回事，瞧她们怎样收拾你。"

我痛得龇牙咧嘴，蒙眬中道："知道了老婆，这十条标准，哪里是选育儿嫂，是选妃子呢。"

第二天中午休息，我奉老婆旨意，带着岳母大人和母亲大人的十条标准来到单位附近的"红光家政公司"。

公司马经理——一位中年女子，正忙着接待客人，听我说明来意，马上起身叫来一位年轻女子，道："小于，你接待一下这位客人，他家宝宝五个多月，要请育儿嫂。"

我见那女子年纪比苏微还要小些，身穿一件紧身上衣，一条牛仔裤，马尾辫撅在脑后，浓眉秀目，一脸笑嘻嘻模样，以为是家政公司的工作人员，便跟她坐下来相谈。

我介绍家里的情况，说："我儿子前一段时间一直是由奶奶、姥姥带，最近家里有些特殊情况，忙不过来，想请一位白天的育儿嫂，条件嘛要好一些，懂得婴儿的……"

"好的，好的，是这样。"小于打断我的话，道，"您的话我听明白了，我先简单自我介绍一下，我大学学的专业是幼儿教育，之后通过系统培训，取得国家'育婴师'资格，我完全可以满足您的所有要求。"

听完此话，我一愣，不由又瞅了一眼眼前这女子，原来她想到我家当育儿嫂。不，她还不一定结了婚，更谈不上生儿育女，称不上嫂子，也称不上姐姐，只能算是个妹妹。这身材、体形、模样，做个模特儿还不错，

第十一章　仨育儿嫂

哪里像个看孩子人。我立即回绝道:"对不起,我们希望找一位有一定经验,年纪大一些的……"

马经理一心二用,一边回答那客人的问题,听见我的话,扭头道:"这位先生,您嫌她年轻,没有经验,是吗?小于是大学本科毕业,学的专业是幼儿教育,有国家颁发的'育婴师资格证',真正的专业人士,在我们家政圈里也是为数不多的人才。"

"哦,是这样。"我重新打量这小于,这女子除了漂亮,富有朝气,看不出有什么育儿特长。说心里话,作为一个比这女子大不了几岁的正常男人,如果雇人,在相同条件下选择,我当然会优先录用这样赏心悦目的漂亮女子。问题是不知道她有没有真才实学,我要是花钱雇个花瓶摆在家里,别说是苏微,那二位妈妈也不会饶我。

小于脸色微微一红,道:"您听我把话说完。我们育婴师与传统带孩子阿姨不一样。传统带孩子,以孩子吃饱睡好,不哭不闹,不出毛病为原则,存在一些陈规陋习,影响宝宝的健康发展。育婴师则是运用科学护理、教育知识、科学方法,对婴幼儿的饮食、睡眠、动作技能、智力开发、社会行为和人格发展进行全面教育训练。同时针对您家宝宝提出个性化教育建议,设计婴幼儿全面发展成长方案。我不知道您太太是做什么工作,您一定希望宝宝得到良好的教育和训练。所以,您选择我一定不会错。"

小于说话音色很美,语言流利,听起来清脆悦耳,一番话让我耳目一新。我妈和我岳母就是属于她所说那种传统的带孩子的老大妈,在她们身上确实存在很多陋习,加上年纪上的差距,育儿的理念和方式、方法与我们年轻人有很大差异,为此我们之间常常产生矛盾。我和苏微曾以不同的方式向她们指出,她们非但不认账,还把我们臭骂一顿,叫我俩很是苦恼。如果是一个年轻人带牛牛,沟通起来会方便多了。

我说:"还第一次见到你这么年轻带孩子的人。不,对不起,你是育婴师。你说得很好,对我很有启发。我们是应该与时俱进,不能停留在原有的带孩子的理念上,要用科学的理念、办法来育儿。只是,我不知你的理论有没有实践过?"

小于嘻嘻笑道:"实话跟您说,您是我第二个客户。第一个客户我做了三个月,那户人家去了国外,想让我跟他们一块去,被我拒绝了。我的实践经验有待进一步丰富，也在探索改进中，非常希望你们夫妻一起参与进来。所以，我的工资要求并不高，与其他育儿嫂一样。"

我问："我想知道你能干多久？"

小于嘻嘻笑道："您的孩子我只能带五个月，到明年三月份吧，到时我会再给您推荐一位育婴师。"

我俩话说到这儿，马经理送客人回来，坐在小于身边，问我："谈得怎么样？小于是我们家政公司育儿指导教师，她现在选择入户，是想进一步实践自己所学理论，您儿子正是她关注月龄的宝宝，您今天来巧了，请她的人很多。"

听马经理这样说，我生怕小于让别人抢走，按捺不住道："好，那就这样定下来，我们请这位小于老师。"

我一激动，忘记自己在家里的身份和地位，我哪里有那么大用人权力，小于要顺利地进入我家门，得我媳妇点头，我的二位妈妈恩准。于是我又补充道："你们看这样好不好，明天请小于到我们家去一趟，见见我孩子和我妈妈、岳母，然后正式签合同。"

马经理有些迟疑，小于口快道："没问题，明天八点，我到你们家。"

马经理见小于已说话，只得点头。

我回到单位，抽空给苏微打了一个电话，将小于的情况简单作了汇报，苏微挺同意，说："咱俩都上班，与牛牛接触太少，二位妈妈年纪大，观念、知识都有些老化，找一个年轻阿姨更有利于牛牛。OK，我没意见。"

我说："你OK只是第一步，我妈和你妈未必就OK，她们见我找个年轻女人进家，还以为是我另有企图，这工作得你来做。"

苏微笑道："量你小子有那心也没那个胆。行，我跟她们说是我的主意。"

3

赵方明：

第二天早八点，小于按照我给她的地址准时来到我家。恰好我妈和我岳母都在，小于笑嘻嘻道："这是牛牛、赵书琦家吧？奶奶、姥姥好，我是红光家政公司派来的。"

姥姥与奶奶的战争

昨晚我回家很晚，苏微同我妈和岳母打了招呼，告诉她们我已经从家政公司找好人，今天就来上岗，那人叫小于。只说那人很年轻，我妈和我岳母没想到这人会是个年轻姑娘，以为是家政公司的工作人员，忙往屋里请。

我妈怀抱牛牛，我岳母一手扶小于的胳膊，道："快，姑娘，屋里坐。"

小于一步迈进屋，然后顺手将门带死。我岳母道："别关门，不是还有人吗？"

小于笑嘻嘻道："没有人，就我自己。"

我妈怀抱牛牛走到小于面前，上下打量，问："你是？"

小于道："您是奶奶吧，您儿子长得真像您。我是您儿子派来的育婴师，叫小于，来带牛牛的。"说着，将双肩背包往地上一扔。上前一步，笑眼看着牛牛，逗道："呦呦，牛牛，真乖，跟阿姨打个招呼。"

牛牛见有新人来，很高兴，新奇地盯着小于，小手伸出去要摸她，嘴里呜里哇啦不知说些什么。

我妈与我岳母面面相觑，没想到我会给她们找来一位如此年轻美貌的姑娘，他想干什么？

我妈快速地眨着眼睛，心里揣摩着我的意图。她心知自己的儿子不是一个不靠谱的浪荡公子，可为什么非要选个如花似玉的姑娘带牛牛？苏微那丫头知道吗？她会怎么想？

我岳母的脸色由微笑迅速变成冷峻，双眸一转，脑子里理出许多问题要问这小于，脸色又由冷峻变得温柔，拉过小于的手，道："来，姑娘，你坐，咱们说会儿话。"

我岳母和小于并肩坐在长沙发上，我妈怀抱牛牛在她们对面溜达，不时看小于一眼。

我岳母侧身问小于："姑娘，今年多大了？"

小于也侧过身回答："嘻嘻，婶，我今年二十八岁，不过还没有过生日。"

我妈一听这话抱牛牛停住脚，惊奇地看着小于，问："二十八，那你孩子多大了？"

"嘻嘻，我还没有结婚呢。"

我妈道:"哦,没有结婚,那你怎么想起干这一行?"

"嘻嘻,您儿子没跟您说呀?我是学幼儿教育的大学毕业生,在学校时考取的国家'婴儿师'资格证,明年我要和同学合伙办家育婴培训学校,这两年我要积累一些育婴经验,所以我就到家政公司来当员工。您看,这是我的大学毕业证,这是我的育婴师资格证,这是健康证。"

小于将所有的证书一本一本摆在了桌子上。她深知用户会对一个没有结婚、生儿育女的姑娘干这一行有许多疑问,便耐心对我妈和岳母解释起来。

小于犯了一个常识性错误,她不该只眼瞅我妈说话而将我岳母大人放在脑旁不顾,我妈只是一片绿叶,我岳母才是红花。我岳母对小于跟我妈一口一个您儿子您儿子地叫着,非常反感。心想,她儿子与你是什么关系?难道你们是情人,来登堂入室?

我岳母将摆在她面前的这些证书推到一边,不屑一顾,心想:谁知道这证是真是假。她认真地瞅我妈一眼,我妈此时正把目光投向她,两人目光一碰,产生一种东西,这就叫默契。这叫我岳母很满意。她们早些年一直是这样,有了默契才能步调一致,心往一处想,劲往一处使。

我岳母心里有数了,便斜身对小于道:"小于同志,你听我说,我们牛牛一直是我和他奶奶两人带,如果换个年轻的阿姨他会很不适应。"

小于又嘻嘻笑道:"没关系,我会跟他做些游戏,牛牛聪明,一天下来准能适应。阿姨我跟您说,我所学的这套育婴知识,与传统的带孩子方法不一样,我们是用科学方法对婴幼儿的饮食、睡眠、动作技能、智力开发、社会行为和人格发展进行全面训练,同时要对婴儿提出个别化教育规划,设计全面发展成长方案,一个月之后您再看,宝宝各方面的发育确实不一样。"

我岳母见这小于小嘴说起来一套一套的,咱家的微微哪里是她的对手,没几天不就把方明那兔小子勾引上。看来不说到她的要害处,她是不能住口。便打断小于的话,道:"小于,你说的理论都对,我们现在也在努力学习新知识,丰富新思想。可你知道吗,带孩子,或者叫育儿,首先自己得有亲身体验,体验得越深,对孩子越有感情,你自己还没结婚,哪里有带孩子的感受?所以,我说你现在不适合做这一行。"

姥姥与奶奶的战争

小于一时语塞，转动明眸找话说服我岳母，这时，我妈帮腔道："姥姥说得有道理，看看，多好的姑娘呀，怎么还不结婚，没对象吧？大妈给你介绍一个。我一个同事的儿子是机关公务员，现在提了副处长了，人不错……"

我岳母心想：别跟她说那么多废话，干脆下逐客令吧，道："对不起，让你白跑一趟。"

小于被我妈和我岳母两人一起夹击，有些昏头转向，想起我来，没有回答我妈关于她有没有对象的问题，对我妈道："您还是听一听您儿子的意见，昨天我们已经谈了很长时间，达成了共识。"

我岳母对小于再一次将她放在脑旁不顾，很是恼怒，口气坚决道："不用商量，这事就姥姥做主了。"说完就觉不妥，又补充道："奶奶也能做主。"

小于失望地站起身来，背起双肩包，道："那好吧，我们再联系。"说着从背包中翻出两页纸来，道："牛牛五月龄，这是我给他设计的育儿方案，送给你们，希望你们能采用，我会定期打电话回访，看看效果如何。"

说着她将方案递给我妈，这让我岳母更为不满，连屋子都没有出，让小于一个人走了。

我岳母见屋门咚的一声关上，回过头来问我妈："小叶，你说，方明为什么选中这样一个人？"

我妈见我岳母眼神里闪烁着怪异的光亮，知道她在想些什么，道："人家不是说了，育儿理念相同，和你家微微一样，都是年轻人，能想到一块。"

我岳母哼了一声，道："我看呢，是你家方明心术不正，相中这小丫头。没听小于说他们昨天谈了很长时间，达成了共识。这人要是进了门，长得漂漂亮亮，总在面前晃荡，心情多好哇。"

我妈一听这话，顿时脸色变了，生气道："你一天净胡说八道，有这么说自己姑爷的吗？方明是什么人你还不清楚，我就怕你这老丈母娘往邪处想，才让你打发走。"

"那我就纳闷儿了，你去打听打听，有谁家请个没有结婚的大姑娘带孩子？"

"大姑娘带孩子怎么了？你要这么说，我还就非请这小于不可。孩子给你，我打电话把她追回来。"我妈说着就把牛牛递给我岳母。这牛牛也是我妈抱惯了，有我妈在别人一抱就哭，顿时叫唤起来，直往我妈怀里躲。

"追什么呀，我这不是跟你一块分析原因嘛。"我岳母不让我妈给小于打电话。

我妈警告我岳母："这话你给我打住，我要是听到你当着微微面诽谤我儿子，别说我跟你势不两立。"

我岳母道："影响他夫妻关系的话我是不会说的，不过你得承认，方明这事办得太不靠谱。"

"有什么不靠谱，我看我儿子的眼光不错，这小于一定能干好。"我妈满心不愿意，可为儿子的面子还得说违心话。

我岳母一撇嘴道："呦，口是心非，你满意为啥给我对眼神？"

我妈道："我说了，是怕你这个搬弄是非的老丈母娘多事，才忍痛割爱。"

我岳母撇嘴，道："呦呦，才见面就爱上了。"

我妈道："我看这育儿嫂你自己去找吧，别支使这人支使那人，回头叫你挑一身毛病。"

岳母道："行，你说对了，就得我李花朵亲自出马，我一定给牛牛找个好阿姨来。"

4

苏微：

晚上我下班回家，婆婆走了，屋里冷清清的，就我妈一个人独自带牛牛玩，我问："新来的育儿嫂呢，下班了？"

我妈眼睛也没有抬，一挥手，道："让我给打发了。"

方明找来的人，妈和婆婆未必能相中，这个我心中有准备，可没想到刚来就让我妈给炒了，奇怪道："又怎么了？"

我妈这时才抬起头，瞅着我道："你还问我，方明是怎么跟你说的，他请一个二十八岁的姑娘，还没有结婚就来给我们带孩子，简直太荒唐了。"

哦，原来我妈是看人家太年轻。我说："怎么就荒唐，人家是大学毕业、幼教专业、育婴师，结不结婚跟我们有什么关系，您都想些什么？"

我妈道："反正我不允许有人破坏你们的婚姻，这人坚决不能用。"

我叫苦道："我的妈呀，你怎么这样想问题，方明就是有邪念也不至于将人带到家里来。"

我妈道："你个笨丫头，这你可得听我的，方明虽然现在没有邪念，不等于将来没有，人天天见面，日久生情，两人一旦产生感情，到时你后悔可就晚了。"

我哭笑不得，道："那我就不管了，人您自己去选，就是找个八十岁的老太婆我都不管。要是找不到您就自己带。"

我妈自信道："你还别说，这事是得我自己去找，别人我还真不放心。为了牛牛的健康成长，姥姥一定选个政治上信得过，业务能力强，作风硬的育儿嫂。"

5

苏微：

第二天，我妈果然去跑家政公司。她跑了一天，累得腰酸腿疼，筋疲力尽，还是无果而归。出乎她的意料之外，育儿嫂比月嫂还要难雇。她几乎跑遍全市所有的家政公司，还是没有找到一个称心如意的育儿嫂。一方面，我妈原来在机关人事部门工作，对人的审查很严格，一般人经不起她的挑剔。另一方面，现在家长对带宝宝的人要求很高，工钱又出不了太多，所以有经验、有知识的从业的人太少，至于像小于那样经过培训取得资格证的人就更少。我妈叹道，找一位育儿嫂真比选拔一个干部还难。

白天我妈去挑选育儿嫂，我婆婆便来我家带牛牛。我妈现在与我婆婆的关系有所缓和，她俩心中很清楚，育儿嫂一来，她俩还得结成联盟，一致对外。所以，婆婆先让我妈一步，干脆把选人的大权拱手交出，随我妈的便。婆婆白天在我家忙活，心里还得挂念伤病未好的公公，我妈找不到合适的人，婆婆也着急，劝我妈："李花朵，是不是你的眼光太高，咱们只是临时雇人帮带几天，过些日子，赵德欢能下地活动，我谁都不用。我看你差不多就行了。"

我妈道："看看，你反倒埋怨起我来，哪里是我眼光高，标准是咱们大家定的，哪一项不达标能行。为了牛牛，咱们可不能凑合。"

我婆婆眨眨眼睛，道："要不我们再斟酌一下条件，看看哪条标准能降低一些？"

这时，我妈手机响了，是一家家政公司来的电话，说他们那儿下午刚从用户家下来一位育儿嫂，条件相当不错，请她过去谈谈。

我妈虽说懒得动弹，可为了牛牛，还是强挺着去家政公司，与那人见面。

我妈来到家政公司，见到育儿嫂黄玉兰，见那人还算干净利索，比小于大许多，儿子都上大学了，家政公司经理又好一番夸奖，便忘记再用那十项标准一一衡量，自己也跑烦了，只得点头同意。让她第二天来我家上岗，试用期三天。

我妈当即给我婆婆打电话，说："杨小叶，人我定下来了，让她明天上午过去，你把具体要求、注意事项交代清楚，讲得细致一点。我还有点事，明天要晚些过去换你。"

第二天上午，育儿嫂还没到，方明的老姨来我家看牛牛，我婆婆怀抱着牛牛对老姨道："你来得正好，李花朵雇了个育儿嫂，一会儿就到。她那人浮精，看人只看表面，容易上当受骗，一会儿你替我好好把把关。"

不到半小时，育儿嫂黄玉兰来了。"嘻嘻，宝宝叫牛牛，大名叫赵书琦，是这家吧？"她人还没进屋就笑道。

此人四十多岁，人长得清秀，穿一身藏蓝色职业套裙，显得很职业的样子，婆婆与老姨对下目光，第一印象还不错，是个爱说爱笑的人。

"这名字不错，很有文化品位。牛牛，要阿姨抱吗？"她拍拍手，要接牛牛。

我婆婆一皱眉，心想：这人从外面进来没洗手就要抱孩子，这么没有规矩，还是家政公司派出来的呢。下意识将身子缩出来，道："这孩子有点认生。您坐，我们说会儿话，您坐会儿，孩子熟悉就好了。"

"那好，我先坐一会儿，然后去洗手再抱宝宝。对了，我一会儿还有点事，就明天正式上工吧。"

"行，明天就明天，也不差这一天。"我婆婆好说话。

婆婆心情轻松下来,心想:看来错怪她了,人家不过是试探一下牛牛认不认生,哪里是不讲卫生。对老姨道:"给客人倒杯水。"

老姨正目不转睛地打量这人,听到姐姐提醒,转身去倒水。

黄玉兰看了眼婆婆和老姨,道:"嘿嘿,是奶奶和姨奶,姐妹俩。"

老姨将水杯放在黄玉兰面前,笑道:"眼光不错呀,你怎么能看出我们是姐俩?"

黄玉兰嘻嘻笑道:"像,太像了。"

老姨撇嘴,故意逗那黄玉兰,道:"那你可说错了,我俩不是一个妈生的,你怎么能看出我俩像亲姐妹?"

"嘻嘻,你俩就是一个模子倒出来的,敢说不是一个妈生的?要不我俩就打个赌,我要是输了,这一个月的工资不要了,白给你们带一个月的孩子。"那人脸子一变,认真道。

我婆婆又一皱眉,暗想:刚见面也不熟悉,打什么赌,这人爱开玩笑。

老姨没忘记刚才姐姐交给她把关的任务,对黄玉兰道:"请喝水。你这行干多长时间了,看过几个孩子?"

黄玉兰将双腿叠在一起,得意扬扬道:"要说我干这行可有年头,你自己算一算,大的快上大学,小的才两个月。"

我婆婆怀抱牛牛,听黄玉兰说话,眼睛飞快闪动,心中琢磨起这人说的话。这人看上去也就四十几岁,带过的孩子都上大学了,难道她二十来岁,像昨天小于那么大年纪就带孩子?那时她结婚,生儿育女了吗?这话听着有些玄。此人不但爱笑,还有点吹牛。

我老姨问:"你一直在家政公司吗?"

黄玉兰端起杯子喝口水,道:"我这人口碑好,用不着去家政公司,大伙口口相传,这家没干完,另一家就排上队了,有的人家不让我走,一干就是几年。这不,我刚办完家里事,家政公司就慕名找到我,说有个客户全市找遍没遇到合适的育儿嫂,请我出山。你们家机遇好,我们有缘分。我这是给他们家政公司撑门面,当招牌,说实在话,咱这市里,像样的服务员没有几个。"

婆婆又皱了一下眉头。

老姨道:"你说得真对,给人家看孩子不但要吃得苦,还得有爱心,得像伺候自己孩子一样。"

黄玉兰一拍手,道:"就是呀。我前边那家客户,就看中我对孩子有爱心,照顾得比亲儿子还周到,干一年了也不让我走。上个月我家里有事,不想干了,可那家死活不放我,给我加五百元工资,被我拒绝。孩子妈带我和孩子去外地旅游,坐在大客车上还苦苦劝我,最后,我火了,说:'你要再不让我走,我可要抱孩子跳车了。'这才恋恋不舍地让我离开。"

我婆婆一听这话,惊得睁大眼睛看那女人。

黄玉兰见我婆婆惊异地看着她,道:"大姐,你怎么了?我不过是吓吓他们,你还真以为我会跳车?嘻嘻。"

6

苏微:

我婆婆将牛牛搂紧,道:"我这人心脏不好,不禁吓。"

黄玉兰惊异地看着我婆婆,心知自己说错话,道:"大姐,您不知,我和那孩子妈是狗皮袜子没反正,好得跟亲姐妹似的,彼此开玩笑,谁也不介意。当然,在你们家,我是不会开这种玩笑的。"

我婆婆抱牛牛转身进卧室,道:"对不起,孩子困了,要睡觉。枝子,给客人倒水。"

老姨明白,我婆婆这是倒茶送客,此人没有相中,让她打发走。从说话表情看出,我婆婆对她随意开玩笑很反感。这人也真是的,嘴上没个把门的,顺口胡说八道。家政服务员最忌讳话多,叫她滚蛋也好。李花朵怎么能相中这样一个人?

老姨端起水杯起身去倒茶,心中盘算着如何打发这女人。没有别的办法,跟她一样,赶着编瞎话吧,反正不想用她,她听出来听不出来都无所谓。

她笑呵呵又把茶杯放在黄玉兰面前,道:"黄姐,有个事还得跟你商量一下……"

"你说,你说,咱姐妹好说话。"黄玉兰亲近地拍了老姨胳膊一下。

老姨道:"我们家的事有点变化,我和姐明天要回吉林娘家,得把这孩子带上。这一去就得一个月两个月,或许三个月四个月,或许半年……"

黄玉兰的脸子忽地变得难看，将手中水杯放到茶几上，她心中来气，手重些，咣的一声，吓得老姨一激灵。

她道："你说这话什么意思，你们没个准信，叫我等还是不等？"

老姨难为情道："实在对不起，事来突然，你可以等，也可以不等。你看，等还是不等？"老姨反问她。

"你们这不是泡人吗？雇我的叫李花朵，她人呢？我跟她说。"

老姨还是不紧不慢道："李花朵那是孩子的姥姥，这事她说了不算，孩子奶奶说了算。事情就这样定下，你请回吧，等我们回来，再给你打电话……"

老姨话没说完，我妈一推门进了屋，正好听到后面那两句话，心中顿时火起，道："谁说我说了不算？杨小枝，这儿有你什么事，跟着瞎搅和什么？"

老姨糊弄黄玉兰的话，被我妈信以为真，心中暗自叫苦。我妈与我婆婆从小就是同学，老姨跟我妈也认识多年，自然深知我妈的性子不是个容易说服的人，自己要是说不出个理由，这人就得让她留下，完不成姐姐交给的任务。她往卧室望一眼，我婆婆躲在屋里没有出来，没有人替她解围，自己的话还得自己圆。道："花朵姐，是这么回事，明天我和姐要带牛牛回吉林老家，这一去几个月，就请黄大姐先回吧。"

我妈歪头打量老姨，问："你和你姐去吉林老家，我怎么不知道？你们家与我家是邻居，我和你姐小时就是同学，你就是跟在我们后面的小屁孩，你们家什么时候搬到吉林去了？杨小枝，你想干什么？"我妈的手指要碰到老姨的鼻子了。

老姨心中暗自叫苦，这点谎话让我妈给揭得体无完肤，还得硬撑着，死不改口，道："姐，瞧你的记性，就是你上大学那年搬的家，不信，一会儿你问问我大姐。"

黄玉兰见我妈说话很硬气，便拽着我妈胳膊不松手，道："大姐，瞧你们办的事，都已经定好的，到家就反卦，你们家到底谁说了算？"

黄玉兰这末句话带有明显的挑拨性，我妈当即道："当然是我说了算，我是孩子的姥姥，这家能轮到一个外人来指手画脚？开玩笑，一切按既定方针办。你明天过来上班，咱家孩子好带，每天还有我和牛牛奶奶过来帮你。"

老姨被我妈说恼了，一狠心，道："我姐来不了，她被跳车人吓犯病了。"

我妈惊奇问老姨:"杨小枝，你说什么，谁跳车？"

老姨见不打开天窗说亮话就完不成任务，也顾及不了太多，道:"你问问这黄姐，她刚才说，上个月她家有事，想从那用户家辞职不干，那家死活不让走，给她加五百元工资都被她拒绝了。孩子妈带她去外地旅游，在车上劝她，她恼火说:'你要是再不让我走，我可要抱孩子跳车了。'于是，我姐就吓得躺在床上起不来。你回来得正好，你看孩子，我带姐去医院看病去。"

黄玉兰撇嘴道:"呦呦，你们是什么人呀，开了个玩笑，你们还当真了。"

老姨接话道:"谁说不是呀，我姐就是这样的人，一句玩笑就受不了了。黄姐，我姐那人你不知道，胆忒小，就这一句话，就能把她吓得十天半个月起不来床。你说，你要是跟这样人一起合作，糟不糟心？"

客厅里人说话，我婆婆在卧室听得一清二楚，见我妈回来，生怕妹妹说服不了我妈，强行将黄玉兰留下，本想出来帮妹妹，可她妹妹说她吓得起不来床，就不好再露面，只得躲在屋里静观其变。

老姨一番话让我妈上心了，她重新打量黄玉兰，道:"看你人稳稳当当，怎么能拿孩子开玩笑？我要是留下你，哪天再开这种玩笑，不但奶奶受不了，我这当姥姥的也受不了。这可不行，绝对不行，你明天不要来上班了。"我妈没有跟黄玉兰拐弯抹角，直截了当道。

黄玉兰见我妈也撵她走，气愤道:"瞧你们这一家人，毛病太多，让我干我还不干了。不过，你们得包赔我半天损失，还有我来回的打车钱。"

老姨道:"你在这儿坐这一会儿，就半天呀？不是说好明天正式上班，今天只认个门，还要哪份工钱？"

黄玉兰道:"你们明天不用我，我得重新找人家，费工费时，你们不赔损失费谁赔？"她又重新坐下，两只胳膊交叠在胸前，气昂昂地瞅着窗外，拿出不给钱就不走人的架势。

老姨见黄玉兰耍起赖来，不愿意与她争吵，道:"我这有五十元钱，算是包赔你损失了，你再找一家吧。"

我妈一伸手拦住老姨，道:"给她什么工钱？我和她们家政公司有合同，还交了两百元钱管理费，要钱管你们家政公司要，我一分钱不给。"

黄玉兰见我妈态度坚决，鼻子里哼了一声，悻悻地走了。

7

苏微：

黄玉兰一出屋，我妈埋怨起老姨来，道："瞧你们姐俩，还演起双簧，人家开个玩笑，就把人家打发了，太过分了，唉，我这几天白跑了。"

我婆婆从卧室里走出来，顶撞我妈道："一点都不过分，这样人打发走你还觉得可惜？她能开这种玩笑，就能做出这样事，趁早离我们远远的，一边凉快去。"

我妈叹道："你不是吓病了吗，出来干什么？我没心思跟你拌嘴，杨小枝，我告诉你，人是你打发走的，你再给我找一个来，你要找不来，我就把你留下带牛牛。"

老姨笑道："你早说话呀，我当什么难事，这事包在我身上，找不来人我辞职带牛牛。"

老姨果然上心，第二天就领来一个人，叫我妈过目。这人姓曲，叫曲莉，与昨天来的那姓黄的年纪差不多，人长得高个、瘦削，不太愿意说话，是老姨单位一个孩子妈妈推荐的，原先在她家干过。我妈提出几个育儿方面的问题，那人对答如流，妈还满意，就将她留下继续考察。当前急需用人之际，不可求全责备。

本来说好，妈今天在我家值班，婆婆不来。不巧，妈单位来电话，组织退休干部体检，叫她来单位一趟。我妈就给我婆婆打电话，让她来我家。我妈是在门口用手机给我婆婆打的电话，悄声道："杨小叶，这人新来，什么底细还不清楚，咱们把家交给一个外人不放心，得盯得牢一些。"

我婆婆道："那还用你说，我跟她形影不离。"

曲莉见婆婆总跟在她身后，心里很不舒服，对婆婆道："现在孩子还不会爬，我一个人完全能带，不用总跟着我。如果有事我再找您。听说你家大哥腿上有伤还没好，您忙去吧。"

我婆婆怕她多心，道："没事没事，我自己家的事都安排好了，你刚来，家里不熟悉，我和姥姥陪你两天。"

曲莉道："那也好，有您在，我琢磨一下给牛牛做点什么辅食。牛牛五个多月,光喝母乳和奶粉不能完全满足对营养需求。"

我婆婆道:"对呀,我也是为这事着急,不知给他添加什么东西,你给我说说。"

曲莉道:"这不难,咱俩可以商量一下,拉一个添加辅食的单子,每天就按计划来。比如第一步先少量添加点蛋黄,八分之一,过两天增加到四分之一,逐渐增加,然后再添加别的食物。"

两人一边逗牛牛玩耍,一边聊起来。

8

赵方明:

我妈形影不离地跟了育儿嫂曲莉一天,还算满意。她不像黄玉兰那么张扬、吹吹呼呼,又不似小于那么年轻、活泼,处事稳重,心很细,凡事想得周到。只是寡言话少,不太爱笑,说起话来平平淡淡,缺少抑扬顿挫,这对牛牛会不会有什么影响,目前还不清楚。可人无完人,哪有十全十美的,况且也不准备长用,等我爸伤好就她自己带。我妈通过了,笑着跟曲莉说:"我跟你一天学到不少东西,你这人真是选对了,你就放心在这儿干吧。"

曲莉笑了,道:"干我们这行,难得彼此信任,您这么说,我可就放心大胆干了。"

"大胆干,就当牛牛是你孙子。"

"哈哈,我儿子不知哪年结婚呢。"难得见曲莉一笑。

下午四点多钟我岳母回来,悄悄将我妈拉进小屋,关上门问话。

我妈道:"根据这人一天的表现,总体上还不错,样样我很满意,她今天提出一个被我们忽视的问题,就是给牛牛添加辅食,我俩光瞎忙,竟给忘记了。"

我岳母道:"微微倒是跟我提过,我一个人忙不过来,那就从明天开始加。"

岳母又把屋门打开,向外探头望了望,重新将门关严,对我妈道:"小叶,我这一天光想一件事,你说我们不能总跟在她屁股后看着她,不知她

姥姥与奶奶的战争

一个人单独带孩子会怎么样？会不会耍奸偷懒，会不会糊弄牛牛，甚至会不会欺负孩子？你没见电视上曝光黑心保姆虐待孩子的事，惨不忍睹。"

我妈道："我看她不是那种人，人很本分，主动跟我说，现在她一个人完全能照看孩子，让我俩尽管忙去。她说得对，客户与服务员之间难得双方彼此信任。"

我岳母直摇头，道："知人知面不知心，咱们不能放心大胆把牛牛和整个家全都交给她一个人。牛牛太小，受了委屈也不会告状。可话又说回来，你得顾家里那瘸腿的赵德欢，我家还有一个老太太，咱俩都很忙，不能花了钱再全天陪她。"

我妈道："那你说怎么办？咱俩多留个心眼，多观察就是了。过去三五天，彼此都了解，也就放心了。"

岳母沉思半天，道："我得想个办法。"

我妈道："你能想什么办法，不会是再雇一个人专门盯着她？"

岳母道："那可不一定，等我想好再告诉你。"

岳母没有像往常那样我和苏微一回来就着急回家，而是与我们一起吃完晚饭，收拾完碗筷，苏微带牛牛回卧室玩，则把我叫到客厅谈话。

她打开电视，手持遥控器，随意调着电视节目，对我的谈话开始了。

"方明，你对这个育儿嫂印象怎么样？"

我不知道岳母大人是什么意思，不敢贸然回话。因为小于的事岳母这几天看我的眼神很怪异，仿佛我做了一件很羞耻的事情。可我又无法跟她解释，这样的事越解释越说不清楚。我回答道："这个育儿嫂才来，我们回来她就走，一走一过，没有什么太深的印象。妈，您会看人，您觉得这人怎么样？"我反问道。

岳母道："今天白天你妈在家，我回单位去了，跟你一样，没有太深的印象。据你妈说，此人还不错，可你妈那人，看人不行，容易被一些表面现象迷惑，给她两句甜言蜜语就找不到北。"

我点头附和道："是，我妈是这样。"

9

赵方明：

岳母对我的表态很满意，继续道："我在岗位时时兴一句话，领导在不在一个样。你说这个曲莉，我们在不在能一个样吗？我看难说。我和你妈事都很多，你妈要照顾你爸，我还要照顾你奶奶，不可能寸步不离地跟着她，当我们不在时她会不会糊弄，甚至虐待咱们牛牛？"我岳母将冷峻的目光从电视移到我脸上，等待我的回答。

我忙点头，道："妈，您说得真对，我最近看媒体披露那些黑心家政服务员虐待孩子的事，真叫人触目惊心。不过，妈您放心，那都是极个别的现象，这人看上去很老实。"

岳母对我这个回答不太满意，道："我知道是极个别的现象，难道你能保证这曲莉不是极个别人？知人知面不知心，一个外人怎么能像我和你妈那样叫人放心？别看我和你妈见面就吵嘴，可那是为了把工作做得更好，是方法、方式上的分歧，属于家庭内部矛盾，与这个曲莉不一样。所以，我考虑再三，方明，你得上点措施。"

"什么措施？妈，您告诉我，我一定去办。"我对岳母大人的指示一头雾水。

此时，电视里正播评剧《花为媒》片段，岳母忽然被新凤霞的"报花名"唱段吸引，忘记与我说话，足足将整个唱段听完，电视台开始播放广告，她又随意调一个台，把手中的遥控器放到茶几上，道："你应该在你们家上新科技。"

"什么新科技？"我还是不解。

"这还用我说嘛，你奶奶走丢，要是没有那个录像，能这么快找回来？几个摄像头一回放，就锁定目标。还有，现在超市里都有那东西，你这边做什么，人家在屋里看得一清二楚。"

啊，我明白了，岳母是要在我们家里安装监控设备，监督育儿嫂曲莉。这可让我万万没有想到。

我说："妈，您说的我听明白了，我在新闻中看到过，有的用户怀疑家政人员趁他们不在家时为非作歹，暗自安装监控设施。不过，那是在掌握一些疑点后采取的无奈之举，我看咱家服务员人很老实，这么做不太好。"

岳母道："有什么不好，现在工厂都有监控，咱们这样做是为了她更好地改进工作。"

岳母大人的指示是不能违背的，可让我做特务又确实不愿意干，便把苏微搬出来搪塞。道："那我跟微微商量一下。"

岳母态度坚决，道："不要跟她说，你自己去办，马上办，越快越好。"

看来岳母早已深思熟虑，一时难以说服，我换个角度道："是，我马上去办。不过，妈，是这样，我对这个东西不是太懂，我先了解一下这东西的性能，看看什么样的产品适合我们家，然后再去买。您知道，我们家原来买了一个防盗报警器，可安上之后一直不好使，有人没人都乱叫唤，把苏微气得直骂。"

岳母打断我的废话，道："给你两天时间，两天总可以吧？这两天我和你妈用笨法子盯紧点，宁可自己挨累，也不能叫她糊弄咱们牛牛。"

"那您辛苦了，妈。"我说。

岳母下达完重要指示，没让我开车送就自己回家了。

10

苏微：

虽说我妈不让方明把要在家里安装监控器的事告诉我，可方明还等我给他出主意，就一五一十地交代了。我听后很生气，我们既然把孩子交给人家，就应该坦诚相待，如果换成我们，一举一动在人家监督之下工作，心里会是什么滋味？我对方明说："别听我妈的，你就采取拖延战术，我妈要问，你就说，我也想安这个东西，已经在网上订货了，过几天就到。"

第二天，我妈早早来到我家，她与我婆婆商量好，今天由她值班，对育儿嫂进行近距离跟踪考核，婆婆不用来了。

可我们走后不久，妈单位又来电话，说，昨天体检有两项医院要给复查，叫妈再去一趟。妈不知出了什么毛病，心中忐忑不安，就给我婆婆打电话。我婆婆和我公公正是去医院的途中，公公的伤口感染了，需要换药，得两个多小时后回来。

监控设备目前还没有上,家里又没有别的大人,曲莉便可以为所欲为了。这可如何是好?我妈呆呆地发起愁来。她忽然看见衣架上有我一件外衣,衣服上有一排蓝扣子,便转动双眸,心生一计。她找来一把剪刀,把衣服取下来,剪掉一个扣子,又去工具箱中找出一管胶水,将纽扣涂上胶,狠狠地摁在婴儿床旁的衣架上。

这纽扣有拇指盖大小,天蓝色,闪闪放光,中间有一圈白色金属环,最中心是个小空洞,贴在衣架上很像一个监控用的猫眼探头。

我妈将衣架上所有的衣物全都摘去,扣子明闪闪地摆在那儿,人一进屋就会发现。我妈就是要让曲莉看见,如果她不是特别闭塞的话,就应该知道屋子里多了一只眼睛,使她不敢妄为。这就像超市里随处可见的提示语:此处正在慑像,请您微笑。给你来个善意的提醒。纽扣虽不能摄像,却能起到威慑作用,目的就达到了。我妈真是太有才了。

曲莉接过班,我妈交代几句话就走了。

我儿子牛牛现在对任何能转的玩具都感兴趣,一个人能不声不响地玩上半个多小时。曲莉将我儿子抱进一个婴儿推车里,给他一个转轮玩具玩,趁机将屋子里外收拾一翻。

曲莉一忙活就出汗,觉出自己衣服穿多了,就脱掉外面的工作罩衣,将里面一件衣服脱掉,只穿个背心,再穿上罩衣。她手拿脱下的衣服要挂到衣架上,抬头一眼就看见那个假猫眼,心中一沉,顿时脸色变了。

她真的以为这个东西就是监视她的摄像头。没想到刚才自己换衣服竟让人家摄去,脸忽地臊红了。她想起自己有个同行姐妹遇到过这样的事,客户家里安装好几个摄像头,她做什么那家人都知道,最后搞得不欢而散。

曲莉心想:我成什么人了?我岂不是成贼了,让人家这样防,这活干得还有什么意思?想到这儿,一个人坐在床边,潸然泪下,生起闷气。牛牛哭了她都没听到。这时我婆婆推门进来。

我婆婆见牛牛在哭,曲莉脸上有泪痕,心里奇怪,问:"牛牛怎么哭了,是饿还是尿了?"

曲莉看见我婆婆进来,立即缓过神来,忙擦干眼泪,抱起牛牛,见他又尿湿了,不好意思道:"我忙着收拾这房间,一不留神让他尿了。"

这一切被婆婆看在眼里，不知曲莉有何伤心事，不便打听，道："没事，没事，换个尿垫子就是了。我就是这样，白天在家，从不给他用那个尿不湿，多换几个垫子都是了。"说着我婆婆忙把那湿垫子扔到卫生间，顺便洗净手，回来抱起牛牛。

我婆婆总是这样，手中只要闲着就得把牛牛抱起来。我看书中说，大人多抱抱婴儿，让他感到亲近、温暖，有好处。可我婆婆总把牛牛揽在自己的怀里，孩子慢慢有了依赖性，未必就是好事。我曾委婉地跟婆婆提出过，婆婆当即道："哪有那么多说道，谁家的孩子不是抱大的？"顶得我无话可说。

曲莉这女人自尊心太强，谁要是给脸子，或当佣人使唤，心里不是滋味。这两天见我婆婆这人很随和，虚心向她求教，两人说些事情很能合得来，就想当面问问我妈究竟是怎么一回事。两人给牛牛喂过奶，玩耍一会儿，又给他添加八分之一的蛋黄，牛牛安稳地睡了。两人出了屋，轻轻把门带上。

婆婆招呼曲莉坐下来歇会儿，曲莉见正是机会，便挨着我婆婆坐下，说话了。

"杨姐，我看你这人心眼挺好，咱俩能说到一起，想跟你说说心里话。"

我婆婆拉起曲莉的手，摩挲着她的手背，道："瞧你这个客气劲儿，你是我们请来的老师，我们都是学生，有话你尽管说。我们家有什么做得不周到的地方尽管指出来，我们改正。咱们不是为一个共同的目标，培养牛牛走到一起来的吗？"

曲莉长长舒了口气，道："好，有你这句话我也不客气了。"

我婆婆道："不用客气，不用客气。"

曲莉道："杨姐，我虽是干家政这一行的服务员，却并不下贱。人都是有尊严的，我这人还特要脸面，谁要是把我当贼来防，我这活没法子干了。"说着，她簌簌地流下泪来。

我婆婆一听她说这话，大吃一惊，紧握住她的手，道："大妹子，这两天咱们相处融洽，你怎么说这话？谁把你当贼了？"

曲莉道："你是没把我当贼，可这家不光你一个人，兴许别人把我当贼了。"

我妈道:"那你就多心了,我们家不是那样人家,都懂得尊重人,不会发生这样的事。"

曲莉道:"你要是不相信,跟我看看那东西是什么?"

曲莉带我妈回到卧室,见牛牛还在睡觉,指着衣架上那个纽扣,悄声道:"你看看那是什么东西?"

我婆婆走近仔细看了半天,没看出什么名堂,不过就是一个纽扣,好像微微衣服有这样的扣子,心中奇怪,这是谁淘气,把纽扣粘在衣架上干什么?回曲莉道:"我没有看出什么问题,不就是一只扣子?"

曲莉道:"你再仔细看看,这东西是个微型摄像头,是用来监控我的,昨天还没有,今天就发现了,看来是新安装的。你说这屋子里就我一个外人,不是把我当贼了吗?"

我婆婆道:"那你可就多心了,这就是一个扣子,错不了。你瞧我把它起下来。"婆婆上手去取那纽扣,那东西叫我妈粘得太牢,光滑得无处下手,竟没有起下来。

11

苏微:

两人这一折腾,弄出响动,把牛牛惊醒了。牛牛这一觉多睡了半个小时。一般情况下,他得玩一会儿,再喝遍奶,还能睡一小觉。

曲莉要抱孩子,我婆婆抢先抱起来,冲地板哗哗浇一泡尿,曲莉迅速抓块抹布将地板擦净,两人继续刚才的话题。

我婆婆道:"大妹子,不是我说你,你真是太多心了,我们家小两口你见过,都是有知识,懂礼貌的年轻人,不会想出那些弯弯道道来。再就是我那亲家母,你还不太了解,人是好人,只是心直口快,为人处世办法简单,处长了就了解她,我们家谁也不会把你当成贼。嗨,你别瞎想……"

曲莉道:"杨姐,看来这东西真不是你安的。可我告诉你,它就是一个微型摄像头,咱们这边大声说话,里面都给你录下来。还有一种,你在这边说什么话,人家背后都能听到。我有个同行的姐妹,她用户家里就安了这东西,她知道后说什么也不干了。你说,刚才我就在这儿换衣服,要是

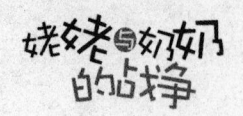

给我摄下来，我成什么人了？"她的声音又哽咽了。

我婆婆又看眼那纽扣，心里也疑惑起来，难道这东西真是李花朵安的摄像头来监督曲莉的？不能呀，昨天我们还在一起，她倒是说过要想法子观察这曲莉，这一宿间她就能安上这东西？她可没这本事。难道是儿子方明所为？那小子傻乎乎，是个马大哈，怎么能想起这个损招。这东西无论怎么看都是一个扣子，根本不是什么监视器。唉，曲莉这人怎么还有多疑的毛病，这可不好。我婆婆犯起难来，不知应该如何劝她。

"有了。"我婆婆忽然想起一个办法，贴在曲莉耳朵旁悄声道，"你不是说，说什么话那个东西都能录下来吗，那我倒要试试。"

曲莉道："你怎么试？"

我婆婆道："我骂牛牛的姥姥，你等着看结果，它要真是摄像带录音的东西，她听见我骂她，一定不会饶我。如果不是，你就别胡思乱想，好不好？"

"这……"曲莉见我婆婆说得诚恳，有点怀疑自己的判断，不知如何接话。

"你别管了，瞧我的。"我婆婆道。

我婆婆一手抱牛牛，一手指着那纽扣，大声道："李花朵，你昨天还跟我说，曲阿姨这人如何如何好，人本分不说，心还细，对牛牛有爱心，你相中了，让她一直把牛牛带上幼儿园。可你为何翻脸就不认人，为什么要在衣架上安个纽扣微型摄像录音机？你监督谁呀？曲阿姨才来两天，没有什么短处抓你手里，难道你是来监视我这当奶奶的？"

我婆婆之所以这样说，是故意将曲莉摘出去，把目标指向自己。道："李花朵，你要是监督我，我们就白白相识一场，认识这么多年。还说我俩是'闺密'，纯粹是扯犊子。你是一个心狠手辣的女人，你是个卑鄙无耻的小人，你个两面三刀的坏蛋，是个口蜜腹剑的泼妇，你是……"我婆婆贴在曲莉耳朵旁悄声道："我还骂她什么，我没词了？就这些话，姥姥真听到，非得跟我玩命不可。"

婆婆半认真半玩笑的举动和言语，叫曲莉紧绷的心松下来，心想：也许这东西真的不是摄像头，是自己多虑，错怪人家了，觉得怪不好意思。道："大姐，你别骂了，我就是把心里话说出来，痛快痛快，不想让你们亲家间产生矛盾。"

正说到这儿，我妈推门进来，冷笑道："呦，这么快就好得穿一条裤子，骂够没有？接着骂呀。"

原来我妈去医院复查，很快就结束了，没有查出什么问题。心里没有别的事情，又惦记起我家来，不知此刻我婆婆来了没有，那个育儿嫂一个人在家，表现如何，就又拐回我家来。她知道这个钟点牛牛正是睡觉的时候，就用钥匙轻轻打开房门，听到卧室里我婆婆在骂人，身边还有育儿嫂曲莉，就站在客厅偷听。

我婆婆见我妈突然出现，还听到骂她的话，心中疑惑不解，难道李花朵真的安装了摄像录音的设备，我这边骂她都听到了？便问她："我骂你什么，你是怎么听到的？"

我妈当然不能承认是站在客厅里偷听到的，道："要想人不知，除非己莫非。现在科学这样发达，谁还没有个千里眼，顺风耳。"

我婆婆问："什么千里眼，顺风耳，你给我说清楚。"

我妈道："杨小叶，你骂我的每一句话我都听得清清楚楚，咱们要好好算算这个账。眼前这人是你妹妹找来的，你俩串通一气，这么快就穿一条裤子。"

曲莉对我妈道："杨姐，我说你还不信，我真的被人当贼了。"曲莉又转向我妈道："李姐，你要不相信我，可以不用，但不能躲在暗地里盯着我。我不是贼，也不是偷懒耍滑的人，我挣的是良心钱，你这样不信任我，这活我真就没办法干了。"

我妈正气得火冒三丈，等的就是曲莉这句话，道："哼，你没法干就别干，才来两天就挑拨离间，暗地里说三道四。你这样的人，趁早给我走人。"

曲莉一听这话，本想与我妈理论一番，可是转念一想，又把话咽回去，转身要出屋收拾东西走人。我婆婆一把拉住她的胳膊，道："慢着，你要走也得让她把话说清楚再走。李花朵，你经过谁允许，在这屋里安摄像头监督曲阿姨？"

我婆婆气得上前又去抠那假猫眼，这回一使劲，那东西掉了下来。她看半天也没有发现什么名堂，对曲莉道："你过来看，这就是一个纽扣，哪来的摄像头？"

我妈冷笑道："原来你们是做贼心虚。"

曲莉一听这话不干了，将手中的东西扔在床上，道："你在说谁是贼？"

"我没说谁是贼，就这么一个扣子为何要大惊小怪？"

我婆婆劝曲莉："大妹子，不就是一个扣子吗，咱不值得生气。"

曲莉摇头道："你别再留我，你们家人智商太高，我再干下去非得崩溃不可。"说着就出屋去收拾东西。我婆婆一时不知如何是好。

曲莉把自己的东西收拾完毕，又回到卧室，对我妈道："你不要以为别人都是傻子，你那虽说是个扣子，可摁在那儿就是别有用心，装成摄像头吓唬我。你记住我的话，你这么做不会再有人来你家。我走了，这包袱还要不要查一查？"

我妈狡辩道："我看你这人是神经过敏，你怎么就知道这东西是我安上去监视你的？"

我婆婆道："大妹子，你别生气，这里面都是误会。你要是真不干了，咱们也得把这两天的工钱结了不是。"

曲莉道："工钱结不结无所谓，我受不了这个气。"

婆婆道："怎么能不给工钱，我送送你。"

婆婆将曲莉送出门，再三挽留她，可她执意不肯，婆婆没有办法，掏出两百元钱塞给她。

婆婆回到屋，我妈以为婆婆会跟她吵架，来个先发制人，问我婆婆："杨小叶，你为什么当着外人的面骂我那么恶毒的话，我俩有何深仇大恨，不能自己解决，非得当外人面恶心我。"

我婆婆无心跟我妈吵架，人已经走了，吵架又有何用，只能气自己。无奈道："你这人真是好赖不知，我那是骂你吗，曲莉说那是猫眼监视器，我说不是，你要不信，我说我敢当着这东西骂我亲家，我就假装骂几句给她看，哪知让你听到了。人家是有修养，要不非把你骂个狗血淋头。"

我妈道："她敢？没有做亏心事，不怕鬼敲门。"

我婆婆道："你就是那恶鬼，谁不怕你。唉，多好一个人叫你撵走了。我不管了，你自己带吧。"

我婆婆说着，转身走出了门，回自己家去了。

第十二章　玉米奶奶

1

赵方明：

我们家一周撵走三位育儿嫂，真是叫人惊叹不已。其中有我选中的育婴师小于，她不是嫂子，只能算是育儿妹子，至今让我念念不忘，觉得非常可惜。三人中，干得最长是那个叫曲莉的人，干了两天，其余两人没有上岗就被打发了。

事情又回到起点，牛牛每天还是由我妈和我岳母两人轮流照看。

那天，我岳母安装假摄像头气走育儿嫂曲莉，我妈随后拂袖而走，扬言再也不管牛牛。那不过是气话，牛牛是她的大孙子、命根子、心尖宝贝，一会儿见不到都想得慌，哪里能放手不管。第二天早早就来到我家。我岳母自知又办了一件蠢事，也不再跟妈说三道四，两人轮换带牛牛，相互照应，也配合得不错。两位妈妈起早贪黑，很辛苦，苏微看着心疼，便催促我再去家政公司继续找人。这可让我犯难了，为了儿子，我跑断腿，累吐血，心甘情愿，可找来的人再让两个妈给开了怎么办？真是愁死我了。

愁归愁，人总是要找的。找不找是态度问题，找得好不好是能力问题，我宁可叫二位妈妈说我眼光不好，是傻瓜笨蛋，也不能叫她们说我态度不端正，想白啃她们老人。

到了中午吃午饭时间，我起身去食堂，想吃口饭就跑家政公司。刚出办公室，候玉奇在门外等我，向我挥手，道："中午我请客，咱俩去'海洋世界'吃午餐。"

"海洋世界"是新开业的一家自助海鲜餐馆，品位不错，我还没有去过。可我听说苏乔早产生下一个女婴，他母亲从老家千里迢迢赶来伺候月子，只住三天就叫苏乔撵回家去,这小子怎就不知愁,还有闲心请我吃饭?

我说:"我现在哪有心思吃海鲜,我得去家政公司找育儿嫂。我家一周找来三位育儿嫂,都叫我二位妈妈打发走了。"

候玉奇道:"别去了,我这儿有一位育儿嫂,条件不错,人又十分可靠,我家现在有月嫂在,一时用不上,那人又不能等,急于入户,我干脆介绍给你。到时我再找一位,反正我还有时间。"

我一听这话,乐了,说:"行啊,那人要是合适,午饭就我埋单。"

候玉奇这小子猴精八怪,心思缜密,选的人一定错不了,拿来我用正合适,省得我再跑断腿。这小子样样都好,就是心猴急,月嫂还有十来天才走,早早把育儿嫂找好干吗,人家能白白地傻等你,你又不给付工钱。

"海洋新世界"中午就餐人很多,我们在个角落找到一个餐桌坐下,边吃边聊。

候玉奇长得五大三粗,油黑脸膛,典型东北大汉模样,而他的妻子苏乔却娇小丰满,二人混搭,走在路上,倒是另一番风景。我岳父苏国学和候玉奇岳父苏国文,亲哥俩,个子都不高,而苏微像她妈,高个子,苏乔像她爸爸,个矮,姐妹差异很大,有点意思。

我还没有吃东西,就开始数落他:"你女儿满月,月嫂撤退,老丈母娘顶上就是了,非得再雇什么人?"他的岳母便是苏微的二婶。

候玉奇递给我一只螃蟹,道:"你可不知,孩子刚出生那几天,苏乔奶不够吃,孩子叫,老婆哭,我妈走了,我老丈母娘陪着熬几天夜,血压就蹿上来,晚上睡不好觉,头痛眼花,有一次摔倒在厨房里,我们再不敢让她晚上住在我们家。"

我嘴里咀嚼一只蟹爪,说:"哦,要是这样,那真得再找一个人。"

候玉奇喝口汤,咂下嘴,道:"不说我,先说你家。你家情况我粗略分析一下,你妈和你岳母两个人轮班带孩子,这是两位主力,两人有知识,有文化,也算是年富力强,再找一个帮手就算是最佳组合。找的那人不一定是专业人士,也不用花很多钱,能听你岳母和你妈调遣,打个替班就足够用。过些日子此人能独当一面,你二位妈妈一撤退,就行了。"

候玉奇比我小一岁,在我们单位销售部工作,人工于心计,善于研究客户,能说会道,业绩不错,很得领导赏识,据说很快就可能提升。

我将蟹渣吐出来，摇头道："我们的想法截然相反。我和苏微想找位专业人士一个人带牛牛，我妈和老丈母娘全都撤出来。人多乱套，政出多门，误事，不利于孩子成长。"

候玉奇道："问题是你现在没有那样合适的人，那个小于倒是专业，毛病就是人太漂亮，叫你二位妈妈撵走了。哈哈。"

我白了候玉奇一眼，道："这你也听说了，那小于真的很好，人家是育婴师，我还真想再去找她。"

候玉奇笑道："看看，还恋恋不舍，别再弄出点绯闻来。"

我说："得，别说这个。你那人什么条件，说说看。"

候玉奇眼睛盯着手里，两手在扒一只虾，道："是我一个同乡，不到五十岁，人本分、善良，吃苦耐劳。"

我知道候玉奇家在黑龙江农村，他的同乡自然也是农村人。我问："农村的，她做过多少年育儿嫂？"

候玉奇道："就是手生点，不过工钱很低……"

我说："那不行，不要钱我也不能用。你知道我岳母和我妈有多挑剔，让她们开掉那三个人哪个条件不好，尤其是那小于，人家是大学毕业生，她们硬怕人家勾引我。这人是你什么人？"

候玉奇忽然笑了，道："好了，不跟你兜圈子，我说的是我妈。"

我一愣，说："好小子，你妈怎么成你同乡？你开什么玩笑，她放着自己孙女不带，跑我家当育儿嫂？再说，你妈不是已经回黑龙江老家了吗？"

候玉奇道："我妈哪里回家了，那天从我家生气出来，我追到火车站拦下来，被我安排在一家旅馆住下，一晃快一个星期了。"

"哦，是这样，苏家人知道吗？"我问。

2

赵方明：

候玉奇摇头，道："谁也不知道，我没有告诉他们，都以为我妈回老家了。"

"你还没有见过我妈？我妈原来在村里当妇女主任，去年我爸被选上村主任，我妈便把妇女主任辞掉，家里不能两个人都当干部，会叫人家说闲话。这次妈来我家,把家里全安排停当,让我爸住我姐姐家,家中没养猪,几只鸡、鸭也杀净了,准备在我这儿安心长住一个时期。我妈是个好脸面的人,街坊邻居、亲戚朋友都知道她来伺候月子,刚来就打道回府,叫她的脸面往哪儿放?所以,我妈本意不想回去,想找机会重返我家。我们到现在还瞒着我爸、我姐和家里那些亲戚,他们都以为我妈还在我家。再说,我家雇的那个月嫂再有几天就走了,我老丈母娘又犯血压高的毛病,我还得再雇人帮苏乔带孩子。这边我妈主动请战上不了岗,我再花钱去雇人,你说我是不是脑子有毛病。我就想先把老人安顿下来,再做苏乔的工作,让我妈回来。可我担心苏乔月子里生气,一直没有合适的机会。所以,我想求你和苏微帮我个忙,让我妈先去你家,给你妈和你岳母当助手,先当学生,让二位老人教教我妈,让她先实习一段时间,等我做通苏乔的工作,我妈有一定育儿经验,你们找到合适育儿嫂,就把我妈接回去。"

我说:"哦,你够老谋深算的,这个算盘打得不错,我妈和我岳母的战争从来没有平息过,再加进一个妇女主任,三方开战,我们家岂不是更乱套。"

候玉奇歉意笑道:"我想了好几天,想不出别的法子,只有你和苏微能帮我这个忙。"

我说:"老弟有难,为兄理应帮这个忙。可你知道,我在家里人轻言微,排名最后,这事我说了不算。"

候玉奇道:"这我知道,咱俩苏家女婿彼此彼此,谁也别笑话谁。你和苏微二人没得说,你妈那人心善,好好做做工作,问题不大,再就是你那老丈母娘,她怎么说也是苏乔的亲伯母,只要跟她晓之以理,动之以情,即便是不情愿也不至于公开反对。"

我笑道:"我算服你了,猴子,把我家事琢磨得如此透彻。"

我抓起一张餐巾纸,慢慢地擦着手,脑子里把这件事过了一遍。候玉奇既然考虑得如此周全,我无论从哪一个角度都无法拒绝,即使拒绝那话也不应该我来说。我说:"行,我回去就跟苏微说,明天、后天是双休日,我们都休息,回她家一趟,再去一趟我家,做做二位妈妈的工作,只要她们点头恩准就好办了。"

候玉奇双手一抱拳,道:"那就多谢仁兄。"

我说:"你就不用客气,苏乔和你妈究竟是怎么回事？"我没好意思问你妈是如何叫儿媳撵出来的。

候玉奇道:"其实没啥大不了的事,农村人节俭惯了,我妈一来,听说我们花五千元钱雇月嫂,很是心疼,非叫我把月嫂打发走,由她自己来伺候。再有,我妈原来一心忙妇女主任工作,我姐的孩子都没带过几天,手脚生疏,育儿理念与请来的月嫂大不相同,月嫂做事我妈总在一边叨叨,乔乔烦了,两人就争吵起来。苏乔说:'妈,我求您了,您先回家吧,等孩子大了,我给您抱去。'我妈一赌气,拎包就走。就这个事。"

我苦笑道:"老太太也是好意,只是脾气太大了点。我听说,你爸在当地搞了几年种植业,收入不菲,就让你妈掏点钱,雇个育儿嫂,自己回去享清福有多好,何苦要挨这个累。"

候玉奇叹道:"我家倒是不欠钱,我妈自己也说自己是发贱。农村人的观念,儿媳妇坐月子,老婆婆哪有不上手的。你说,这是不是中国式亲情？"

我说:"这个我倒没有认真研究过,也许吧。别的国家没听说有姥姥和奶奶总打仗的。你得有个准备,将来你妈回去,她与你老丈母娘之间,难免也要发生战争。"

"那你就多给我介绍些充当和事佬的经验。"

"哈哈哈哈。"我俩都笑了。

候玉奇问:"最近奶奶怎么样？她搬到你岳父家我还没有去看过。"

我说:"她现在时常犯糊涂,好忘事,我岳父每天跟着她,没有时间过问我家的事。估计你刚才说的事,得请他老人家出面主持开会研究。"

候玉奇笑道:"哈哈哈哈,你们家真有意思。我岳母说,老太太不愿意在你岳父家住,总嚷嚷再回我岳母家。"

我说:"我也听说了,老人在那个小区里有一帮朋友,经常在一起说话聊天,对她身体也有好处,在我岳父这个小区都是生面孔,她自然不愿意。幸亏你生个女儿,要不也得叫你们改姓。哈哈。"

候玉奇道:"还是你岳父大智慧,成功破解一个难题。所以,我妈如果能留下来,我岳母就可以腾出时间继续照顾奶奶,你岳父、岳母也能轻松一些,看来你这个忙不会白帮。"

第十二章 玉米奶奶

我说:"就是白帮也得帮,我忘记问你,你妈去我家,得给多少工钱?"

候玉奇拍我肩膀一下,道:"还工钱,我得替我妈交伙食费。"

回到家,我把事情跟苏微一说,苏微当即反对,道:"咱这两个妈就够闹腾,再新来一个妈,岂不比唱戏还热闹。不行,绝对不行。"

我说:"我也是这么想,可我怎么回绝他呀?他虽是我的同事,平时相处不错,那多半是看在苏乔面子上,我可以找个借口回绝他。可你想,苏乔现在是月子中,心烦气躁,才把婆婆撵走,过些日子心静下来,想法又是一个样子。月嫂走了,二婶高血压,不能白天、黑夜帮她带孩子,还不得再雇个人帮忙,如果像我们,一时找不到合适的人手,会不会后悔自己赶走婆婆?她要是知道咱们拒绝留下她婆婆,会怎么想?那就会对你这个姐姐产生想法。还有二叔和二婶,他们是没有想到这个主意,他们一旦得知咱们没把人留下,也会怪我们不懂事。"

苏微比我聪明,我刚才说的道理她岂能不懂,苏乔是她妹妹,苏家就这么两个宝贝女孩儿,两人小时就亲密无间,妹妹的事当姐姐的岂能坐视不管,只不过说说气话罢了。

她骂道:"候玉奇这个鬼东西,净出馊主意,他妈会干什么?还得住在咱们家,别看多一个人,可多多少少事情,我晚上什么也干不了。闹心死了。"苏微说过这话便沉默不言。

我说:"这事得跟我妈和你妈商量,反正我的原则是,千万别从咱们口中说出不字。"

苏微点头:"那就明后两天,咱俩休息,抱牛牛去跟他们商量。"

3

苏微:

第二天我们回到家,爸与奶奶坐小区里晒太阳,我抱着牛牛与奶奶打招呼:"奶奶,书(苏)琦来看您了。"我握着牛牛的小手冲奶奶挥了挥,道:"牛牛说,太太好。"

我奶奶不像以前那样热情,目光有些呆滞,先看看我,又看看赵方明,最后目光落在牛牛身上打量一番,问我爸:"微微说这孩子叫什么?"

我爸冲我奶奶耳边道:"这孩子小名叫牛牛,大名叫书(苏)琦。"

我奶奶茫然地点点头,不知书琦是何人。我说:"奶奶您忘记了,这书(苏)琦还是您给起的呢,你不叫他姓赵,叫他姓苏。"

奶奶目视远方,陷入深思,忽然想起来,咧嘴一笑,露出口中缺牙的那个空洞,道:"瞧我这记性,是叫苏琦,这名字是我给起的呢。我算了一下,这孩子五个多月了,俗话说'三翻六坐',快能坐起来了吧?"

我说:"能,现在就能坐一会儿。一会儿回屋给您表演一番。"

奶奶对多年陈谷子烂芝麻的事记得很清楚,对新近发生的事常常想不起来。看见奶奶一阵糊涂一阵明白的样子,我心里很是悲酸,不知这病发展下去会是个什么样子。

为让奶奶高兴,我把牛牛递给方明,让他坐在奶奶身边同奶奶说会儿话,逗逗牛牛,我则坐在爸身边,把苏乔家的事跟爸爸说了。

没想到老爸对那个鬼猴子赞赏有加,道:"这小猴子,年纪轻轻,倒有不少鬼道道,这主意你和方明想不出来。"当即表态:"此事不用开会,就这样定下,你妈工作我来做,你和方明好好跟你婆婆说说,希望她能多多包涵。"

我爸如此一说我就再无话可讲,由他跟妈说我少费许多口舌。我们在家吃过午饭,和奶奶聊会儿天,见老人要睡午觉,我们便去方明家看牛牛爷爷,打算坐一会儿就回家。

我婆婆听方明说完苏乔家的事,扫我一眼,紧眨眼睛沉思一会儿,点头道:"行吧,都是家里人,让她过来吧。"

我能看出,婆婆老大不情愿,可这是我们苏家的事,当着我的面不好说三道四,只得勉强同意。我又何尝不是如此,都是亲戚,谁能驳这个面子。

牛牛爷爷几天没见牛牛,想坏了,抱起牛牛亲个没完没了。趁我与婆婆说话不注意时,在牛牛小屁屁上狂吻起来,痒得牛牛咯咯大笑。我见老人舍不得孩子走,就答应吃过晚饭再回家。

我们吃过晚饭,出了婆婆家门,婆婆一屁股坐下,寻思刚才所说的候家的事。

放下碗筷,我光顾忙活牛牛,方明要去洗碗,婆婆不让,说他洗得不

第十二章 玉米奶奶

235

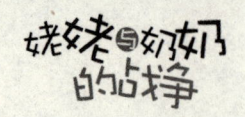

干净，到现在碗筷还乱七八糟地堆在厨房，她也不去收拾。她口中嗑着茶几上的一盘葵花籽，不停地眨动着眼睛，琢磨着这事的前因与后果。怎么想都觉不妥，可又说不出什么话来。

公公知道婆婆在想什么事，道："那个事你既然答应下来，还想它干什么？我可告诉你，不能反悔，那会让苏家人怨恨咱们。"

我婆婆不吱声。我公公又问："你究竟是怎么想的，说出来让我听听，我还能给你提点意见。"

她还是一声不吭，仿佛没有听见。

我婆婆足足坐了一个多小时，一盘葵花籽全部嗑光，茶几上堆满嗑过的籽皮。她拍拍双手，扑落掉手上的瓜子皮，开始行动，拿起电话，与我妈通话。

此时，我妈与我爸为候家事的争吵接近尾声。

我妈听我爸说完这事大发雷霆，她连我婆婆都信不过，怎么能让一个农村人来带她外孙子。她坚决反对，可我爸态度强硬，这事我定了，必须执行。我妈无计可施。在我们家，我爸凡事不管，是个甩手当家的，可他一旦决定的事，我妈是推翻不了的。正当我妈绝望，打算放弃反对时，我婆婆来电话了。

我婆婆道："李花朵，你们苏家的事我就不插言了，随你们便，候奶奶想来就来。还有，候家还有二姨三姑四舅妈没有？一块来我都不反对。"

我妈听我婆婆阴阳怪气的话，心中为之一震，可算来救兵了。对呀，刚才怎么忘记给杨小叶打电话，串联一下，自己说服不了老苏头，可以拿牛牛奶奶说事。问："你具体什么意见，坚决反对吗？"

我婆婆语调忽然平静下来，不再怪腔怪调，叹口气道："唉，我反对什么呀，将心比心，设身处地地替人家想想，候家没有难处，何必千里迢迢来给咱们带孩子。"

"杨小叶，你说什么？"我妈本以为面对外人，在大是大非问题上，我婆婆会坚定不移地跟她站在一边，坚决抵制候奶奶来带牛牛，婆婆几句话叫她先是激动一番而后失望至极，冲着话筒，恨恨道："杨小叶，你那能耐都哪里去了？你这人一点原则都不讲，你就真心让那农村娘们来跟咱们瞎搅和？"

我婆婆道:"搅和不搅和有你姥姥在,我怕什么。她是你们苏家亲戚,容得我说三道四?不过,有一件事我得提醒你,候奶奶帮咱们带牛牛可以,给咱们当学员来实习也行,可是,她的身体状况怎么样,体检了吗?据我所知,有的农村人一辈子不体检一次,她要是真有啥毛病,自己还不知道,别再传染给别人……"

我妈立即道:"打住,下面话你就别说了。杨小叶,还是你想得周到,我光顾生气,怎么没想到这事。她要是身体不健康,绝对不能进这个家门。叫她体检去,不检不行。"

婆婆道:"那就看你的了。我这是为咱们牛牛着想,给你提个醒,否则是不会多这个嘴的。"

婆婆话说到这儿,又担心我妈把她让候奶奶体检的事传扬出去,大家再怨她刻薄、多事,语气一转,道:"听说那个候奶奶原来是个妇女主任,挺好面子,直接叫她体检别再以为你嫌弃她,跟你翻脸吵架,影响你们苏家团结,你那么聪明个人,不会没有办法吧?"

我妈双眸一转,挑起双眉,道:"放心吧,杨小叶,我自有办法,叫她乖乖去体检。不过,这事得你来配合。"

婆婆问:"你叫我怎么配合?"

我妈说:"你看我眼色行事就是。"

婆婆道:"这我明白,你是红花,我是绿叶,你花朝哪边开,我叶子往哪边转。"

我妈道:"这就对了,还像从前一样,绿叶扶红花。"

4

苏微:

第二天,方明将候玉奇的母亲接回家。妈和婆婆见这人身高体胖,浓眉大眼,一笑牙刷白,比她俩都年轻。如果不是在农村风吹日晒,皮肤粗糙些,一定更漂亮。

我妈与我婆婆定好基调,鉴于这个学员与苏家的特殊关系,表面上要热情,生活给予照顾,暗中要严加把关,不准她乱说乱动,免得影响牛牛的正常生活。

"欢迎欢迎，热烈欢迎候奶奶。"婆婆怀中抱着牛牛，握着牛牛一只小手向候玉奇母亲挥动，我妈则站在一旁帮腔寒暄，二人热情周到。

候玉奇的母亲手中拎条大鲤鱼，笑呵呵地给我妈和婆婆躹了一躬，道："向二位姐姐学习，给你们添麻烦，请多关照。"

我妈道："瞧你这个客气，来就来吧，还拎什么鱼。方明，快把这东西拿厨房去，太腥。"

候母将鱼递给方明，道："这鱼刚才还活蹦乱跳的，做条糖醋鱼可好吃了。"

我婆婆颤动怀中的牛牛，在地上慢慢晃动，与候母搭话："候奶奶这么年轻，要是和儿媳妇站在一起，哪里像个婆婆，怎么称呼呀？"

候母道："我叫蔡玉米，你们就叫我玉米吧。我结婚早，今年四十九岁，也是眼瞅奔五十的人，年轻啥，大姐你真逗。"

婆婆道："哦，玉米，农村好起这样的名字，小麦、玉米，男孩子还有叫土豆，地瓜的。嘿嘿。"

蔡玉米接话道："你不也给孙子起个农村孩子名字，牛牛吗，在咱们农村还有叫二狗，三驴的。嘿嘿。"

"啊，不管农村、城市，太娇嫩的名字我不喜欢，我就觉牛牛这名字喜庆、大气。"我婆婆瞥我妈一眼，怕我妈借题发挥，在名字上对她进行攻击。

我婆婆多心了，此时我妈根本没注意她俩在说什么，我妈冷眼端详这蔡玉米，想着心事。眼前这个女人，性情开朗，身体健壮，像个农村能干活的人，比自己和杨小叶都有活力，身体不像有什么毛病。可是，人眼睛不是万能的，人眼要是都能看出毛病来，医院还要那机器检验干什么，有时查一遍不行，还得查第二遍、第三遍，逐级医院地检查。为了牛牛和我们大家的身体健康，就是看不出毛病也得让她去医院查一查。可这话怎么说呢？我要是直说，你得去体检，要不就走人。那样非打起来不可。我得想个办法⋯⋯

蔡玉米见牛牛长得虎头虎脑，口中有滋有味地吮着手指，好奇地看着她。蔡玉米冲牛牛扮个鬼脸，学牛叫声："哞儿⋯⋯"牛牛竟冲她咧嘴笑了。

蔡玉米高兴道："哎呀妈，瞧这孩子一点都不认生。来，叫奶奶抱一抱。"伸手就要抱牛牛。

我婆婆身子猛然往后一缩，道："那可不行，你手上有凉气，等缓一缓再抱。"

蔡玉米摊开自己的两手，心中奇怪，这大热的天，手上冒的全是热气，哪来的凉气？

我妈见蔡玉米脑子不开窍，接过话，道："你去卫生间，右边那个水龙头是热水，多冲一会儿，打些香皂，手就不凉了。"

"哈哈，哈哈。对了，我这手真凉，宝宝皮肤太嫩。我去冲手。"蔡玉米恍然大悟，原来奶奶、姥姥嫌自己没有洗手，不讲卫生。都怪自己大意，想着想着，一进屋竟忘记了，急忙去卫生间。

蔡玉米转身出屋，我妈冲我婆婆咳嗽一声，婆婆扭头瞅我妈，我妈手捂肚子，做出一副痛苦的姿态。婆婆心领神会，抿嘴笑着点头。这女人不洗手就要抱孩子，不讲卫生，真该让她去医院好好查一查。

蔡玉米从卫生间出来，拍着洁净的双手要接孩子，婆婆忽然闻到蔡玉米手中有股怪味，身子又一缩，问："你手上是什么味道？"

蔡玉米嘿嘿一笑，道："酒精，城里讲卫生，我带来的酒精，洗完手再用酒精消毒。"

婆婆和妈扑哧全都笑了。

我妈道："你这是跟谁学的？用不着，用不着，平时在家里用不着那么复杂，正常清水洗手，打些香皂行了，没听谁家洗过手还用酒精消毒。"

蔡玉米脸一红，不好意思道："我是怕你们城里嫌我脏，不讲卫生。"

婆婆再也挑不出蔡玉米的毛病，道："牛牛，奶奶累了，叫玉米奶奶抱一会儿。"双手举起将牛牛交给蔡玉米，忽然，我妈哎哟一声，婆婆和蔡玉米吓了一跳，扭头看她，见我妈双眉紧锁，咧嘴龇牙，两手紧捂肚子，一副痛苦不堪的样子。婆婆问："李花朵，你怎么了？是不是说话岔气？"

"哎哟，不是，是胃。不是胃，是肚子。痛死我了。"我妈弯下腰，痛得说不出话来。

我婆婆道："到底是胃痛还是肚子痛，你说话呀。我看你准是老胃病又犯了。这两天吃什么硬东西没有？该不是早晨吃了块凉地瓜？这可咋好，我昨天就叫你去医院,你不听我的话,这一挺就大发。"我婆婆顺嘴帮我妈瞎编,红花下了指令,绿叶就得紧急密切配合。

蔡玉米跟着着急,道:"这可咋整,家里有药没有?要不我出去买药,可我不知道该买什么药呀!"

我婆婆摇头道:"她这病吃药不管用,得去医院,打一针,输点液才有效。对了,李花朵,你去找那个钱大夫,那人治病有一套,让她给你瞧一瞧。"

钱大夫原来是我家的老邻居,婆婆也认识她,现在医院当医生,妈和婆婆和她关系不错,以姐妹相称。

"哎哟,看这架势也走不了呀,我还抱个孩子,没有办法陪你去医院,玉米,你陪她去吧,干脆打'120',来接你们。"婆婆指示道。

蔡玉米一愣,问:"什么'120'?啊,就是救护车呀,我看不用,医院在哪儿?我背过去就是了。"

我妈挣扎着站起身子,道:"不用,医院不远,咱俩打出租车去。"

"那好,大姐,我陪你去。"蔡玉米上前扶住我妈。

我婆婆暗自发笑,心想:李花朵这小把戏我配合得天衣无缝,只要将蔡玉米骗到医院,就不怕她不体检。婆婆冲她俩背后道:"放心去吧,好好查一查,别惦记家里。"

5

苏微:

我妈与蔡玉米坐出租车来到医院,找到内科门诊的钱大夫,钱大夫让我妈躺在床上,把布帘拉上,要给我妈检查,我妈贴在钱大夫耳边悄声说了几句话,钱大夫笑了,心领神会,点了点头,道:"我给你按摩几下,你看看还疼不疼?"她装模作样在我妈肚子上按几下,道:"是这儿不,还疼不疼?"

我妈道:"就是这儿,疼,疼,哎哟,不疼了。钱大夫,你简直是神医,不痛了,不痛了。我这是什么毛病呀,疼起来要命,说不疼就不疼了。"

钱大夫心想:什么毛病你还不清楚,装神弄鬼,骗人呗。可口中道:

"什么毛病目前还不好说,得再观察观察。我先给你开点药,看你这脸色不太好。下来吧。"说着将布帘拉开,叫我妈下观察床。

钱大夫回到桌前,低头给我妈开药方。

我妈道:"你说我这脸色还不好呀,红扑扑的,我倒觉得她的脸色不好。"我妈手指着站在她身边的蔡玉米。"钱大夫,你瞅瞅我这妹妹,脸色怎么黑黄黑黄的?人要是光黑不要紧,如果加上黄是不是就有问题?"

钱大夫听我妈说这话,放下笔,仔细端详着蔡玉米,道:"看你这脸色是有些问题。最近有什么反应吗?有没有四肢无力、迷糊头晕的症状?你过来,我给你查一查。"她没等蔡玉米回答就把她拉到观察床旁。

钱大夫几句话说得蔡玉米心中发毛,心里嘀咕:我没感觉有什么毛病呀,脸色怎么了?在农村风吹日晒,皮肤哪有不黑的。我进城一个多星期,捂得够白了,怎么说我脸又发黄?他们医院大夫都这样看病?

她心中一阵惊恐,战战兢兢地跟钱大夫来到诊室观察床边。钱大夫将帘子一拉,叫蔡玉米脱鞋躺在床上,在她肚子上摸了摸,就叫她下来,回到桌前,问我妈:"她是你什么人?"

我妈道:"妹妹,一个亲戚。"

钱大夫头也不抬,写完单子递给我妈,道:"你领她去验个血常规,然后再回来找我。"

蔡玉米胆怯地问钱大夫:"大夫,你说我怎么了?我没有病呀……"

钱大夫冷冰冰道:"不好说,验完血才知道。"

"玉米,没事,不就验个血吗,也不痛,就当做个体检,我这一年不知要抽多少次血。你没带钱,我这有。走,等结果出来再找钱大夫。"我妈此刻成了没事人,拉着蔡玉米出诊室。

我妈带蔡玉米去交款,一共是一百六十元钱,蔡玉米心疼,道:"怎么这么多钱,我不验了。"

我妈道:"我这有钱,我这有钱。"说着就掏钱包。

蔡玉米哪能叫我妈交钱,急忙把钱交了。

两人来到采血室,护士叫蔡玉米坐下,将衣袖挽起,在她胳肘处系上止血带,拿起一只针头要给她抽血。蔡玉米长得人高马大,却晕针,一见这针头妈呀一声,脑袋一低趴在桌子上晕过去了,顿时将我妈和护士吓坏了。护士忙解开止血带，道："你怎么了？"我妈叫她："玉米，你醒醒，你醒醒。"

蔡玉米转眼的工夫就醒过来，道："没事，没事了。我这人晕针，前段时间抽血作化验就晕过一次，一会儿就好，抽吧抽吧。"

护士不敢再贸然给蔡玉米用针，得弄清楚晕针的原因，问她："晕针的现象倒有，却很少见到像你这样的，之前你验的是什么？"

蔡玉米脸一红，道："不说了，不好意思。"

她一说这话，护士更是怀疑，我妈也疑惑不解，难道她得了什么怪病难以启齿？我妈吓唬道："不说不行，当着医生的面说假话，出了生命危险谁负责？"

蔡玉米道："那我就说，我儿媳妇生孩子，我从黑龙江农村老家进城伺候月子，我一辈子没做过体检，担心有什么毛病再影响孙女，就去一家医院体检，人家一抽血我就晕了。"说着，从包中取出化验单。

我妈一听这话，惊得说不出话来。自己费尽心机设计将蔡玉米骗到医院做体检，没想到人家却早已查过。是这个农家妇女心思缜密，想得周到，还是他儿子候玉奇有意叫她体检？我妈一把夺过化验单，递给护士，道："麻烦你给看一眼，这验的是什么？"

护士接过化验单，扫了一眼，道："跟我们这个化验单是一样的，血常规，肝功，艾滋病……都是阴性，这也是'三甲'医院做的，可以呀，那怎么还重验？"护士也不愿意再给蔡玉米扎一针，担心她晕过去。

我妈一听这话，夺过单子，拽起蔡玉米，道："咱们不验了，不验了，找钱大夫去。"

蔡玉米糊里糊涂地跟我妈出了采血室，我妈没有再去内科诊室，直接出了医院。蔡玉米问我妈："花朵姐，你不是说要找钱大夫吗，咱们怎么出来了？"

我妈道："不找了，她是个二百五大夫，明明你几天前做了化验，什么事没有，却说你脸色有问题，不信她的。"

蔡玉米迟疑道："姐，不是那个大夫说的，是你说我脸色黑里透黄，那大夫才给我开的化验单。"

我妈又瞅蔡玉米一眼，道："你刚才大概跟我上火着急，脸才变黄。现在好了，黑里透红，典型的农家婆婆，健康。"

蔡玉米笑了，道："瞧你说的，跟《智取威虎山》里的话似的，脸色怎么红了？精神焕发，怎么又黄了？防冷涂的蜡。姐，你还没取药，胃不痛了？"

我妈一边拉着蔡玉米往外走，一边道："不痛了。我跟你说，玉米，那个钱大夫，我了解她，治胃病有一套，干别的都不行。对了，你等我一会儿，咱们得把钱退回来。"

我妈退完钱，将钱还给蔡玉米，两人打车回到家。

6

苏微：

我婆婆抱着牛牛还在屋里踱步，见她们回来得这么快，问蔡玉米："这么快就回来，抽过血吗？结果是不是不会马上出来？"

蔡玉米奇怪道："大姐，你怎么知道我要抽血？"

我婆婆见自己说走嘴，脸一红，忙改口道："我是说她，李花朵，她走时龇牙咧嘴的，吓死人了，到医院还不得抽血化验、验尿验尿。"

蔡玉米没等我妈回话，道："花朵姐没事，肚子让人摁两下就不疼了，那大夫看出我脸色不好，叫我去抽血化验，我的妈呀，我一见那大长针头就晕了。"

"啊，晕针，那就是说你还没有抽血？"婆婆看着我妈的脸问蔡玉米。

我妈对我婆婆道："你说这玉米，让我说她什么好，两天前在医院验了血，她也不吱一声，害得我领她去抽血又去退钱，腿都溜细了。"

我婆婆惊奇地打量蔡玉米，道："你觉得身体不舒服，去医院验血？"

蔡玉米道："哪里呀，刚才在医院跟花朵姐说一半，都是家里事，二位姐姐可别笑话我。那天我在儿子家与媳妇闹点别扭，一气之下背起包袱想回老家，可到了车站，冷静一想，我这样回去算什么？叫儿媳妇撵出来？传出去该有多难听。再一寻思，这里面主要还是我做婆婆的不对，儿媳妇在月子里，心焦烦躁，耍点小脾气是情理之中，婆婆怎能跟儿媳一般见识，要是自己女儿说妈几句就不活了？这样一想，我的气就消去多半。姐，你俩说，孩子的事咱做老人的不帮谁帮？我就跟儿子说，我不走了，我还得回去。儿子劝我先静心住下，他回去劝乔乔，然后再把我接回去。我住在旅馆闲着无事，反思自己，咱这么多年没伺候过月子，没带过孩子，我女儿坐月子时正赶上村子里建妇女活动室，离不开人，我一天没去，都是她婆婆伺候。现代化的育儿办法咱确实不懂，月嫂干活我跟在后面瞎叨叨，这也不对，那也不对，这才惹恼儿媳妇。我现在后悔没找个地方好好学一学。我把这想法跟儿子说了，儿子表扬我想得对，说，你要想学习我给你找个好地方，这才带我到这儿来。我忽然想起，那天月嫂把她的健康证、资格证让我看，心想：对呀，带宝宝的人一定要健康，要是有病岂不是传染给别人。我这一辈子没有得过什么病，从没有体检过，我自己心里有数，可儿媳妇心里怎么想？那月嫂一走，我就是带孙女的主力，没有个证，怎么能叫儿媳妇放心，为了孙女我得查一查。就这样，我来到旅馆附近的医院，可没想到，我这人没有出息，一见针就晕。"

蔡玉米一番话，叫我婆婆深受感动，原以为让她体检验血会非常反感，认为瞧不起她，甚至会吵起架来，所以李花朵才想出这么一个损招，万没想到人家为孙女和儿媳妇主动去体检，真是了不起。对她的排斥心理顿时消失了。

婆婆瞅我妈一眼，回头对蔡玉米道："你这人真不简单，想得这么周全。可你是跟儿媳妇吵嘴出来的，儿媳妇还会让你回去？"

蔡玉米自信道："那是当然，婆婆再不好也是家里人，总比让外人带孩子放心，你是奶奶，你说对不？"

我妈对蔡玉米的表现也很佩服。自己摆阵设计，将人家愚弄一回，骗到医院，好悬没白抽一管子血，心里有些歉意。见她一路走得口干舌燥，起身拿杯子给蔡玉米倒杯水。接她话道："那是当然，儿媳妇最信任的第一是自己的妈，第二就是婆婆，关键时候还得这两人，别人都是扯淡。"她将一杯水放在蔡玉米面前，道："喝点水吧。"

我婆婆对我妈这句话颇为不满，她并非不同意我妈观点，女儿是妈亲生的，还能不信任妈。但她觉得我妈这话放在这个环境中说是别有用心，是有意贬低她，便接话道："也不一定，我看咱家儿媳妇就不这样，第一信任的是婆婆，第二才是妈。"

我妈说此话本没多想，不过顺嘴说出来，可谓是说者无心，听者有意，她被我婆婆的话气得鼻子都歪了，两手交叠在胸前，阴阳怪气道："那倒是，你家那儿媳妇是个傻子，让狐狸精婆婆迷惑住了。"

"你才是狐狸精，看你那头，烫得一个浪跟一个浪，多大岁数，还抹红嘴唇。"我婆婆很是得意，抿嘴笑了。

蔡玉米眼见这两人斗嘴，哈哈笑了，道："二位姐姐，你两人在一起可真有意思，还斗起来。依我看，你们俩都像狐狸精，多有魅力。就我不招人喜欢。"

"你说的是啥话，谁是狐狸精？"我妈和婆婆都瞪她一眼。

蔡玉米洗过手又来接牛牛，这回她没有再擦酒精。道："牛牛，来，叫玉米奶奶抱抱。"

牛牛不给面子，朝我婆婆怀里钻，蔡玉米觉得有些颜面无光，道："哎呀妈，没听说这么小孩子就懂得认生，大姐，这孩子纯粹是让你给搂的，别人没法抱了。"

我妈一听这话可算找到知音，立即接话道："看看，一个新来人都看出问题，这牛牛就是她奶奶惯坏了，整天搂着，抱着，别人插不上手，谁要一说还振振有词。"

我婆婆立即反驳道："我就是有词，你不抱还不让我抱？咱家赵德欢说，书中专家讲，孩子多抱抱对发育、成长都有好处。有一首儿歌唱道：你要是爱我就多多抱抱我。"我婆婆目光对着蔡玉米，讥讽道："我真不知道，你是来学习的，还是当老师来指导我们工作的。"

我妈道："杨小叶，你这话就不对了，她虽然是学生，见到老师有错误也应该提出来。蔡玉米，我支持你。"

蔡玉米没想到一句话得罪了牛牛奶奶，急忙解释："小叶大姐，你别误会，我确实是来学习的，虚心向二位姐姐学习。我这人心直口快，你千万别在意。其实，我俩都是奶奶，有共同语言。"

第十二章　玉米奶奶

7

苏微：

　　我妈本想拉蔡玉米作同盟军，她忽然冒出这样一句话来，让她心中非常不快，生气道："蔡玉米，你这人怎么两面三刀，你们要搞奶奶大联盟对付姥姥？我告诉你，那是痴心妄想，我一个人对付你们两人绰绰有余。听明白了吗？"

　　蔡玉米忙点头，道："大姐，听明白了，我不和任何人联盟，中立，这行了吧？"

　　我妈道："你这人不光两面三刀，还没有立场。好了，你过来，你是实习学生，我得告诉你，你在这儿都要学哪些内容。"

　　蔡玉米像小学生一般规规矩矩坐在我妈身边，讨好道："花朵姐，你放心，我这人就是性子直，有话就说，但是从不搞阴谋诡计。你是苏家大嫂，我有许多事还得求你从中帮忙。"

　　你妈道："那就看你表现，你要是表现好，我可以帮这个忙，你要是表现不好，休想再进乔乔家。咱们闲言少叙，言归正传，现在我先给你上第一课，奶奶的职责和权利范围。"

　　我婆婆扑哧乐了，道："这课得我上，奶奶的职责是多干活，听姥姥话，别越权。嘿嘿，你们聊吧，咱牛牛进屋睡觉了。"

　　我婆婆和牛牛一觉醒来，我妈的课还没有上完，直听得蔡玉米昏昏欲睡。婆婆抱牛牛出卧室，道："这课上得没完没了，小皇上要吃饭饭了，快给冲奶。"

　　我妈起身对蔡玉米道："今天上午的理论课就到这儿。给牛牛喂完奶，该给牛牛洗澡了，洗澡你会吗？你看我们怎样给婴儿洗澡。这里面学问可老大了。"

　　她们给牛牛喂完奶，三个人吃口午饭，让牛牛独自玩一会儿，就开始给牛牛洗澡。

　　给牛牛洗澡在卧室中进行。我婆婆是主力、大工，我妈是打杂的小工。她先给牛牛将更换衣服，毛巾被准备齐全，铺好，取来洗澡盆，先往里面倒热水，然后倒凉水，用手摸一下，又有些凉，又叫蔡玉米接些热水兑上，准备停当。这才叫我婆婆："准备好了，请少爷沐浴。"

这时，我婆婆抱牛牛进来，看看准备得都挺合适，无可挑剔，一边给牛牛脱衣服，一边口中念念有词："洗澡澡，洗澡澡，讲卫生，身体好。"说着将牛牛脱得一丝不挂。牛牛见水就要欢，挣扎着要入水，婆婆将他抱牢牢，道："别急，咱们先洗头，然后再下水。"然后蹲下身子，用左臂托住牛牛身子，左手托住头部，拇指及食指按住牛牛的双耳，让耳廓盖住耳朵眼，防止水进入耳朵里，轻轻给牛牛洗头。我妈则蹲在我婆婆对面，不停地往牛牛身上扬温水，怕他发冷。对身边的蔡玉米道："看清楚了吗，就这个样子，程序一点不能错，由上往下洗。"

蔡玉米不知听懂没有，不住点头，道："哎哟妈，这我哪里会，给孩子洗个澡还有这么多说道。"

我妈道："这是必须的，违反程序孩子不舒服，还容易呛水。"

婆婆给牛牛洗完头拿块毛巾擦干，就把牛牛斜放进水盆中，手托住头。牛牛如鱼得水，顿时欢腾起来，口中不停地尖叫着，两只小脚使劲蹬水，溅得三个人身上全是水。蔡玉米忙向后躲闪，婆婆和我妈则没动地方，任凭衣服湿透。这澡洗有十分钟，婆婆将牛牛从水中捞出来，放在铺好的干毛巾被上裹好，牛牛这才老实。

蔡玉米称赞道："哎哟妈，这孩子太好玩了，见水就疯，这一天洗两次澡才好。"

"洗两次？你问李老师吧。"婆婆这话是有所指的，那次我们一天给牛牛洗两次澡，湿疹加重了。我妈不想让蔡玉米知道这事，忙岔开，道："家里有塑料娃娃，是我和杨小叶参加培训买的，没事你就拿来多练习。"

蔡玉米道："哎哟妈，你们俩还参加过培训，看来我这两个老师算是没有白认。"

三个人正说着话，就听门外扑通，哎哟两声。听声音，有人在门外摔倒了。三人一惊，会是谁呢，怎么摔在门口？

婆婆正要给牛牛穿衣服，对我妈道："你去看看，听声音像我家那个瘸子。"

我妈道："净瞎说，你家瘸子怎么能到这儿来？"起身去开门，见门口地上果然躺着一个人，正是我公公，龇牙咧嘴地哎哟。我妈惊道："赵德欢，你不好好在家休息，怎么跑到这儿来？这大六楼，你怎么上来的？"

"哎哟，我想牛牛，过来看他洗澡，没想到，门口这么滑，摔了一跤。哎哟。"

我公公是个性情活泼的人，一个人在家哪能躺得住。腿伤好些，便挂着拐杖下床溜达。这一溜达就出了屋，一点一点，得寸进尺，蹭下楼。他在小区里坐了一会儿，起风了，小区休闲人都回了家，没有人跟他聊天，就想起牛牛。不知牛牛现在干什么呢，喝完奶，睡一小觉就该洗澡。想到这儿，牛牛躺在澡盆疯狂踏水的情景便浮现在他眼前。他再也坐不住，着了魔似的挂着拐杖走到小区门口，招手拦下一辆出租车，到了我家楼下，一步一步蹭上楼，没想到门口湿滑，摔了一跤。

我妈和蔡玉米将公公搀进屋，想扶他坐在沙发上，可裤子后屁股摔湿了，只得搬过一把椅子让他坐下。

婆婆给牛牛穿好衣服出来，看这情景，气得牙疼，骂我公公："你这人让我说你什么好，叫你'闹得欢'，一点没有错，你来干啥？牛牛前天还给你抱回家玩了一天，还想他干什么？腿刚长得好一点，哪架得住这么摔。你动动腿，让我看看。"

我公公自知理亏，一会儿龇牙咧嘴地哎哟，一会儿又傻笑，并不还口。

婆婆将牛牛交给我妈抱，帮我公公慢慢地活动腿。"哎哟，别动，太疼了。"我公公又咧起嘴来。

"是不是又伤到骨头了，这可如何是好，这么大人一点都不叫人省心。"婆婆发起愁来。

8

苏微：

我妈道："看这样子，自己是下不了楼。不行快找你儿子方明，叫他背下楼，去医院看一看。"

婆婆没办法，只得给方明打电话，叫他来接公公。

我妈将牛牛抱到我公公身边坐下，道："来，跟孙孙玩一会儿吧，别摔了腿，白来一趟。牛牛，你爷爷叫'闹得欢'，比你还能闹腾。"

我公公咧嘴笑了，拍拍双手，道："牛牛让爷爷抱抱。"

我公公怀抱牛牛玩耍，婆婆在一旁看着这一老一小。我妈则去开门，要看个究竟。她心中奇怪，天没下雨，这大六楼走廊哪来的水？她打开门，见只有我家门前有一摊水，刚才从医院回来时还干干净净，这会儿是从哪冒出来的？忽然想到蔡玉米，喊道："玉米，你过来，这门口的水是你倒的吧？"

蔡玉米急忙过来，满脸羞红，道："花朵姐，这水是我倒的。刚才给牛牛洗澡，你让我加热水，剩下一半，我没有地方倒，就泼到门口。"

我妈怒不可遏，道："瞧你这个人，城里住楼房像你们农村大院子，能到处倒水，你看看牛牛爷爷摔的。"

蔡玉米连连赔礼，道："对不起，对不起。"

我妈道："等一会儿我给你上课，专讲文明卫生。"

9

赵方明：

妈给我挂电话，说爸偷着跑到我家看牛牛，在门口把腿摔了，我急忙开车回来。我爸摔得并不重，只是倒地时抻了一下，疼一阵就没大碍了。我到家时牛牛正要睡觉，爸也过足了逗孙子的瘾，我便将爸背下楼，和妈一起送他回家。

我边开车边问："爸，您怎么这样不小心，到门口还摔一跤？"

我妈没等我爸说话，道："就是那个蔡玉米，把半盆水泼到门口。你说哪有这样的人，一点文明不讲。"

我苦笑道："没有给你泼在屋里地板上就不错了。她只是图方便，开门一泼，没有将脏水倒进卫生间的习惯。不用说，这人半天的表现很叫你们失望吧？"

我妈迟疑道："怎么说呢，这个蔡玉米，看似嘻嘻哈哈，粗犷大方，就是一个普通农家妇女，却很有心计，你说她怎么会想到去医院验血？"

我问:"验什么血?"

妈说:"她要重返儿子家带孙女,怕儿媳不放心,自己跑医院抽血化验,证明自己身体健康。"

我一听这话很是惊讶,候玉奇再怕老婆也不敢叫他妈去验血体检,没想到这农村妇女竟想得如此周全。

我妈道:"行呀,人家千里迢迢来到这儿,却进不去自己儿子家门,当个婆婆真是不易。我挺同情她,今天的事也别再埋怨人家了,都是你爸自己闹腾的,叫她安生在你家住几天,你和微微别给人家脸子看。"

我说:"那哪能,人家是苏乔的婆婆,将来还有和好的那一天,咱们要把人家得罪了还得了。"

妈说:"你要这样想就对了。"

我把爸送回家就回单位了。

我妈走后,岳母又对蔡玉米乱倒脏水一事进行一番严厉批评,讲述住在我们家的注意事项,如文明卫生,防火防盗之类的话,见牛牛困了,便抱进卧室,哄他睡觉。

牛牛这一觉要睡得长些,有时会睡到五点多钟,我们回到家时才醒。岳母见无事情做,便把她和我妈培训时用的塑料娃娃翻出一个,叫蔡玉米练习给婴儿洗澡,自己回家做饭。临走对蔡玉米道:"玉米,牛牛交给你了,这是你第一次单独执行带牛牛任务,你就坐在屋里守着他,哪里都不要去。牛牛要是醒了,水瓶里有温水,让他吸几口,不用喂奶,等微微回来时再喂。"

蔡玉米道:"大姐,瞧你说的,你放心走吧,我这么大人,坐在这儿看孩子还看不好?"

我岳母走后,蔡玉米独自一个人坐在屋里边看牛牛睡觉,边手拿塑料娃娃发呆。她想不起来我妈用哪只胳膊夹住孩子,怎样托住脑袋,自己比画两下,觉得不像那个样子,就把娃娃扔到一边,呆呆地想心事。心想:我在这儿学习,白吃白住,不交学费、食宿费,总得干点什么,别当白吃饱,让人瞧不起。比如把这几个屋子打扫一遍,给他们做饭烧菜,让小两口一进家门就能吃上热乎乎的饭菜……她忽然想起早晨拿来那条鱼还扔在厨房,买来时活蹦乱跳,再不吃就不新鲜了,真是可惜。对了,给他们做条糖醋鱼，这鱼我做了二十年，去年乡里举办妇女厨艺表演，还得了一等奖，众人都啧啧称赞。也叫他们尝尝我候奶奶蔡玉米的手艺。可是，牛牛怎么办？对了，乡下人哪个不是一边带孩子一边干活，傻子才空着两手坐着看孩子。

她起身轻轻抱起牛牛，一手抓起牛牛身下的褥子，来到客厅。

她扫了一眼客厅，这儿不但宽敞，空气流通也好，沙发是睡觉绝好的地方，牛牛睡在这儿比在屋子里要舒服多了。她将褥子扔到沙发上，把牛牛轻轻放下，盖上一个小被子，放心大胆去厨房做鱼。

厨房与客厅相对，在一条直线上，从厨房可以清楚地看到客厅沙发。蔡玉米心中得意，牛牛睡觉，我来烧鱼，一举双得。鱼烧熟，牛牛睡醒，那小两口下了班，不用再忙活做饭，多美的事。

蔡玉米在儿子家住过几天，城里楼房厨房大同小异，并不陌生，油盐酱醋很容易翻出来。她三下五除二，将那条大鲤鱼收拾干净，然后坐上锅，打开煤气灶，放上油开始炸鱼。

城里什么都好，与农村相比，就是锅太小，火慢，得将一条鱼切成两段来炸，炸不透汁浇不进去，味道不好。这样很耽误时间。蔡玉米抬头向客厅望一眼，客厅里一点动静没有，牛牛还在呼呼睡大觉。她心想：这小家伙像个大孩子，真省心。再给我二十分钟时间，这鱼就烧好了。牛牛，你现在虽然不能吃我的鱼，可你闻这味道，香不香呀？

10

赵方明：

蔡玉米心里美滋滋的，边炸鱼，边从橱柜中翻出白糖、米醋、花椒、大料，切好葱段、姜丝，准备炝锅，这时，我和苏微下班回来了。

我俩一进屋，发觉屋里弥漫着呛人油烟。这是怎么了？向厨房望去，见蔡玉米系个围裙正在忙碌。她没有用排油烟机的习惯，将油烟全部释放到屋里。

苏微没有见过蔡玉米，苏乔结婚蔡玉米没有来，是候玉奇父亲来的。她见屋里这番景象没有同她打招呼，直接进入卧室看牛牛。

姥姥与奶奶的战争

她推开卧室门,屋里空荡荡,哪里有牛牛?马上出来问我:"牛牛呢?"

我出于礼貌,要进厨房与蔡玉米打招呼,顺便将排油烟机打开。我一脚厨房里一脚厨房外,反问苏微:"牛牛没在屋里吗?"

"没有哇。"

蔡玉米听到我们说话,一边翻动鱼,一边道:"我把他抱沙发上睡,那儿宽敞,小屋子太闷。"

我和苏微伸脖子向沙发望去,沙发上空空,只有个褥子,哪里有牛牛的影子,吃惊问蔡玉米:"牛牛在哪儿呢?"

"那不是牛牛吗。"蔡玉米放下铲子出厨房,道,"那不是在沙发……真的,孩子呢?"

我和苏微的心腾地吊起来,急忙跑近沙发,见牛牛一个人躺在茶几下,晃动两只小手,蹬着小腿,玩得欢快。我和苏微心疼道:"您怎么能把孩子放到地上?"

蔡玉米也大吃一惊,争辩道:"我没有呀,我怎么会把孩子放到地上,我是把他放在沙发上。这不,褥子还在,他怎么跑到地上去了?"

我急忙弯腰将牛牛抱起,牛牛赤裸着屁股,有些凉手,又弯腰拾起小被子给他围上。苏微一把将牛牛从我手中夺去,问蔡玉米:"您刚才说什么?您把牛牛放在沙发上,然后他自己摔到地上?牛牛,你摔到哪里了?"苏微忽然痛哭流涕,泪如雨下。

此时我也害怕了,牛牛长这么大,还从来没有摔过,地板这么硬,要是伤到哪儿可如何是好?我说:"来,抱到窗前来,这亮,好好看看。"

蔡玉米吓得呆若木鸡,不住地搓着双手,不知如何是好。

我和苏微抱牛牛走到窗前,仔细察看。牛牛很皮实,见妈妈抱他,高兴得用小手去抓苏微的头发,咿咿呀呀地与妈妈说话。

我们没有发现牛牛有摔伤的地方,只是脸上还挂着几滴小泪珠。

苏微道:"不用说,牛牛是从沙发摔到地上,哭了半天,没有人管。这奶奶、姥姥都干什么去了,不能带孩子吱一声,为什么把孩子扔到地上没人管?呜呜呜呜。"苏微又痛哭起来。她与蔡玉米素昧平生,不能一见面就指责人家,只能向二位妈妈兴师问罪。

蔡玉米见自己闯下如此大祸,还连累到奶奶和姥姥,慌忙解释:"不关奶奶、姥姥事，都是我不好。我本想给你们做条糖醋鱼，没想到牛牛翻身滚到地上。真的不关奶奶和姥姥事。"

苏微瞪蔡玉米一眼，本想将她顶回去，发现她已是泪眼汪汪，话到嘴边又咽回去。苏微忽然嗅到一股奇怪的焦味，问我："什么味？"

这味道我也闻到了，回头一看，见厨房里冒起一股黑烟，腾的一下燃起火苗，我说："不好，厨房着火了。"

我几步冲进厨房，原来蔡玉米炸的鱼已烧成焦炭，油烧着了。我立即关掉煤气，用锅盖盖死铁锅，火苗顿时熄灭。

蔡玉米随我进入厨房，看到这一切，忽地奔向阳台，推开窗户，把浓烟放出去。她回头望一眼，厨房一片狼藉，不忍再看，把头又转向窗外。她悔恨交加，痛不欲生，捶胸顿足，歇斯底里道："我是个蠢人，干啥啥不行，活着有什么用，不如死去算了。我的妈妈呀，我为啥这么不中用，咳咳。"她被烟呛咳嗽，把头探向窗外。

我和苏微见此大惊失色，难道这人性情如此暴烈，竟要跳楼寻短？这可是人命关天大事，我急忙追上前去，道："婶，你可千万别跳楼，这不关您的事。"

"咳咳。"蔡玉米背冲着我摆摆手，道，"你不用劝我，咳咳，咳咳。"

"婶子，您听我说，谁家孩子没摔过，您不用上这么大的火，更没有必要寻死觅活。"

蔡玉米转过头，道："谁说我寻死觅活，我是心疼这锅鱼，这可怎么吃呀？你去看看孩子，我收拾一下。"

我见蔡玉米没事，想起来应该进屋看看牛牛，摔这一下，有什么问题没有。

油烟向客厅弥散过来，我和苏微将牛牛抱回卧室，细致观察一番。

牛牛像个顽皮的大孩子，浑然不知自己摔过，还在摇头晃脑跟我们玩耍。苏微问我："方明，你说牛牛摔这一下，会不会有什么影响，要不要到医院看一看？"

我摇头说："不会的，能有什么影响？哪个孩子还不摔几次，可别这么大惊小怪。"

苏微狠狠瞪我一眼，道："还我大惊小怪，孩子这么小，脑瓜皮薄，架得住摔吗？你是不是亲爸？"

我故作轻松说："是不是亲爸你还不知道。行了，你看儿子玩得多好。牛牛，给爸笑一个。"我将手放在他的肚皮上逗他，他果真咯咯笑了。

苏微愤愤道："把孩子一个人放到沙发上，自己去做什么糖醋鱼，简直不可理喻。"

我逗苏微："真是的，她是咋想的，难怪儿媳妇把她撵走，要不咱也把她撵走？"

苏微气乎乎道："撵走，绝不留情面。"

我忽然发觉厨房里静悄悄的，一点声响没有，蔡玉米干什么呢？我向苏微指了指外面，苏微怀里紧紧地抱着牛牛，没有理我，她不关心蔡玉米在干什么，心中只有自己的儿子。

我出卧室去厨房，厨房里没有人，客厅里也没人。我们家为蔡玉米单独准备了一个房间，我敲了几下屋门，没有回应，我一把将门推开，屋中她的一个大提包还在，人却不见了。我心中奇怪，这蔡玉米会去哪里了？我急忙告诉苏微，蔡玉米不见了。

第十三章 假戏真唱

1

赵方明：

苏微惊讶道:"走了？走了为何不拿东西？啊，她刚才要跳窗户，这次不跳窗子，会不会去寻别的短见？"她忽然害怕起来，惊得张大嘴巴合不拢。

我摇摇头，慢吞吞道:"应该不会，不过，这人确实有些奇怪，为什么要走呢？"

苏微道:"我刚才也没说她什么，难道我连说一句奶奶、姥姥的话都不行吗？"

"不会吧，我看她性格挺开朗，不像是那种小心眼的人，因为这点事就……"我虽在安慰苏微，心中也忐忑不安。

我道:"就再等一会儿吧。"

过了半个小时，还不见蔡玉米回来，我和苏微心中着急，又嘀咕上了。

她会不会就此一走了之，或者回黑龙江，或者又回那个旅馆？不是没这个可能。上次她在儿子家，与儿媳妇吵两句嘴就愤然出走，何况在咱家，她没有那么多顾虑。她的包袱里不会有何值钱东西，就是几件换洗衣服，事后让儿子来取，或者干脆就不要了。她要真的不回来也好，事情就是如此，她自己闯下祸，不好意思留下来，怨不得别人，咱们也省去不少麻烦。还是那个话，她会不会一时想不开，去寻短见？至于吗？怎么不至于，把人家孩子摔到茶几下面都不知，还有何脸面……

又过去半小时，人还没有回来，我和苏微都毛了，我掏出手机，想给蔡玉米住的那个旅馆打电话问一问，想了半天，想不起来那个旅馆叫什么名字。

苏微道："你给候玉奇打电话，问他妈有没有手机。"

我刚拨通候玉奇的手机，忽然听到有人敲门，急忙开门，原来是蔡玉米回来了，我立即切断手机，不满道："您这是去哪里了，怎么也不打声招呼。"

蔡玉米好像忘记刚才的事，笑呵呵道："我去外面饭店订两个菜，鱼让我烧焦了，我重新要条鱼，没想到等这么长时间。"

这时，我才注意到她手中拎着个大袋子，里面装的是食盒，心中光想着这人怪异，却忘记伸手去接。

蔡玉米将食盒摆在餐桌上，一一打开，盒中冒起热气，屋里顿时飘满香味。她冲苏微嘿嘿一笑，道："微微，还生我的气，婶来这一天接二连三地闯祸，我真是悔死了，你就原谅婶这一回。我这人心粗，马大哈，这个毛病一定好好改。我来带牛牛，你们快吃饭。"

蔡玉米如此坦荡，倒让苏微不好意思，道："婶，我哪里是生您的气，您先吃吧，我不饿。"

"你吃你吃，上一天班，哪有不饿的。你要是不吃就是不给我蔡玉米面子，还在生我的气。"

我见她俩争执不下，便把客厅婴儿车推到餐厅来，道："把牛牛放在车里玩，咱们一块吃。"

苏微将牛牛放在车里，系好安全带，将一个转轮玩具放到他手上，儿子便专心玩起轮子。这样，大家都不受影响，可以吃个安稳饭。

可是蔡玉米坚持不与我们一起吃饭，推辞道："你们先吃，我跑累了，坐下休息一会儿。"说着，她把婴儿车推到客厅，坐在一把椅子上，逗牛牛玩。我想这样也好，免得第一次在一起吃饭，无话可说，大家尴尬。

蔡玉米带回一条糖醋鱼、一个烧鸡翅、一个炒土豆丝，还有一个素绘汤，几个菜都是苏微爱吃的。有意思的是还有两听青岛纯鲜啤酒，是我爱喝的。苏微给我碗中夹了个鸡翅，瞅我一眼，意思我明白，这人怎么对我们这样了解？

我扭头问蔡玉米："婶，您有手机吗，您要是有事出去，我们给您打手机。"

蔡玉米道："我有手机，一会儿我把手机号告诉你。"

这下我明白了，蔡玉米在餐馆里点菜时一定给她儿子候玉奇打过电话，询问过苏微和我爱吃什么菜。苏家在一起聚餐，我们常和苏乔两口子一起吃饭，候玉奇怎么也能记住我们两样爱吃的菜。蔡玉米说她粗心大意，可这事却想得十分周全，联想到她主动去医院体检，这人真有些张飞性格，率直，坦荡，粗中有细。

2

苏微：

蔡玉米带回的菜都是我喜欢吃的，可我却有心事，吃得不香。

家里发生这样意想不到的事，促使我更急于找一位经验丰富的育儿嫂，否则两位妈妈倒班，你来我走，我来你走，走马灯似的，再加上一个捣乱的实习生，家里还不知要出什么乱子。可这人去哪里找呀？现在家政公司如雨后春笋，遍地都是，可像样的育儿嫂却凤毛麟角，少得可怜，难遇到合适的人。

这时，我放在餐桌上的手机唱起来，方明将手机递给我，我一看机屏显示，原来是月嫂王姐的电话。她现在在哪里？对了，她干家政这一行有几年，有没有熟悉可靠，像她那样稳稳当当、心细可靠的育儿嫂，给我介绍一个。我急忙接通手机，起身回卧室，躺在床上与王姐说话。

王姐从我家出来后就去了北京，现在在一个客户家做月嫂。她今天休息，闲着无事，想问问牛牛的情况。我俩聊了一会儿，顺便将雇育儿嫂的事跟她说了。

王姐对我说："我下星期出户，准备离开北京回家，因为老母亲有病，夜里得有人陪护，想找个白天带孩子的活，你要是不嫌弃，我可以继续带牛牛。"

我乐得从床上蹦起来，道："那太好了，你是我最合适的人选。王姐，咱们就这样说定，不许反悔。"

与王姐相处一个月，感觉到这人心地善良、性情柔和、谦虚心细，有她一个人就足够，我们任何心都不用操，再不用担心出现那些匪夷所思的事情。牛牛奶奶和姥姥也不用天天来回跑，可以过些轻松的日子。我的心情顿时变得愉快起来。

这时，蔡玉米抱牛牛推门进来。她没有敲门，不过本人此刻心情好，并没有责怪她。我以为牛牛有什么情况，便伸出双手接牛牛，她并没有把牛牛给我，先说话了。

她憋得脸红脖子粗，难为情道："微微，求你了，今天的事别跟牛牛奶奶、姥姥说。"

啊，原来她有这个担心，以为我关着门在向牛牛奶奶和姥姥打小报告。我抿嘴一笑，道："怎么会呢，那不过是小事一桩，都过去了。来牛牛，妈妈抱吧，奶奶累了。"

"这孩子真乖，他一直在跟我玩。牛牛跟妈妈亲一会儿吧。"蔡玉米将牛牛交给我，没有出去的意思，顺势坐在床边，夸我道："微微，你这性格真好，牛牛奶奶好福气呀，摊上这样一个好儿媳妇。"

我听得出来，她明里在表扬我，暗地里却是在说苏乔的不是。苏乔是我的堂妹，我俩从小就厮混在一起，对她岂能不了解。苏乔与眼前这婆婆性格有一点相似，就是率直，凡事不会藏而不露，总能表现出来，还喜欢使点小性子。不过苏乔也不是浑不讲理的野蛮丫头，慢慢会想通的。可我却等不及，王姐下周就要来上岗，我不能让我家像婆婆、妈妈聚会，再多一个女人。我要在此之前叫蔡玉米重返儿媳妇家。

蔡玉米道："微微，你说，我怎么做才能跟乔乔相处好？"

有意思，这个胖婆婆在向我讨教婆媳间和谐相处的秘籍。人们常说的一句话是，婆婆与儿媳妇是天敌，总不会与自己女儿那样亲密无间。对此，我没有多想过，我从没有把婆婆当成敌人，而是把她当成朋友。总结我与婆婆间的关系，到目前为止没有出现大的矛盾，关键之处是我们相敬如宾，谁有不对之处能够相互忍让。这个道理很浅显，她不会不懂，只是日子一久难以坚持。乔乔任起性来，她便忍耐不住，愤然而走。为让她尽快重返儿子家，我不得不点拨她一二。

我说："婶，乔乔这丫头是很任性，可是有些事情一旦说开就好了。你们之间就在于要多沟通。我们这代人与您这一代在育儿理念、办法上有许多不同，这些矛盾只能靠沟通来解决。比如，我和牛牛奶奶间，有些什么想法说给婆婆，她总是认真地考虑我的意见。"

蔡玉米眨着眼睛认真听我说话，道："啊，你说的话我明白，你是让我听儿媳妇的话，她怎么说我怎么办。"

我笑了，道："也不是，您的想法她也要认真考虑。这丫头有点犟，得慢慢开导她，给她讲清道理。"

蔡玉米道："你说得对，育儿育儿，培育儿子当然是以妈妈为主，当婆婆不要横加干涉。这毛病我改。"

我说："我抽时间去趟乔乔家，跟她好好聊聊，她会想得通的。"

蔡玉米笑道："那我就先谢谢你了，你们姐妹间说话比任何人说话都管用。"

我一边带牛牛玩耍，一边与蔡玉米聊了会儿，就开始给牛牛洗漱。牛牛白天洗的澡，晚上不用再洗，就简单给他擦把脸，洗洗小屁屁，因为他前些日子得过湿疹，还得给他抹些护肤膏，然后哄他睡觉。牛牛睡着了，便是我暂短的个人时空，可以上会儿网，给朋友煲两个电话。

我刚将牛牛放下，苏乔就来电话了。心中不由骂道：这死丫头，不禁叨咕，我刚和你婆婆说你，耳朵就发热了。我正要与她聊聊她婆婆的事，便拿起电话。

苏乔问："牛牛睡了吗？"

我说："睡了，我刚把他放下，你电话就过来。点点睡了吗？"

点点是苏乔女儿的乳名，是个早产儿。出生时我去看过，长得娇小，娇嫩的皮肤，软软的小身体，小鼻子、小眼睛、小嘴，一切都不能再小了。可是，你仔细再看，口、鼻、眼、耳，却是那般的精巧，搭配得如此合理，像个精巧绝伦的艺术品。听说这一个月长得很快，赶上正常婴儿的发育标准了。

苏乔道："点点刚吃过奶，月嫂抱着在客厅散步呢。"

"嘿嘿，饭后百步走，能活一百九。乔乔，我正要找你，明后天我去你家一趟，牛牛的小衣物我清理一堆，有的穿过一两次，有些一次都没沾过身，想穿也小了，我拿给你家点点。"

苏乔道："真是的，孩子长得真快，噌噌往上蹿，你说我家点点，一个月长有一手掌长，多快呀。"

女人间聊起孩子总有说不完的话，我说："你说得太对了，所以，孩子的衣服千万不能多买,等你想穿就小了。"

苏乔道:"得,你别往我这儿背,哪天我去你家取,相中哪件拿哪件,你都给我拿来,我要是看不上你还得拿回去。"

我说:"瞧你这人,白给还这么挑剔。得,上赶不是买卖,你自己来拿吧。你正在月子里,到处乱跑可别受了风凉。"

苏乔道:"我哪里有那么金贵,出门就打出租,下了车就进屋,哪来什么风?"

我说:"那好,我叫方明开车接你。"

苏乔道:"我可用不起他,省那点油吧。"

苏乔又道:"微微,我跟你说点正事,你家育儿嫂找到了吗?"

这丫头从来没大没小,不管我叫姐,一直叫微微。我说:"哪里……"我本想说,哪里找到,这正愁呢。忽然灵机一动,想起她婆婆蔡玉米,脑子里浮出一个阴谋,便说:"啊,你是说我家育儿嫂,找到了,现在已经上班了。"

苏乔道:"怎么样,可心不?这回没让你那二位妈妈给开了?嘻嘻,你家一周叫她俩撺走三个育儿嫂,真逗。"

我说:"没有,此人各方面条件不错,我和方明都很满意。婆婆和我妈制定了十条选人标准,也没挑出啥大毛病。"

苏乔道:"那还真不错。微微,你在哪里找的育儿嫂,我家月嫂下周就开路,我妈高血压又犯了,我一个人也弄不了点点,你说急不急人。"

我心想:正好这时候治一治你的臭脾气。说:"脚上泡你自己走的,怨得了谁?谁让你把老婆婆撺走,现在知道着急、后悔了。"

3

苏微:

苏乔道:"得得,我后悔什么?你知道个啥,我婆婆要是不走,我这一个月就没法活了。她整天跟在人家月嫂屁股后面,不是这儿不对,就是那儿不对,她再不走,那月嫂就走了。再说,她会干什么?是会给孩子洗澡还是给我做营养餐?啥也不会,只能在我们家唧唧喳喳,成天念得我头都要炸了。微微，咱不提她行不。"

我见苏乔对婆婆意见还很大，不会轻易吐口让她回去，便继续说道："那你也不能撵人家走，我可是听候玉奇说他妈以前当妇女主任，挺通情达理……"

"得得，我没你那么贤惠。快跟我说，这回你是在哪个家政公司找的人？"

我继续乱编，道："哪个公司，你是知道的，我们几乎把全市跑遍，才找到这样一个合适的人。你别白费劲了，你要是用，我先让给你。"

苏乔道："嘿嘿，有意思，这事还有发扬风格的，你让给我，我就收下，可你家牛牛谁带？"

我说："乔乔，你还记得我家的月嫂王姐吗，她下周从北京回来，答应来我家带牛牛，这样，我家现在的育儿嫂就可以让给你。"

苏乔道："啊，那王姐人不错，你直接让她来我家就是了，何苦再瞎倒腾。"

我说："那可不行，你家要雇二十四小时住家的育儿嫂，王姐她老母亲有病，她得陪夜，只能白天上班。咱家现在这位育儿嫂可以二十四小时住家，你用正合适。"

"啊，是这样，那你家育儿嫂是哪里人，什么文化程度，有健康证明没有，经过培训吗，一个月工钱多少？"苏乔像挺机关枪射出一连串话来，我一下子没想好如何回答她，道："你哪有那么多问号，直接过来跟她谈就是了，就是你相中人家，她愿意不愿意去还两说着。"

苏乔道："你给多少工钱，我一分钱不少她的，为什么不愿意来？"

我逗她说："人家要是听说你把老婆婆撵走了，还敢去你家？"

苏乔无奈道："我的妈呀，看来我这恶名是除不掉了。我什么时候去你家？"

我说："我先替你试探一下，看她的意思，然后电话告诉你。"

"那好，我等你消息。拜拜。"

我放下电话，暗自佩服自己的聪明机智，不由抿嘴乐了，被方明进来看见，道："你没买彩票吧，什么事值得你乐成这样？"

我说："刚才乔乔来电话，向我打听找育儿嫂的事，我告诉她，我家已

第十三章 假戏真唱

经找到育儿嫂了,这人相当不错,不过下周王姐从北京回来,要继续带牛牛,现在这个育儿嫂可以让给她,她答应哪天过来看看。"

方明道:"以她婆婆来假冒育儿嫂,重返儿媳家,这主意倒是很妙,不过我有些担心,以苏乔的脾气,一旦识破我们大家在合伙骗她,使起性子事情更不好收拾。"

我说:"有什么不好办,婆婆被儿媳妇撵出家门不肯走,主动去医院体检,屈就外人家实习,这还不足以让她感动?再则,我们虽说是善意的谎言,还是先不让她知道为好。方明,你骗人是高手,细节你来设计。"

方明道:"首先声明,这骗人主意可是你出的,细节嘛,我去找候玉奇,那小子说谎话从不脸红。"

我说:"那我不管,露了馅我拿你是问。"

方明道:"我们原来谁也没见过蔡玉米,包括咱二位妈妈她们也没见过,蔡玉米也不认识我们,我们就跟苏乔说这人是我在家政公司请来的,月工资多少多少。对了,她还有医院体检报告,要不再伪造一个家政公司的合同,我找块萝卜刻个假公章,往上一盖。哈哈,骗自己家人,不犯法吧?"

我说:"别没正经的,你整得太齐全反而显出假来。你就告诉候玉奇,一口咬定,他妈真的回黑龙江老家了。"

方明道:"对,叫他打死也这么说。"

我俩越商量越兴奋,成就一件好事,让蔡玉米重返儿子家,胜造七级浮屠,功德无量。我说:"对了,我得赶快把这个消息告诉玉米婶,叫她有所准备。"

方明道:"对呀,咱们把这假戏编好,唱主角是她,她可千万别演砸了。"

我说:"砸不砸,就看咱俩导演如何来导这个戏。"

"哈哈,你是苏导,主导演,我是赵导,助理导演,一切听你指挥。"我俩都笑了。

我抬脚去敲蔡玉米的门,她正倚着床头看一本育儿方面的书,见我进来,急忙放下书,一骨碌下了地,问:"微微,牛牛睡没,有事吗?"

我将刚才与苏乔电话里的对话以及我和方明的想法跟她说了一遍,蔡玉米喜出望外，拉着我的手，连声道："太好了，太好了。我就说嘛，一见微微这丫头面，就看出是个聪明的姑娘，准有办法。你说，她能接受我？"

我说："行，能，乔乔我了解她。"

"那太好了，这几天我宁可不吃饭不睡觉也要跟你妈和你婆婆多学点知识，让乔乔看着我真像家政公司出来的人。"

我笑了，道："她们懂多少，您还是争取早些过去，跟人家月嫂学几天才是真的。"

4

赵方明：

第二天，我妈和岳母知道这件事，都非常高兴，说这是个绝好机会，蔡玉米重返儿子家，把她打发走，省得在一起瞎搅和，也圆了她自己的梦想。那王姐在我家待一个月，已被家人接受，再也不用四处去找人，这是一个皆大欢喜的事。

为让蔡玉米更像一个育儿嫂，我妈和岳母忙着给蔡玉米安排课程，给她创造机会，抓紧实习，让她以全新的面貌出现在儿媳妇面前。但天有不测风云，中午时苏微给我来电话，说，苏乔刚才给她去电话，上午她同学带家来一位育儿嫂，这人曾在同学家带过孩子，很不错，苏乔相中了。所以，我们这边的人不用了。苏微责骂苏乔："瞧你办的这事，我昨晚刚跟人家说好，你就变卦，叫我怎么跟人家解释？"苏乔嘻嘻笑道："那就对不起了，你想怎样解释就怎样解释。"苏微不好死乞白赖跟乔乔说，怕她生疑，告诉我马上跟候玉奇通电话，快想对策。

我马上拨通候玉奇的电话，把这个噩耗告诉他，他如五雷轰顶，浑身瘫软，说不出话来。苏乔几天前就叫他去找育儿嫂，他为让他妈重返家中，百般推托硬是不去，把苏乔惹恼了，便托同学帮着找人，再也不叫他管这事。所以，苏乔找到人也没有跟他说，他自然无从知道。

我对他说："事已至此，你不如回家跟苏乔实话实说，告诉她你妈一直没有回家，就等着月嫂一走回来接班。我想她能通情达理。"

候玉奇道："我可不敢去惹那个祖宗，我一直说我妈已经回黑龙江，再改口，她就会知道我跟你们合伙骗她，还不扒了我的皮。"

我一想，候玉奇说得也对，他最好装聋作哑，权当什么事都不知道，否则叫苏乔知道内情，事情就更麻烦。我说："那我趁午休回家一趟，向两位妈妈汇报，看看她们有何高见。"

我中午午饭没吃就开车回家，将情况如此这般一说，我妈和我岳母面面相觑，蔡玉米则是痛哭流涕。

蔡玉米一把鼻涕一把泪，道："我的妈呀，眼看就要回家了，半道出了这么个缺德人。是谁这么不是东西，插这一杠子，搅了我的好事，我要骂他八辈祖宗。呜呜呜呜。"

她哭着哭着，戛然而止，对我妈和我岳母道："二位姐姐，你们倒是说话呀，赶快给我拿个主意，我可怎么办？"

我妈怀抱牛牛，在屋里走来走去，眼睛一眨一眨想主意。多妙的一个法子，万没有想到节外生枝，出了岔。唉，真是够复杂的。她瞅定蔡玉米，冲我岳母一瞥，道："你问她，李花朵是智多星，我们家有什么难处主意都是她拿。"

我岳母正低头想法子，听见我妈说这话，瞪她一眼，反讥道："你这话说得这么酸，我不拿主意你来拿？杨小叶，你有什么主意，快说出来。"

我妈若是在以前，我岳母这样说她，她肯定会闭口无言，这次并没让我岳母难住，道："你要是让我拿主意，那我就不客气。你去趟乔乔家，把这事跟乔乔妈摊开，她现在身体不好，不能带孩子，有人雪中送炭，就不信她不鼓掌欢迎。她要是想通了，你妯娌俩联手做乔乔丫头的工作，还能不成？"

我岳母立即反驳我妈："那你可就大错特错，我家弟媳那张嘴，从来没有个把门的，有的说，无的也说，好事也让她说坏。你想通过我和她做乔乔工作，让乔乔给婆婆赔礼道歉请回去，那是妄想。你脑子是怎么想的？"我岳母没忘刺我妈一句。

我妈本想将自己的想法阐述清楚，见我岳母这样讽刺她，就改口道："我这脑子不正常，以你的高见？"

我岳母胸有成竹道："乔乔家我是得去一趟，从侧面打听一下那育儿嫂是哪个家政公司的人，叫什么名字，然后我暗中找那人谈一谈，她要是通情达理，放弃去苏家这事就好办了。"

我妈心中一琢磨，这也是一条路，暗中把工作做好，那人不去苏家，苏乔一时找不到合适人，还得用她婆婆。便不与我岳母拌嘴，扭头对蔡玉米道："我就说牛牛姥姥是智多星，这主意不错，玉米，快谢谢你花朵大姐。"

蔡玉米拉起我岳母的手，道："大姐，我能不能回儿子家就全靠你了，回头我给你做糖醋鱼吃。"

5

赵方明：

苏乔见我岳母一个人来到她家，心觉奇怪，问我岳母："大娘，你怎么自己来了，我大爷呢？"

我岳母道："你大爷在家陪你奶奶，我去办点事，顺路过来看看你。丫头，怎么样，你和点点都好吧？"

苏乔道："都好，都好，还有几天就出月子，这一个月就像坐牢，可把我憋死了。"

我岳母见话说到这儿，正贴近主题，便接着往下说："月嫂一走，你妈血压又居高不下，找到合适人了吗？"

苏乔道："找到了。"

我岳母道："那人叫什么名字？多大岁数？哪个家政公司的？有没有健康证、职业证？"

我岳母这话让苏乔警觉起来，脑袋一歪，调皮道："大娘，你们家一星期撵走三个育儿嫂，现在没谁撵的撵到我家来了？我可跟您说，我找这么一个人不容易，您就高抬贵手，放过她吧。再问我也不会告诉您。你找我妈聊会儿，我要给点点洗澡了。"

我岳母心怪自己粗心说错话，没把小丫头放在眼里。苏乔警惕性如此之高，再问也是徒劳，便骂道："你个死丫头，谁告诉你我家一周撵走三个？你年轻，涉世不深，这外人总是没有家里人放心，你……"她见月嫂将澡盆拿过来，话就停住。转身去找苏乔妈，我二婶。

姥姥与奶奶的战争

二婶送我岳母出家门，对我岳母说："苏乔同学和那人来时我没在家，回来听月嫂说，那人个子不矮，很瘦，不太爱说话，可能姓李。"我岳母见问不出新鲜东西，聊点别的话就回来了。

我岳母回来后给我打电话，说："方明，你给候玉奇打电话，那人高个、瘦子、不爱说话，可能姓李，叫他去找，挖地三尺也要把这人找到，然后告诉我，我去跟她谈。"

我把岳母的话传给候玉奇，他犯起愁来，说："你老丈母娘站着说话不腰疼，这四百万人口的城市叫我去哪儿找那个高姓李的瘦子？"

我说："没法找也得找，这是你家的事，你不找谁找？我老丈母娘容易吗，颠颠地跑你家，叫你老婆刺一顿，你总不能坐享其成吧。再说，你也别太死心眼，先在家附近几个家政公司转悠，瞎猫碰死耗子，万一能碰上呢。"

候玉奇没别的办法，下午向领导请半天假，骑自行车各家政公司转，找那李姓高个瘦子育儿嫂。候玉奇不是当地人，路不熟，又没有车，找起来很费劲。跑了几家，姓李的倒是有几位，不是矮个就是胖子，跑到下午四点多钟，候玉奇在一家公司的明星榜相片上发现一个人很贴边，姓李，相貌偏瘦，高鼻梁，大眼睛，看那脸庞个子不会矮，心中一喜，心说，总算有了眉目。对经理道："这个人，她现在有活吗？"那经理歉意一笑，道："对不起，您来晚一步，她刚刚签了订单。"

候玉奇道："那太好了，我想找她谈一谈。"

经理面露难色，奇怪地看着候玉奇，道："先生，我是说她已经有客户了，您还是再选一位吧。"

候玉奇见自己话没说明白，道："您误会了，是这样，我妻子在家政公司雇了位育儿嫂，有事叫我跟她沟通一下，可我忘记她叫什么名字了。"

"啊，是这样，你妻子是在我们家政公司雇的育儿嫂吗？你妻子贵姓，她的电话是多少？我来查一查记录。"

候玉奇不想让经理知道这么多，只得三缄其口，眼瞅着她翻登记本，经理突然道："啊，我想起来了，这位育儿嫂要去的这家是海归人士，对吗？"

候玉奇摇摇头，转身出了家政公司。

候玉奇累得腿都抬不起来，耷拉着脑袋回到家。候玉奇到家还得给妻子和月嫂做饭。月嫂只负责母婴的营养餐，自己的饮食则由候玉奇负责。

候玉奇做完饭，帮苏乔带孩子让月嫂吃饭，然后自己再吃饭，收拾碗筷，擦地板，打扫卫生。忙完这些，就该睡觉了，连逗孩子的时间都没有。候玉奇心想：妈要是在家，我哪里能这么紧张。

因有月嫂在，候玉奇得睡客厅，他进屋看眼女儿，准备出来睡觉。他无意间发现，在床头柜上有一张纸条，瞥了一眼，见上面写着"育儿嫂"三个字，下面是一行数字，他认出这是苏乔的字迹，一定是苏乔记下的那个育儿嫂的电话号码。真是踏破铁鞋无觅处，得来全不费功夫。有这个电话号码就好办多了，他也能睡个安稳觉。

候玉奇思量再三，自己不敢贸然出动，害怕一旦谈不成坏了大事，第二天便将育儿嫂电话告诉我，我转给我岳母。岳母胸有成竹道："有电话就好办，我现在就出马将她搞定。"

6

赵方明：

岳母按照纸条上的电话号码拨过去，那边果然有人接，岳母道："您好，是李女士吗？"

那边迟疑一下，道："我不姓李，我姓曲，你是哪一位？"

岳母心中嘟囔：这个乔乔妈，真没用，连个姓都弄错了，人家不姓李，姓曲。听这声音竟有些耳熟，又想不起来她是谁。道："哦，是曲姐妹，您是准备去苏乔家做育儿嫂的吧？"

那人道："你是谁，有什么事情？"

岳母听她反问自己，就证明一定就是这人了，眼睛一转，道："我是苏乔的大娘，有些事情想当面跟你沟通一下，您看我们在哪里见个面方便？"

那人又停顿片刻，在考虑要不要与我岳母见面，过有半分钟，道："我家住和平小区，你在小区楼口等我，我下楼。您大约什么时间能到？"

我岳母知道那个地方，离这儿并不很远，坐公交车两站地就到。说："我半个小时到，请您等我。"我岳母刚想放电话，又问："我怎么能认出您？"

那人道:"我穿件米色外衣。"

我岳母嘿嘿笑了,道:"我的外衣是咖啡色,手中拎小黑包,鳄鱼皮的。"

"那好,咱们半小时后见。"

蔡玉米站在我岳母身边,听得真切,感激涕零,道:"花朵姐姐,太谢谢你了,要不要我跟你一起去?"

我岳母开始整装出发,道:"不用,你去了倒碍事,就在家等好消息吧。"

我妈怀抱牛牛踱着步子,道:"需要配合,吱一声,别把自己估计得过高。"

我岳母不屑道:"一片树叶子,你能配合什么?"

我岳母出了我家,没坐公交车,两站地半小时绰绰有余,便步行而去,一路上琢磨着怎样与那姓曲的沟通。

到了和平小区楼口,我岳母看了下手表,自己没有迟到,还提前三分钟,便抬头四处寻望。迎面,骄阳初上,照在身上火辣辣的,她想找个避阳的地方等人,忽然见有一个瘦高女人迎面向她走来。这人身穿淡米色小衫,步子很轻盈,那模样很面熟。等那人到了自己面前停下,她终于想起来,这个正是叫她撵走的那个育儿嫂曲莉。真是冤家路窄。

不用说,曲莉也认出我岳母,警惕道:"是你找我?"

"啊,是我找你……"我岳母下面的话不知如何来说。目前形势发生了变化,眼前这人对自己成见很深,直来直去说话人家肯定不会买账。她想了想,和气道:"是这样,我有个事想跟你商量一下。"

曲莉打断我岳母的话,道:"停,下面的话你就别说了。你跟我商量什么?你不是把我当成贼暗地里盯防,还说我才来两天就挑拨离间、说三道四,我这样的人,趁早给你滚蛋走人,还来跟我商量什么?是不是你们家丢了东西,失盗了?那你快报警呀,叫警察来抓我好了,不用跟我商量。"她越说越气,浑身竟有些颤抖。

我岳母道:"你听我解释,那都是误会,我找你不是为这事,是因为……"

曲莉再一次打断我岳母的话,道:"我刚到你女儿家与你有什么误会,你这人心术不好，就想着整人，我俩没啥共同语言，一切免谈。对了，你说那苏乔是你什么人，是你侄女？看来我这单子真是接错了。"

我岳母脑子够用，心想，虽然她不去苏乔家正合我心思，可她把我找她的事抖落出去，乔乔不但记恨我，蔡玉米假装育儿嫂的事情也会败露，再进儿子家还得费些周折，不知还要在微微家待上多少天。她转念一想，这姓曲的不是跟牛牛奶奶处得不错吗，干脆拿牛牛奶奶说事，她不会拒绝。道："我是苏乔大娘不假，可我不管她家里事，是牛牛奶奶叫我来找你，有件事情求你帮忙。你看，咱们别在这儿晒着，能不能找个地方慢慢谈。"

曲莉人还挺倔，道："牛牛奶奶有事叫她自己找我，你跟我免谈。"说完，转身一扭屁股走了。把我岳母一人晒在那儿。

我岳母一个人在太阳地里呆呆地晒了半晌，直到曲莉无影无踪才回家。

7

苏微：

我妈自讨无趣，垂头丧气地回到我家，我婆婆一见我妈这架势不是没见到人，便是谈砸了，碰一鼻子灰回来。故意打趣道："李花朵出马，一个顶俩，大功告成了。"

我妈没心思跟我婆婆费嘴皮子，对我婆婆说："我今天算是碰到鬼了，你说，乔乔家雇的那育儿嫂是谁？"

婆婆道："谁呀，我认识吗？"

我妈道："就是在这儿干两天走了的那个曲莉。那人咱们不说别的事，在咱家我从来没见她笑过，我就纳闷儿，苏乔那丫头怎么能看中这样的人？"

我婆婆也很是惊异，真是不是冤家不聚头，天下的事情竟这样巧。曲莉性格有些倔犟，是被李花朵赶走的，李花朵与她商量事情岂不是自讨没趣。婆婆借机讥讽道："哦，那好哇，原来还是老熟人，用不着客套，事情准成了。"

我妈哼了一声,道:"那人天生与我犯相,没等我说话,屁股一扭,走了。"

我妈再也想不出别的法子,一屁股坐在沙发上,一挥手,无奈道:"这事我没法子管了。"

蔡玉米听我妈说她不管了,顿时急得火冒三丈,拽起我妈手道:"花朵大姐,你怎么能这样办事,本来说得好好的,只要你一出马准成,现在又说不管了,可让我怎么办?"

我妈心情郁闷,一挥手道:"你去跟杨小叶说,这事只有她能办。"

我婆婆一听这话,怀抱牛牛转身进卧室,边走边道:"我就是那一片小树叶子,人微言轻,没你那能耐。"

"好哇,你们俩都不管,我就住在这儿不走了,你们得管吃、管住,还得给我开工钱,少了还不行。咱们就耗起来看。"蔡玉米双手拽着我妈胳膊不停地摇晃,耍起赖来。

我妈被蔡玉米摇晃得心烦意乱,生气道:"蔡玉米,你这人怎么是个无赖?我告诉你的是实话,杨小叶与那个人有交情,你去求她,一准能成。"

蔡玉米见卧室门关得紧紧的,知道婆婆正哄牛牛睡觉,不敢打扰,急得在客厅里打转。

牛牛趴在我婆婆怀中睡着了,婆婆放下孩子,盖好被子,四处查找一遍,没有发现蚊子,转身出卧室,轻轻带上屋门,去换衣服,也不看蔡玉米,道:"走,玉米,跟我出去。"

蔡玉米迷惑不解道:"去哪?"

婆婆道:"下馆子。"

蔡玉米道:"小叶大姐,我现在就想哭,哪里有闲心下馆子。你帮我把事情办了,我请你和花朵姐找个大饭店,好好吃一顿。"

我妈自然知道我婆婆的脾气,一定是去找那曲莉,又不愿当她的面把话说得那样明白,对蔡玉米道:"你这人就是死心眼,她请你下馆子还不去,吃饱喝足,事情就办成了。赶快去换衣服,跟着杨小叶走。"

我婆婆带蔡玉米来到和平小区曲莉家楼口,开始给曲莉打电话。曲莉接电话,问:"喂,哪位?"

我婆婆嘿嘿先笑了:"我,牛牛奶奶。"

曲莉在我家时，因为假摄像头事与我妈吵起来，一怒之下愤然而走，婆婆撵到门口，好言安慰，硬塞给她两百元钱，她心存感激，至今念念不忘。所以，她对我婆婆和我妈的态度自然大相径庭，听说是我婆婆，曲莉笑了，道："杨姐，你怎么想起给我打电话，你和牛牛好吗？"

我婆婆道："我就在你家楼下，能下来一趟吗？"

曲莉道："您到我家来吧，我今天没事，中午给你做炸酱面。我这儿是十三号楼，八楼。"

我婆婆推辞道："那么高楼，我看着眼晕，你还得下来一趟，我就在你们小区门口。"

曲莉见婆婆不愿去她家，道："那你等我，我这就下去。"

曲莉见到我婆婆，像多年老朋友，热情地拉着我婆婆的手不松开，嘘寒问暖。我婆婆道："咱别站着说话，前面有家饭店，我请你吃饭，咱们边吃边聊。"

曲莉见我婆婆身边还有个胖女人，心知婆婆找她肯定有事，便说："要请也得我请你，可现在还不到吃饭时候，杨姐你有什么事，咱们坐那边长椅上聊。"

曲莉拉我婆婆进入小区，不远处是一个小型休闲广场，有花坛、大树，树下安放着长椅、石凳，供人们休闲。她俩找个空位坐下，蔡玉米一个人向不远处商亭走去，要买几瓶水大家喝。

曲莉道："杨姐，咱俩认识没几天，可我走后还真挺想你，牛牛好吗，现在谁带呢？"

我婆婆道："可不是吗，我也想你。牛牛挺好，只是到现在还没找到一个合适的人，眼下还是我和姥姥俩，还有那人对付。"婆婆朝商亭方向努一下嘴，在说蔡玉米。

曲莉向那边望去，见我婆婆说的是刚才她身边那个胖女人。婆婆撇嘴道："农村来的，没有干过，啥都不懂。"

"啊？那为啥要用她？牛牛姥姥那么挑剔。"曲莉不解问。

婆婆道："这人叫蔡玉米，家住黑龙江农村，原本是来伺候月子，无意中跟儿媳妇拌了几句嘴，一气之下出了家门，要回老家，临上车又后悔了，留了下来，决定重返儿子家带孙子。她先去医院做体检，又想找个地方实

第十三章　假戏真唱

习，长点育儿知识，等儿媳妇思想通了再回去，这才来到我家。"

曲莉又望蔡玉米一眼，见她手里拎着几瓶矿泉水朝她们大步流星走来，对我婆婆道："这人还挺要强，真是不容易。"

蔡玉米将水瓶各递给曲莉和我婆婆一瓶，道："大姐，喝口水。"

曲莉推辞道："我不渴，谢谢。"

8

苏微：

我婆婆借机给蔡玉米介绍："我刚才跟你曲姐说你的情况，你曲姐表扬你是个要强的女人。"

婆婆有意给蔡玉米引个开头，接下来看蔡玉米自己的表现。

蔡玉米知道我婆婆给她递话，蹲下身子，一把拉住曲莉的手，道："大姐，一看你就是个热心肠好人，你一定要帮我这个忙，你有多大损失，我都如数赔偿。"

蔡玉米一席话说得曲莉晕了头，忙往回缩手，道："你说什么？我能帮你什么忙？"

我婆婆笑道："妹妹，你要去的那家就是她儿媳妇苏乔家，她是婆婆。"婆婆对蔡玉米道："玉米，你别急，咱们坐下慢慢聊。"

曲莉惊得合不拢嘴，对我婆婆道："啊，原来是这么回事，苏乔与你儿媳妇苏微是姐妹俩？"

我婆婆道："她们是堂姐妹，苏乔小我儿媳二岁，孩子快满月了，这玉米从老家来伺候月子……"

蔡玉米心急，抢过我婆婆的话，道："我和儿媳妇拌几句嘴，生气离开家。事后一想，都是我这个当婆婆的做得不好，儿媳在月子里心烦气躁，我不应该与她一般见识，自己非但没帮上忙，还处处给人家添乱。原想下周那月嫂一走，我趁机回去，可听说她又请了你，把我这条路堵死了。大姐，你无论如何得帮帮我这个忙，你不去这家还能去别的人家，我要是回不去就得滚蛋回老家。我跟我家老候头说要在这儿住上半年才回去。我家老候说，你不用急着回来，咱们就在那边买房子，把家搬过去，在那边带孙女、养老。我才来没几天就回去,叫我这老脸往哪里放啊?呜呜呜呜。"

我婆婆本想委婉些将这事说出,没想到蔡玉米如此心直口快,一时不知怎么再跟曲莉说。

曲莉让蔡玉米哭得心软了,道:"你可别哭了,我这人虽然倔点,却看不得别人掉泪,这个好办,你儿子家我不去就是了。"

我婆婆补充道:"咱们现在跟你说的这事,还不能叫……"

曲莉道:"我懂,这事不能叫儿媳妇知道。"

婆婆道:"对了。"两人都笑了。

"那可太谢谢你,你就是我救命恩人,你的大恩大德我永远不会忘记。瞧我笨嘴,不知说什么好。"

我婆婆笑了,心想:这看似很复杂的事其实就这么简单,把事情说开,谁还能不帮这个忙。但是李花朵就不同,把人家伤得那么惨,反过来又来求人家,如果是我,我也不管。

曲莉从衣兜里掏出一块面巾纸递给蔡玉米,道:"快擦擦眼泪,咱们坐着说话,瞧你蹲在这儿我不自在。"

蔡玉米坐在我婆婆和曲莉对面的石凳上,抽泣道:"你们都是好人,我遇到你们真是有福气。"

曲莉道:"你先别忙夸我,你儿子家我可以不去,可我怎么说呢?我是家政公司的人,你儿媳与家政公司有合同,我既然答应去,现在又反卦,是我对家政公司违约,家政公司对客户违约,都要承担违约责任。我这人好脸面,干这么多年,从没有失过信用。"

婆婆心中一沉,道:"哎呀,还有这事?妹妹,你别说了,都怪我想得简单,我可不能叫你为难。"

婆婆对蔡玉米道:"玉米,咱们不能只想着咱们这一头,也得替你曲姐想一想,她是代表家政公司出来的,不能说不干就不干。"

"姐,叫你这么一说,这事又不行了?"蔡玉米瞪大眼睛,哽咽道。

曲莉解释道:"不是不行,是我这个话怎么说?我要是说家中有事,我算是违约,承担个责任,这是小事,为了帮你,我认了。可家政公司不能不再安排人,他们再安排人你还是回不去儿子家。你听明白了?"

这回蔡玉米听明白了,她能让曲莉不去她儿子家,可挡不住家政公司

第十三章 假戏真唱

再派人，大家白白折腾一回，还是回不去儿子家。她瞅着我婆婆，心想：你们这是在帮我的忙吗？

我婆婆点头，道："你说的是这个道理，都怪我们把事情考虑得太简单。"

曲莉道："要说简单也简单，让苏乔那边说话，不雇人就是了，大不了赔个定金钱。"

我婆婆道："唉，不就差在这儿，我儿媳妇他们给苏乔导演一出假戏，话一挑明，戏就没法演了。"

婆婆将我和方明导演的蔡玉米来我家假做育儿嫂，然后将苏乔骗到我家面见婆婆的想法说给曲莉，曲莉听罢哈哈大笑。

曲莉是个不苟言语的人，我妈还第一次见她这样笑。

曲莉道："那我就跟你们交个底，如果你们没有别的办法，我跟家政公司说我家有事，这个单子不能做了。对了，我可以到上岗前一天去跟家政公司说，叫他们措手不及，一时找不到合适的人。别的忙，我就无能为力了。"

我婆婆拉过曲莉的手，轻轻拍了一下，道："这可叫你作出多大的牺牲。不忙说这话，容我们回去再商量一下。"

我婆婆没急着回自己家，和蔡玉米一起回到我家，两人忙活着做晚饭，我们回到家，大家一边吃饭，一边说起这事。

方明寻思半晌，道："这事还真挺复杂，目前只能将假戏继续演下去，看看是个什么样结局再说。"

我问他："你的意思是曲莉那边先不辞？"

方明道："先不辞，就看这出戏能不能打动苏乔，苏乔要是不动心……"他看了一眼蔡玉米，下面的话没有往下说。

蔡玉米听出方明的话，道："你们一家人为我的事操了不少心，还有微微妈妈、那个曲莉，都是好心人，就听天由命吧，乔乔认我，我就回去，她要是不认，我就回黑龙江了，何苦这样赖皮赖脸的。"

我说："婶，您别泄气，大家精诚配合把这戏演好，乔乔一定会主动请您回家。"

9

苏微：

第二天吃过晚饭，我把家里安排停当，与蔡玉米交代几句话，就和方明开车去接苏乔，把这出假戏推向高潮。

车快到她家时，我开始给苏乔打电话，说："乔乔，我和方明逛街回来，路过你家，顺便接你去我家，你现在就穿衣服吧。"

听到苏乔在电话里打个长长的哈欠，问："就今天吗？可玉奇没在家。"

我心想：按戏路要求，那候玉奇早就躲出去了，怎么会在家。我说："就现在，他在不在有什么关系，一会儿再叫方明开车送你回来。给你准备的衣物堆满一屋子，赶快拿走，我可没有地方放。"

"好吧，我穿衣服。"苏乔懒快快道。

乔乔上了车，问我："你家那个育儿嫂，你对她说我找到人，不再用她的事了吗？"

我轻描淡写道："说了，那人说不用也好，要不她也干不长，她说将来要给自己家带孩子，我也没有细问。"

乔乔道："嘿嘿，那就好，别叫人以为咱们泡人呢。"

我说："不能，她是一个挺实在的人。"

说着话我们到家了，此刻蔡玉米哄牛牛已在卧室睡下，我们就在客厅里翻腾牛牛原来的衣物。这些衣物一些是别人赠送的，连包装都没有打开。虽是婴儿衣物，制作却十分精致，五颜六色，漂亮好看，我俩一件件欣赏，嘻嘻哈哈说着话。

过了半个小时，从卧室里传来牛牛的啼哭声，乔乔道："牛牛醒了，快去看看吧。"

我说："不用，这小子睡到这时就应该醒了，免不了哼哼几声，一会儿叫保姆抱出来。"我扭头喊："方明，叫姊把牛牛抱出来，老姨来了。"

转眼工夫，蔡玉米笑呵呵抱牛牛出来，道："牛牛来见老姨……"她说到这儿停住，吃惊道："你是，乔乔？你怎么到这儿来了？"

蔡玉米会唱二人转,在家乡常参加业余演出,那眼神、表情,表现得惟妙惟肖,看不出是在做戏。

苏乔抬头见牛牛的育儿嫂居然是自己的婆婆,穿一身家政公司人员常穿的那种纯棉家居服,头发刚刚剪短,精神飒爽,更为惊讶,道:"您,您怎么在这儿?"

戏演至此该我说话了。我平静道:"这就是我请的保姆,你叫蔡婶,啊,怎么,你们认识?"

苏乔惊叫道:"苏微,你再说一遍,她是你请来的保姆?"

我平静道:"是呀,蔡婶是我在家政公司请的。对了,我告诉过你,她家在农村,这有她的健康证,还有家政公司的合同。方明,你把合同放哪了?你想请二十四小时的育儿嫂,农村来的最合适。城市人三天两头往家跑,你说闹心不,蔡婶要回一趟家得几天。可你偏偏不识人,去找别人……"我故意瞎编道,顺手将牛牛抱过来。

蔡玉米顺势坐在苏乔身边,轻轻拍着她的胳膊,道:"乔乔,是这么回事:我回家也无事可做,闲人一个,你们这边,点点满月后,月嫂一走,没有人帮你带。我自己没有带孩子经验,不懂得科学育儿方法,就去家政公司报名,参加培训,正好这家雇人我就来了,想在她家实习一段,有了经验,好回去带点点。"

苏乔不敢相信这是真的。世界难道真有这么巧的事,自己婆婆与自己生气走了,来到自己堂姐家当保姆,而且是为带自己的孙女来实习,这样稀奇的事竟出在自己家里。

苏乔一时百感交集,羞惭不已,不知说什么好,忽然扭头对我发火:"苏微,你怎么能叫我婆婆给你家当保姆?"

我也跟她瞪眼睛,道:"苏乔,你说什么,她是你婆婆?你一共有几个婆婆,候玉奇他妈不是回黑龙江老家去了吗?"

这时,蔡玉米又说话了,对我道:"微微,我没有跟你说过,苏乔是我儿媳妇,你给我介绍那户人家我还犹豫不决,我说过段时间要带自己的孙女,就是乔乔的女儿点点,原来你们……"

方明插话道:"她们是堂姐妹,我们哪里知道您是她婆婆,谁也没有见过面,哎,婶,您倒是吱一声。"

苏乔指着我道："瞧我跟你算账。"说着，掏出手机，给候玉奇打电话："候玉奇，咱妈在哪呢？"

候玉奇明知戏已到高潮，就等他来配合，故意装聋作哑，道："咱妈在家呀，你怎么想起问这话，没往家里打电话？"

苏乔道："我说是你妈，点点奶奶，她在哪儿？"

候玉奇道："你是说我妈，她不是在黑龙江吗？怎么的，老太太给你来电话了？"

有些话当着蔡玉米的面，苏乔不好问，站起身去阳台，反问候玉奇："你妈就没有给你来电话？"

候玉奇道："来过呀，我不还跟你说过，头两天从家里给我来的电话，说家里没什么事，就是一个人闲得慌。"

苏乔大声道："你个浑蛋，妈在微微家当保姆呢，你真的不知道？难道赵方明没有跟你说起过？"

候玉奇道："乔乔，别跟我开玩笑，我正跟客户谈事，一会儿电话再给你打过去。好了，就这样。"

苏乔气得直跺脚，道："不行，你必须马上来，到苏微家。"

我与方明偷偷相视而笑，这戏演到这儿基本大功告成。

苏乔打完电话回来重新坐在蔡玉米身边，刚要说话，方明插嘴道："真是大水冲了龙王庙，一家不认一家人。苏乔，我们哪里认得你婆婆。候婶，您看苏微和苏乔两人长得多像，您就没想过她俩是姐妹？"

苏乔白了赵方明一眼，对蔡玉米道："妈，您要实习也得挑户人家，他家婆婆和老丈母娘天天吵嘴，一周赶走三个育儿嫂，您在这儿得受多大委屈？"

我故作生气说："乔乔你胡说什么，蔡婶跟我妈和婆婆相处得很好，你可别挑拨。"

苏乔道："还用别人挑拨，我妈在这儿待长了就知道了。所以，妈，此地不宜久留，您的东西呢，我们回家。"

方明道："苏乔，你带婶走，那可不行，你们走了，王姐还没有回来，我家牛牛这几天谁带？"

苏乔故作傲慢道："那我可管不了那么多，我妈还得帮我带点点呢。对

277

了，你们用我婆婆给多少工钱，现在就结账。"

我说："你还跟我算账？刚才你婆婆自己说来我们家是实习，得交实习费、伙食费和住宿费。她是长辈我们不好意思要，就管你儿媳妇要了，你快交吧。"我把手伸到乔乔面前。

苏乔啪地朝我手心打了一掌，耍赖道："哼，想得美，一分钱不给。"

我收住笑，问乔乔："说正经的，那你新找那个育儿嫂怎么办，把她辞掉？"

苏乔道："为什么，你以为我像你似的拿我婆婆当保姆？那人我继续用，我妈帮个忙就是了，我不想让她太累。"说着把蔡玉米的胳膊挎起来。

我笑着给她竖起大拇指道："真是个孝顺贤惠的儿媳妇。"

蔡玉米乐得眼里闪着泪花，道："行，雇保姆的钱我出，那人不错。"

苏乔扭头问："你认识那育儿嫂，是你们一个家政公司的？"

蔡玉米见自己说漏嘴，马上改口道："我哪里认识，我看家政公司派来的人都不错。"

我瞅方明一眼，这样的结局还真没有想到，那曲莉也不用辞退，皆大欢喜。

不一会儿候玉奇打车来了，见到妈假装惊讶一番，说些埋怨妈不该如此的话，然后方明开车将他们一家三口送回去。

方明回来后我问他："你说，苏乔会不会看出这是在演戏？"

方明先是摇摇头，然后又点点头，道："不好说，那丫头和候玉奇一样，猴精八怪，总能看出些破绽来，也许她看大家如此用心良苦，婆婆那么诚心实意，也就装傻，暂时不会去捅这层窗户纸。"

我笑道："你分析得极是，就是骗也只能骗一时，骗不了一世，别人不说，这事迟早会让玉米婶自己说出来。过一阵子，那丫头肯定会来跟我兴师问罪。"

方明笑道："那你也跟她来个装聋作哑，死不认账。"

第十四章　忙中出错

1

苏微：

想谁谁到，这时，我的手机响了，是王姐的电话。

王姐说:"微微，我今天一早到的家。不好意思，我暂时不能去你家，我妈的情况不太好，心绞痛，一天犯好几次。得带她去医院看一看。看样子还得住院。"

我听这话心里咯噔一下，真是天有不测风云，看来，我的如意算盘又被打乱了。我说:"大妈的身体要紧，我们医院的心内科是市里最好的，就是在新市区，稍微远一点。您明天早一点带大妈过来，我给您安排。"

方明听到我跟王姐的电话，道:"坏了，我和马先生约好了，我妈带我爸去看腿。就你妈一个人，能行吗？"

我说:"牛牛爷爷腿又摔了一下，误不得，一定得再去看一看，你别跟妈说，让她还安心跟爸去农村。明天咱俩早点走，先把牛牛送我家，我爸还可以帮着照看。"

方明想了想，迟疑道:"只能如此。"

第二天一早，我们把牛牛送到我家，我妈乐得手舞足蹈，抱过牛牛又亲又啃，道:"牛牛，这回就长住姥姥家，不走了。老苏头，今天咱们把你书房改成牛牛活动室，地上铺垫子，玩具全都搬过去。牛牛再大一点，给他买个滑梯、秋千。"

我爸笑着对我说:"瞧你妈，这又得瑟上了，你们赶快走吧。方明，王姐没来的事不用告诉你妈，免得她分心。哎，这德欢，又要遭二茬罪了。"

我爸、我妈又有机会带牛牛在小区里显摆，早早就把牛牛推出去。我

姥姥与奶奶的战争

妈喜滋滋地往人堆里凑，我爸跟在后面。

我妈嘴中念叨："咱们牛牛看望姥姥们，姥姥好，牛牛来了。"

几位大妈大姨围上来看牛牛，疼爱地摸着牛牛的小手小脚，与我妈聊起来。

远处，有人在吵吵嚷嚷。

我爸问身边人："那是怎么了？"

有人告诉我爸："哎，那是邱家的亲家，因为孩子的事又来吵架。"

"孩子什么事？"

"奶奶要把孩子抱回家，姥姥不让，也不让进门。"

"还有这样的事？"我爸走过去。

楼门口，一个老妇人口中喋喋不休，对围上来的人道："你们评评理，哪有这样的亲家，我俩拿着东西来看孙女，硬是不让进屋。这是我们的孙女，凭什么不让我们看，有这样的道理吗？孩子在我们家时，她想过去就过去，指手画脚，不是这不对就是那不对，天天给我们脸子看。现在反倒不叫我们看孩子。"

楼上四楼一个窗子突然打开，邱姥姥探出头来，手指着楼下骂道："怎么的，还骂上大街了，就是不让你进我家，你有法子去想。"砰的一声将窗子关上。

我爸上前劝："这位大姐，你听我说两句，你们既然是两亲家，就应该坐在一起，心平气和地开一个会，有什么问题大家协商解决。"

那妇人转身对我爸道："这位大兄弟，你是不了解情况，他们瞧不起我们老两口，你看看，连门都不让我们进，还开什么会？"

她身边的老伴对我爸说："这位兄弟，一看你就是领导，要不你费费心，给咱们开个会，把我们两家这事情解决解决。"

围观人笑着对老头介绍："你算是找对人了，这位退休前是馆长，最会开会了。"

老头上前拉住我爸的手，道："馆长领导，我姓魏，你快给我们开个会。我们家的情况有点特殊，孩子的爸妈都远在上海工作，这边就我们四个老人，我们两边亲属再乱插言，越说越乱，就得请你给我们开个会。"

我爸说："这位大哥是孩子的爷爷，我给开会也不是不行，我和你一样，是个退休的老头，师出无名，你最好还是去找社区居委会，让他们出面帮助解决。现在关键问题你们心态得放平稳，不要激动。"

"哇，哇！"牛牛在车中哭啼开来，我妈推着婴儿车过来找我爸，道："老苏头，别光说话，你看看你孙子怎么了。"

牛牛在我家这一天格外闹，我爸妈都很奇怪。有我婆婆在时，牛牛好好的，单独我妈一个人，牛牛就哭哭啼啼，怎么也哄不好。我爸道："这孩子是不是饿了，这么闹腾？"

我妈烦躁道："刚喂过奶，你也不是没有看见。"

我爸："要不就是困了。"

我妈："刚睡醒，困什么。"

我爸："那你说这是怎么，今天这孩子这么闹？那走吧，我们找个安静的地方好好哄一哄。"

我爸扭头对魏老汉道："你们去找社区居委会，让他们给开会。"

我们科这一天来了20个患者，5个重患，累得我筋疲力尽，本想回到家里，好好休息一会儿，却见牛牛哭哭啼啼。

我爸解释说："牛牛这一天特别闹，我和你妈腾不出空来做饭。"

我妈对方明抱怨："方明，你说这牛牛让你妈成天搂着，抱着，惯得坏坏的，一离开她别人没办法插手。不知怎么的，今天就是哭咧咧的。"

赵方明迎合我妈："是，是，我妈那种方法不科学，我劝过她，她也承认，就是不改，我继续做工作。"

我妈妈讥讽道："你还能做你妈的工作？笑话。牛牛以前不懂事，头几天还好好的，现在越来越大，明白事了，叫杨小叶拉拢过去，不听别人的话。现在只有两个人还好使，一个是微微，那是他亲妈，在她肚子里待九个多月，自然感情深厚，还有一个人就是你妈杨小叶，别人完全插不上手。你说这一天，我和你爸两人什么事都没干，就哄他，还哄不好，哭哭咧咧。这问题有多严重，老苏头，你开会呀，为什么不开会？"

牛牛有点什么不尽人意的事，我妈就往我婆婆身上扯。我不愿意听她叨叨这些话，撅嘴从妈手中接过牛牛，道："你不是说奶奶这不行，那不行，怎么人家走一天，自己就玩不转了？"

我妈瞪我："你这丫头，还向着你婆婆说话，这牛牛就要让杨小叶惯坏了，让你爸说说，是不是这么一回事？"

我爸接话道："我赞成你妈的说法，孩子惯出毛病不好改，杨小叶带孩子的方法一定要改正。现在看，我和你妈两人带这小子都很困难。"

方明接话道："爸、妈，我有个想法，反正我现在在单位没有什么事，我请几天假，去农村陪我爸，把我妈换回来，免得爸妈太累。"

我见方明说的是个办法，便说："我看行，方明在顺风公司丢了都没有人找，就让他去吧，把牛牛奶奶换回来，免得这时候到家还得现做饭。"

我爸对方明道："方明，你的问题我认真想了，我尊重你自己的选择，你要是觉得在顺风公司发挥不了作用，那就不要在那儿干耗，这次下乡你好好考虑一下。再有，你跟你妈要说得委婉一些，不要让她以为牛牛离不开她别人不行，这样你妈会骄傲自满。好了，这事就这样定了，下面考虑一下，晚饭我们吃什么？"

这时，有人咚咚地敲门。方明去开门，门口站着两个中年女人，说她们是社区居委会来找我爸。我妈去厨房下面，我和方明把孩子抱进了里屋。

2

赵方明：

居委会成主任对我岳父道："苏馆长，是这样一回事：咱小区有一户邱家，就在您前边楼的邱家，女儿、女婿都在上海工作，有一个小女孩留在他家，小女孩原来住在爷爷奶奶家，后来两家发生矛盾，孩子就住到姥姥、姥爷家。现在，爷爷奶奶想把孩子抱回去，邱家不干，人家来看孩子邱家也不让进屋。爷爷、奶奶找到居委会，让我们给两家开会，可我们没有这方面的经验，想请苏馆长帮忙，麻烦您抽点时间，和我们一起给两家开个会。"

我和苏微一听是这事，在屋子里偷偷乐开，没想到我岳父退休了还真有人请他开会，这真是个稀奇事。

我岳父见有人请他开会，脸上乐开了花，说："这个没问题。开会是个好办法，我也是才当姥爷不久的人，我们就想出一个办法，两家成立一个委员会，有事开会。谁家生儿育女都会发生这样那样的矛盾，这个都不怕，开会解决。你们说什么时候开会，我参加。"

苏微道："我爸真逗，自己家的事没解决好，还给别人开会。"

我说："这你就不懂，清官难断自己家事，别人家的事岳父自有办法。邱家怎么回事，姥姥与奶奶闹腾得比咱家还厉害？"

苏微道："邱凤娇和张海柱两口子远在上海私企工作，工作压力挺大，就把孩子留在家里，四个老人有矛盾无人调解，越闹越大。你说他俩在上海还能安心？我看我爸真能帮助解决，是办了一件大好事。"

成主任道："那可太好了，我们小区有您这样的老同志真是我们的福分。等我们跟两家联系好，再请您。苏馆长，这么一说，我萌生一个想法，您看，在我们小区，当姥姥奶奶和爷爷姥爷的很多，相处和谐的有，但也有不少争争吵吵的，影响家庭安定团结。所以，我想，咱们社区在适当的时候召开一个经验交流会，请咱们的姥姥、奶奶介绍一下和谐相处的经验。"

我爸道："这个想法很好，我赞成，不过我们家姥姥和奶奶的经验还不成熟，我得给她们好好总结一下。"

我和苏微在屋里笑得前仰后合，真逗，咱家的姥姥奶奶要介绍经验了。我对苏微说："瞧热闹吧，咱家姥姥奶奶介绍什么？介绍如何斗智斗勇，如何抓住对方的弱点，狠狠一击，反败为胜，然后将小区里的姥姥与奶奶的战争推向高潮。"

苏微笑道："你敢这么说，让姥姥、奶奶听到，抽你耳光。"

第二天一早，我去乡下换我妈回来带牛牛。此刻，我妈正推着我爸在乡间小路上悠闲散步，见我来了，对我爸说："坏了，准是那个王姐没来，李花朵弄不了牛牛，找我来了。我得赶快回去，看看我孙子成天哭成什么样子。"她没跟我说几句话，急匆匆地走了。

我妈来到苏家，我岳父、岳母正逗牛牛玩耍，牛牛咧个小嘴在笑，一颗悬着的心放下，道："这不挺好吗？姥姥多有法子，让我回来干什么？"

我岳母白我妈一眼："你急着回来干什么？地球离开谁还不照样转。"

"听听，牛牛这是哭了一天，嗓子都哑了，这也是没办法，谁带都不行。"我妈说着话，转身进了卫生间。

姥姥与奶奶的战争

我岳母冲着卫生间道："都是你杨小叶惯的，害得我们绞尽脑汁，想多少办法才哄好。你这一回来又乱套了。"

苏国学不满李花朵："瞧这话说的，小叶大老远回来，还不是为我们减轻负担，不说感谢的话也不能出口伤人。"

我妈出了卫生间，道："我算是知道你这人，属鸭子的，嘴硬。"

我岳母说："我什么嘴硬，我说的都是实话。"

我妈上前抱起牛牛，道："让奶奶抱会儿吧，想奶奶没有？"

我岳母冷笑着对我岳父说："瞧瞧，我说得没错吧，一见面就抱起来。"

我岳父说："小叶，昨天我们议论了一下，觉得你总这样抱孩子有些弊端，容易造成孩子的依赖性。你看看，你这一走，牛牛就叫唤。"

我妈道："苏大哥，你这是从哪里学到的谬论，孩子这么小，就让他自强自立呀？再说了，她李花朵不抱还不让我抱。"

我岳母说："杨小叶，你可太歪了，这孩子就像长在你身上，别人要得去吗？"

我妈说："哼，你这人，光指手画脚，哪想到抱咱们牛牛。算了，我不跟你们说了，外头空气这么好，我抱牛牛出去坐坐。"

我岳父道："小叶，你坐了半天车，不歇一会儿？"

我妈道："我不累。李花朵，帮咱牛牛更衣。"

我岳母手拿牛牛的衣服过来，说："你先抱牛牛出去，我把牛牛一堆衣服洗完就去找你们。"

我妈抱牛牛走到外面，阳光有点毒，便抱牛牛走进凉亭，坐在石凳上。邱姥姥带着两岁外孙女也在凉亭中蹦跳玩耍。

我妈自言自语道："牛牛，看看小姐姐玩得多好哇，快点长，长大了跟小姐姐一起玩。"

邱姥姥转身看了牛牛一眼，道："这不是李花朵的外孙子吗，又抱出来了。"

我妈应道："对呀，我们来跟小姐姐一起玩。"

邱姥姥说："你是孩子什么人？对了，新来的保姆。"

邱姥姥见我妈摇头："对了，现在不叫保姆，叫育儿嫂。听说牛牛奶奶精神不太好，李花朵一个人带也真够戗，不找一个人怎么行。"

我妈一听此言，脸色顿时变了色，正要发怒，却又压住火气，问："是吗？这牛牛奶奶怎么精神不好了？"

邱姥姥说："我倒是没有见过那个牛牛奶奶，听李花朵说，牛牛奶奶年纪虽不太大，却有些痴呆，她带牛牛这孩子睡觉，看见屋里有只蚊子，却不知道打，眼瞅着孙子让蚊子咬一口，你说那人要是正常能这样？"

我妈道："啊，那是有些痴呆，还有呢？"

邱姥姥："还有那些事，我就记不住了。大妹子，人要是到了这种程度还带什么孩子。我们家孩子奶奶也是这样，你问她，这孩子今天大便没有，她说记不住了。你说说，带孩子记不住这些，你记什么？"

我妈点头："那也是个痴呆。"

邱姥姥说："那可不是痴呆怎么的，她那些傻事，我一天都说不完，所以，我累死累活的，就我一个人，我不让她插手。"

我岳母手拿着小被单朝这边走来。"瞧你俩聊得这个热乎，原来就认识呀？"

我妈道："认识。这位大姐告诉我，牛牛奶奶是个痴呆，牛牛睡觉，她看见屋子里有个蚊子不知道去打，瞅着蚊子咬孙子一口。"

我岳母一惊："这是谁说的？"

我妈道："李花朵呀。你怎么不告诉她，她姥姥傻得在屋里呼呼睡大觉，牛牛让人抱跑都不知道。他姥姥还把个纽扣当成摄像头来吓唬育儿嫂。"

我岳母狡辩道："杨小叶，你真是有毛病，我什么时候说过这样的话。"

我妈道："这位大姐还在这坐着，你问问她。你到处散布流言蜚语，往我脸上抹黑，是什么居心？"

我岳母道："杨小叶，你可别胡说八道，我从来没有在外人面前说过你的不是。"

我妈道："这人就在眼前，你还死不承认。来，我给你问问。"

我妈转头问邱姥姥道："这位大姐，你刚是不是说李花朵说的，牛牛奶奶是个精神病？"

我岳母冲邱姥姥挤眉弄眼，让她别承认。

邱姥姥不解其意，道："瞧，你这保姆还挺厉害，跟主人家这么吵吵闹闹，就不怕炒了你？"

第十四章　忙中出错

285

我妈道："哼，她炒我，我还炒她呢。"

有几个休闲人围过来，我岳母说："杨小叶，有什么话咱们回屋去说。"

我妈来了犟劲，道："回屋干什么，你就当着邻居们的面说个痛快，牛牛奶奶都有哪些蠢事、傻事。"

我妈起身抱牛牛愤然而走。

3

赵方明：

我岳母望着我妈的背影，对邱姥姥道："大姐，你都跟她说些什么，她就是牛牛的奶奶。"

邱姥姥吃惊道："她不是保姆？这人真是有点精神不正常，脾气还挺大的。"

我妈气呼呼地回苏家收拾东西，就要走人，我岳父见我妈哭得两眼泪汪汪的，心中奇怪，问："小叶，你这怎么了？"

我岳父这一问，我妈憋不住号啕大哭，哭诉道："没有这样欺负人的，真是还让不让人活了。"

我妈把牛牛的奶瓶、奶粉装上，转身就往外走。我岳父道："小叶，你可要冷静，这抱孩子去哪里？"

我妈说："去哪里就不用你们管，你们要能带就别叫我回来，我自己带就不用你们管。"

正在这时，我岳母进了屋。我岳母怕我岳父批评她，没有敢说事情的实情，嘟囔一句："我说她精神病还错了，几句话就抱孩子走了，简直就是祖宗，惹不起了。"急忙去追我妈。

我妈抱着牛牛气呼呼地匆匆而行，我岳母在后面追赶，叫道："杨小叶，你等等我，你听我说。"

我妈不吱声，头也不回，继续往前走。她走累了，忽然停下来，靠着路栏杆站下，东张西望，等待出租车。

我岳母追上来，道："这儿出租车不让停，打不到车，咱们去那条街上。"

我妈气呼呼道："你离我远点，不用你管，别跟着我。"

我岳母气喘吁吁道："我跟你干什么？我是不放心牛牛，这孩子这几天嘴里长个东西，我有点担心。"

"什么东西？李花朵，这孩子让你看一天，不是这事，就是那个事，你快离我们远一点，烦死你了。"我妈说着话打开盖在牛牛头上的纱巾就要看他的嘴。

我岳母说："瞧你这个性急，没看见牛牛睡了吗，再说，这儿尘土飞扬的，等进了屋再看，估计你看完之后又等……算了，等你看完再说。你跟我走，咱们还是去微微家。"她说罢转身向右走去。

我妈跟在我岳母身后，道："李花朵，等一会儿我再找你算总账。"

她们进入我家，我妈将牛牛放在床上，看着牛牛的嘴，看不清楚，我妈说："李花朵，你把窗帘拉开些，我怎么看不见呀？"

我岳母说："唉，我看你也是老眼昏花了，来，我给你拿支手电筒。"

我岳母转身取来一支手电筒，伏下身了，帮杨小叶逗牛牛。

我妈道："牛牛，张开嘴叫奶奶看一看，啊，啊，李花朵，没有什么呀。"

我岳母说："你还没有看见？这两个白点。"

我妈转头惊喜地看着我岳母："牙？"

我岳母李花朵点头："嗯，一对小牙。"

我妈破泣而笑："我大孙子长牙了，哈哈哈哈。"我妈给了我岳母一巴掌，道："李花朵，我孙子长牙了。"

我岳母道："我说你精神不正常你还不愿意，一会儿哭，一会儿笑的。"

我妈重复道："我孙子长牙了。"

我岳母道："昨天这孩子又哭又闹，老苏头就埋怨我，看看，杨小叶一走，这孩子就哭上了，还是你李花朵不行。我还纳闷儿，我天天跟杨小叶在一起，牛牛不至于和姥姥这么生疏。今天早晨我猛然发现，这牛牛长牙了。我听说婴儿长牙时容易烦躁，会莫名其妙地哭啼。算了，杨小叶，你以后能不能大度点，别动不动就发脾气，抱孩子走人。"

我妈道："你还说我，就你到处散布流言蜚语，管好你那张破嘴。"

我岳母说："好好，以后我当哑巴。杨小叶，我问你，这育儿嫂还找不找呀？"

我妈说："不找了，找什么找，我就是育儿奶奶，你是育儿姥姥，就咱们凑合带吧。"

我岳母说:"咱俩？咱俩在一起，又得吵架。"

我妈说:"你刚才不是说你当哑巴吗？"

我岳母说:"那我就真不说话了。"

"哈哈哈哈。"两人一起大笑。

4

赵方明：

这时候，我正在乡下陪我爸下棋，公司办公室的电话催来，叫我下班前务必赶回公司，吴总要找我谈话。我心想：这正是机会，把我辞职的事跟他一说。便把我爸托付给我大爷照顾，自己坐车回市里。

我进了吴总办公室，吴总叫我把房门关严，然后招我坐在他身边的沙发上。

我见这架势有点不寻常，我是一个让领导看不上的小人物，同我谈话他应该危坐在办公桌后，我坐在他的对面，这样的坐法不知他要谈什么。

吴总道："赵方明，我现在同你谈一件涉及公司机密的事，你知道不，那个蒋大学跳槽了。"

我一惊："这个这个我可不知道。吴总，我父亲腿摔伤了，还有我们家要找育儿嫂，所以，我没有在部里好好工作，这是我的错误。"

吴总一摆手："我不是这个意思，这小子同我拍胸脯争着要去开发部，动机就是不纯，他把Z9的研究成果卷走了，这就是我们公司的重大损失。"

我更是惊得不得了："啊，是这样，他去了哪个公司？那个公司岂不是坐收渔人之利，那我们公司的损失就大了。吴总，我们一点都没有看出来。"

吴总目光紧逼着我："赵方明，据你所知，这个Z9核心问题是不是已经解决了，到什么程度？还有多长时间能投产？"

我沉思片刻，道："吴总，以我的经验，这个Z9新产品基本完成，只是还有一个问题没有解决。"

吴总问："什么问题？"

我说:"就是透气性问题。"

吴总说:"为什么？"

我说:"以我看,Z9核心问题是透气性问题,大不得,又小不得,这个值极难控制。"

吴总说:"你是说他现在还没有解决？"

我摇头:"我了解他,以他的能力,短期内还不行。"

吴总说:"那好,赵方明,我现在决定,由你当这个新产品开发部的负责人,那个于明白回他的质检部去。你要日夜兼程,解决这个透气性问题,需要什么条件,你可以提。"

我心中一惊,暗道:坏了,我这是把自己拴了进来,我说:"吴总,这个恐怕有困难,我已经正式向公司提出辞职了。"

吴总摇头:"辞职不行,以前的事情是我片面地听他人一面之词,毛病在我。赵方明,我现在正式向你道歉。"

我说:"这个,这个,吴总,是我做得不好。"

吴总说:"我们早一天试制成功,就能早一天占领市场,然后我们进行专利申请。方明,这是我们公司在用人方面的一个教训呀,希望你不要辜负公司对你的期望。"

我心想:我当面拒绝不好意思,我给他来个迂回策略,道:"吴总,您给我点时间,让我考虑考虑。"

吴总道:"没有考虑时间了,必须接受。"他话锋一转,问我:"家里面还有什么困难？这姥姥和奶奶还吵架吗？"

我连连摇头:"不,不,她们挺和谐。"

5

苏微:

方明被重新任命为公司开发部负责人,主持新产品试制,开始忙碌起来,我的工作那就不用说了,没有闲时候。牛牛就交给我婆婆和我妈,主要是我婆婆,因为妈这边还有奶奶需要照顾。这样一来,婆婆更顾不上我公公,把他一个人扔在乡下,好不容易盼到休息日,我和方明休息,让婆

姥姥与奶奶的战争

婆下乡看公公。

我儿子很体贴，知道我们休息，也跟着我们睡懒觉。一阵手机铃声将我惊醒，我睡眼蒙眬地接电话。原来是科里牛云的电话，她说："7号床快不行了，家属却忽然不知去向，不知怎么办。"我想起：七号床是位老太太，昨天送来时就已经心衰，说是外地人，身边有一个儿媳妇，怎么就不知去向了呢？今天是牛云和小刘的班，二人忙不过来，我就说："别急，我这就过去。"

我挂掉电话，见方明睡得像死猪一般，便推他，道："你快起来，我得去科里一趟。"

赵方明揉着眼睛，极不情愿地坐起，嘟囔道："我的妈呀，休息日也不让睡觉，还给二位妈放假了，这回好，要我一个人。"

这一折腾，我儿子醒了，吭吭唧唧，我着急走，没有工夫理他爷俩，道："别那么多废话，快起来，记得给牛牛喂口水，过半个小时后喂奶。我处理完就回来。"

我到了科里，见老人躺在病床上，艰难地喘息。牛云，刘医生守在病床前。刘医生瞅病人一眼，小声对我说："快不行了。"

我问牛云："家属联系上了吗？"

牛云道："儿子在外地还没赶回来，原来是儿媳妇伺候病人，忽然孩子发烧得了小儿肺炎，正在儿科打点滴，也不知有没有别的亲属，这后事没有人管。"

一个亲属都不在眼前，这不行。我问牛云："有她儿媳妇的手机号吗？"

我给老太太儿媳妇打电话："喂，你别哭呀，我让一位护士过去帮你照顾孩子，你过来一趟。你放心，也是孩子妈妈，懂得照顾孩子。"

我将手机还给牛云，嘱咐她："你去儿科帮助照顾孩子，换那个儿媳妇过来。"

牛云来到儿科观察室，对老太太儿媳妇道："护士长让我过来照顾你孩子，你快过去看看你婆婆，快不行了。"

那儿媳武晶哽咽道："谢谢。"然后转身向外跑。

在牛云身边，晚报记者宁宏和丈夫陪儿子打点滴。宁宏问牛云："这个女人一直在哭，怎么回事？"

牛云搂着那女人的孩子，道："孩子妈妈是外地人，丈夫出国打工，女人受聘什么地方教乐器。婆婆一个人在家带孩子，突发心梗，家中无人耽误了，在这儿举目无亲，几个亲属正往这儿赶。看样子，老太太过不去这一两个小时，我们护士长今天本来休息，从家跑来的。"

宁宏对丈夫道："我去看看。"

宁宏丈夫瞪她一眼，不满道："职业病。"

6

赵方明：

苏微去了医院，把我和儿子扔在家里，可我也不是闲人一个，刚才吴总还来电话，催问我昨天试产的情况。哎，那个该死的透气问题，费这么大力气还是解决不好。我突然想起，在哪本书里见过一篇文章，专门论述纸的透气问题，我得好好找一找。我见儿子坐在床上专心地玩一个转轮玩具，就想到书架那去找一找那本书。

我对儿子说："儿子，你自己好好玩，爸爸查个资料。好宝，乖乖。你是不是对所有能转的东西都感兴趣？下午妈妈回来，爸爸抱你出去买玩具，把所有能转的玩具都买回来。你说，是不是爸爸最好？"我儿子咦咦啊啊地回答我，像是非常理解我这个搞科研人员的辛苦，让我放心地去客厅翻书柜。

我翻了一本又一本，把书柜全翻遍也没有找到那本书。正这时，只听到里屋咣当一声，传来我儿子的惨叫声，我才醒悟过来，慌忙往里屋跑。说实话，我把儿子给忘记了。

我儿子从床上摔到地上，死命地叫唤，哭得像断了气。我急忙将儿子抱起，心疼道："儿子，你怎么一个人着急要下地，让爸爸看看，摔到脑脑没有？"

我再一看，吓了一跳，儿子的小嘴摔破了，半边脸都摔肿了。这还了得，要是让妈、丈母娘，还有苏微知道，有我好看的。

我哄牛牛："啊啊，牛牛，咱男子汉，不哭。奶奶到乡下看爷爷去了，姥姥太厉害，爸爸可不敢打电话，对了，咱们给妈妈打电话。"

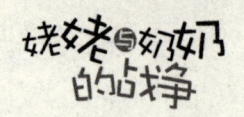

我给苏微打手机，苏微只说了一句话："我忙呢。"没让我说话就把电话挂断。看来，我只能自己决断，带儿子去医院。

我打车带儿子直接去苏微医院，想给牛牛上完药就去找她，然后我们一块回家，路上好好检讨她也不能把我怎么样。

护士给牛牛嘴巴上消了毒，然后喷上药，这一喷药，蜇得牛牛又哭啼起来。这时，我妈来电话了。妈坐在去乡下的大巴车上，不放心牛牛，就给我打了一个电话。

我妈听见电话里面牛牛的哭声，问："方明，你在哪里，牛牛怎么哭了？"

我骗我妈："妈，没事，我带牛牛在外面玩呢，这小子玩烦了，要回家。"

我妈道："不对，我听电话里说下一个患者进来，你是在医院？浑蛋小子，你跟我说实话，牛牛怎么了，微微呢？"

我见谎话被我妈揭穿，只得轻描淡写地道："没有什么大事，微微去上班，我在家不小心，牛牛摔了一下，我带他来医院抹点药，消消毒。"

我妈道："你把孩子摔成什么样子了，带他去医院？你们在哪个医院？"

我说："我们在微微的医院。"

我妈道："微微医院？离家那么远，为啥去她医院？一定是摔得不轻。"

我不耐烦道："哎呀，妈，您瞎想什么。微微来处理点事，我过来等她，然后我们一起回家。我们要走了，我挂了。"说着，我摁掉手机。

我妈骂我："臭小子，跟我一句真话也没有。"她立即给我岳母打电话。

"花朵，我在车上，还没有到呢。刚才我给方明打电话，微微单位有点事，过去处理一下，方明在家没有看住牛牛，把牛牛摔了。他说带牛牛在医院上药。你想呀，这牛牛如果摔得不重，能去医院？他说在微微医院，等微微一起回家。这小子一句真话没有，我不相信他。微微现在正忙，我怕打搅她，才给你挂电话。"

我岳母听说牛牛摔了，心中着急，道："小叶，你今天才说一句实话，你那儿子成天谎话连篇，别说了，我这就去看看。"

7

苏微：

老太太停止了呼吸，她儿媳傻子一般，木然地在一旁哭泣。我不好说她，见又进来一个女人，以为是她亲属，道："快过来帮助。"我两人帮穿衣服。

护士小刘跑进来，说："护士长，我电话打过去了，殡仪馆的车五分钟后就到。"

我问身边的女人："亲属都在哪里，怎么就你一个人？"

她哽咽道："都还没有到，她不是我的亲属。"

原来是我搞错了，这帮忙穿衣服的女人进来干什么？我对那女人道："对不起，我还以为你是亲属。"

那女人就是晚报记者宁宏，我并不认识她。宁宏道："没事。"

老太太衣服穿完，我对老太儿媳妇道："这样吧，我跟去殡仪馆，帮你看一下，你回去安心照料孩子。"

那儿媳哇的一声，抱着我号啕大哭。"谢谢护士长，没有你，我真不知道怎么办。呜呜呜呜。"

我轻轻拍她一下，道："快别这样，你自己也要多保重。"

8

赵方明：

我抱牛牛去了苏微科里，我高中同学宁宏迎面走来。

宁宏道："赵方明，你抱孩子来这儿干什么？"

我说："是宁宏，来采访？我来找我爱人苏微，她在这科上班。"

宁宏说："那个苏护士长是你爱人？"

我说："对呀，你们认识？"

宁宏说："有一个患者刚刚去世，身边只有一个儿媳妇，孩子还在儿科打点滴，没有别的亲属，她跟去殡仪馆了。你爱人真是不错，赵方明，我想跟你聊聊，写篇稿子。"

我无奈道："哦，这苏护士长，什么事都管。本来今天在家休息，一个电话就跑来了，我忙着查资料，一眼没有照顾到，把儿子摔了。"

宁宏见我儿子脸上挂着泪珠，道："哎呀，你怎么这样粗心大意。来，让我看看你儿子。啊，你知道不，他睡着了？这孩子长得太帅了，呦，这嘴唇摔破，这右边脸都肿了，赵方明，这孩子你是怎么看的？"

我扭头一看，真的，牛牛伏在我的肩头睡着了。

这时我的手机唱起来，又是我妈从车上来的电话。

我妈道："方明，你还在微微科里吗？我告诉你，你丈母娘几分钟就到，我也在往回返，得再过一会儿到，你先不要回去，让我看看牛牛，摔没摔到小脑袋瓜子，要不要去儿科再观察一下？你可不能马虎大意。"

我说："哎呀我的妈，没有事的，你告诉我丈母娘干什么？您就安心去乡下吧。"

我刚关掉手机，手机又唱起来。我看了一眼来电显示，对宁宏说："看看，苏微来电话了。"

苏微大着嗓门吼道："赵方明，你个混蛋，怎么把牛牛摔了，你别走，我马上就回去了。"

我一句话没说，苏微又把手机关掉。苏微这人原本温存贤惠，自从当上护士长，脾气也见长，常跟我发火。

我对宁宏道："看看，我妈、我丈母娘、媳妇儿马上就到，都来讨伐我。宁宏，咱俩是同学，我求你一件事，我把儿子交给你，他现在已经睡着了，你一会儿随便交给谁都行，我得去单位躲一躲。你就说我让公司的吴总找走了。"

宁宏为难道："这怎么行，赵方明，你大丈夫要敢于担当，你这是临阵脱逃。"

我说："顾不上那么多了，宁宏，你帮我这一次，我请你吃饭。"

我将牛牛交到宁宏手里，转身逃去。

我脚踏上电扶梯要下楼，忽然发现我岳母李花朵从下面上来，我急忙转头向上逆跑，从侧面楼梯跑下。

我岳母见护士站没有护士，就宁宏一人，怀中抱着一个婴儿，又没有穿护士服，以为她是患者，问："姑娘，这儿的护士都哪去了？"

宁宏道："她们都在忙呢，今天不是休息日吗，本来护士就不多，阿姨，你找谁呀？"

我岳母向她怀中一瞅，认出她怀中睡觉的是牛牛，惊道："牛牛怎么在你手中？你是谁？"

宁宏问我岳母："您是？"

我岳母警觉地打量了一番宁宏，又问了一遍："你是什么人？牛牛怎么在你手里？"

宁宏也怕搞错："那您是谁呀？"

我岳母紧张道："你先别问我，你回答我，你是谁，我外孙子怎么在你手里？"

宁宏说："我在这儿等牛牛的姥姥、奶奶呀，我是……"

我岳母大声喊叫："那赵方明呢？"

这时，我妈从外面急匆匆走来，道："李花朵，你喊什么？"

我岳母回头见是我妈，对她说："杨小叶，孩子怎么在这个人手里？"

这时，苏微又跑上来了，苏微一把从宁宏手中抱过牛牛，急忙看牛牛的脸。

第十四章 忙中出错

第十五章　欢喜过年

1

苏微：

日子过得真快，马上就要过年了。我们家一直没有再雇育儿嫂，牛牛在我妈和婆婆的战争中长到10月龄，可以扶着栏杆走两步，会叫爸爸、妈妈、奶奶，但是姥姥一直叫不好，这叫我妈大为光火。方明的新产品试制进展很大，为他摔伤牛牛的事减轻了些罪责。那个宁宏把那天的事写了篇稿子，登在报上，搞得我挺不好意思。吃午饭时，科里几个孩子妈妈聊起这事。

蔡华说："微姐，今天报纸上不说，我还真不知道，你家赵方明怎么把牛牛摔个头破血流？"

我说："你们不知道，那个赵方明就是个马大哈，我那天在公园散步，摔了一跤，'120'把我送到医院，医生说怕是要生，婆婆叫他回家把生孩子的东西拿来，他却只抱来个布娃娃。这回他找什么资料，把我儿子给忘了，牛牛哭了半天才听见。"

郭艳说："那还不好好收拾他一顿。"

牛云笑道："那天，赵方明把孩子丢在咱们科里就逃跑，他什么时候回去的？"

我笑道："他一听他妈和老丈母娘马上就到，吓得屁滚尿流，躲到公司一宿没敢回家。过后要不是我爸从中调解，他就惨了。"

我们四人哈哈大笑。

郭艳说："这回你婆婆和妈没有再掐架？"

我说："牛牛受到伤害，儿子也不行，我婆婆和我妈目标一致，对准赵方明。"

她们三人又哈哈大笑。

报纸上那文章我爸也看到了。爸看得很认真,一个字不落,从头到尾,然后摘下老花镜,对我妈道:"报上这个故事写得有点意思,《护士长苏微一家人的休息日》,你读过吗?"

我妈道:"徐丽来电话告诉我,说你女儿上报了,这才看见。微微这丫头做得真不错,我看了都感动得落泪了。"

我爸感慨道:"不错,真不错。你看,把方明表扬一顿。'苏微的丈夫赵方明工程师,为破解新产品中一个难题,在家中翻找资料,把床上没满周岁儿子忘记了,孩子摔到地上,头破血流……'"

我妈生气道:"哼,你当这稿子是谁写的?那记者是赵方明的同学,当然往好里写他。赵方明就是一个混蛋,你就是有天大的事,能大过儿子?你是没有看到,牛牛那小脸摔得不成样子,嘴破了,半个脸都摔肿了,你说有多疼?这小子不光粗心大意,还谎话连篇,谁也不告诉,自己带牛牛去医院。还有,那个杨小叶……"

此刻,房门被推开,我婆婆和公公手拎礼物进来。

我婆婆道:"李花朵,我和我儿子怎么又惹你,这要过年还骂我们?"

我妈说:"这不是报纸上看到你儿子丰功伟绩,说那天的事,难道那小子就不该骂?"

我婆婆说:"那你就骂吧,那混小子那天要是不逃跑,我非扇他几巴掌。"

我爸说:"好了,都过去几个月,方明已经承认错误,就不要再提了。德欢,你的腿彻底好了?我看你走道还是有点跛脚。"

我公公道:"好了,一点都不痛了,医生说走路那点毛病慢慢能纠正过来。"

我爸道:"那就好,你的腿好了,带牛牛又多了一个主力。年轻人正是干事业的时候,咱们有能力就多帮他们一把。听说方明新产品要成功了。"

我公公道:"说是基本成功,过了春节,公司要召开产品鉴定会,请些用户厂家来征求意见。"

我爸道:"这小子还是有点能力,那个时候要是颓废下去,不就完了。"

姥姥与奶奶的战争

正这时，我奶奶从自己屋里走出来。奶奶道："我在屋里还纳闷儿，是谁来了，唠得这么热闹，也不说进屋看看我。"

我公公、婆婆慌忙站起来，道："苏妈，怕打搅您老人家休息，没敢进去。"

奶奶打量着我公公："小欢子，听说你哪个胳膊摔坏了？"

我公公道："苏妈，不是胳膊，是腿，现在好了，一点事没有。"

我婆婆特意给奶奶买了件大红袄，拿出来让老人看。

婆婆将那新袄展开，笑呵呵道："苏妈，您看这是今年新款，袖口、领边图案多漂亮，您要穿在身上该有多喜庆，您喜欢不？"

一连几年，每年过年老太太都是穿我婆婆送的红袄，一年一件，别人送的衣服她不穿，连看都不看。我家亲戚知道这件事，每逢过年，谁也不再给老太太买衣服，让婆婆一人独占。

奶奶瞅眼袄子，表情淡漠，摇头道："不年不节，我穿这东西干啥？出去叫人笑话，小叶子，你也是越来越乱花钱。"

我妈瞅我岳父、岳母一眼，见他们摇头晃脑，直皱眉头，心中暗叹：看来老太太真是糊涂，日子过到哪儿都忘记了。我婆婆仍是笑呵呵、耐心道："苏妈，您想一想，再有几天就要过年了，我这是给您准备过年穿的衣服。"

"你说什么，要过年了，现在才是几月？"奶奶瞅我爸、我妈，他俩没有吱声，让她自己想。奶奶扬着头想半天，忽然笑了，道："啊，瞧我这记性，是要过年了，今天是腊月二十几？"

我妈接话道："妈，您忘了，昨天是腊月二十三，小年，咱家包的饺子吃，您还叨唠要吃小叶给您包的饺子呢，今天是腊月二十四。再有一个星期就过年。"

奶奶双手一拍，道："哦，腊月二十三，过小年，灶王爷上天，上天言好事，下地保平安。腊月二十四扫房子，国学，咱这房子怎么还没有扫？"

奶奶现在对眼下的事情常常想不起来，刚吃过的饭，再问她吃的是什么饭菜她都记不得，可对以前的陈谷子烂芝麻的事却记得十分清楚，甚至某个细节、某一句话都能记得清楚。真是奇怪。

我爸回话道："一会儿就扫，一会儿就扫。"

奶奶这才仔细看我婆婆买的新红袄，穿在身上试了试，大小、肥瘦正合体。我爸我妈齐夸赞老太太穿上这衣服忒精神，就像街上扭秧歌的小老太太，哪里像九十岁的老人。奶奶站起身，照了照镜子，乐得合不上嘴，道："小叶子就是会买衣服，你们还别说，过了年，天一暖和，我就穿这衣服去跟她们扭秧歌。"

奶奶拉着婆婆的手，道："小叶子，今年咱们在一起过年，三十晚上你给我包饺子，他们包的饺子一点味都没有，我不爱吃，我就爱吃你包的饺子。对了，还有那个苏（书）琦呢，你们怎没有给我抱来？"

2

赵方明：

我爸和我妈一听这话，心中咯噔一下，怕的就是老太太留人，一起瞅我岳父、岳母，心想：我们去农村过年早就跟你们商量过，难道没有跟老太太说？你俩倒是说话呀。

每年我们一家人去哪儿过年，是摆在我和苏微面前的一道难题。我和苏微都是独生子，每到春节，冷落哪家都不好，我俩便采取两家一起过年的方法，不偏不倚。除夕这一天最为重要，我俩便撺掇两家在一起吃年夜饭，来个大团聚，热闹够了各回各家，我和苏微谁抢也不去，猫进自己小窝看"春晚"，之后就一家一天轮流，直到假期结束。我妈爸和岳母、岳父也无话可说。可今年不同，我爷爷给我们家下达指示，叫我们一家五口人去乡下他那儿过年。因为牛牛太小，到现在我们还没带他去过乡下，爷爷腿脚不好，一直没有进城，所以到现在老人还从没见过牛牛，另外，我姑姑一家三口从美国回来探亲，爷爷希望全家大团聚。此事首先得到老婆首肯，苏微回家一说，她爸、妈也通情达理，同意了，叫我爸我妈感动不已，所以才备下一份大礼，送到苏家。

我爸性急，不见我岳父岳母说话，就对老太太道："苏妈，今年我们得去农村和我爸一起过年，我妹妹一家三口从美国回来，他们有二十年没有回来过年，老人有心叫我们一家聚一聚。"

苏奶奶道："德欢，你说什么？你妹妹从美国回来？那好哇，叫她来我家过年。你大哥叫德乐，你叫德欢，你妹妹叫德悦，我可有年头没有见到那丫头。对了，把你爸、你哥都叫来，统统来我们家过年，人多热闹。早年时，我和你家住平房，过年那才叫热闹，两家三十晚上一起过年，炕上一桌，地上一桌，里屋一桌，外屋还有两桌，一共摆五桌，你们算算那是多少口子人。"老人越说越高兴。

我妈帮我爸往下说："那行呀，我们过去跟他们说，看看他们初几有空，都来看您老人家。"

奶奶一听这话，忽然脸子一拉，瞅着我妈，生气道："小叶子，你说初几？怎么还没有听明白我的话，我叫他们三十晚上都来我家。"

我爸道："苏妈，那可不行，这一大家人闹哄哄的，住哪儿？再说，我爸腿脚不方便，我大哥他们家度假村春节还有客人，花棚离不开人……"

苏奶奶撅嘴道："哼，我现在说什么都不行，人一老就讨人嫌，你们爱去哪儿就去哪儿，得把我重孙子苏（书）琦留下，有他一个人陪我过年就够了，你们都离我远远的。"

我爸、妈见老太太真的动气了，要把牛牛留下过年。老太太这招真绝，孩子一留下谁也走不成。两人张口结舌，不知说啥好。这时，我岳母接话道："妈，您老人家放心吧，他两口子对您还不是百依百顺，有您这话，他们就带苏（书）琦留下陪你过年。"

我爸、妈惊异地看着我岳母，心想：李花朵，你是谁呀，这话岂能是你随便答应的？我妈张嘴要说话，我岳母冲我妈挤眉弄眼，对奶奶道："妈，您老人家累了，进里屋休息一会儿。"

奶奶一挥手，把矛头直指我妈，道："我不困，小叶子，瞧你们两口子这态度，跟我一起过年还老大不情愿，是不？大过年的你也来气我。我这把年纪，过一年少一年，再陪陪我还不行？"老人真的动怒，气得浑身直颤，眼睛中闪着泪花。

"苏妈，是这样，我们不是不愿意陪您……"爸还想解释，妈一伸手把爸拦回去，她心中明白，老太太很固执，说什么话她也听不进去，只得乖乖地应下，先哄她高兴，道："苏妈，您的话我们哪能不听，今年过年我们哪都不去，就陪你过年。"

苏奶奶乐了："哎，这才像话。你们这些人，谁说话我都不相信，就信你两口子。"苏奶奶言外之意在批评我岳父、岳母。

老太太高兴，唠叨起陈年往事，对我岳父、岳母道："过年人多，要多备些年货，别抠抠嗦嗦。国学呀，我跟你说过，别怕花钱，明天我把存折给你。好了，你们聊吧，我进屋眯一会儿。"说罢站起身，我岳父上前挽老人进屋。

老太太一进屋，我妈便按捺不住，气呼呼地指着我岳母，道："李花朵，我看你是成心的，谁让你答应我们留下过年？"

我爸帮腔道："嫂子，我俩就担心老太太有这个想法，所以，头几个月就向你和大哥作了汇报，难道你们就没有做做老太太的工作？"

我岳母反击道："杨小叶，赵德欢，你两口子怎么好歹不懂，我这不是在哄老太太嘛，老太太的状况你们不是不清楚，要是真把她气晕过去，谁负这个责任？"

这时，我岳父从卧室出来，愁眉苦脸道："这问题还真挺复杂，咱们得开会好好研究一下。"

我妈道："有什么好研究的，我看你们是成心不想让我们去乡下，太自私，怎么从来不替别人家考虑考虑？"

我爸道："国学大哥，我家情况你最清楚，我爸也是八十多岁的人，腿脚不好，等了快一年，到现在还没有见过重孙子，你说我们今年要是不回去，老人家这个年能过好吗？"

我岳父一摆手，不让我爸说下去，道："德欢，下话你就不用说了，从感情上说，我和李花朵当然想让微微一家和我们一起过年，这年要是没有孩子们掺和还有什么意思？但是，我们还是充分考虑到你们家的实际情况，决定作出牺牲，让你们一家好好团聚。可是，今天的情况你们都看见了，老太太越来越固执，谁也说服不了她，如果你们执意要去乡下，可想而知，我们家这个年就会过得一塌糊涂，老人再一火，还不知会发生什么事情。所以，并不是我们自私，事先没做老人工作，实在是有难言之隐。"

我岳父这番话说得声情并茂，谁听了都会动心，况且我爸妈与苏奶奶是那么亲近的关系，真叫他们无法拒绝，等着我岳父大人把话继续说下去，这两家的大主意还得我岳父大人来拿。

第十五章 欢喜过年

3

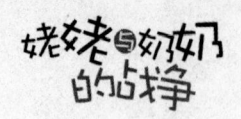

赵方明：

"咳咳，"我岳父清清嗓子，道，"大家看这样好不，我有一个初步的想法……"他忽然停下来，想起领导一般情况下不应首先表态，应该认真倾听广大群众的意见，然后再集中。扭头问我岳母："李花朵，你什么意见？"

我岳母正眼瞧窗外。从我岳母家向窗外望去，能看见一棵大榆树，这榆树虽然在院子外，但树上有一群麻雀，唧唧喳喳的叫声听得真切。大概因为刚下了一场小雪，无处觅食，饥饿难耐，才叫得闹心。她自言自语道："这东西太扰民，明天我得去投诉。"听到我岳父问她话，扭过头来，道："要我说这事非常简单，你们三十晚上过来陪老太太过年，初一回乡下。"

我岳父刚要表态支持，我妈说话了："不行，中国人的年不就是过个三十晚上，你叫我们初一走，还不如不让我们走。"

我岳母有些恼怒，面对我妈，道："杨小叶，你这人怎么变得这样不通人情？"

我妈道："李花朵，你说谁不通人情？我也不是回自己娘家，是去老赵家，人家老太爷一年没见重孙子，想在一起吃顿团圆饭，你说过分吗？还说我不通人情，就你李花朵，总是拿老太太当幌子，你才不通人情。"

我岳母道："得，你这人简直不可理喻，与你没办法沟通。你是狗咬吕洞宾，不识好人心。老太太对你多好，你翻脸不认人。这事我还不管了，你们爱去哪儿去哪儿，去美国，去欧洲与我有何相干，走得远远的，我心里清静。"我岳母将两只胳膊叉在胸前，眼睛又瞅起了窗外。

我岳父用手指敲着茶几，道："别吵了，开会不要说气话，认真研究问题。德欢，还有个问题咱们从来没认真探讨过，乡下条件怎么样？牛牛这么小去乡下是不是不太合适？比如，那里没有暖气，孩子喝惯城里的水，吃什么东西？牛牛能不能习惯，大过年的，如果出点小闪失可就得不偿失了。"

我爸打断我岳父的话，道："国学大哥，难道方明那臭小子没跟你汇报？乡下的条件比我们想象的好多了，我大哥将我们住的房间全部安装上空调，新买的液晶彩电，新换的冰箱，房间还贴上窗花、年画，装饰得焕然一新，比我们城里条件还好。再说，去我大哥家，就四十多公里的车程，一个多小时就到，方明车有空调，冻不着牛牛。"

"哦，你说什么，开车多长时间？"我岳父又问一遍。

我爸道："四十多公里，乡村路虽没有市内平坦，开车不到两小时也到了。"

我岳父摸下巴，道："哦，如果是这样，我的意见是：三十晚上，先在我们家吃团圆饭，然后你们再下乡。"

我岳父见我爸妈一时没有反应过来，进一步道："我们家开饭早一点，比如说，下午两点钟开席，吃到四点两个小时差不多，你们再走。到乡下大哥家也就五点来钟。或者我们再提前一点也可以，不影响你们吃团圆饭。这样行吧？"

我岳父没有再征求我岳母的意见，面对着我爸妈，等他们答复。

我爸没有表态，因为我爸没有我岳父那气派，他得听我妈的，眼睛就瞅我妈，我妈碍着老太太的面子，想不出更好的办法，无奈道："那就跟方明和微微商量一下，听听他们的意见。"

我岳父道："你俩没意见的话，方明和微微的工作我来做，两全其美的好事他们没有理由反对。"岳父没把我和苏微当回事，就把这事定下来了。

我岳父道："这件事大家意见统一了，再商量一下年夜饭在哪儿吃。哦，我们两家是八口人，加上我妹妹一家三口从省城回来，还有我弟弟一家五口，还有蔡玉米，对了，听说她丈夫也要从黑龙江过来团聚，这又是一家大团圆。"

"啊，乔乔的公公也来过年？"我妈我爸听着新奇，如果不是大家齐心合力帮蔡玉米重返儿子家，这爷爷来了还没有地方住呢。我爸道："这可是件好事，得跟他好好喝一杯。"

苏奶奶一觉睡醒，他们才散会，我岳父背着奶奶给我打电话，向我传达会议决定。老丈人拍板决定的事，我能说什么，只能举双手拥护，还得加上几句话："我们年轻人思想简单，还是您老人家想得周到，我和微微坚决拥护，不折不扣地照办。"

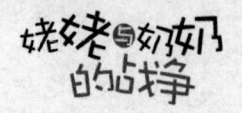

我岳父意味深长道:"方明,不是我想得周到,这也是没有办法的办法。我也知道这样你们全家都很辛苦,尤其是你更辛苦,开车不能喝酒。我觉得你奶奶病不太好,越来越固执,气性很大,大过年的我们不能惹老人家生气,这是最重要的。"

我说:"是这样,我们应该让老人高兴,过一个愉快的春节。您放心吧,一切都按您的指示办。"

4

苏微:

我家过年就像演员赶场子,粉墨登场,去完这家去那家。老爸定下的事,我无话可说,只有无条件照办。我越发觉得奶奶很可怜,她要是能高高兴兴过个祥和的春节,我们辛苦些算得了什么。两家虽不都在城里,却不远,要不就是有心跑也跑不起。今年是我当上护士长的第一年,本应该三十晚上我值班,科主任知道我家的情况,主动帮我安排好,让我跟家人一起过年。

中国的春节,大半是给孩子们过年,孩子妈妈总要把自己孩子打扮得漂漂亮亮,花枝招展。农历腊月二十九的晚上,我们还没有吃完晚饭,婆婆就来给牛牛送新衣服。她刚一坐下,我妈也到了,也带来一套衣服。两人相互瞅一眼,一起道:"这么巧,人家干啥,你干啥?"说完俩又扑哧笑了。

我妈笑呵呵打开衣服,道:"来,牛牛,试试姥姥买的衣服,这可是今年最流行款,漂亮不?"

我见这外衣,鲜艳的蓝白小格,袖口与衣领镶嵌着乳白绒毛,连上一个风雪帽,牛牛穿上显得格外高贵,就像个小王子。牛牛自己也显得格外兴奋,手舞足蹈,咯咯笑个不停。

我妈得意地瞥我婆婆一眼,道:"杨小叶,怎么样,牛牛穿这个衣服帅不帅?你倒是说个话。"

我婆婆左瞧瞧,右看看,口中啧啧赞道:"漂亮,太帅了,姥姥真有眼光。你说,现在小孩子的衣服比大人的衣服做得都精致。"

我和方明也拍手赞道："咱儿子穿上这衣服简直帅呆了。小帅哥，跟姥姥打个招呼，谢谢姥姥。"

牛牛果然挥动小手与我妈咦咦啊啊。

牛牛玩得正高兴，我妈就扒他的衣服，道："快脱下来，别弄脏了，这可是三十晚上穿的新衣服。"

我婆婆见我妈把牛牛的新衣服脱下来，便伸手从包中掏出自己买的衣服，道："来，牛牛，试试奶奶这套衣服。咱这套是民族的，你喜欢不喜欢呀？"

婆婆给牛牛买的是小唐装，红缎子小袄，镶嵌着白边，外加一个红色白绒边小帽头，牛牛穿在身上显得很滑稽，大家都哈哈大笑。

我妈道："你们看牛牛像谁？像不像个小地主？"

牛牛穿上大红袄更是兴奋，又像听明白姥姥叫他小地主，张大嘴巴，天真憨笑，把我们大家逗得乐弯腰。我和方明击掌叫他："小地主，小地主。"

咯咯咯咯，牛牛笑得前仰后合。这孩子虽说刚刚冒话，却非常喜欢怪笑，有点什么高兴事就咯咯笑个不停。

方明见牛牛一下子多出两套衣服，多嘴问："明天三十，牛牛穿哪套衣服？"

我妈道："那还用问，穿我买的这套，这衣服多新潮，穿上显摆显摆，多带劲的一个小帅哥。你妈那套拿农村穿去。"

我婆婆立即反对，道："那可不行，你那套衣服平常穿可以，明天是大年三十，得穿我这套唐装，红红火火、喜庆。"

我妈连连摇头，道："我反对，没听说刚才大家叫牛牛小地主吗，多土气，可别把孩子打扮得像古董似的。"

我婆婆反驳道："什么叫古董，春节是中国传统节日，传统节日穿传统盛装有什么不好？就穿这件，不许穿别的。"她态度坚决，不容商量。

我妈一挥手，道："杨小叶，你别跟我争，这事我说了算，我说不行就不行。"

我婆婆道："我说行就行。"

她俩你一言我一语争吵起来。我狠狠瞪方明一眼，怪他多嘴，问那么

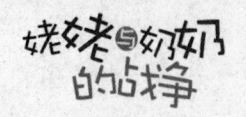

明白干什么。到时随便穿哪件还不行。现在可倒好，让她们吵得无法收拾。方明偷偷向我扮了个鬼脸，轻轻扇自己一个嘴巴子。

我妈扭头瞅我和方明，道："你俩倒是说话呀，你俩评价一下，这两套衣服哪个好？"

方明自以为狡猾，自然不会得罪人，道："各有千秋，各有特色，都好，都好。"

我妈最不愿意听方明说这话，手指着他道："赵方明，你怎么和你爸一个腔调，一点立场都没有。我知道它们各有特点，我就问你，明天牛牛应该穿哪一件合适？"

方明让我妈批评习惯了，脸不红，心不跳，嬉皮笑脸道："妈，我是这样想的，穿哪件都合适，就看您从哪个角度来看。比如，咱们看春晚，有的主持人穿西装，有的穿唐装……"

"算了吧你。"我妈打断他的话，道，"赵方明，你是典型的两面派，我早就说过你，你这是在家里，要是在单位，总当老好人，不想得罪人，不敢坚持自己主见，什么时候能独当一面，委以重任？你就是不听我的话。"

我妈将方明痛批一顿，然后又把矛头对准她自己女儿。"微微，你这当妈的心细，知道自己孩子在什么场合应该穿什么衣服。你不要有顾虑，别怕得罪你婆婆，大胆地说。"我妈又拉我当同盟军。

我这个时候应该向赵方明学习，不能得罪婆婆也不能得罪妈，大过年的多说拜年话，你好我好大家好。我说："方明说得没有错，牛牛穿哪套衣服都好，穿姥姥这套帅气、高雅，穿奶奶这套喜庆红火，都好。"

我妈无奈地叹息道："你这丫头，原来可不是这样，跟着赵方明学坏了。"

赵方明见她俩争个没完没了，不知何时是个头，忽然说道："要不你们抓阄吧？"

我拍手笑道："这个主意好，你们抓阄，看看老天帮助谁。"

我婆婆道："李花朵，瞧你把两个孩子逼得，那咱们就抓，听天由命。"

我妈道："行呀，抓就抓，我才不怕你。杨小叶，你要是抓输了可得认账，不许耍赖。"

我婆婆道:"行呀,谁要耍赖是小狗。"

方明道:"那我来做两个阄。"

我妈道:"赵方明,我郑重警告你,不许作弊,偏袒你妈。"

方明扮了个鬼脸,道:"妈,您就放心吧,我就是偏袒也只能偏着您,不会是别人。"

我婆婆骂他儿子:"臭小子,老丈母娘也不许偏袒,公平公正。"

"两位妈妈,你们就放心吧,我一定做到公平公正。"

5

苏微:

方明从一个本子上撕下一张白纸,又撕成两半,一半写"帅哥",那一半写"小地主",然后叫妈和婆婆各看一眼,当她们的面做成两个纸球,捂在手中晃了晃,道:"二位妈妈,我先说说规则。谁抓到什么字,就穿那套衣服,后一位就不用抓了。这样可以吗?你们谁先来?"

"可以,让姥姥先抓,姥姥手香,奶奶是老地主婆,手臭。"婆婆道。

"你抓,我看你能抓到什么?"我妈大度道。

两人谦让一番,还是我妈先抓起一个纸团,打开一看,上面写着"小地主"三个字,顿时气得将纸条扔下,怒道:"赵方明,你是不是作弊了?老实承认。"

我婆婆道:"李花朵,你叫喊什么,作没作弊打开这个纸条不就知道了。"她顺手拾起剩下的纸团,打开一看,写的是"帅哥"两个字,拍手笑道:"看看,老天不帮你,还怨人家作弊。哈哈哈哈,真是笑死我了。"

我和方明跟着抿嘴笑了。

我妈身子朝沙发后背一仰,道:"哎呀,我的妈,杨小叶,你这人真是不可救药。俗话说,到哪山唱哪儿歌,穿衣戴帽分场合、地点,求求你了,明天就穿我的这套衣服,你那套衣服拿农村去穿有多好。农村讲究这个,你怎么不动脑子好好想一想?"

我看不下去了,道:"妈,您别矫情了,说好抓阄,输了还耍赖。"

我妈瞪我道:"你这死丫头,从来不知向着自己妈说话,谁耍赖了?你们不听我的话，衣服穿出去会叫人笑话的。"

我婆婆道："除了你，还有谁会笑话？到时咱们看看大家的反应就知道了。"

我妈自知理亏，再争下去也没人站在她一边，一挥手，道："算了，不跟你们说了。你们这几个人就这水平，跟我不在一个档次上，没有共同语言。我倒要问问，你们去乡下哪天回来？我担心那里住的条件不好，牛牛太小，会不习惯……"

我说："您真就不用操心，人家替我们想得可周到了。您看看这个。"

我打开电脑，进入我的QQ空间，上面有方明堂妹燕子上传的照片，照片拍摄的是为我们准备的房间，房间装扮得十分漂亮，里面有空调、卫生间、电冰箱，屋里拉起彩带、彩球，墙上贴着年画，洋溢着浓烈的年味。更有意思的是，屋中间站着两个六七岁的孩子，手扯彩幅，上面写着"欢迎牛牛"几个大字，我妈和婆婆看后哈哈大笑。我妈道："哎呀，没有想到，这农村的条件真是太好了，我们一起去吧。"

我婆婆道："你可说好，说话不算数是小狗。"

我妈忽又叹气道："哎，我可没那福气，老太太在咱家，哪里也去不了。"

6

赵方明：

第二天是阴历除夕，苏家定在下午两点在酒店聚餐，吃年夜饭，除我们一家三口外还邀请我爸妈参加。

苏微一点钟就拉我开始给牛牛准备出门的东西，穿衣服。因为聚餐后我们就要驱车前往乡下爷爷家，牛牛奶瓶、奶粉、米粉、果泥、水果以及卫生纸、纸尿裤，吃的用的，各类东西都要带齐全。一样一样准备起来，比皇上出访还复杂。尤其是给牛牛穿衣服更像是打架，这小子活蹦乱跳，像条大鱼，这腿穿上那条腿又蹬掉，他玩得欢快，我们却累得一头汗。

牛牛衣服穿到一半，却发现我妈给牛牛买的那套红缎子唐装不见了。苏微是个非常有规律的人，我们此行牛牛该穿什么衣服，什么鞋子，甚至戴哪顶帽子，她都早早准备齐全，一件一件堆放在一起。别的东西都在，唯独少了我妈买的那件衣服。那衣服是奶奶与姥姥通过抓阄定下的，没有了可怎么行。苏微拿起手机给我妈打电话："妈，您给牛牛买的那套唐装放哪了？"

"啊，你是说那件红袄子？"我妈停顿一下，道，"我没放别的地方呀，就堆在你给牛牛准备那一堆衣服里，你再好好找一找。对了，旁边还有一个包，就是那个蓝包，你看看里面有没有？"

苏微叫我："方明，妈让看看那蓝包。"

苏微把一堆衣服翻了几遍，没有发现那衣服，又叫我翻这个蓝包。我把包袱打开，扫了一眼，里面是几件牛牛穿过的旧衣服，一件新的都没有。我脑子里一闪，顿时想到，那衣服肯定是让我岳母藏起来了。她既然藏起来能轻易让我们找到？不过，此事千万不能叫我妈知道。我对苏微道："找到了，在这儿，告诉妈吧。"

苏微对着电话道："妈，找到了，我放电话了。"

苏微放下电话，过来取衣服，蓝包里面都是她不准备带走的旧衣服，哪里有那唐装，她问我："衣服呢？"

我道："你真死心眼，那衣服肯定是让你妈藏起来了，去哪里找。我要说没找到，我妈会猜到是你妈办的好事，一定会找你妈要衣服，这大过年的还嫌不热闹？咱们就穿姥姥这件，有什么事我兜着，一个人不满意，总比两个人都不高兴强。"

苏微气呼呼道："我妈太过分了，愿赌服输，这点游戏规则都不懂。"她没有办法，只得将我岳母买的那套衣服拿出来给牛牛穿上。

说实在话，我岳母还是很有眼光，牛牛穿上这衣服显得格外精神，牛牛自己乐得手舞足蹈。我说："牛牛，姥姥这衣服不错嘛，真像白马王子，来让爸爸亲一下。微微，我妈要问，你就说是我临时变了主意，让她骂我好了。"

苏微说："但愿你妈能信这话，别以为我从中捣鬼就好。"

7

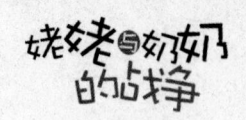

苏微：

牛牛打扮完毕，我们驱车来到酒店餐厅，满满一大桌子人全都坐好，就差我们三人。

大家七嘴八舌叫牛牛，我来不及跟各位打招呼就把牛牛给婆婆抱去。我婆婆挨着奶奶坐，我奶奶另一侧是蔡玉米抱着乔乔的孩子点点。

我把牛牛递给婆婆时，本想把赵方明在家教我的话说给婆婆："妈，您说方明有多犟，硬是改了主意，非要穿这身衣服。"可我瞥眼婆婆，婆婆的眼神没有一丝惊异，微笑得很自然，仿佛根本没发现牛牛身上穿的并不是她钦定的衣服，我就没有再画蛇添足，多嘴多舌。

我心中暗自佩服起婆婆来。原来没有察觉婆婆有何过人之处，最近几桩事，人家说归说，做归做，总还能顾全大局，不因一点小事影响大家心情，确实比我妈大度。本来嘛，小孩子有件新衣服就行，穿哪件还不一样，争个啥劲呀。

等到我和方明坐下才注意，这一桌除我家、二叔、小姑，苏家三兄妹全家外，还特邀我公婆，乔乔的公婆，她公公是特意从黑龙江赶来过年的。

大家坐定，餐厅服务员开始上菜。我婆婆怀抱着牛牛，笑呵呵道："牛牛，先给太太拜年，太太过年好。让太太看看牛牛这衣服漂亮不？"

我奶奶侧过身，拉起牛牛小手，道："苏（书）琦，乖乖，我才几天没见，长这么大了。瞧瞧，这孩子水灵劲像谁？衣服不错，穿得紧绷绷的，小了点吧？大过年的，怎么没给孩子买套红衣服穿，就像太太这样的该有多喜庆。"

老太太说话，谁敢说不对，又不能跟着说是，大过年的只有老太太能说这话，有谁会指责人家孩子衣服穿得不好。大家谁也没有接话茬。

我婆婆向桌上扫了一眼，像是回答奶奶的话，又像是自言自语："瞧，哦，太太喜欢大红袄，牛牛也有，咱们现在就换上，跟太太穿一样的衣服。"她伸手从椅子旁兜子里掏出一件小红袄来，三下五除二就穿在牛牛身上。

看来婆婆早有准备,不知这衣服是我们家里那套,还是又买了一套。

婆婆道:"让太太看看,这件衣服好不好哇?"

我奶奶道:"哎,这衣服才喜庆。好,好。"

我婆婆抱牛牛站起身来,面向众人,道:"小地主给大家拜年了。"

桌上所有客人一起喝彩,这孩子太福气。

我妈就挨着我婆婆坐着,眼见这一切,就像春节联欢晚会看魔术表演一般,看得目瞪口呆。那衣服叫自己藏得谁都找不到,杨小叶是怎么翻腾出来的?

我在瞅方明,方明也在看我,不知婆婆搞的什么名堂。方明憋不住问:"妈,原来您将衣服带走了,也不说一声,叫我们好找。"

婆婆平静道:"我哪里带走了,这是我又买的一套,那一套你们不是找到了吗?"

我妈忍不住道:"杨小叶,你可真有钱,一样的衣服买两套。"

我婆婆道:"丢东西总有找到的那一天,商店人说了,只要那套没穿,就给我退货。嘿嘿。"

"哼,就你鬼心眼多。"我妈将身子扭过去,不再跟我婆婆说话。

我心中暗自惊叹,婆婆真比我妈有心计。方明给她打电话时说衣服找不到,她就能猜出一定是我妈捣的鬼,把衣服藏起来了。方明后来说找到了,她不但不会相信,反而更加证实她的判断,因为她能想起来,那蓝包里的旧衣服是她收拾的,并没有一件新衣服。她没有找我妈吵架要那衣服,急忙又去买一件,而且巧妙地借用我奶奶的嘴,魔术般、不动声色地达到自己目的,真是太高明了。

今年的年夜饭,因为添了两个宝宝,多了蔡玉米夫妇显得格外热闹。大家轮番逗两个孩子,引发一阵又一阵欢笑。乔乔的女儿点点已经长得白白胖胖,微笑起来特别迷人,一点看不出是早产儿。牛牛到了十一月龄,已经会许多简单的单词,如:妈妈、爸爸,喜欢咯咯地怪笑。他记住奶奶让他叫太太,就"太,太,太,太"一直叫个不停。我奶奶乐得合不上嘴,道:"我这重孙子,会叫太奶奶,我真有福气。"

我爸见机会已到,便掏出红包,分发给几个孩子,道:"这是老祖宗预备好的红包,放在我这儿,我替老人来发。来,点点,这是太姥姥给你的，这是给牛牛的，这是给欢欢的。"欢欢是我小姑的女儿，今年上小学四年级。

往年吃年夜饭，我、乔乔还有欢欢，三个孙辈的给奶奶拜年，都是由我奶奶亲自发红包，我和乔乔结婚之后就没有这份待遇。今年奶奶记忆力明显减退，记不起要发红包的事，我爸就自己掏腰包，以奶奶的名义发放。

重孙子辈拜过年，轮到我、方明、乔乔和候玉奇给奶奶和父母辈们拜年，我们刚想动作，却被候玉奇的父亲候家旺抢了先。

候父长得黝黑，剃个光头，典型的农家人，他和蔡玉米面向奶奶，举杯道："苏妈，我和玉米先给老寿星拜年，祝苏妈福如东海，寿比南山，年年吉祥，岁岁平安。"

众人等着我奶奶回话，却见奶奶一脸疑惑，扭头问我婆婆："这人是谁，我怎么没有见过？"弄得候家旺、蔡玉米很是尴尬。

我二叔见我奶奶糊涂劲又上来，道："妈，他是乔乔的老公公，昨天还来家看您，带来黑龙江的大马哈鱼，这么长，您就记不得了？"

我奶奶茫然摇摇头，说："我没有见过他，长得黑黝黝的。"

蔡玉米接话道："大娘，您总得认识我吧，我是蔡玉米，乔乔的婆婆，他是我老公。"

我奶奶还是目光呆滞，不住地摇头，桌上的气氛一下子沉闷起来。

候家旺在老家当村主任，什么样场面没有见过，他哈哈一笑，手摸着自己的光头，解嘲道："不怨老太太，是我表现不好，领导印象不深。玉米，来，唱一段，让苏妈加深印象。"

他话音刚落，蔡玉米就唱起来"正月里来是新年"，候家旺接唱"大年初一头一天"，接下来两人齐唱："家家团圆会呀！少的给老的拜年。"

唱到这儿，候家旺对奶奶道："苏妈，我两口子给您老磕头，拜年了。"说着，两人扑通跪倒在地，当当磕起响头来。

我和方明还有乔乔，还从没有见过这情景，也从没有给奶奶磕头拜年，很是新鲜，扑哧全都笑了。

我奶奶哈哈笑道："好好，起来吧。这回我记住了，乔乔的婆婆、公公。你们从黑龙江来，可得多住些日子，不要急着回去。你们要是一走，我又给忘记了。"

候家旺道："苏妈，我们不急着走，还想在这儿买房子，把家搬过来。"

"那好，那好。以后我们就年年在一起过年。"我奶奶笑道。

至此，餐桌上气氛又活跃起来，相互间拜年敬酒，聊些家常话。

8

苏微：

我公公挨着婆婆坐着，用一根筷子在酒杯中沾一下，让牛牛舔，牛牛从没有接触过酒味，辣得一皱眉，公公问："牛牛，辣不辣呀？"牛牛说："辣。"大家哄然大笑。

大家七嘴八舌夸奖牛牛，这孩子冒话真早，太聪明了。

有孩子在餐桌上，永远是热门话题。我小姑在大学当教师，凡事善于作点评。道："这桌两个小宝贝，聪明可爱，发育得这么好，妈妈、爸爸最有功，奶奶、姥姥也功不可没。咱们就先说玉米奶奶，我知道她看了好几本育儿方面的书，现在都快成育儿专家了。"

蔡玉米脸一红，连连摇头，不好意思道："哎呀妈，她小姑，你是在表扬我还是在臊我？我在微微家实习，牛牛滚到茶几底下睡觉我都不知道。真是羞死人了。"

我妈和婆婆一听这话，惊得合不上嘴，一齐追问："你什么时候把牛牛放到茶几上睡觉？我们怎么不知道。"

蔡玉米以为这事我和方明早就告诉了我妈和婆婆，顺嘴就说了出来，被她俩一问，张着嘴看我和方明，不知如何回答。我急忙接道："瞧你们，玉米婶开个玩笑还认真上了。"

我妈和婆婆还想追问，我小姑接刚才话继续道："还有小叶奶奶，我每次看见她，怀里总是抱着牛牛，这一年真的是很辛苦。"

我小姑是苏家人，自然要客气一些，先表扬两位外名奶奶，但我妈心中不悦，对我小姑道："牛牛在同龄孩子中说话算是早的，可他的肢体动作却比同龄孩子晚，你知道什么原因？"

小姑问："那是为什么？"

我妈道："都是奶奶搂的，抱的，不给牛牛锻炼机会。"

"哦,原来是这样,哈哈。"大家都笑了,一起瞅我婆婆。

我婆婆也跟着笑起来。道:"姥姥说这话我认账,过了年我就改,让牛牛在前面跑,奶奶在后面追。"

我妈又道:"你们大家知道牛牛为何冒话早吗?"

"为什么?"大家等我妈解释。

我婆婆接话道:"那是姥姥的功劳呗,姥姥嘴巧,能歌善舞,牛牛受到良好影响。"

我妈脸一红,道:"照你的话说去,我从牛牛生下来就注意同他交流,凡事耐心地讲给他听,从不以为他幼小,听不懂,就哼哼啊啊地应付,或者说半句话,那对孩子的发育都是不利的。"

我小姑道:"嫂子说这话我赞成,与婴儿交流非常重要,这里面学问大……"

我爸打断小姑的话,道:"菜都上齐了,大家动筷吧。你们说的这个题目,咱们找时间开个经验交流会,认真交流一下,把育儿工作提高到一个新水平,到时你们都要认真准备,作好发言。同时,欢迎点点的奶奶和姥姥列席会议。"

"哈哈,你们家又要开会,我们参加。"蔡玉米和二婶笑道。

小姑道:"好哇,到时提前通知我,我也参加。刚才我的话没有说完,叫我哥打断了,我的二位嫂子,两位孩子姥姥,与奶奶一样,功劳大大的。我提议大家敬奶奶、姥姥们一杯酒。"

我爸立即表态:"这个提议好,敬奶奶、姥姥们。希望在新的一年,奶奶和姥姥加强团结,精诚合作,共同完成培养牛牛和点点的光荣任务。"

大家一起举起酒杯,争相碰杯。

这一轮敬酒结束,我婆婆举起酒杯敬我妈,道:"李花朵,这一年,咱俩争争吵吵,发生一些不愉快的事,都是我做得不好,我敬你一杯酒,给你赔罪了。"

我公公帮腔:"这个好,杯酒一笑泯千仇。以前的事翻篇过去了。"

我妈道:"杨小叶,你这话说得不全面,我俩虽说争争吵吵,可事理不辩不明,我俩在斗争中学到许多育儿知识和道理,牛牛是在我们的战争中成长起来的。我这话对不？"

"李花朵，你说得太好。"我婆婆与我妈碰下杯子，各自抿一口酒。

我爸说："德欢说得对，以前的事都过去了，咱们还得往前看，我建议你们签订一个协议。"

赵方明道："停战协议？"

众人笑："哈哈哈哈。"

我爸一挥手："这个协议我早就拟好了，我看，今天除旧布新，最合适了。"

我爸从身边包里掏出两张纸来，给我婆婆和我妈各一张。我爸说："就叫三不协议，不吵架，不指责，不推诿。简单明了，大家都明白。你们俩能不能做到？"

我婆婆说："我是没有问题，从此就不吵了，就看花朵的了。"

我妈说："我有什么问题，我签字。拿笔来。"

众人一起鼓掌。

候玉奇贴在赵方明耳朵上悄声道："纸上协议，能有什么约束力。"

赵方明悄声回话："有协议总比没协议强。"

两人会意地笑了。

婆婆和妈在协议上签了字又碰杯喝了口酒，见奶奶坐累了，眼睛有些睁不开，就张罗送奶奶回去休息。我奶奶道："你们闹腾吧，我要回去睡觉，苏（书）琦也跟我走，我要搂着他睡，做个好梦。"说罢站起身来。

原计划老太太坐累就送她回家休息，然后我们上车开路，去方明爷爷家，没想到奶奶提出一个让人意想不到的要求。牛牛不去，我们谁走得了？这个时候有谁敢跟奶奶说我们不能叫牛牛陪您睡觉，我们要下乡。老太太要是发起火来，谁也收拾不了这个局面。

我妈随奶奶站起身，不慌不忙道："你们大家继续吧。微微，你抱牛牛，方明你开车，送奶奶回家。"

我们没有别的办法，只好先将奶奶送回家，再作打算。

我们回到我爸、妈家，妈将奶奶搀进屋里，铺好被褥，让我奶奶上床休息。

奶奶脱掉鞋子，上了床，忽然问："苏（书）琦呢？我们不是一块回来

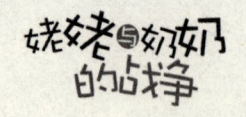

的吗，快给我抱过来，我说过要搂着他睡觉。"

我没有别的选择，就把牛牛抱到奶奶房里，放到她身边，心想：让祖孙玩一会儿，然后再想办法脱身。可牛牛一上床就哭闹，不愿意待在这屋里。我妈对奶奶说："妈，牛牛哭得叫人心烦，让微微在外屋哄牛牛睡了，再给您抱过来。"

我奶奶太乏了，躺在床上，哦了一声，闭上眼睛，打起鼾声。

我妈向我使个眼色，叫我抱牛牛出去。随后妈也跟出来，对我跟方明悄声道："快走吧。"

我和方明迟疑不决，道："奶奶那儿可怎么办？"

我妈拉开柜门，从里面掏出一个塑料娃娃，顺手拿块枕巾包上，对我们道："就用这个哄老太太。"

"啊？您真有办法，可她要是醒了呢？"

我妈道："走你们的吧，哄一步是一步，等她醒来也许就忘记了。"

我和方明抱牛牛悄悄出了家门，公公、婆婆已在楼下等我们。大家上了车，驶上公路，直奔爷爷家而去。

我们虽然为终于能去爷爷家感到高兴，却又为不能继续陪伴奶奶过年而感到酸楚，不知奶奶醒后是什么心情，妈又是如何哄奶奶的？

此时，天空飞飞扬扬飘起雪花，街上传来此起彼落的鞭炮声，瑞雪兆丰年，明年又是一个好年月。牛牛还有一个月就满一周岁，我们期待着他新的进步。